SCHERZ

ANDREAS GÖTZ

Die Zeit der Jäger

KRIMINALROMAN

SCHERZ

Aus Verantwortung für die Umwelt hat sich der S. Fischer Verlag zu einer nachhaltigen Buchproduktion verpflichtet. Der bewusste Umgang mit unseren Ressourcen, der Schutz unseres Klimas und der Natur gehören zu unseren obersten Unternehmenszielen.

Gemeinsam mit unseren Partnern und Lieferanten setzen wir uns für eine klimaneutrale Buchproduktion ein, die den Erwerb von Klimazertifikaten zur Kompensation des CO_2-Ausstoßes einschließt.

Weitere Informationen finden Sie unter:
www.klimaneutralerverlag.de

MIX
Papier aus verantwortungsvollen Quellen
FSC® C014496

Originalausgabe
Erschienen bei FISCHER Scherz

Redaktion: Ilse Wagner

Satz: Dörlemann Satz, Lemförde
Druck und Bindung: GGP Media GmbH, Pößneck
Printed in Germany
ISBN 978-3-651-00106-0

Die wichtigsten handelnden Personen

AUS KARL WIENERS' UMFELD

Karl Wieners, Schriftsteller und Journalist, der nach einem Herzinfarkt zu allem bereit ist, um Magda wiederzusehen.

Magda Blohm, die Frau, die Karl liebt und von der er seit drei Jahren getrennt ist. Sie lebt in New York, allerdings mit sehr begrenzten Möglichkeiten.

Peter, genannt Peterle, Magdas siebenjähriger Sohn.

Walter Blohm, Magdas Ehemann, reicher Bauunternehmer mit einer dunklen Vergangenheit, die ihn nun einholt. Er tut alles, um zu verhindern, dass Karl und Magda glücklich werden.

Simon Herzberg, ein Jugendfreund Magdas, den Blohm zu ihrem Aufpasser in Amerika bestellt hat.

Andrew Aldrich, ein alter Bekannter Magdas, der ungute Erinnerungen weckt.

Agota Vanagaitė, eine junge Litauerin und Freundin Magdas, die in Amerika für einen östlichen Geheimdienst arbeitet.

Danuta Vanagaitė/Gerti Wieners, Zwillingsschwester Agotas, die als Karls tot geglaubte Tochter ein doppeltes Spiel spielt.

Veit Wieners, Karls jüngerer Bruder, Nachtclub-Besitzer und neuerdings Familienvater. Er teilt mit Magda mehr als nur ein Geheimnis.

Georg Borgmann, ein Jugendfreund von Karl und Redakteur beim Wochenmagazin *Quick*.

AUS LUDWIG GRUBERS UMFELD

Ludwig Gruber, Oberkommissar in Gewissensnöten und Vater zweier Söhne und einer Tochter.

Traudl Gruber, Ludwigs zweite Frau und Mutter seiner kleinen Tochter Annerl.

Zöllner, ein Polizeikollege.

Breitsamer, ein Polizeikollege.

Kriminalrat Vranitzky, Ludwigs Chef in der Morddienststelle.

Donnerstag, 5. Juni 1958
(Fronleichnam)

DÉJÀ-VU.

Für einen Moment fühlte Ludwig sich um Jahre zurückversetzt. Damals hatte er, genau wie jetzt, in einem Büro gestanden, mit einem offenen Tresor in der Wand und Blut auf dem Boden. Aber damit hörten die Gemeinsamkeiten auch schon auf, denn an jenem Tag hatten sie eine schrecklich zugerichtete Leiche gefunden. Hier und heute gab es nur Blut. Nicht annähernd so viel wie vor ein paar Jahren, aber doch einiges. Was fehlte, war eine Leiche.

Eine weitere, nicht unwesentliche Gemeinsamkeit gab es allerdings doch noch: In dem Fall vor acht Jahren hatten ein paar Ermittlungsfäden zu Walter Blohm geführt, seinerzeit ein ungekrönter Schwarzmarktkönig und Schmugglerboss, dem nie etwas nachzuweisen gewesen war. Heute, da Blohm angeblich nur noch legale Geschäfte machte, würde sein Name als der des Geschädigten in den Akten stehen, denn sie befanden sich in seinem privaten Büro, und das Blut auf dem Boden war vermutlich seines. Nur von ihm selbst fehlte jede Spur.

Das Leben ist keine Gerade, dachte Ludwig, es dreht sich im Kreis.

Müde schaute er auf die Uhr. Schon nach Mitternacht. Wieder so ein Tag, der einfach nicht enden wollte.

Er hörte einen Wagen vorfahren. Das musste Vranitzky sein. Dem hatte die Beförderung auf den Chefsessel der Morddienststelle charakterlich nicht gutgetan, er benahm sich wie der Gockel auf dem Hühnerhof und bestand sogar darauf, dass ihn die Kollegen, die ihn bisher geduzt hatten, wieder siezten. Angeblich nur wegen der Außenwirkung. Was dazu geführt hatte, dass man sich mal duzte und mal siezte. Und ungefähr so lief auch der Rest seiner Amtsführung. Nur auf eines war Verlass: Obwohl Ludwig schon fast ein Dreivierteljahr wieder im Dienst war, erinnerte Vranitzky ihn immer noch mindestens einmal die Woche daran, wie dankbar er ihm, Vranitzky, sein müsse, weil er sich für seine Wiedereinstellung starkgemacht habe.

Ludwig hörte Schritte auf der Treppe, und sofort stellten sich die feinen Härchen in seinem Nacken auf. Dann trat Vranitzky durch die Tür, der durchdringende Gestank seiner Pfeife eilte ihm voraus. Man nickte sich gegenseitig einen Gruß zu.

»Was haben wir?«

»Lässt sich so genau noch nicht sagen. Die Nachbarn haben ein Auto vorfahren gehört, später zwei Schüsse. Eine Kugel steckt dort in dem Bürosessel. Die andere ...«

»... irgendwo in Herrn Blohm?« Vranitzky zog an der Pfeife.

»Anzunehmen. Wenn das dort Blohms Blut ist. Wovon man ausgehen muss.«

Vranitzky schaute sich im Raum um, wo die Kollegen von der Spurensicherung akribisch ihrem Handwerk nachgingen. Sie nahmen an verschiedenen Stellen Fingerabdrücke und Faserspuren ab, stellten Schildchen auf, fotografierten und dokumentierten alle Funde. Neben dem Blut fiel Vranitzky natürlich sofort der offene Tresor ins Auge.

»Darauf hat er es wohl abgesehen«, sagte er.

»Ich glaube, dass es mindestens zwei Täter waren«, wandte

Ludwig ein. »Was in dem Tresor war, wissen wir natürlich nicht, vielleicht ging es um Bargeld, vielleicht um mehr. Geheime Papiere, zum Beispiel. Bleibt die Frage, warum sie Blohm verschleppt haben. Aus Gründen der Vertuschung? Oder haben sie hier nicht bekommen, was sie von ihm wollten?«

Vranitzky schaut auf. »Denken Sie an was Bestimmtes?«

»Nein. Aber jemand wie Blohm hat sicher einige Leichen im Keller. Vielleicht ist er jetzt schon auf dem Weg in eine Folterkammer, wo er letzte Geheimnisse verraten oder auch nur für ein paar Missetaten büßen soll, von denen wir nicht mal was ahnen.«

»Ich bitte Sie, Gruber. Jetzt geht die Phantasie mit Ihnen durch. In einem Punkt aber stimme ich Ihnen zu.« Er machte es spannend, in dem er tief an seiner scheußlichen Pfeife zog, ehe er fortfuhr: »Wenn wir in den nächsten achtundvierzig Stunden kein Lebenszeichen erhalten, können wir davon ausgehen, dass er tot ist.«

Das sah Ludwig genauso. Eine Entführung, um Lösegeld zu erpressen, kam kaum in Frage, denn Blohm war schließlich der Mann mit dem Geld. Wenn die Täter ihn einfach nur tot sehen wollten, hätten sie ihn nicht mitnehmen müssen. Irgendetwas musste er ihnen noch liefern, ehe sie ihn über den Jordan schickten.

»Wir müssen eine Sonderkommission einrichten«, unterbrach Vranitzky Ludwigs Überlegungen und klang dabei so forsch, als sei dies nicht die übliche Vorgehensweise, sondern eine kühne Idee. »Das Ganze ist natürlich Chefsache, aber Sie werden meine rechte Hand sein, Gruber. Gleich morgen früh gehen wir vor die Presse. Und Sie werden neben mir sitzen.« Damit war die Aufgabenverteilung klar. Er würde die Arbeit machen, Vranitzky die Lorbeeren einfahren. Und wenn sie es vermasselten, stand auch schon der Sündenbock zur Schlachtung bereit.

»Jetzt sind Sie froh, dass ich Sie wieder in den Schoß der Kripo zurückgebracht hab, was?« Vranitzky lächelte selbstgefällig. »So ein Fall ist doch um einiges besser, als der tausendsten untreuen Ehefrau nachzuschleichen, oder?«

Ludwig biss die Zähne zusammen. So lächerlich war seine Arbeit als Privatdetektiv auch wieder nicht gewesen. Aber diese Sprüche würde er sich wohl bis zu seiner Pensionierung anhören müssen.

Von der Treppe her wurden polternde Schritte hörbar. Wenig später stand einer von den Schutzpolizisten vor ihnen, ziemlich außer Atem und mit bleichem Gesicht. »Verzeihung«, keuchte er, »da ist was, das müssen Sie sehen.«

Ludwig und Vranitzky folgten ihm nach unten in einen kleinen Flur, der von der Eingangshalle abging. Neben einer Tür stand ein zweiter Schutzpolizist. Vranitzky ließ Ludwig den Vortritt. Bei dem Raum handelte es sich offensichtlich um die spartanische Unterkunft eines Angestellten. Auf dem Nachttisch lag griffbereit ein Revolver, im Bett, in dem die Decke ganz nach oben gezogen war, ein Mensch, wie man an den nackten Füßen erkennen konnte, die unten herausragten.

Ludwig wandte sich zu den beiden Schutzpolizisten um. »Sie haben nicht unter die Decke geschaut?« Beide verneinten. Da sie Lederhandschuhe trugen, wies Ludwig sie an: »Abdecken.«

Der Mutigste trat vor und schlug die Decke zurück. Der Körper eines Mannes in einem Schlafanzug kam zum Vorschein. In Brusthöhe befand sich ein großer roter Fleck. Ludwig betrachtete die Stelle näher. Ein gezielter Stich mit einer schmalen Klinge. Wer immer das getan hatte, war kein Anfänger.

»Sieht nicht so aus, als wäre er noch mal aufgewacht.« Vranitzky trat näher an den Nachttisch und betrachtete die Waffe darauf, ohne sie anzufassen. »Entsichert. Bestimmt der Leibwächter.«

»Da hat jemand genau gewusst, was er tut«, sagte Ludwig, »und das ohne Skrupel.«

Vranitzky nickte. »Der Fall ist eben noch interessanter geworden.«

Drei Monate davor …

Samstag, 15. März 1958

DER SCHNEE KAM AUS DEM NICHTS über sie und umhüllte sie wie ein hellgrauer Kokon aus flirrenden Flocken. Als Gisela abbremste, leuchteten auch die roten Rücklichter des Vordermanns auf. Vor seinem geistigen Auge nahm Karl vorweg, wie ihr Ford Taunus sich in den Wagen vor ihnen schob, er konnte sogar Metall knirschen und Glas zersplittern hören. Er hatte keine Angst, war völlig unbeteiligt. Das war so, wenn man Gevatter Tod eben erst von der Schippe gesprungen war. Man fühlte sich verletzlich und unverwundbar zugleich. So wie damals im Krieg, als einen jederzeit eine Kugel oder eine Granate treffen konnte. Und trotzdem war es anders. Damals hatte die Bedrohung einen Absender gehabt, und wenn es einen erwischte, war man eben nicht schnell genug oder nicht gut genug gewesen. Diesmal kam die Bedrohung aus dem Nichts, oder besser gesagt: Der Absender war er selbst, das eigene Herz, dieses untreue Stück Fleisch, das ihm beinahe den Dienst versagt hatte. Für diesmal aber ließ es ihn nicht im Stich, so wenig wie Gisela, die eine umsichtige Fahrerin war, so dass sie in sicherer Distanz zum Heck des Vordermanns blieben.

»Kaum zu glauben, dass wir Frühlingsanfang haben«, grummelte sie. »Sieh dir das nur an! Schneetreiben!«

Karl blieb stumm. Er hätte jetzt gern eine geraucht. Doch diese Zeiten waren vorbei. Zumindest wenn er seinen fünfzigsten Geburtstag erleben wolle, hatte der Arzt in Bad Aibling ihn ermahnt. Wollte er das, seinen fünfzigsten Geburtstag erleben? Offenbar, denn er hatte sich bis jetzt strikt an das Rauchverbot und die fettarme Diät gehalten. Karl holte ein Päckchen Wrigley's Kaugummi aus der Jacketttasche, wickelte einen Streifen aus und schob ihn in den Mund.

Giselas Seitenblick bemerkte er wohl, doch er ignorierte ihn.

»Ist das die neue schlechte Angewohnheit?«, fragte sie, halb tadelnd, halb im Scherz.

»Irgendein Laster braucht der Mensch.«

»Wenigstens verpestest du nicht mehr die Luft.«

Der Schneeschauer hörte so plötzlich auf, wie er gekommen war, gerade noch rechtzeitig, damit Karl lesen konnte, was auf dem Schild am Rand der Autobahn stand: München 30 km.

München hatte sich in den Wochen, die er auf Kur gewesen war, wenig verändert. Nicht, dass Karl das erwartet hätte. Für eine Stadt, die sich anschickte, mit viel Brimborium ihren achthundertsten Geburtstag zu feiern, waren ein paar Wochen weniger als ein Fliegenschiss. Als der Wagen in der Nymphenburgerstraße anhielt, bekam Karl trotzdem weiche Knie.

»Wieder da«, sagte Gisela und stellte den Motor ab.

Karl sah sie an und legte kurz seine Hand auf die ihre. »Danke fürs Abholen. Ich hätte auch den Zug nehmen können.«

»Schmarrn!«

Sie stiegen aus, und sofort griff die Kälte sie an. Gisela sperrte eilig den Kofferraum auf. Er wollte den Koffer nehmen, doch sie wehrte ihn ab. Da er ihr zu schwer war, klingelte sie beim Hausmeister und bat ihn, das Gepäck nach oben zu tragen. Der Hausmeister zeigte sich hocherfreut, Karl wohlauf zu sehen, gut erholt, geradezu wie neugeboren.

»Neugeboren bin ich nicht«, widersprach Karl und ließ es wie einen Scherz klingen, »nur fast gestorben.«

Der Hausmeister winkte ab. »Geh'n S' zu!«

Langsamer als eigentlich nötig stiegen sie die Treppe hinauf. »Frisch gebohnert«, sagte der Hausmeister, »nur zu Ihren Ehren. Aber Obacht! Ist glatt.«

Karl wusste natürlich, dass die Treppe jeden Mittwoch frisch gebohnert wurde, und gerade heute hätte er gern darauf verzichtet, denn der intensive Geruch des Bohnerwachses raubte ihm den Atem.

»Das neue Jahr hat für Sie nicht gut angefangen«, keuchte der Hausmeister auf halber Strecke, »aber vielleicht haben Sie das Schlimmste jetzt hinter sich, und von nun an wird es jeden Tag ein bisserl besser. – Was haben Sie denn da drin in dem Koffer? Ziegelsteine?«

»Bücher, hauptsächlich.«

»Ach so. Freilich.«

Oben angekommen, schloss Gisela die Tür auf. Der Hausmeister stellte den Koffer im Flur ab, sie gab ihm ein paar Groschen fürs Tragen; er wünschte noch einmal weiterhin gute Genesung und zog sich zurück. Karl war die ganze Fahrt über gespannt gewesen, mit welchen Gefühlen er hier stehen würde, und nun bestätigten sich all seine Erwartungen. Es war ein gutes Gefühl, aber auch ein falsches. Er gehörte nicht hierher. Nicht mehr. Oder vielleicht noch nie.

Gisela trat dicht an ihn heran, sah ihm in die Augen, küsste ihn. »Ich hab solche Sehnsucht nach dir gehabt«, flüsterte sie und schob ihre Hand über seinen Hintern. Er war kaum imstande, die Küsse zu erwidern, von mehr gar nicht zu reden.

»Wir sollten es langsam angehen.«

»Freilich. Nicht, dass ich unersättliches Luder dich am Ende noch umbringe.«

Verlegen wandte er den Blick ab. Er musste ihr sagen, dass ihre Gemeinsamkeiten aufgebraucht waren; dass es zu Ende ging. Sollte er es sofort tun? So wie man ein Pflaster am besten schnell abzog? Nein, dachte er, ein wenig Zeit musste er ihr und auch sich selbst schon noch geben, schließlich hatten sie fast fünf Jahre miteinander geteilt, und was ihn betraf, waren es beileibe nicht die schlechtesten fünf Jahre seines Lebens gewesen.

Ehe das Unvermögen, in die alte, alltägliche Nähe zurückzufinden, peinlich wurde, löste Gisela sich von ihm und wandte sich ab in Richtung Küche. »Ich mach uns Kaffee«, sagte sie, »setz dich schon mal ins Wohnzimmer. Ach, nein«, fiel ihr dann ein, »Kaffee darfst du ja keinen mehr trinken. Willst du Tee?«

»Irgendwas«, antwortete er nur, ging aber nicht ins Wohnzimmer, sondern in sein Arbeitszimmer.

Die Luft roch abgestanden. Gisela hatte vor seiner Abfahrt in die Kur den Schlüssel verlangt, damit sie ab und zu die Fenster öffnen und Staub wischen könne, aber er hatte ihn ihr verweigert, denn auch wenn es ihre Wohnung war, war das hier allein sein Reich. Jedes Ding lag noch genau an dem Platz, an den er es gelegt hatte. Der angefangene Drehbuch-Entwurf, die Schreibmaschine, der Korb mit der Post. Viele lose Zettel, auf die er Einfälle gekritzelt hatte. Sein Terminkalender, die zweite Januarwoche war noch aufgeschlagen. Am elften der Eintrag in Großbuchstaben: *Gloria-Filmball*.

Er öffnete das Fenster und blieb in der hereindrängenden Kälte stehen. Einzelne Schneeflocken irrten durch die Luft, im vergeblichen Versuch, sich der Schwerkraft zu entziehen.

An den Filmball erinnerte er sich gut. Den ganzen Abend über hatte er versucht, Romy Schneider abzupassen, um sie direkt auf die Rolle anzusprechen, die er ihr anbieten wollte: die Hauptrolle in dem Film *Trümmermädchen*. Noch nie war er einer Verfilmung seines Romans so nahe gewesen wie damals, und wenn ihm so ein Star auch nur vage zugesagt hätte, hätte das ihm und der Capitol Film, die den Streifen produzierte, weitere Türen zu einer gesicherten Finanzierung geöffnet. Dass Romy weg von ihrem Sissi-Image wollte, hin zu ernsten Gegenwartsstoffen, hatte sich herumgesprochen, das war das Pfund, mit dem er wuchern musste. Und dann hatte er sie wirklich erwischt, für einen Tanz, und er hatte all seinen Charme aufgeboten, obwohl er gleich gespürt hatte, dass Romy es nicht war: seine geliebte Magda, um die es im Roman und im Drehbuch ging, obwohl sie dort natürlich anders hieß. Romy war zu sehr das süße Mädel, ganz anders als Magda. Keine Schauspielerin, keine andere Frau würde ihr je gerecht werden. Doch egal, er wollte ohnehin nur Romys berühmten Namen auf der Liste. Sie allerdings verwies ihn an ihren Daddy: den Stiefpapa, der ihre Geschäfte regelte. Dieses Gespräch hätte er sich freilich sparen können. Daddy redete nur über Angebote aus Frankreich und Italien, ließ ihn, den unbedeutenden deutschen Autor, überdeutlich spüren, dass sein kleines Projekt längst unter Romys und damit auch unter seiner Würde war; und zum Schluss merkte er noch an, dass es auch Anfragen aus Hollywood für Romy gebe. Demnächst breche man zu einer Werbetour nach Amerika auf, um sein Goldstück drüben in den Staaten bekannt zu machen, vor allem New York sei dabei wichtig, weil dort die großen Fernsehsender ihre Studios hätten. New York … die Stadt, in der auch Magda mutmaßlich lebte. Das war der Moment gewesen, in dem Karl zum ersten Mal diesen stechenden Schmerz in der Brust gespürt hatte, einen Vorboten des Infarkts, wie er inzwischen wusste, den er damals aber nicht ernst genommen hatte. Und nun war alles anders, das Filmprojekt, überhaupt die Arbeit, ja, sein ganzes Leben, wie er es bis dahin geführt hatte, waren weit weg.

»Hier bist du.«

Karl drehte sich um. Gisela stand mit einer dampfenden Tasse in der Tür. Pfefferminztee, wie er im nächsten Moment roch. Er schloss das Fenster, nahm ihr die Tasse aus der Hand, stellte sie auf dem Schreibtisch ab und setzte sich.

»Kannst du mich noch kurz allein lassen?«, fragte er überfreundlich, weil ihm klar war, dass er sie damit vor den Kopf stieß – erneut, nachdem er schon die ganze Fahrt über wenig mit ihr geredet hatte. Sie sah ihn irritiert an, wahrscheinlich hatte sie erwartet, dass ihm nichts lieber war, als endlich wieder mit ihr auf dem Sofa zu sitzen oder gar im Bett zu liegen, und nun das. »Ich komm gleich«, fügte er rasch hinzu, »muss nur noch ein paar Sachen raussuchen, die schon zu lange liegen geblieben sind.«

Sie nickte nur und ging.

Erleichtert atmete er auf. Nein, lange würde er es hier nicht mehr aushalten. Ein paar Tage noch, mehr nicht. Es war nicht Giselas Schuld. Niemand hatte Schuld. Sie gehörten nur einfach nicht zusammen. Gisela hatte etwas Besseres verdient. Einen Mann, dem es wirklich um sie ging und für den sie mehr war als nur die Notlösung. Doch wie sollte er ihr das sagen? Es würde alles nach wohlfeilen Ausreden klingen, und vielleicht war es das ja auch. Zum Glück musste man sich ihretwegen keine größeren Sorgen machen. Sie war stark. Sie würde ihm vielleicht ein wenig Geschirr an den Kopf werfen, was er auch verdiente, aber sie würde darüber hinwegkommen. Außerdem hatte sie ja ihren Sprössling Benno, der zwar nach dem Abschluss der Mittelschule im Sommer seit Herbst beim Onkel in der Oberpfalz eine kaufmännische Lehre machte, aber er kam ja wieder zurück.

Und wie sollte es für ihn weitergehen? In den Tagen und Wochen im Krankenhaus und auf Kur hatte er mehr Zeit als nötig gehabt, um alles wieder und wieder durchzudenken. Der Herzinfarkt war ein Schuss vor den Bug gewesen und die Botschaft dahinter eindeutig: Du musst Magda wiedersehen, musst sie zurückgewinnen und mit ihr eins werden. Alles andere war unwichtig. Freilich, wie sollte er das anstellen, da ihr Gatte sie nach Amerika geschickt hatte und sie dort wie eine Gefangene hielt, während er selbst in München weiter seinen Geschäften nachging? Ob sie noch in New York weilte oder längst irgendwo anders auf dem Kontinent, das war ebenso ungewiss wie die Antwort auf die Frage, ob sie überhaupt noch lebte. Wie konnte man ein Scheusal vom Schlag eines Walter Blohm dazu bringen preiszugeben, was er auf keinen Fall preisgeben wollte? Solche Männer wichen, wenn überhaupt, nur der Gewalt. Also würde er mit vorgehaltener Waffe mit ihm sprechen. Dafür musste man aber erst an Blohm herankommen. Und davor an eine Waffe.

»Sie sollten für eine lange Zeit jede Aufregung meiden«, hatte der Arzt beim Entlassungsgespräch in Bad Aibling gemahnt. »Am besten für immer.« Das hatte Karl ihm nicht versprechen können. »Erst wenn ich tot bin«, hatte er erwidert. Daran musste Karl jetzt denken, als er in den Wagen stieg. Was er vorhatte, würde seinen Blutdruck garantiert in die Höhe treiben, und wenn sein Herz dabei explodierte, dann war es halt so.

Er ließ den Motor auf den ersten Metern aggressiv hochdrehen, ehe er in den nächsten Gang schaltete. Danach kramte er im Handschuhfach nach einem Eukalyptosbonbon, fand auch eines, und bis er in Obermenzing ankam, hatte er es fertig gelutscht. Die scharfe Mentholfrische in seinem Mund hielt noch an, als er auf das Gartentor zu einem Grundstück zuging, auf dem unter einer Gruppe hoher Tannen ein Einfamilienhaus herüberlächelte. *Familie Veit Wieners* stand auf dem Klingelschild zu lesen. Karl konnte sich ein süffisantes Grinsen nicht verkneifen. Sollte sein kleiner Bruder wirklich solide geworden sein? Schwer zu glauben. Obwohl das Geschäft angeblich brummte. Die beiden neuen Nachtclubs, die er in den letzten Jahren aufgemacht hatte, schienen gut zu laufen. Das mussten sie auch, damit die Rechnung aufging, denn erst einmal hatte er eine Menge Geld reingesteckt. Geliehenes Geld, vermutlich. Das hübsche Häuschen unter den Tannen gehörte wohl auch eher der Sparkasse und erst in vielen Jahren, wenn alles gut gegangen war, dem lieben Veit. Und wenn Veit die Wette auf die Zukunft gewann? Alle hatten stets Veit für den Versager in der Familie gehalten. Den, der es nie zu etwas bringen würde, weder geschäftlich noch im Leben. Nun stellte sich vielleicht heraus, dass er, Karl, der unsolide Charakter war, der sein Leben auf Sand gebaut hatte und nichts zu Ende brachte.

Karl folgte dem gepflasterten Weg, der zwischen Beeten, Ziersträuchern und grünem Rasen hindurch zur Haustür führte. Ehe er klingeln konnte, flog die Tür schon auf, und Veit stand vor ihm, mit dem Ausdruck überquellenden Besitzerstolzes im Gesicht.

»Na, so eine Überraschung! Hast du dich verlaufen? Oder wieso bist du hier?«

Karl hatte nicht damit gerechnet, ihn um diese Zeit zu Hause anzutreffen. Deshalb war er ja genau jetzt hergefahren.

»Wollte bloß mal schauen, wie es meinem kleinen Bruder

in seinem neuen Heim geht«, log er. »Bin heute erst aus der Kur zurückgekommen.«

»Stimmt ja. Entschuldige, dass ich dich nicht besucht hab. Wo warst du überhaupt? Bad Griesbach?«

»Bad Aibling.«

»Richtig. Komm rein.«

Aus dem Wohnzimmer drangen Stimmen in den Flur. Ein Radio- oder Fernsehgerät. Veit ging voraus. »Schau, wer da ist«, sagte er.

Bei Karls letztem Besuch an Weihnachten war das Wohnzimmer noch mit dem Mobiliar der Vorbesitzer eingerichtet gewesen. Nun fand er es, ganz im modernen Stil, mit leichtfüßigen Sitzmöbeln, Tischen in Nierenform, Glasvitrinen und Lampen mit tütenförmigen Schirmen ausgestattet. Auf dem Sofa saß Marianne, die Veit im Frühjahr, wie er selbst grinsend sagte, eingefangen hatte. Im Unterschied zum letzten Mal waren ihre anderen Umstände mittlerweile unübersehbar. Mariannes Hand kreiste die ganze Zeit langsam auf ihrem gewölbten Bauch, während ihr Blick am Fernsehschirm haftete, wo gerade eine Kindersendung lief. Sie konnte sich nur so lange davon lösen, wie es dauerte, »Grüß dich, Karl« zu sagen, danach kehrte ihr Blick sofort wie hypnotisiert zurück.

»Du schaust dir wirklich jeden Schmarrn an«, sagte Veit zu ihr.

»Bloß weil ich zu müde zum Aufstehen bin«, verteidigte sie sich.

»Soll ich ausschalten?«

»Nein, lass an!«

Veit rollte grinsend mit den Augen, doch so, dass nur Karl es sah.

Sollten sie ein Mädchen bekommen, hatte Veit angeboten, könnten sie es Gundula nennen. Oder Gerlinde. Oder beides.

Zu Ehren und zum Andenken an Karls verlorene Töchter. So hatte Veit sich ausgedrückt, beim gemeinsamen Weihnachtsessen letztes Jahr, als er Karl mit stolzgeschwellter Brust seine bevorstehende Vaterschaft verkündete. Die Worte klangen Karl jetzt wieder in den Ohren und ließen dieselbe Bitterkeit wie damals in ihm hochkommen. Verloren, hatte Veit gesagt, um nicht tot sagen zu müssen. Karl war wie vor den Kopf geschlagen gewesen. Am liebsten hätte er Veit für seine Taktlosigkeit gerüffelt, doch stattdessen hatte er nur dankend abgelehnt und Mariannes Gänsebraten gelobt.

Veit lotste Karl in die Küche und nahm zwei Helle aus dem Kühlschrank. Er holte auch zwei Gläser aus einem der blendend weißen Hängeschränke über der Anrichte, doch sie tranken beide aus der Flasche. Karl fragte sich, ob die Küchenuhr wirklich so laut tickte oder ob ihm das nur so vorkam. Es machte ihn jedenfalls unruhig.

»Du hast doch noch die Waffe von unserem alten Herrn«, sagte er ohne Umschweife, denn er wollte so schnell wie möglich wieder weg von hier. »Die alte Luger.« Zu Lebzeiten ihres Vaters war die Luger ein Art Familienheiligtum gewesen, ausgestellt in einer gläsernen Vitrine in der Stube. Angeblich war ihr Vater damit nicht nur beim Hitler-Putsch mitmarschiert, er hatte Hitler sogar das Leben gerettet, indem er auf einen Polizisten schoss, der Hitler aufs Korn genommen hatte. Wahrscheinlich stimmte das sogar. In den letzten Kriegstagen hatte der alte Narr versucht, das dumme Heldenstück zu wiederholen, indem er sich mit dem Volkssturm gegen den Einmarsch der Amerikaner stemmte. Dafür hatte er dann mit dem Leben bezahlt.

Veit sah Karl überrascht an. »Was willst du mit dem alten Ding?«

»Dasselbe, was du damit machst: auf den Schrank legen.«

»Im Ernst. Wirst du bedroht?«

»A wo! Ich will nur einfach mal in den Wald damit gehen und auf Blechbüchsen schießen. Nach dem Krieg wollte ich nie wieder eine Waffe anfassen. Aber jetzt, keine Ahnung, warum, ist mir einfach danach.« Veit wirkte zu Recht nicht überzeugt. Karl trank einen Schluck. »Keine Angst«, sagte er dann, »ich bring schon keinen um.«

»Da bin ich mir nicht so sicher. Wenn, wär's mir auch wurscht, solange du dich nicht erwischen lässt. Ich hab keine Lust, dich jeden Sonntag in Stadelheim zu besuchen.«

»Du meinst, so wie du mich in Bad Aibling besucht hast? Oder davor im Krankenhaus?« Karl lächelte. »Keine Sorge«, beschwichtigte er dann erneut, »ich werde vielleicht jemandem ein bisschen Angst machen, mehr nicht.«

»Kann mir schon denken, wem. Pass bloß auf, dass du dich damit nicht verhebst. Blohm ist gleich mehrere Nummern zu groß für dich.«

»Weiß ich doch. Ich komme eh nicht an ihn ran. Aber ich will wenigstens das Gefühl haben, dass ich könnte, wenn's drauf ankäme.«

Veit lächelte, als wäre er der Klügere von ihnen beiden, und schüttelte den Kopf. »Tu, was du nicht lassen kannst. Aber vorher trinken wir noch aus.«

Die Bierflaschen in der Hand, standen sie sich schweigend gegenüber. Das Ticken der Küchenuhr wurde ohrenbetäubend.

»Du denkst daran, dass nächste Woche Magdas Geburtstag ist, oder?«, brach Veit die Stille, so abrupt und hart wie eine Axt, die in einen vereisten See schlägt.

»Und wenn schon. Wir haben keinen Kontakt.«

»Wegen ihr ist es, oder? Das mit Vaters Waffe.«

Karl wich Veits Blick aus, setzte die Flasche an die Lippen

und leerte sie in einem Zug. Nur damit er nichts mehr sagen musste. Dann stellte er die Flasche auf die Anrichte und wischte sich den Mund ab.

»Auf geht's.«

Veit ging voraus ins Schlafzimmer, holte eine Blechkiste vom Kleiderschrank herunter und öffnete sie. Der vertraute Geruch von Waffenöl, Eisen und einer Spur Pulverschmauch stieg daraus auf. Auch ein paar Schachteln Munition lagen in der Kiste. Veit wickelte die Pistole aus dem Tuch, in das sie eingeschlagen war. Eine Luger neun Millimeter Parabellum aus dem Ersten Weltkrieg.

»Ob das alte Ding überhaupt noch schießt?«, fragte Karl.

»Probier's aus.« Veit wickelte sie wieder ein, legte sie zurück in die Kiste, verschloss sie und drückte sie Karl in die Hand. »Sie gehört dir. Besser, sie ist weg. Ein Kind und eine Waffe – das verträgt sich nicht.«

Karl fand Veits verantwortungsbewusstes Getue ein wenig übertrieben. Er nahm die Blechkiste und verließ das Haus. Auf dem Weg zum Auto überlegte er, wo in der Umgebung eine Kiesgrube oder ein Waldstück war, in dem er später, wenn er die Luger gereinigt und auf Vordermann gebracht hatte, sein Schießtraining beginnen konnte.

Sonntag, 16. März 1958

NEW YORK CITY

FÜR EIN PAAR SEKUNDEN BLIEB MAGDAS BLICK an der transparenten Spiegelung in der Kuchenvitrine hängen – lange genug, um sich zu fragen, ob die Frau mit der weißen Schürze und dem Häubchen im Haar wirklich sie war –, dann rief sie der helle Klingelton, auf den sie wie ein Hündchen dressiert war, schon wieder an die Durchreiche aus der Küche, um eine fertige Bestellung abzuholen. Eine halbe Stunde hatte sie noch vor sich. Eigentlich war die Sonntagmorgen-Schicht ein Kinderspiel. Keine Hafenarbeiter, die wie die Heuschrecken von den Docks herüberzogen und ihr billiges Menü alle gleichzeitig auf dem Tisch haben wollten, weil der Hunger groß und die Mittagspause kurz war. Stattdessen nur ein paar Familien, die es sich leisteten, auswärts zu frühstücken. Und das Trinkgeld saß ihnen auch etwas lockerer in der Tasche, während die Arbeiter mit ihren kargen Löhnen um jeden Cent knauserten. Trotzdem konnte sie es kaum erwarten, im Bus zu sitzen, wo sie auf der Fahrt nach Flatbush in ihrem zerfledderten Paperback lesen oder einfach nur aus dem Fenster starren konnte.

Wie aus dem Nichts stand plötzlich Simon vor ihr. Sie hatte gar nicht gehört, dass jemand hereingekommen war. »Happy birthday«, sagte er, während sie vier Teller mit einer Sicherheit an ihm vorbeibalancierte, als wären sie an ihren Händen festgeklebt. »Hast du an deinem Geburtstag wirklich nichts Besseres zu tun?«

»Eigentlich nicht.«

Sie verteilte die Teller, holte die Kaffeekanne von der Warmhalteplatte, schenkte einem Gast nach und stellte die Kanne zurück an ihren Platz. Als Simon immer noch an der gleichen Stelle verharrte, fragte sie: »Willst du etwas essen? Oder bist du nur zum Gratulieren gekommen?«

»Weder noch. Da ist jemand, der dich sehen will.«

Karl, dachte Magda sofort. Im nächsten Moment wunderte sie sich, dass das nach zweieinhalb Jahren Trennung immer noch ihr erster Gedanke war, vor allem, da die Chance, dass Karl sie hier fand, gleich null war. »Wer denn?«, fragte sie.

»Wirst du schon sehen. Hey, Jimmy«, rief er über den Tresen hinweg, wo Magdas Boss saß und Kreuzworträtsel löste, »Maggie macht für heute Schluss.«

»Und wer soll dann …«, brauste Jimmy auf.

»Hey, sie hat heute Geburtstag. Ihren dreißigsten.«

»Und was geht das mich an?« Jimmy kam Simons Gegenrede zuvor, indem er abwinkte. »Ach, meinetwegen, verpisst euch! Und Maggie, hey, alles Gute zum Geburtstag.«

Sie bedankte sich, doch Jimmy hatte sich schon wieder seinem Kreuzworträtsel zugewandt.

Simon zwinkerte ihr zu. Es gefiel ihm, dass er hier den Oberboss spielen konnte, auch wenn die Macht, die ihm das erlaubte, nur geliehen war von den Männern, für die er arbeitete. Den wahren Herren. Magda wollte gar nicht wissen, was das für Leute waren und was er für sie tat. Ihr reichte es zu sehen, wie ihn das bisschen Macht, das von dort zu ihm durchsickerte, verändert hatte. Sie verschwand hinter der Tür, auf der in Großbuchstaben *STAFF ONLY* stand, warf Schürze und Häubchen in den Korb für die Wäscherei, schlüpfte in ihren Mantel und nahm die Handtasche. Wer wohl dieser Jemand war, der sie sehen wollte? Hoffentlich ein Mann von einer Zeitung oder einem Magazin, der sich für ihre Fotos interessierte. Simon hatte versprochen, so jemanden für sie aufzutreiben. Sie kontrollierte in ihrem Schminkspiegel ihre Frisur und frischte den Lippenstift auf.

Als sie zurück in den Gastraum kam, lehnte Simon am Tresen und plauderte mit Jimmy über irgendein Sportereignis. Auch wenn Jimmy jetzt so tat, als seien sie beide nur zwei Kerle, die sich über Männerkram unterhielten, und als sei Simons bestimmendes Auftreten vorhin vergessen, würde er sie bei ihrer nächsten Schicht die Demütigung büßen lassen.

Simon hielt Magda die Glastür auf, und sie trat mit einem großen Schritt in diesen grauen, aber milden Tag, der zufällig ihr dreißigster Geburtstag war, tauchte ein ins Rauschen der Stadtautobahn über ihren Köpfen, das einem nur auffiel, wenn es, so wie jetzt, durch einen Moment der Stille unterbrochen wurde. Erst hier draußen nahm Simon sie in den Arm, küsste sie auf die Wange und sagte noch einmal: »Happy birthday, honey. Ich wünsche dir alles Glück der Welt. Niemand hat es so sehr verdient wie du.«

Magda lächelte und löste sich rasch aus der Umarmung. Egal, wie sehr Simon sich verändert hatte, eines hatte sich nicht geändert: seine mehr oder weniger heimliche Liebe zu ihr. Doch nicht nur deshalb vermied sie alles, was ihm falsche Hoffnungen machen könnte. Auch wenn er wohl kaum eine andere Wahl hatte, konnte sie nicht darüber hinwegsehen, dass er Blohms Mann war und damit der Wärter des Gefängnisses, zu dem Blohm ihr Leben gemacht hatte. Dass ausgerechnet er ihr nun alles Glück der Welt wünschte, klang wie Hohn in ihren Ohren, selbst wenn es ehrlich gemeint war.

Simon ging voraus, auf eine dunkle Limousine zu, die ein

paar Meter entfernt parkte, und öffnete ihr den Schlag. Von der Person im Innern konnte sie nur die Hand sehen, die die aufgeschlagene Wochenendausgabe der *New York Times* hielt. Magda zögerte, denn sie ahnte, wer sich dahinter verbarg.

»Steig schon ein«, sagte Simon ungeduldig.

Magda folgte der Forderung, und ihre Ahnung bestätigte sich, als der Mann die Zeitung zusammenfaltete.

Blohm. Es war Blohm. Ihr Ehemann. Ihr Verhängnis. Eines Tages vielleicht ihr Untergang.

»Guten Tag, Magda«, sagte er, »und herzlichen Glückwunsch zum Geburtstag. Hier, für dich.« Er fasste neben sich und hielt ihr einen Strauß weißer Rosen hin.

Inzwischen war Simon eingestiegen. Er ließ den Motor an und fuhr los, ohne dass Blohm ihn anweisen musste, wohin.

Magda sah die Blumen nicht, die Blohm ihr in den Arm legte, sie starrte nur ihn an, während sie innerlich versteinerte. Fast zweieinhalb Jahre hatte sie ihn nicht gesehen, und nun saß er einfach so neben ihr. Doch das Déjà-vu-Erlebnis, das sie gerade hatte, reichte noch viel weiter zurück: bis zu ihrer ersten Begegnung, bei der sie ebenso ahnungslos gewesen war und die schon damals Simon eingefädelt hatte. Geschichte wiederholt sich, dachte sie, aber niemals auf dieselbe Weise.

»Du siehst gut aus«, sagte Blohm, »ein wenig mager vielleicht, aber es steht dir.«

»Was willst du?«, konnte sie endlich fragen.

»Nur meine geliebte Gattin besuchen. Auch wenn sie mich schwer gekränkt hat. Benutzt.«

Er sagte es ohne Groll in der Stimme. Sofort keimte Hoffnung in ihr auf. Vielleicht war er milde gestimmt, weil er endlich jemanden kennengelernt hatte. Wieder heiraten wollte. Und er brauchte dafür die Scheidung. Jede Nacht betete sie für eine solche Lösung zu einem Gott, an den sie nicht glaubte.

»Wie ist es dir denn ergangen, in all der Zeit?«, fragte er im Plauderton.

»Das hat dir Simon doch sicher alles längst berichtet.«

Blohm lachte auf. »Glaubst du wirklich, ich habe ständig Rapport erhalten über dein kleines Leben hier? Glaubst du, es hat mich interessiert, was du jeden Tag so treibst? Ich bitte dich! Da gab es für mich wirklich Wichtigeres in den letzten beiden Jahren.«

Der gallige Ton, der unterdrückte Zorn, der sich in seiner Antwort zeigte, ließen ihre Hoffnung, dass sich etwas zum Besseren gewendet haben könnte, zerplatzen. Er würde die Sache niemals auf sich beruhen lassen. Selbst nach einer Scheidung nicht. Sie war für immer seine Gefangene. Und solange er offiziell der Vater ihres Kindes war, hatte er ein Druckmittel, das sie gefügig machte. Ganz abgesehen von der Drohung, Karl etwas anzutun, sollte sie nicht stillhalten.

»Und warum bist du dann hier, wenn du dich überhaupt nicht für mich interessierst?«, fragte sie schroff.

»Weil ich ein wenig Zeit bis zu meinem Rückflug überbrücken muss. Denkst du etwa, ich fliege deinetwegen um die halbe Welt?« Er lachte höhnisch. »Da ich dich jeden Monat mit einem gewissen Geldbetrag unterstütze, werde ich doch einmal nachsehen dürfen, wie sich meine Investition entwickelt. Ich habe nicht den Eindruck, dass sie sich lohnt.«

Magda war kurz davor, ihm seinen verdammten Strauß Rosen um die Ohren zu hauen. Doch sie beherrschte sich.

»Es geht mir gut«, sagte sie. »Ich arbeite, wie du gesehen hast. Daneben fotografiere ich.«

»Und Peterle? Wie geht es ihm?«

»Es war nicht leicht für ihn, sich hier einzugewöhnen. Inzwischen geht es. Seit Herbst besucht er die öffentliche Schule in unserem Viertel.«

Sie wünschte, es wäre wirklich so einfach gewesen, wie sie es darstellte. Anfangs hatte Peterle mit Staunen und Schrecken auf die neue Umgebung reagiert. Spätestens als er begriff, dass sie nicht wieder nach München zurückkehren würden, blieb nur noch der Schrecken übrig. Die schiere Größe der Stadt, ihre Unerbittlichkeit, die Andersartigkeit der Menschen und die fremde Sprache schüchterten ihn so sehr ein, dass er für fast ein ganzes Jahr verstummte und sich auch sonst wieder zu einem Kleinkind zurückentwickelte. Für das, was der Bub durch ihn leiden musste, hasste sie Blohm, während Peterle anfing, sie zu hassen, weil sie ihn nicht aus seinem Leid erlöste. Wie sollte sie ihm erklären, dass der Vater, der immer gut zu ihm gewesen war und der dadurch in seiner Phantasie zu einer Art Gott eines verlorenen Paradieses wurde, in Wahrheit der Teufel war, der ihn aus diesem Paradies vertrieben hatte?

Magda schaute aus dem Seitenfenster. Erst jetzt fiel ihr auf, dass Simon nicht, wie erwartet, den Weg zum Ocean Parkway nahm, die schnellste Verbindung nach Flatbush, sondern in die 5th Avenue eingebogen war. »Wo fahren wir hin?«, fragte sie Blohm.

»Wir machen nur einen kleinen Spaziergang«, sagte der. »Wir sind auch gleich da, Simon, oder?«

»In ein paar Minuten, Herr Blohm.«

Wie klein Simon plötzlich ist, dachte Magda. Eben noch hat er sich vor Jimmy als großer Herr aufgespielt, aber in Wirklichkeit ist er doch nur ein Chauffeur und Handlanger.

Ob es etwas zu bedeuten hatte, dass Blohm mit ihr durch einen Friedhof spazieren wollte? Wobei der Green-Wood Cemetery kein Friedhof war, wie man sie aus Europa kannte. Magda kam nach manch einer anstrengenden Arbeitsschicht gern hierher, um sich von dem Trubel zu erholen. Weitläufig auf der höchsten Erhebung Brooklyns angelegt, war er mit seinen grünen Hügeln und kleinen künstlichen Seen, den Bäumen und Sträuchern und den breiten asphaltierten Wegen mehr ein Park. Nichts Schauriges oder gar Bedrohliches ging von den alten verwitternden Grabsteinen, den kleinen und großen Mausoleen und Kreuzen, den Engeln, Kindern und sonstigen Gestalten aus Marmor oder Sandstein aus. Sie beide waren auch keineswegs die einzigen Besucher. Green-Wood galt als Sehenswürdigkeit. Eltern mit Kleinkindern und Kinderwagen, Sonntagsausflügler allein oder in Gruppen und sogar Liebespaare verloren sich auf dem weitläufigen Gelände. Von manchen höher gelegenen Stellen bot sich ein einmaliger Blick hinüber zu den Wolkenkratzern an der Südspitze Manhattans.

Nachdem sie eine Weile schweigend nebeneinanderher spaziert waren, sagte Blohm: »Es gibt etwas über Karl, das ich dir erzählen muss.«

Ein Zucken ging durch sie hindurch. »So? Was denn?« Sie versuchte, nicht allzu interessiert zu klingen.

»Er hatte einen Herzanfall. Einen Infarkt.«

Erschreckt blieb sie stehen, packte Blohm am Arm.

»Ist er …?«

»Tot? Nein. Er hat den Kopf noch einmal aus der Schlinge gezogen. Aber er bleibt auf der Liste. Dem ersten Infarkt folgt oft ein zweiter.«

Magda stieß Blohms Arm, den sie immer noch festhielt, mit Nachdruck weg und wandte sich ab. Für einen Moment spürte sie ihren Körper nicht mehr, war nur noch ein Gedanke: Karl … beinahe tot … aber er lebt … noch …

»Geht es dir gut?«, hörte sie Blohm hinter sich fragen.

Sie begriff sofort, dass er ihr das nur erzählt hatte, um sie zu quälen. Er wollte sie weinen sehen. Zusammenbrechen. Oder hilflos toben. Doch sie würde ihm den Gefallen nicht tun. Sie straffte die Schultern, drängte die aufkommenden Tränen zurück und drehte sich um.

Blohm trat dicht an sie heran, nahm ihr Kinn zwischen seine Finger, so dass sie ihm ins Gesicht sehen musste, als er sagte: »Ich weiß ja nicht, wie du inzwischen zu Karl stehst. Gefühle ändern sich bekanntlich. Jedenfalls hast du keinen Grund, dich darüber zu freuen, dass der gute alte Karl das Zeitliche noch nicht gesegnet hat. Solange er lebt, wirst du unter meiner Aufsicht bleiben. Nicht einmal zu seiner Beerdigung wirst du gehen. Und danach … Nun, wir werden sehen.«

Wie böse er war! Wie perfide! Er wollte sie dazu bringen, sich Karls Tod zu wünschen. Doch das würde nicht geschehen. Sie hatte sich nur gefügt, um Karl vor Blohms Rache zu schützen, und sie bereute es nicht, auch wenn sie Karl und ihre Beziehung zu ihm heute durchaus etwas nüchterner sah. Sie trat einen Schritt zurück und sagte so beherrscht, wie sie es angesichts ihrer inneren Erregung zustande brachte: »Es freut mich, dass es Karl gut geht. Aber selbst wenn er nicht überlebt hätte, würde das für mich nichts ändern. Ich lebe gern hier, es macht mir auch nichts aus, mit wenig Geld auszukommen. Ich brauche weder dich noch Karl noch sonst irgendjemanden.«

Blohm lächelte sein Schlangenlächeln. »Freut mich zu hören. Dann kann ich meine Zuwendungen endlich einstellen.«

Magda zuckte mit den Schultern. Sie hatte keine Ahnung, wie viel von dem Geld, das Simon für sie ausgab, aus Blohms Tasche kam, denn Simon mochte es abstreiten, sie war dennoch überzeugt, dass er mit eigenem Geld einsprang, wenn es am Monatsende nicht reichte.

Blohm schaute auf die Uhr an seinem Handgelenk. »Wir

sollten zurück zum Wagen gehen, sonst verpasse ich noch meinen Flieger.«

»Apropos Flieger«, sagte Magda. »Dann hast du keine Angst mehr vorm Fliegen?«

»Wo denkst du hin. Ich schwitze Blut und Wasser da oben. Aber es hilft nichts. Das ist die neue Zeit, das neue Tempo. Man muss sich überwinden und anpassen.«

Sie kehrten um. Nach einer Weile fragte Blohm: »Stimmt es übrigens, was Simon mir erzählt hat? Bist du wirklich zum Judentum konvertiert?«

Simon ließ Magda an der Ecke Ocean Avenue aussteigen. »Vergiss deine Blumen nicht«, sagte Blohm, als sie schon auf dem Bürgersteig stand, und reichte den Strauß aus dem Wagen. Wortlos nahm Magda ihn entgegen, schlug dann die Autotür zu. Die Limousine fuhr weiter Richtung Flughafen Idlewild. Hinter ihr, einen Steinwurf entfernt, ratterte ein Zug der Brighton-Line durch den offenen U-Bahn-Schacht und sandte dabei feine Erschütterungen durch den Untergrund und alle Gebäude, die darauf standen. Anfangs hatte Magda gedacht, sie werde sich daran gewöhnen. Doch das tat sie nicht. Jeder einzelne Zug, jedes Glas und jedes Messer, das im Teller vibrierte, zerrte an ihren Nerven, seit nunmehr über zwei Jahren. Am nächsten Abfallkorb blieb sie stehen, betrachtete den Strauß und sog den intensiven Geruch der Rosen ein. Eigentlich waren sie viel zu schön, um sie wegzuwerfen. Doch sie konnte nichts, was von diesem Mann kam, in ihrer Nähe ertragen.

Während sie zu ihrem Apartmenthaus ging, musste sie wieder an Karl denken. Er bedeutete ihr immer noch viel. Daran würde sich auch nichts ändern. Und doch konnte sie sich nicht mehr vorstellen, wie ein Leben mit ihm hätte aussehen können. Es gab zu vieles, das sie Karl nicht verzeihen konnte. Sie zog die Glastür auf, trat in die Lobby. Am Fahrstuhl hing das altbekannte Schild: *Out of service*. Die Tür zum Treppenhaus stand offen. Schon auf der ersten Etage brach Magda der Schweiß aus, drei Stockwerke lagen noch vor ihr. Es war nicht die Anstrengung, denn sie war es gewöhnt, viel zu laufen. Doch von Karl zu hören, selbst wenn es Blohm war, der seinen Namen aussprach, hatte Gefühle in ihr geweckt, Sehnsüchte und Begierden, die sie aufwühlten. Sie wünschte, es wäre anders. Vielleicht würde es das eines Tages sein. Bis dahin aber musste sie damit leben wie mit einer unheilbaren Krankheit.

Das Apartment lag am Ende eines langen, schlauchartigen Korridors, in dem nur jede zweite Deckenlampe brannte. Sie kramte den Schlüssel aus der Handtasche. Unter ihr vibrierte der Boden. Wieder ein Zug. Ein Königreich für ein schönes heißes Schaumbad, dachte sie. Doch in ihrem winzigen Badezimmer gab es nur eine Dusche.

Magda wunderte sich, dass sämtliche Schlösser an der Tür abgeschlossen waren. Wahrscheinlich war Agota mit Peterle drüben im Park, und die beiden hatten einen schönen Tag gehabt. Peterle liebte Agota über alles. Magda öffnete die Schlösser und trat ein. Sie hängte den Mantel an die Garderobe in der kleinen Diele und ging ins Wohnzimmer.

»Überraschung!«, schallte es ihr ihr mehrstimmig entgegen. Ein paar Nachbarn und Freunde standen lachend vor ihr. Freudestrahlend löste Agota sich mit zwei gefüllten Sektgläsern aus der Gruppe und kam auf Magda zu. »Hast du wirklich geglaubt, du kannst dich um eine Party drücken? Nicht mit uns, Darling! Nicht an deinem dreißigsten Geburtstag!« Sie gab Magda eines der beiden Gläser. »Happy birthday to you!«

So sehr sich Magda über die kleine Party gefreut hatte, so froh war sie, als sie die letzten Gäste an der Tür verabschieden konnte. Nur Agota und Simon, der nach seiner Fahrt zum Flughafen noch dazugestoßen war, waren noch da. Agota spülte in der Küche Gläser und Besteck, Simon sammelte die Pappteller, Luftschlangen und Geschenkpapiere ein und stopfte sie in einen Müllsack. Magda hatte striktes Verbot, sich an den Aufräumarbeiten zu beteiligen. Sie saß mit einem Drink auf dem Sofa und sah zu, wie Peterle in der Ecke mit seinen Flugzeugen, Jeeps und Panzern Krieg spielte und sie dabei geflissentlich ignorierte. Er wird einmal gut darin sein, Frauen für etwas zu bestrafen, das sie nicht getan haben, dachte sie. Erst als Agota ins Zimmer kam, sprang er auf und lief zu ihr.

»Langsam musst du mal ins Bett, kleiner Kamerad«, sagte Agota. »Soll die Mama …?«

»Nein, du!«, rief Peterle.

Agota schaute Magda fragend an, die nickte nur.

»Aber erst Zähneputzen.«

Die beiden verschwanden ins Bad.

Simon setzte sich zu Magda und zündete zwei Zigaretten an. »Alles okay?«, fragte er, als er ihr eine davon reichte.

»Ein bisschen müde.« Sie stellte ihr Glas ab und zog an der Zigarette. »Wie kommt Blohm eigentlich auf die Idee, ich sei zum Judentum konvertiert?«, fragte sie dann. »Stammt das von dir?«

»Hat er das gesagt?« Simon schaute sie überrascht an. »Da hat er mich wohl falsch verstanden. Aber du hast dich hier überall als Jüdin ausgegeben, also …«

»Also was? Und was heißt überhaupt *ausgegeben* …«

Hier im Haus lebten viele Juden, und nach ihrem Einzug hatten die Nachbarn sie natürlich gefragt, wer sie sei und woher sie komme. Dass sie eine Deutsche sei, wollte sie auf keinen Fall an die große Glocke hängen. Natürlich hätte sie sagen können, sie stamme aus Österreich oder der Schweiz, doch was, wenn hier wirklich jemand von dort lebte und sich nach Einzelheiten erkundigte? Sie hatte keine große Ahnung von diesen Ländern. Oder wenn jemand ihren Reisepass sah. Daher hatte sie, ohne weiter zu überlegen, gesagt, sie sei eine katholisch getaufte Jüdin aus München. Sie hatte in dem Moment nicht bedacht, dass alle Welt nun wissen wollte, wie sie die Verfolgung überlebt hatte. Ob sie auch in einem der Lager gewesen sei. Nein, log sie, sie sei bei Bekannten auf dem Land untergeschlüpft. Simon nahm es ihr insgeheim übel, dass sie als Deutsche hier das Nazi-Opfer spielte. Er bezweifelte auch, dass ihr das einfach so rausgerutscht war. Und vielleicht hatte er sogar recht.

Schweigend rauchten sie, bis Simon schließlich sagte: »Er ist ganz überraschend gekommen. Noch heute Morgen wusste ich nichts davon.«

»Blohm?« Sie zuckte mit den Schultern. »Ist schon okay.«

Wieder wartete er ein paar Sekunden, ehe er fortfuhr: »Wenn es Blohm nicht mehr gäbe und diese gesamte Situation … was würdest du tun? Wieder nach München zurückgehen?«

Magda überlegte. München – das war Karl. Wollte sie wirklich zu ihm zurück? »Wenn es nur um mich ginge, würde ich bleiben und hier mein Glück versuchen. Aber Peterle … es bricht mir das Herz, ihn leiden zu sehen … und nichts dagegen tun zu können …«

Sie wünschte, sie hätte jetzt Tränen gehabt. Doch sie hatte keine. Und das verschlimmerte alles. Etwas in der Verbindung zwischen Peterle und ihr war gebrochen, vielleicht weil er unglücklich war und sie ihm nicht helfen konnte. Doch statt seine Distanziertheit mit Zuwendung zu beantworten und so sein Vertrauen zurückzugewinnen, verhärtete auch sie sich. Vielleicht hatte sie sich etwas vorgemacht. Peter war nun mal das Ergebnis einer Gewalttat, und diese Tatsache ließ sich nicht auf Dauer verleugnen. Wut und die Verachtung für denjenigen, der sie missbraucht hatte, waren noch in ihr. Sie hatte gedacht, sie könne diese Gefühle in Liebe zu dem Kind verwandeln, das ja nicht für die schrecklichen Umstände seiner Zeugung verantwortlich war. Sie hatte dieses Kind gewollt, ja, aber nicht so, wie andere werdende Mütter ihr Kind wollten, sondern aus Trotz gegenüber ihrem Vergewaltiger und der ganzen Welt. Und nun? Was war daraus geworden?

»Blohm wird nicht zulassen, dass du auch nur den kleinsten deiner Träume verwirklichst«, sagte Simon. »Er wird immer da sein, um das zu zerstören, was du dir aufbaust.«

»Weil du es ihm erzählst.«

»Was denkst du?«, fuhr Simon auf. »Dass ich das gern tue? Ich bin sein Gefangener, genau wie du. Wir kommen aus der Sache nur gemeinsam heraus.«

Magda horchte auf. Sah ihn an. Was meinte er damit? Glaubte er, dass es einen Ausweg gab?

Ehe sie fragen konnte, kam Agota herein. »Er ist sofort eingeschlafen«, sagte sie und setzte sich zwischen Magda und Simon. »Und was heckt ihr beiden Hübschen aus?«

»Wir schmieden einen finsteren Plan, wie wir den alten Blohm um die Ecke bringen«, sagte Simon in scherzhaftem Ton.

»Fein!«, rief Agota begeistert. »Darf ich mitmachen?«

Dienstag, 25. März 1958

MÜNCHEN

DER SCHUSS HALLTE WEITHIN durch den Perlacher Forst, gefolgt von Knacken im Unterholz, wo aufgeschrecktes Wild das Weite suchte. Pulverdampf stach Karl in die Nase. Das Kreidekreuz am Baumstamm hatte er zwar verfehlt, aber nur ganz knapp. Für diese Distanz kein schlechtes Ergebnis. Seit ihn die Amerikaner nach dem Krieg entwaffnet hatten, hatte er keinen Schuss mehr abgefeuert. Und damals hatte er sich, wie so viele Deutsche, geschworen, es auch nie mehr zu tun. Doch nicht jeder Schwur ließ sich halten. Deutschland hatte wieder eine Armee und war sogar Mitglied eines Verteidigungsbündnisses, und er lernte das Zielen und Feuern nun auch wieder ganz schnell. Die alte Luger und er passten anscheinend gut zusammen. Aber sie weckte auch lange verdrängte Gefühle in ihm. Gefühle, die mit seinem Vater zu tun hatten. Und mit dem Töten. Einen letzten Schuss wollte er noch versuchen. Er legte auf das Kreuz an, zielte und drückte ab. Ein Schlag ging durch sein Handgelenk. Er musste gar nicht hinsehen, er wusste auch so, dass der Schuss nicht einmal den Baum getroffen hatte. Er war nicht zu hundert Prozent bei der Sache gewesen, seine abschweifenden Gedanken hatten die Konzentration gestört. Außerdem war er müde. Zeit, die Schießübungen zu beenden. Er sicherte die Luger, wickelte sie in das Öltuch und steckte sie in seinen Rucksack. Dann zog er die Handschuhe aus und legte sie zu der Waffe.

Als er auf den Waldweg zurückkehrte, begegneten ihm zwei Spaziergänger, ein älteres Pärchen, der Mann mit einem Schmiss auf der Wange. »Haben Sie das auch gehört?«, fragte er ohne Begrüßung, so wie man einen Untergebenen fragte. »Die Schüsse, meine ich.«

»War nicht zu überhören«, antwortete Karl. »Es kam von da drüben.« Er deutete in eine beliebige Richtung.

»Es ist doch noch gar nicht Jagdsaison, oder?«

»Nicht, dass ich wüsste. Vielleicht ein paar Burschen, die einen alten Revolver gefunden haben und die letzten Patronen verballern. Liegen ja sicher noch einige in Gärten oder sonst wo vergraben.«

»Dass bloß nix passiert«, sagte die Frau so bestürzt, als sei schon etwas passiert.

»Wollen wir's hoffen.«

Karl nickte einen Gruß und ging weiter. Es war klug gewesen, die Schießübungen an mehreren, weit voneinander entfernten Orten zu machen. Vor Augen- und Ohrenzeugen konnte man nie sicher sein, und Aufmerksamkeit war das Letzte, was er jetzt brauchte.

Nach einer knappen halben Stunde erreichte Karl den Waldrand, wo sein Wagen auf ihn wartete. Er blieb stehen, um ihn sich aus der Ferne anzusehen: sein neues Borgward Isabella TS Cabriolet, das er sich vor einer Woche gekauft hatte. Nur ein Jahr alt, also so gut wie neu. Umständehalber abzugeben, hatte in der Anzeige gestanden. Ein guter Preis, trotzdem eigentlich zu teuer für seine Verhältnisse. Doch wozu geizen. Den Taunus hatte er Gisela überlassen, was allerdings ihren heiligen Zorn auf ihn nur geringfügig schmälerte. Mit etwas

Zeit und Überlegung würde auch sie erkennen, dass die Trennung für sie beide das Beste war. Denn er war für sie eine Enttäuschung, wenn auch aus anderen Gründen und in anderer Weise, als sie annahm. Er ging auf den Wagen zu, dessen Weiß strahlender war als der Schnee, der am Wegesrand und in Mulden noch vereinzelt anzutreffen war. Magda würde so gut in den rot-weißen Ledersitzen aussehen, vor allem im Sommer, bei offenem Verdeck. Er konnte es kaum erwarten, sie darin zu bewundern. Ihr schwarzes Haar, vom Fahrtwind gestreichelt; das Lächeln ihrer vollen Lippen; die vor Lebenslust sprühenden Augen. Entweder das, dachte er, oder man kann mich darin begraben.

Er legte den Rucksack auf den Beifahrersitz, stieg ein, ließ den Motor an und fuhr los. Der Waldweg endete unmittelbar an der Tegernseer Landstraße, die bis nach Haidhausen führte. In der Steinstraße parkte er den Wagen vor dem *Kammererwirt*. Es befremdete ihn selbst noch immer, dass er nach so vielen Jahren wieder in diesem Haus eingezogen war. Und manchmal fragte er sich, ob es wirklich eine gute Idee gewesen war, denn der Ort rührte einiges in ihm auf. Genauso wie das Schießen. Aber er sagte sich, dass es wichtig und nötig sei. Eine Art Fegefeuer. Er war zu lange vor zu vielem weggelaufen. Hatte die Schatten seiner Vergangenheit gemieden, aus Angst vor dem, was ihm von dort womöglich entgegensprang. Angst hatte er immer noch. Aber die Angst durfte sein Leben nicht länger bestimmen.

Obwohl der Zimmerschlüssel in seiner Tasche steckte, ging Karl durch die Gaststube, um seine Post mitzunehmen. Lindemeier empfing ihn mit einem säuerlichen Lächeln. Es hatte ihm nicht gefallen, dass einer seiner Pachtherren einzog, er hatte anfangs sogar so getan, als seien alle Zimmer ausgebucht, bis wie durch ein Wunder doch noch ein freies aufgetaucht war. Vielleicht fürchtete er, dass er beaufsichtigt werden sollte oder, schlimmer noch, dass dies der erste Schritt zur Übernahme durch die Eigentümer war. Der Pachtvertrag war schließlich jährlich kündbar. Karl ließ ihn im Ungewissen, damit er sich daran erinnerte, wer der Herr im Haus war. Denn Lindemeier schien noch immer zu glauben, er sei Blohm verpflichtet, nur weil der damals die Verpachtung des Gasthauses eingefädelt hatte.

»Post für mich da?«

Lindemeier holte ein paar Umschläge heraus, die Karl an sich nahm, ohne sie näher zu betrachten. Durch die Tür zum Flur und zur Treppe verließ er den Gastraum. Er hatte dasselbe Zimmer wie vor acht Jahren, als er aus Berlin zurückgekommen war. Doch nur der Raum war derselbe, die Einrichtung war neu und viel moderner. Geblümte Vorhänge, ein neuer Schrank mit Spiegel, ein richtiger Schreibtisch, auf dem die Schreibmaschine thronte, und sogar ein kleines Regal für Bücher.

Karl legte den Rucksack ab und warf die Post auf den Schreibtisch, um sie später zu öffnen. Die Waffe zu reinigen, das war immer das Erste. Doch dann fiel ihm eine Nachsendung ins Auge. Die von einem Postbeamten durchgestrichene, in einer geschwungenen Handschrift geschriebene Adresse weckte seine Aufmerksamkeit. Es befand sich keine Absenderangabe auf dem Umschlag, nur der Poststempel verriet, dass der Brief aus Berlin kam. Er riss den Umschlag auf, zog eine Postkarte heraus. *Grüße aus Berlin* stand zwischen kleinen Fotografien von Berliner Sehenswürdigkeiten. Auf der Rückseite der Karte war in derselben Handschrift wie auf dem Umschlag geschrieben: *Berlin vermisst dich. Berlin braucht dich. Berlin freut sich, dich an Ostern zu sehen. Und vergiss deine Glückszahl nicht: 33456.* Karl betrachtete die Absenderangabe auf dem Umschlag: *G. W., Berlin (W 30), Rankestraße 27 (Ecke Augsburger Straße)*. Mit keiner dieser Angaben konnte Karl etwas verbinden. Allerdings stand die Augsburger Straße in dem Ruf, von Bohemiens, Kleinganoven, Prostituierten und Homosexuellen bevölkert zu sein. Und was war mit dieser Glückszahl gemeint? Er glaubte nicht an Horoskope, Wahrsagerei und Glückszahlen, und wer ihn auch nur ein wenig kannte, wusste das. Was hatte das also zu bedeuten? Erlaubte sich da jemand einen Scherz mit ihm? Oder lag eine Verwechslung vor, und die Sendung war gar nicht für ihn bestimmt? Er steckte die Karte zurück in den Umschlag. Am besten fragte er Ludwig, was er von der Sache hielt.

NEW YORK CITY

Ausgerechnet heute, dachte Magda, als sie die Decke von Peterles Bett zurückschlug und den Urinfleck bemerkte. Obwohl es ja nichts Neues war. Der Laundromat verdiente an ihnen ein Vermögen, so viel Bettwäsche und Schlafanzüge, wie sie zu waschen hatten. Die Badezimmertür öffnete sich, Peterle hatte seine ausgiebigen Wasserspiele, die er für Waschen hielt, beendet. Als er Magda an seinem Bett erblickte, blieb er so abrupt stehen, als sei er gegen eine unsichtbare Mauer gerannt. Dann fuhr er herum und rannte zurück ins Bad. Sie hörte nur noch das Schloss einrasten.

Shit, dachte sie und biss sich auf die Unterlippe. Sie wusste genau, wie sie ihn eben angesehen hatte, und auch, wie schwer solche Blicke die Seele eines Kindes verletzten. Zu oft war sie als Kind selbst so angesehen worden, um das jemals vergessen zu können. Doch trotz aller guten Vorsätze konnte sie sie nicht vermeiden. Die Blicke waren stets schneller und immer schon da, bevor sie sich ihrer bewusst wurde.

Sie schaute zum Wecker. Gleich halb acht.

»Peter!«, rief sie. »Jetzt beeil dich schon!«

Mit hektischen Bewegungen riss sie das Laken von der Matratze, die durch eine Gummimatte geschützt wurde, ballte es zusammen und warf es in die Ecke. Dann trat sie vor die Badezimmertür. Drinnen hörte sie ein Plätschern. Wasserspiele Runde zwei. Sie hämmerte gegen die Tür. »Aufmachen, und zwar ein bisschen plötzlich! Hörst du? Ich versohl dir den Hintern, wenn du nicht folgst!«

Ein leises Klicken im Schloss. Magda stieß die Tür auf. Immer noch im Schlafanzug stand Peterle vor ihr und schaute sie mit finsterer Miene an. Wenn er jetzt auch noch anfing zu bocken, wusste sie nicht, was sie tat.

»Ist nicht schlimm, was da passiert ist«, sagte sie. »Aber wir müssen uns jetzt beeilen, verstehst du? Es ist schon spät. Zieh den Schlafanzug aus, du musst unter die Brause.«

Sie wollte ihm beim Ausziehen helfen, doch er stieß ihre Hände weg und schrie sie an: »Das kann ich selber!«

»Dann tu's auch«, gab sie zurück. »Tick-tack macht die Uhr.«

»Du musst rausgehen.«

»Okay. Aber schnell jetzt. Kein Rumplanschen mehr, verstanden? Ich leg dir deine Sachen zum Anziehen vor die Tür.«

Nachdem sie das erledigt hatte, überprüfte sie noch einmal ihre Fotoausrüstung, die sie gleich mitnehmen wollte: zwei Kameras, verschiedene Objektive, Ersatzfilme in Farbe und Schwarz-Weiß, Blitzlichter. Ein prickelndes Gefühl lief durch sie hindurch. Sie war eingeladen worden, einen Tag lang einen Fotoreporter der *Daily News* durch die Stadt zu begleiten, dabei eigene Fotos zu schießen, um ihr Können zu beweisen. Agota hatte ihr diese Gelegenheit verschafft. Seit sie nach Manhattan umgezogen war, lernte Agota allerhand interessante Leute kennen, und manche erwiesen sich mit ihren Verbindungen als hilfreich. Das hatte vor allem mit ihrem Freund Jeff zu tun, einem jungen Mann aus Kansas, der eine Karriere in der Politik anstrebte und derzeit für die amerikanische Delegation bei den Vereinten Nationen arbeitete. Er war dort in der Presseabteilung. Ob Agota wirklich nur seiner schönen blauen Augen wegen mit ihm zusammen war oder nicht auch und vor allem, um Informationen zu erhalten, die sie nach Ostberlin, Moskau oder wohin auch immer weiterleitete, wollte Magda gar nicht wissen. Dennoch war ihr nicht entgangen, dass Agota in Jeffs Anwesenheit Amerika und den American Dream pries, während sie Magda gelegentlich Lektionen über die Widersprüche des angloamerikanischen Kapitalismus erteilte.

Als Magda wenig später Peterles Frühstück richtete – sie selbst brachte außer schwarzem Kaffee nichts hinunter –, streifte ihr Blick noch einmal die Fototasche, und plötzlich überkam sie ein Gefühl bleierner Schwere, denn sie musste wieder an das denken, was Simon am Ende ihrer kleinen Geburtstagsfeier gesagt hatte: Blohm würde niemals zulassen, dass sie mit irgendetwas erfolgreich war. Einen Tag hineinschnuppern, um zu sehen, welche Möglichkeiten es gab, das war ihr gestattet. Doch sollte sich bei irgendeiner Sache nennenswerter Erfolg einstellen, so würde er das sofort unterbinden. Vielleicht gab es wirklich nur einen Ausweg aus dieser Zwangslage.

Magda hörte die Badezimmertür, und dann dauerte es nicht mehr lange, bis Peterle in die Küche trottete. Wortlos schlurfte er zu der Schüssel mit Cornflakes, die sie für ihn vorbereitet hatte, goss kalte Milch darüber und fing an zu essen. Mit großer Langsamkeit, nur um sie zu ärgern. Sie ging nicht auf die Provokation ein, sondern kontrollierte stattdessen seine Schultasche.

Gemeinsam verließen sie die Wohnung. Der Fahrstuhl funktionierte wieder, doch da man nie wusste, für wie lange, nahmen sie lieber die Treppe. Die Haltestelle des Schulbusses war gleich um die Ecke. Als sie ankamen, stand das schwarzgelbe Unikum schon da. Lärmend stiegen die anderen Schüler gerade ein.

»Mrs. Cook holt dich vom Bus ab«, erinnerte Magda Peterle an das, was sie ihm gestern schon mitgeteilt hatte, »und du bleibst bei ihr, bis ich da bin. Es kann spät werden. Sei schön brav.«

Peterle nickte.

Magda drückte ihn zum Abschied an sich und küsste ihn. Er ließ den Kuss über sich ergehen und erwiderte die Umarmung halbherzig.

»Was hältst du davon, wenn wir am Wochenende nach Coney Island rausfahren?«, versuchte sie, ihn aufzumuntern. »Wir können Zuckerwatte essen oder einen glasierten Apfel und Karussell fahren. Was meinst du?«

Seine Miene hellte sich auf. »Kommt Agota auch?«

»Nein, nur wir beide.«

Kaum da, war die Vorfreude auf seinem Gesicht auch schon wieder verblasst. Er zuckte bloß mit den Schultern.

Der Busfahrer hupte. Die anderen Kinder waren alle eingestiegen. Peterle erklomm die hohe Einstiegsstufe. Magda stellte sich vor, wie er mit hängendem Kopf durch die Reihen schlurfte und sich in eine freie Bank setzte. Er tat ihr leid, aber es ärgerte sie auch, dass er so wenig Kampfgeist zeigte. Das hatte er nicht von ihr. Das musste Veits charakterliches

Erbe sein, denn der war ja auch zeitlebens allen Härten möglichst ausgewichen und den Weg des geringsten Widerstands gegangen.

Die Tür ging zu, der Bus fuhr ab.

220 East 42nd Street. Der Fahrer hielt im Schatten des *Daily News* Building an und nannte den Fahrpreis, den Magda schon vom Taxometer abgelesen hatte: saftige 40 Cent für das kurze Stück von der Subway am Times Square bis hierher, nicht mal eine Meile, schätzte sie. Sie legte ihm zwei Vierteldollarmünzen in die Hand und sprang aus dem Wagen. Wuchtig wie ein Berg ragte der Wolkenkratzer vor ihr auf. Doch sie hatte keine Zeit, die monumentale Fassade lange zu würdigen oder sich von ihr einschüchtern zu lassen. Sie eilte durch die Drehtür, ließ den Lärm der Stadt hinter sich und fand sich in der gedämpften Betriebsamkeit einer Lobby wieder. Von dem riesigen Globus in der Mitte der Halle hatte man ihr erzählt, er war eine Touristenattraktion, die in Reiseführern stand, doch nun, da sie ihn mit eigenen Augen sah, war sie trotzdem überrascht von seiner Größe. In seinem Innern gab es genug Platz für eine Stehparty, zumindest im kleinen Kreis.

»Mrs. Blohm?«, sprach eine junge Frau sie an.

»Das bin ich.«

»Ich bin Betty. Folgen Sie mir bitte. Man erwartet Sie schon.«

Betty trippelte in ihrem taubengrauen, engen Kostüm und den hochhackigen Schuhen voraus. Magda kam sich in ihrem bequemen Pullover und der karierten Hose underdressed vor, noch dazu, wenn sie ihren Pferdeschwanz mit Bettys kunstvoller Turmfrisur verglich.

Betty rief den Aufzug, nur Sekunden später glitten die Türen auseinander, sie stiegen ein. »Zehnter Stock«, sagte sie zu dem schwarzen Liftboy, der den entsprechenden Knopf drückte. Nachdem der Aufzug angefahren war, entschuldigte sich Magda für ihre Verspätung. »Mein kleiner Sohn hat getrödelt«, erklärte sie, »Kinder eben. Haben Sie auch Kinder?«

»Pünktlichkeit ist unerlässlich im Nachrichtengewerbe«, entgegnete Betty streng, »doch noch wichtiger ist Schnelligkeit. Ausreden will hier keiner hören.«

»Was machen Sie eigentlich hier?«, fragte Magda nach einer kurzen Pause. »Sind Sie auch Reporterin?«

»Ich? Nein!« Sie lachte auf, als wäre die Frage völlig abwegig. »Ich bin Sekretärin.«

Nach mehreren Zwischenstopps, bei denen Leute zu- und wieder ausstiegen, erreichte der Fahrstuhl den zehnten Stock. Die Türen öffneten sich in einen Raum, dessen Wände voller Bilder waren: Fotos von Schauspielern und Sportlern hingen neben denen von Verkehrsunfällen und Verbrechenstatorten. »Unsere Hall of Fame«, erklärte Betty. »Einige dieser Fotos haben Preise gewonnen.« Dann schob sie eine verglaste Schwingtür auf, und sie traten in ein Großraumbüro, in dem es zuging wie in einem Ameisenhaufen. Zahllose Schreibtische standen dicht hintereinander. Lautes Stimmengewirr, das Klappern von Schreibmaschinen und Klingeln von Telefonen ließen die Luft vibrieren. Ein paar Einzelbüros waren durch Glaswände abgeteilt. Dort saßen vermutlich die Chefs.

»Willkommen bei der *Daily News*«, sagte Betty lapidar. »Phil«, rief sie dann, »sie ist da!«

Magda folgte ihrer Blickrichtung. Phil schien der dunkelhaarige, kräftig gebaute Mann zu sein, der ohne Jackett auf der Kante eines Schreibtisches saß und sich angeregt mit dem Mann, der dort arbeitete, unterhielt. Zumindest war er der Einzige, der auf Bettys Ruf reagierte, wenn auch nur, indem er kurz über die Schulter blickte und die Hand hob.

»Warten Sie hier«, sagte Betty, »er ist gleich bei Ihnen. Ich muss wieder an die Arbeit.«

Magda bedankte sich. Doch Betty war schon weg. Sie schien in dem Moment vergessen zu haben, dass es Magda gab, in dem sie ihre Aufgabe als erfüllt betrachtete. Magda schaute sich um. Niemand nahm von ihr Notiz. Und dieser Phil schien alle Zeit der Welt zu haben. Dafür war sie also zur Subway gehetzt und hatte sich ein teures Taxi geleistet. Nach einer Weile erhob sich Phil endlich, nahm das Jackett, das über einer Stuhllehne hing, und schlüpfte hinein, während er lässig auf sie zuschlenderte. Statt einer Krawatte trug er eine Fliege, die ein wenig schief saß. Der Mann war nicht unattraktiv, musste Magda zugeben. Volles lockiges Haar, markantes Gesicht, wenn auch vielleicht ein wenig grobschlächtig mit der breiten Nase und den leicht aufgeworfenen Lippen.

»Maggie?«, fragte er, wartete die Antwort aber nicht ab, sondern fuhr fort: »Hi. Phil.« Er tippte sich an eine nicht vorhandene Hutkrempe. »Ist das Ihre Fototasche?«

Sie nickte.

»Kommen Sie.«

Er ging Richtung Ausgang und grüßte auf dem Weg ein paar Leute. Magda folgte ihm. In der Hall of Fame ließ er ungeniert seinen Blick über sie schweifen.

»Sie tragen Hosen«, stellte er das Offensichtliche fest.

»Äh … ja. Ist das ein Problem?«

»Noch nicht.«

Die Fahrstuhltüren glitten auseinander. Ein paar Leute standen bereits in der Kabine, aber es war noch genug Platz für sie beide.

»Garage«, sagte Phil zum Liftboy.

»Wo geht's als Erstes hin?«, wollte Magda wissen.

»In die Tiefgarage, wo unser Auto steht.«

»Nein, ich meinte ...«

Er lachte. »Ich weiß schon, was Sie meinten, Darling. Ich veralbere Sie nur. Seien Sie nicht so ernst. Und bloß nicht schüchtern. Geben Sie dem guten Phil ruhig raus. Ich mag schlagfertige Frauen.«

»Okay, Phil. Werd's mir merken. Also, wo geht's hin?«

»Haben Sie schon gefrühstückt? Ich lad Sie ein.«

In der Tiefgarage spazierte Phil lässig auf einen Wagen zu, auf dessen Heck *The News Radio Car* zu lesen war. Magda deutete auf den Schriftzug und fragte: »Was bedeutet das?«

»Erkläre ich Ihnen gleich.« Er stieg ein.

Magda stellte ihre Fototasche auf den Rücksitz, wo auch Phils Ausrüstung lag, und stieg ebenfalls ein. Phil klopfte auf ein Funkgerät. »Damit stehen wir in ständiger Verbindung mit meinem Boss Smitty in der Redaktion. So kann er jederzeit unsere Position erfahren und uns alles wissen lassen, was gerade über den Ticker reinkommt und für uns interessant sein könnte. Deshalb *Radio Car*. Wir haben aber auch noch das.« Er deutete auf einen Lautsprecher mit einem kleinen schwarzen Hebel, der am Armaturenbrett angebracht war. »Damit hören wir den Polizeifunk ab. Hier, für Sie.« Er fasste hinter die Sonnenblende, zog einen gelben Zettel hervor und reichte ihn ihr. »Die Polizei verständigt sich über Zahlencodes. Das ist die Übersetzung. Am besten, Sie schreiben das ab, dann sind Sie auf dem Laufenden.«

»Ist das legal?«, fragte Magda und holte einen Notizblock aus der Handtasche.

Phil ließ den Motor an. »Denke schon. Die wissen jedenfalls, dass wir mithören. Wir haben eigentlich ein gutes Verhältnis zur Polizei. Wir brauchen sie, und sie brauchen uns. Eine Hand wäscht die andere.«

Er setzte rückwärts aus der Parkbucht und fuhr zur Ausfahrt, wo ein Wächter in einem Glashäuschen die Schranke öffnete. Auf der Straße angekommen, schaltete Phil den Polizeifunk an. Nach kurzem Rauschen erklang eine krächzende Stimme, Magda verstand kaum, was gesagt wurde, doch zumindest den Zahlencode.

»Signal zehn eins«, wiederholte sie und schaute auf ihrer Liste nach. »Das bedeutet: im Revier melden.«

Phil grinste. »Da wurde wohl ein Wagen losgeschickt, um eine Lage Hot Dogs zu besorgen, und die hungrige Meute macht denen Beine.«

Magda hob den Blick von Notizblock und Liste und sah nach draußen. Sie fuhren gerade die 42nd Street hinab, Richtung Times Square, ein Auto klebte am anderen, die breiten Bürgersteige waren noch immer voller Menschen, wenn auch nicht mehr ganz so dicht wie zur Zeit der Rushhour. Erst gegen Mittag, wenn alle in die Restaurants, Cafeterias, Diners oder auch nur an die Hotdog-Stände strömten, würde es wieder voll werden. Sie beneidete die Menschen dort draußen. Anders als sie konnten die aus ihrem Leben etwas machen. Sie waren keine Gefangenen eines grausamen Menschen, dessen Steckenpferd es geworden war, für sie jede Aussicht auf Glück und Erfolg zu vereiteln.

»Alles okay, Darling?«, fragte Phil.

Magda schreckte aus ihren Gedanken auf. »O ja, alles bestens.« Sie wandte sich wieder der Liste und ihrem Notizblock zu.

Phil zündete sich eine Zigarette an. »Sie wohnen also in Brooklyn«, sagte er dann. »Hübsche Gegend, hört man. War nie dort.«

Sie sah ihn erstaunt an. »Sie waren noch nie in Brooklyn?«

»Nein. Wieso sollte ich dorthin fahren?«

»Es ist so nah. Nur über die Brücke.«

»Ja, aber wieso? Alle Leute kommen nach Manhattan. Und nur weil es nah ist, muss ich doch nicht hinfahren. Sie gehen auch nicht aufs Herrenklo, nur weil es nah ist.«

Ein ziemlich schiefer Vergleich, fand Magda, beendete ihre Schreibarbeit und steckte den gelben Zettel wieder hinter die Sonnenblende.

Die ganze Zeit krähte die Stimme aus dem Polizeifunk, nannte zu den Wagennummern Zahlencodes: zehn-zwölf, zehn-neun, zehn-zwanzig. Magda schaute jedes Mal auf ihren Zettel: *10–12: Verhaftung vorgenommen; 10–9: Feuer; 10–20: Ein Krankenwagen wird gebraucht*. Bei der letzten Durchsage horchte Phil auf.

»Fahren wir dahin?«, fragte Magda.

Phil schüttelte den Kopf. »Nur Krankenwagen ist Mist. Wenn Sie zusätzlich einen Arzt angefordert hätten, wäre es eine andere Sache. Dann gibt es immer Schwerverletzte oder sogar Tote. Kein schöner Anblick. Viel Blut, möglicherweise Eingeweide oder zerquetschte Schädel. Da braucht man einen starken Magen. Haben Sie schon mal eine Leiche gesehen?«

Magda hatte sich eine Zigarette aus seiner Schachtel genommen und zündete sie an. »Sie sind gut, Phil. Ich war in München, als Ihre Leute nächtelang Bomben abgeworfen haben.«

»Oh, sorry, Darling. Wusste nicht, dass Sie ein Kraut … ich meine, eine Deutsche sind. War eben der Krieg. Ich hoffe, Sie nehmen das nicht persönlich.«

»Wäre ich dann hier? Kein Grund, sich zu entschuldigen. Im Gegenteil. Ich sage danke.«

Phil parkte den Wagen unmittelbar vor dem Diner, völlig ungeniert in einer Feuerwehranfahrtszone. Das *NYP – New York Press* – im Kennzeichen mache es möglich, erklärte er.

Bei der Presse nehme die Polizei es nicht genau. »Die wissen, dass wir alle nur unseren Job erledigen.«

Sie aßen Rühreier mit Speck und Würstchen, danach gab's Kaffee und Zigaretten.

»Um ehrlich zu sein: Anfangs war ich von unserem gemeinsamen Trip nicht begeistert«, sagte Phil, während er einen dicken Strahl Zucker aus der Dose in seinen Kaffee rieseln ließ, »und ich habe mich gefragt, welche Frau mit Smitty ins Bett steigt, nur für so eine Gefälligkeit.«

Magda lachte auf. »Ich bin nicht mit Ihrem Smitty oder sonst jemandem ins Bett gestiegen. Eine Freundin von mir hat das geregelt. Ihr Boyfriend arbeitet für die amerikanische Delegation bei den Vereinten Nationen, in der Presseabteilung. Er hat mich empfohlen und Ihrem Boss die Mappe mit meinen Fotos geschickt.«

»Ich hab Ihre Fotos gesehen. Sie sind talentiert, Maggie. Sie haben ein gutes Auge, und Sie wissen, wann Sie auf den Auslöser drücken müssen. Natürlich haben Sie noch ein paar Dinge zu lernen. Aber wenn Sie das heute nicht vermasseln, könnte ich mir vorstellen, dass Smitty auf Sie zurückkommt. Sie könnten als Freelancer arbeiten. In Brooklyn passiert auch allerhand, dort sind wir dünn besetzt, und Sie wären vor Ort. Aber eines muss Ihnen klar sein: Wir sind nicht die *New York Times* oder das *Wall Street Journal*. Wir verkaufen keine politischen Analysen und keine tiefschürfenden Personenporträts, sondern nur Sensationen. Egal, wie schlimm oder wie peinlich etwas ist, wir halten immer drauf. Was von dem Material, das wir liefern, veröffentlicht wird, entscheiden die in der Redaktion. Also wenn Sie für die *Daily News* arbeiten wollen, vergessen Sie besser Anstand, Schamgefühle und Ihre gute Kinderstube. Wir sind aufdringlich und deshalb schneller und näher dran als alle anderen. Zumindest ist das unser Anspruch.

Und dazu müssen Sie bereit sein, sonst können Sie es gleich lassen.«

Phil schlürfte seinen Kaffee. Seine klare Ansprache hatte Magda erschreckt, und das war wohl auch beabsichtigt. Doch sie hatte auch das Feuer in ihr geweckt. Diese Stadt war rücksichtslos, und man konnte in ihr nur bestehen, wenn man mindestens ebenso rücksichtslos war. Das machte ihr zuweilen Angst, und manchmal lähmte diese Angst sie, doch die Angst konnte auch Kräfte entfesseln, die bisher geschlummert hatten. Und genau dieses Gefühl hatte sie in diesem Moment.

Als sie ihre Zigaretten geraucht und die Kaffeetassen geleert hatten, kehrten sie zum Wagen zurück. Sie waren gerade rechtzeitig da, um den Funkspruch der Polizei zu hören: Signal zehn-dreißig.

»Raubüberfall«, sagte Phil. »Und das ist gar nicht weit von hier. Mal sehen, wer schneller da ist: wir oder die Cops.« Er drückte den schwarzen Hebel am Funkgerät, das ihn mit der Redaktion verband. »Funkwagen drei an Zentrale. Haben eben eine zehn-dreißig gekriegt. Sind auf dem Weg. Ende.«

Während Phil losfuhr, holte Magda ihre Fototasche vom Rücksitz. Ihr Puls begann zu rasen, ihre Finger zitterten, als sie Objektiv und Blitzlicht an die Kamera schraubte. Sie erinnerte sich an das, was Phil vorhin gesagt hatte: Wenn sie das nicht vermasselte, konnte es der nächste Schritt auf ihrem Weg sein. Doch auf welchem Weg? Schon nach diesem ersten Schritt lag alles im Nebel. Kurz blitzte ein Gedanke an Blohm auf, doch sie verdrängte ihn sofort wieder. Sie wollte das hier, und sie wollte es gut machen, egal, wohin es führte.

»Sie haben Glück, Darling«, sagte Phil. »Normalerweise besteht unser Job zu neunzig Prozent aus Warten. Ich weiß, das ist äußerst aufregend für Sie, aber eines sollte klar sein: Sie bleiben immer hinter mir. Und ich bleibe hinter den Polizisten. Die werden dafür bezahlt, Risiken einzugehen, wir nicht. Es lohnt sich nicht, sich für ein Foto abmurksen zu lassen.«

Während Phil das sagte, jagte er den Wagen über den Times Square, an dem die großen Revuetheater und Kinos lagen. Je weiter man sich von dieser Glitzerfassade entfernte, desto zahlreicher wurden die billigen Amüsierbetriebe, Läden, Kneipen und Automatenhallen. Phil bremste abrupt ab und hielt schließlich am Bordstein an.

Magdas Herz raste. Gebannt starrte sie auf den kleinen Laden an der Ecke, über dessen Eingang *Liquors* zu lesen war und wo das Verbrechen offenbar stattgefunden hatte – oder vielleicht sogar noch stattfand.

»Wir sind die Ersten«, sagte Phil. »Aber wie ich höre, sind unsere uniformierten Freunde nicht weit.«

Tatsächlich waren die Sirenen schon zu hören, und sie kamen rasch näher.

»Sie wollen hier wirklich warten?«

Magda spürte einen unwiderstehlichen Drang, aus dem Wagen zu steigen und zu dem Laden hinüberzurennen. Als ziehe etwas dort sie magisch an. Wie ein tiefer Abgrund, in den man hineinschaut.

»Haben Sie mir vorhin nicht zugehört?« Zum ersten Mal hatte sich bei Phil ein unfreundlicher Ton eingeschlichen. Er spürte anscheinend, was in ihr vorging. »Natürlich warten wir. Wenn es da drüben eine Leiche gegeben hat, wird die auch in zehn Minuten noch tot sein. Aber wenn der Räuber noch da ist, sind Sie auch eine Leiche und machen überhaupt keine Bilder mehr.«

Magdas feuchte Hände umfassten den Türgriff, während sie den Eingang des Ladens anstarrte. Warten. Hatte sie in ihrem Leben nicht schon viel zu lange darauf gewartet, dass etwas passierte? Wenn da drüben, hinter dieser mit Stickern und Plakaten beklebten Glastür, ihr Schicksal lag, dann war es eben so. Sie vergaß alles, was normalerweise ihre Gedanken bestimmte: Blohm, Peterle, Karl. Es gab nur noch sie und diese Tür dort drüben an der Ecke.

Sie zog am Türgriff.

»Ich sehe mir das an. Sie können ja sitzen bleiben und auf die Cops warten.«

Sie stieß die Tür auf und sprang auf den Bürgersteig. Dann rannte sie, ohne sich umzuschauen, quer über die Kreuzung. Bremsen quietschten, Autos hupten wie verrückt, so laut, dass sie fast überhörte, wie Phil ihr nachrief: »Komm zurück! Ich werde mir nicht wegen dir eine Kugel verpassen lassen! Ach, verdammt!«

Unbeschadet kam Magda an dem Geschäft an und schob vorsichtig die Tür auf. Der Laden war ein höhlenartiger Schlauch, der tief in das Gebäude hineinführte und wegen einer kaputten Neonröhre im Dunkeln endete. Die Regale zu beiden Seiten waren bis unter die Decke gefüllt mit Bier, Wein und Spirituosen, daneben gab es auch Kekse, Nüsse, Chips. Der Straßenlärm drang nur gedämpft hier herein, bis auf die Polizeisirenen, die Magda schon in den Ohren gellten. Ihr Herzschlag beruhigte sich, ihr Geist war von kristallartiger Klarheit. Ihr war, als nehme sie, innerlich völlig ruhig, jede Einzelheit in sich auf, während die Zeit sich dehnte wie ein Kaugummi.

Die Registrierkasse stand offen, und soweit Magda es von ihrer Position aus sehen konnte, war sie leer. Sie ging um den Tresen herum, und da sah sie den Mann in einer Blutlache liegen. Schon etwas älter, korpulent, ungepflegt. Man musste kein Arzt sein, um zu erkennen, dass er tot war. Offenbar hatten ihn zwei Kugeln in die Brust getroffen. Sie empfand keinen Ekel, aber auch kein Mitgefühl, denn tote Menschen hatten Mitleid nicht mehr nötig, und vielleicht waren sie ohnehin eher zu beneiden als zu bedauern. Alles, was sie sah, sah sie mit den Augen der Fotografin, als eine Komposition. Die Blutlache, der abgewinkelte Arm des Toten, eine Vierteldollarmünze neben seinem Kopf. Sie brachte die Kamera in Anschlag. Sie wusste genau, wie sie all das ablichten musste, um die beste Wirkung zu erzielen. Klick, klick, machte der Auslöser. Immer wieder.

Etwa zwei Monate später …

Freitag, 6. Juni 1958

DIE BLITZLICHTER BLENDETEN LUDWIG. Er wollte reflexartig die Hand hochreißen, um die Augen zu beschatten, ließ es aber sein, denn wie hätte das ausgesehen; stattdessen kniff er die Augen nur leicht zusammen. Stoisch ertrug er die Fotografen, blieb sogar ein paar Sekunden stehen, sie machten ja auch nur ihre Arbeit. Dann folgte er Vranitzky auf das leicht erhöhte Podium, grüßte Staatsanwalt Rüdiger Marschall und setzte sich an den Platz mit seinem Namensschild. Er wäre weniger nervös gewesen, wenn er den Zeitungsleuten mehr anzubieten gehabt hätte. Um sich zu beruhigen, zündete er sich eine Zigarette an. Kollege Heribert von Guhl leitete die Pressekonferenz und übte schon mal für den Oktober, wenn die neue ständige Pressestelle mit ihm an der Spitze ihre Arbeit aufnahm. Er bat die Reporter mit fester, aber freundlicher Stimme, sich zu setzen. Das Blitzlichtgewitter verebbte, Stuhlbeine scharrten über Linoleum, als die Reporter ihre Plätze einnahmen und die Notizblöcke zückten. Von Guhl begrüßte die Herren der Presse – und übersah dabei, wie Ludwig auffiel, die beiden Damen –, danach übergab er das Wort an Marschall, der weitere einführende Sätze sprach, das allgemeine Vorgehen beschrieb und dann das Wort an Vranitzky weitergab.

»Da Sie alle hier sind«, begann Vranitzky launig, »gehe ich davon aus, dass Sie unsere Mitteilung an die Presse erhalten haben und Ihnen daher das Wesentliche bekannt ist. Ich fasse dennoch kurz zusammen, ehe Herr Oberkommissar Gruber hier zu meiner Linken Sie über den aktuellen Ermittlungsstand in Kenntnis setzt.«

Vranitzky blätterte mechanisch in seinen Zetteln, was aber nur eine Kunstpause war, vermutete Ludwig. Er war überrascht, wie souverän sein alter und neuer Kollege wirkte, bis ihm wieder bewusst wurde, dass Vranitzky das inzwischen ja schon länger machte und dass er, Ludwig, der Neuling war, der ihn noch nie auf dieser Bühne erlebt hatte.

Als auch das letzte Papierrascheln unter den Reportern sich gelegt hatte, begann Vranitzky: »Der Bauunternehmer Walter Blohm ist vergangene Nacht aus seinem Anwesen in der Tizianstraße unter ungeklärten Umständen verschwunden. Hier der Reihe nach die Ereignisse dieser Nacht: Um dreiundzwanzig Uhr neun ging in der Notrufzentrale im Polizeipräsidium ein Anruf ein. Im Nachbaranwesen seien zwei Schüsse gefallen, kurz danach seien laute, kommandoartige Rufe und das Zuschlagen von Autotüren deutlich vernehmbar gewesen. Dann sei ein Wagen mit aufheulendem Motor weggefahren. Um exakt dreiundzwanzig Uhr vierundzwanzig war die Funkstreife vor Ort und fand das Anwesen verlassen, aber mit offen stehender Haustür vor. Die Kollegen verständigten unverzüglich die Kriminalbereitschaft, die um kurz nach halb zwölf eintraf und erste polizeiliche Maßnahmen einleitete. In Walter Blohms privatem Büro wurden Blutspuren gefunden, in einem Sessel steckte eine Pistolenkugel, der Tresor stand offen. Um kurz vor Mitternacht traf Kriminaloberkommissar Gruber am Tatort ein und übernahm die Leitung, etwas später war ich selbst vor Ort, um mir ein Bild von der Lage zu verschaffen. Bei weiteren Durchsuchungen des Hauses wurde eine männliche Leiche gefunden. Es handelt sich dabei um

Gustav Reitzle, Walter Blohms Leibwächter, dreißig Jahre alt, ledig und kinderlos. Wir haben noch letzte Nacht eine Sonderkommission zusammengestellt und die Ermittlungen aufgenommen. Dazu wird Ihnen nun der Kollege etwas mehr erzählen.«

Ludwig drückte seine Zigarette aus, räusperte sich und sagte: »Grüß Gott, die Herren« – er schaute zu den beiden Frauen, nickte einen Gruß – »und die Damen ...« Er fing ihr teils verlegenes, teils dankbares Lächeln auf. Die Nervosität war inzwischen von ihm abgefallen. »Wie der Kollege eben schon sagte, laufen die Ermittlungen gerade erst an, daher gibt es noch nicht viel zu berichten. Nach allem, was wir bisher wissen, wurde Walter Blohms Leibwächter ohne Gegenwehr, also vermutlich im Schlaf, ermordet, danach wurde Herr Blohm angegangen. Die Alarmanlage, mit der das Anwesen gesichert ist, war an diesem Abend nicht oder noch nicht eingeschaltet. Möglicherweise kannte Herr Blohm die Täter und hat sie selbst ins Haus gelassen. Ein Zeuge hat zwei Personen gesehen, die aus der Richtung des Hauses kamen und sich rasch entfernten. Vermutlich ein Mann und eine Frau, es können aber auch ein älterer und ein jüngerer Mann gewesen sein, da war sich der Zeuge nicht ganz sicher. Die beiden müssen mit der Tat nichts zu tun haben, wären in diesem Fall aber wichtige Zeugen. Sie sollen sich dringend bei uns melden. An oberster Stelle steht die Suche nach weiteren Zeugen, und wir bitten Sie, das in Ihren Artikeln deutlich zur Sprache zu bringen. Wer hat letzte Nacht zwischen elf Uhr abends und Mitternacht in der Tizianstraße etwas beobachtet? Die Angaben zu dem Wagen sind leider wenig konkret: eine dunkle Limousine, Fabrikat unbekannt. Das Kennzeichen wurde zwar erkannt, war aber von einem anderen Wagen gestohlen, wie wir inzwischen wissen. Wer hat in den Tagen und Wochen davor etwas Auffälliges im Umfeld des Anwesens bemerkt: Autos, die dort nicht hingehörten, Personen, die die Gegend ausspähten. Zum Tathergang selbst wissen wir noch weniger. Ob es ein Täter war oder mehrere – keine Ahnung. Ob Herr Blohm den oder die Täter kannte – keine Ahnung. Ob Herr Blohm noch lebt oder tot ist – keine Ahnung.«

»Aber wovon gehen Sie aus?«, fragte ein Reporter in der ersten Reihe, noch ehe Heribert von Guhl die Fragerunde eröffnen konnte. »In welche Richtung ermitteln Sie?«

»In alle Richtungen«, antwortete Ludwig. »Sie wissen, dass Herr Blohm ein sehr erfolgreicher Geschäftsmann ist, und Erfolg erzeugt Neider. Es kann aber auch eine Verbrecherbande sein, die in dem Haus Wertgegenstände vermutete. Wir hatten zuletzt mehrere Einbrüche dieser Art. Derzeit wissen wir aber noch nicht, ob etwas gestohlen wurde.«

»Und was ist mit privaten Motiven?«

Ludwig zog die Brauen hoch. »Ich weiß, dass Sie das immer am meisten interessiert. Doch in diese Richtung deutet nach jetzigem Stand am wenigsten. Blohm lebt seit Jahren von Frau und Kind getrennt, die beiden sind weit weg in Amerika und leben ihr eigenes Leben.«

»Wie wir seit der Nitribitt wissen, muss es nicht immer die Ehefrau sein, die Schwierigkeiten macht.«

Ein Murmeln und leises Lachen ging durch den Raum, das Ludwig für unangemessen hielt, auch wenn es hinter vorgehaltener Hand erfolgte.

»Ich muss doch sehr bitten«, verwahrte er sich, »derlei Spekulationen sind völlig unangebracht. Oder wissen Sie mehr als wir?«

»Für meinen Geschmack haben Sie ein paarmal zu oft ›keine Ahnung‹ gesagt«, meinte Vranitzky im Hinausgehen und drehte seine Papiere zu einem Rohr zusammen. »Das hauen die uns von jetzt an bestimmt bei jeder Gelegenheit um die Ohren.«

Ludwig hatte das dumpfe Gefühl, Vranitzky wünschte sich, das Rohr in seiner Hand wäre nicht aus Papier, sondern aus Eisen, um es Ludwig höchstselbst für seinen vermeintlichen Ausrutscher um die Ohren zu hauen.

»Und wenn schon«, erwiderte Ludwig kühl, »die schreiben doch sowieso, was sie wollen. Außerdem stimmt es.«

»Auch wieder wahr.«

Im Flur lief ihnen Zöllner über den Weg, geschniegelt, als ginge er auf eine Hochzeit. An die dicke Hornbrille hatte Ludwig sich noch nicht gewöhnt. Eigentlich sehe er noch recht gut, nur ein klein wenig kurzsichtig, aber mit Brille fühle er sich gleich wesentlich klüger. Das hatte Zöllner ihm in der Kantine mal lachend anvertraut. Weil er schon vor Ludwigs Wiedereintritt in den Dienst zum Raub gewechselt hatte, sah man sich nur noch beim Essen. Oder eben auf dem Flur, wenn man sich zufällig über den Weg lief.

»Sie Glückspilz«, rief Zöllner schon von weitem. »Kaum wieder hier, und schon so ein dicker Fisch.«

»Sie meinen die Sache Blohm?« Ludwig zuckte mit den Schultern. »Abwarten, was für eine Art Fisch uns da ins Netz gegangen ist. Ich komme auf jeden Fall auf Sie zu. Es deutet ja manches auf einen Raubüberfall hin, und das ist schließlich Ihr Bereich.«

»Wäre mir eine Ehre. Ich muss. Gerichtstermin.«

Ludwig und Vranitzky schauten ihm schweigend nach. Schließlich sagte Vranitzky: »Dass Sie und der in diesem Leben noch mal Freunde werden, hätte keiner gedacht.«

»Ich am allerwenigsten. Aber Menschen ändern sich.«

»So? Seit wann das?«

Vranitzky wollte weiter, doch Ludwig rührte sich nicht vom Fleck. »Ich muss noch woandershin«, erklärte er. »Außer Haus. Ist dienstlich.«

»Und warum sagen Sie mir das nicht?«

»Mach ich doch gerade. Ein Schulfreund von mir kennt Walter Blohm näher, vielleicht kann mir der ein paar Sachen über ihn erzählen. Ich treff ihn gleich in der Stadt.«

Vranitzky nickte. »Zur Einsatzbesprechung um vier sind Sie aber wieder da.«

Ludwig ließ den Blick durch das gut besuchte Café wandern. Schließlich entdeckte er Karl an einem Tisch in der hintersten Ecke, wo er lustlos in einer Zeitschrift blätterte. Daneben standen eine Tasse Kaffee und ein leeres Cognac-Glas. Schon von weitem fiel ihm auf, dass Karl abgenommen hatte, das Gesicht wirkte beinahe hager. Und der Bartschatten zeigte, dass Karl sich am Morgen nicht rasiert hatte. Nein, er sah wirklich nicht gesund aus. Ob das noch die Folgen seines Herzinfarkts waren? Oder fehlte einfach die leitende Hand einer guten Frau? Gisela hätte ihn unter keinen Umständen so auf die Straße gelassen, von der schief sitzenden Krawatte ganz abgesehen.

»Schön, dass du dir die Zeit nehmen konntest«, sagte Ludwig, nachdem er Karl begrüßt und sich gesetzt hatte. »Gut schaust du aber nicht gerade aus, wenn ich das so unverblümt sagen darf. Fehlt dir was?«

Karl schüttelte den Kopf. »Ist spät geworden, gestern im *Atelier*. Ich hab kaum geschlafen letzte Nacht.«

Das *Atelier* war ein Künstlerlokal in der Maximilianstraße, wo sich die Filmstars die Klinke in die Hand gaben. Kein Ort, an dem Ludwig sich wohlfühlen würde. Einen wie ihn hätten sie dort vermutlich gar nicht hineingelassen.

Ludwig fischte die Packung Zigaretten aus der Jacketttasche und schüttelte eine heraus. Im gleichen Moment trat eine junge Kellnerin an den Tisch. Er überlegte kurz, was er trinken wollte, und deutete schließlich auf Karls leeres Cognac-Glas. »Auch so einen. Oder bringen Sie gleich zwei. Du trinkst doch noch einen mit?« Karl rührte sich nicht, was Ludwig als ein Ja wertete. »Also zwei«, erklärte er der Kellnerin.

»Was wolltest du denn mit mir bereden?«, fragte Karl.

Ludwig zündete sich die Zigarette an. »Blohm ist seit letzter Nacht verschwunden«, berichtete er. »Vielleicht ist er schon tot. In seinem Haus sind Schüsse gefallen. Wir haben auch Blut gefunden. Aber keine Leiche. Also, ich meine, nicht die von Blohm. Dafür die Leiche seines Leibwächters.«

»Wirklich?« Karl schlug die Zeitschrift zu und schob sie zur Seite. »Verschwunden«, wiederholte er und ließ dabei keinerlei innere Regung erkennen. »Deshalb wolltest du mit mir reden? Da fragst du den Falschen. Seit Magda weg ist, habe ich mit Blohm nichts mehr zu schaffen. Ich bin für ihn eine Persona non grata. Und er für mich.« Er schwieg einen Moment, fragte dann: »Weiß Magda schon, was passiert ist?«

»Noch nicht, wir haben keine Adresse oder Telefonnummer von ihr. Wir arbeiten uns gerade durch Blohms Papiere. Sobald wir wissen, wie wir sie in Amerika erreichen, informieren wir sie natürlich sofort.«

»Könntest du mir ihre Adresse dann geben?«

Ludwig zögerte. Er verstand bis heute nicht, wieso Magda den Kontakt zu Karl vollständig abgebrochen hatte. Die Erklärungen, die Karl gegeben hatte, klangen alle bemüht. Angeblich war Blohm daran schuld. Doch was hinderte Magda daran, Karl einfach einen Brief zu schreiben? Wie sollte Blohm das erfahren? Nein, es steckte mehr dahinter. Aber was ging es ihn an.

»Tut mir leid«, sagte Ludwig, »das darf ich nicht. Magda wird sich schon irgendwann bei dir melden. Zurück zu Blohm. Auch wenn ihr euch seit langem aus dem Weg geht, kennst du ihn. Immerhin war er bis vor zwei, drei Jahren ein Teil deiner Familie.«

Karl lachte humorlos auf, nahm Ludwigs Zigarettenpackung und drehte sie zwischen den Fingern. »Ich würde jetzt für eine davon töten«, sagte er.

»Ach, tut mir leid. Du darfst ja nicht mehr. Soll ich sie ausdrücken?«

»Nein, nein, im Gegenteil. So krieg ich wenigstens ein bisschen Nikotin ab.« Karl legte die Zigaretten auf den Tisch. »Zu Blohm kann ich dir wirklich nicht viel erzählen. Seit er Magda ins Exil nach Amerika geschickt hat, habe ich nicht mehr mit ihm gesprochen. Er lässt mich nicht an sich heran. Und über seine Geschäfte und Machenschaften hat er mir gegenüber sowieso nie was verlauten lassen.«

»Denk einfach darüber nach. Falls dir irgendwas einfällt, ich bin für jeden Hinweis dankbar.«

Als Ludwig in sein Büro zurückkehrte, fand er zu seiner Überraschung Zöllner an seinem Schreibtisch vor. Es war Viertel vor vier, die anderen Kollegen waren entweder auf dem Weg in den großen Besprechungsraum oder schon dort. Zöllner sah nicht mehr ganz so adrett aus wie am Morgen, er hatte den Krawattenknoten gelockert und den obersten Hemdknopf gelöst.

»Jetzt ist es schneller gegangen, als wir alle dachten«, sagte Zöllner und grinste.

Ludwig sah ihn erstaunt an. »Was meinen Sie?«

»Dass wir beide wieder Hand in Hand arbeiten. Ich bin offiziell in der Sonderkommission, als Ehemaliger vom Mord bin ich für die Verbindung zum Raub ja die Traumbesetzung.«

Ludwig lächelte. Zöllner war schon eine Marke für sich. »Das heißt aber nicht, dass Sie an meinem Schreibtisch sitzen.«

In diesem Moment ging die Tür auf, Vranitzky eilte herein und brachte eine Schwade seines Pfeifengestanks mit. »Sie sind noch hier?«, fragte er. »Worauf warten Sie?«

»Auf Sie«, sagte Zöllner frech.

Vranitzky zog die Brauen zusammen. Wie die meisten hatte er Zöllner nie richtig leiden können, und er war sicher nicht begeistert, dass ausgerechnet er die Sonderkommission bereichern sollte. »Danke«, erwiderte er trocken, »ich brauche keinen Geleitschutz. Muss noch rasch telefonieren, dann komme ich auch.«

Er verschwand nach nebenan in sein Büro. Allerdings ließ er die Tür gewohnheitsmäßig einen Spalt offen. Karl wollte schon gehen, doch Zöllner hielt ihn am Unterarm fest. »Horchen Sie mal gut zu«, sagte er mit gedämpfter Stimme und wies mit dem Kopf Richtung Chef-Büro, aus dem erst das Rattern der Telefonwählscheibe drang, dann Vranitzkys Stimme.

»Spreche ich mit Dr. Eisele? Polizeipräsidium hier, mein Name tut nichts zur Sache. Ich rufe im Auftrag eines Kollegen an, ein Freund von Ihnen. Sie wissen schon, wen ich meine. Er lässt ausrichten, dass sich was zusammenbraut. Ein, zwei Wochen können die Akten noch zurückgehalten werden, aber irgendwann müssen sie zum Staatsanwalt. Also, was immer Sie tun, tun Sie es bald.«

Zöllner gab Ludwig ein Zeichen, auf leisen Sohlen verließen sie das Büro.

»Was war denn das?«, fragte Ludwig, obwohl er es sich halbwegs zusammenreimen konnte.

»Dieser Dr. Eisele, um den es ging, war eine Weile Lagerarzt im KZ Buchenwald«, erklärte Zöllner. »Lebt und praktiziert aber seit Jahren unbehelligt in Pasing. Jetzt ist in diesem Prozess in Bayreuth ... Sie haben doch davon gelesen?«

Ludwig erinnerte sich dunkel und nickte. In dem Verfahren wurde einem Aufseher aus dem KZ Buchenwald der Prozess gemacht. Den Henker von Buchenwald nannten sie ihn, weil er noch erfinderischer als manch anderer darin war, sich Foltermethoden auszudenken.

»Im Lauf der Voruntersuchung kam bei der Staatsanwaltschaft in Bayreuth eine Menge zur Sprache«, fuhr Zöllner fort, »dabei ist in einigen Zeugenaussagen wohl der Name von unserem lieben Dr. Eisele ein paarmal zu oft gefallen, so dass man nicht umhinkam, eine Ermittlung zu starten. Anscheinend mit Erfolg. Wobei es eine Frage des Standpunktes sein dürfte, wer was als Erfolg ansieht. Würde mich nicht wundern, wenn Dr. Eisele München in Kürze verlässt. Ohne bei der Post eine Nachsendeadresse zu hinterlegen, fürchte ich.«

Zöllner grinste breit. Ludwig fragte sich, was ihm bei der Geschichte eine so große Befriedigung verschaffte.

»Was wollen Sie machen? Zum Staatsanwalt gehen? Oder gleich zur Presse?«

»Wo denken Sie hin. Das wäre schön dumm.« Sie hatten das Besprechungszimmer erreicht, wo sich die anderen Kollegen bereits versammelt hatten, blieben jedoch vor der Tür stehen. Zöllner dämpfte die Stimme. »Wenn Dr. Eisele vor der Flucht verhaftet wird, ist das nur ein kleiner Skandal. Aber wieso einen kleinen Skandal lostreten, wenn man ohne eigenes Zutun einen viel größeren haben kann? Schauen Sie, wenn Eisele entwischt und wenn rauskommt, dass der Grund dafür hier bei uns liegt, dann rollen Köpfe. Und auf ein paar Gesichter, die man hier drin jeden Tag anschauen muss, kann ich persönlich gern verzichten. Abgesehen davon, dass das folgende Stühlerücken auch unsereinen ein wenig nach vorn bringen kann.«

Ludwig rieb sich das Kinn. »Sie sind ein ganz schön durchtriebener Hund, Zöllner, das muss ich schon sagen.«

Zöllner lachte, er fasste das als Kompliment auf. Und obwohl Ludwig solche Intrigenspiele abstoßend fand, konnte er nicht umhin, Zöllner für seine Klugheit Respekt zu zollen.

»Vor allem bin ich bestens informiert«, entgegnete Zöllner gut gelaunt. »Ich weiß so manches über einige hier drin.«

»So?«, fragte Ludwig und ließ es wie einen Scherz klingen, obwohl es ihn innerlich ein bisschen fröstelte. »Über mich auch?«

Zöllner lachte auf. »Über Sie doch nicht, Herr Gruber. Sie sind über jeden Zweifel erhaben.«

Eine Luger also, sinnierte Ludwig auf der Heimfahrt, vermutlich ein altes Fabrikat. Das war, laut Ballistik, die Tatwaffe. Oder besser gesagt die Waffe, mit der in Blohms Büro in den Sessel geschossen worden war. Allerdings ging Ludwig, wie die anderen Kollegen auch, davon aus, dass Blohm nicht mehr lebend zurückkommen würde. Irgendwas wollten die Täter noch von ihm. Vermutlich den Zugang zu Schwarzgeld auf geheimen Konten. Oder es ging um Rache.

Als Ludwig in die Buschingstraße einbog, drängte er diese Gedanken zurück. Er hatte es sich zur Maxime gemacht, die Arbeit im Präsidium zu lassen. Eigentlich war es Traudls Maxime gewesen, denn nach Feierabend und an den Wochenenden sollte Papa ganz der Familie gehören. Und sie hatte ja recht. Mord und Totschlag hatten ihren Platz im Präsidium, nicht in den eigenen vier Wänden.

Ludwig parkte den Wagen im langen Schatten des Hochhauses, stieg aus, ging ein paar Schritte und warf dann stolz einen Blick zurück. Seit dem Frühjahr besaß er den Opel Olympia Rekord schon, doch das stolze Neuwagengefühl hielt noch immer an. Sein erstes eigenes Auto. Obwohl ihm davon bis jetzt höchstens die Reifen gehörten, der Rest immer noch der Bank. Er hatte nie auf Kredit leben wollen, Traudl hatte ihn dazu animiert. Das machen alle, hatte sie in überraschender Leichtfertigkeit gesagt. Traudl hatte sein Leben auf eine Art verändert, die er niemals für möglich gehalten hätte. Erst hatte sie ihn überzeugt, dass eine Neubauwohnung das einzig Richtige für sie wäre, und kaum hatten sie sich dafür bis über beide Ohren verschuldet, hatte sie gemeint: »Wenn wir in der Parkstadt in Bogenhausen wohnen, brauchst du ein Auto. Dorthin fährt nur ein Bus. Was, wenn es mal pressiert? Willst du dann mit dem Radl fahren?« War noch nicht lange her, da hätte ein Fahrrad genügt. Die Leichen hatten ja Zeit, und ihre Mörder waren ohnehin längst über alle Berge. Um die Kredit- und Ratenverträge unterschreiben zu können, hatte Ludwig seine Existenz als Privatdetektiv aufgegeben und sich wieder dem deutschen Beamtentum in die Arme geworfen, denn nur so war ein regelmäßiges Einkommen bis ins Pensionsalter gesichert. Auf diese Weise war eins zum anderen gekommen. Mit allem, was Traudl anregte, hatte sie stets die Vernunft auf ihrer Seite gehabt, und dennoch wurde Ludwig das Gefühl nicht los, dass sie auf sehr dünnem Eis wandelten.

Am Aufzug angekommen, drückte Ludwig auf den Knopf. Der Fahrstuhl war natürlich oben. Er war immer oben. Oder unten, wenn man selber oben stand. Stockwerk für Stockwerk zählte die Lichtanzeige herunter, bis die Tür schließlich zur Seite glitt. Er stieg ein und drückte auf die Zehn. Mit einem Ruck trat die Kabine ihre Fahrt an. Im fünften Stock machte sie einen Halt, die Tür ging auf, ein Ehepaar, das Ludwig noch nie gesehen hatte, stand vor ihm, der Mann spielte mit dem Wohnungsschlüssel.

»Rauf oder runter?«

»Rauf.«

»Dann warten wir.«

Die Tür ging wieder zu.

Dass zwei Stockwerke unter ihm Familien lebten, die er nach den eineinhalb Jahren, die sie nun schon hier wohnten, nicht einmal vom Sehen kannte, befremdete Ludwig.

Bereits in der Diele wehte ihm der verlockende Duft von Kaiserschmarrn entgegen. Freitag, Mehlspeisentag. Ludwig legte den Hut auf die Ablage an der Garderobe und warf einen prüfenden Blick in den Spiegel. Bildete er es sich nur ein, oder wurden seine Geheimratsecken wirklich größer? Bei seinem Vater hatte es auch so angefangen, bis sich die kahlen Stellen irgendwann zu einer veritablen Halbglatze vereinigt hatten. Er würde das auf jeden Fall weiter beobachten und sich wohl oder übel ein Haarwuchsmittel besorgen müssen.

In der Küche stand Traudl mit umgebundener Schürze am Herd. Sie wiegte die Hüften in dem karibischen Rhythmus, zu dem Catarina Valente im Radio von ihrer Insel im Sonnenschein sang. Nachdem er sie begrüßt und ihr mitgeteilt hatte, dass er noch mal ins Präsidium müsse und es vermutlich sehr spät werde, schaute er nach den Buben und zuletzt nach der kleinen Annerl, die im Wohnzimmer in einem Laufstall mit Bauklötzen spielte. »Baba«, sagte sie, als sie ihn sah, und klatschte in die kleinen Händchen, und obwohl sie das jeden Abend sagte, wenn er nach Hause kam, berührte es ihn immer wieder auf eine Weise, als sei es das erste Mal. Er nahm sie aus dem Laufstall, hob sie hoch in die Luft und ließ sie fliegen wie einen Vogel, um ihr mit diesem Spaß das glucksende Lachen zu entlocken, das er so gern hörte und das ihn für alle Mühsal des Tages belohnte. Er würde es Traudl bis in alle Ewigkeit danken, dass sie ihm noch diese Tochter geschenkt und selbst vorgeschlagen hatte, sie nach ihrer Vorgängerin Anna zu taufen. Das zeigte, dass sie bei allem, was man an ihr aussetzen konnte, doch ein gutes Herz und eine große Seele besaß.

Beim Essen erzählte Traudl in größter Heiterkeit von einer Fahrt in die Stadt, die sie mit Annerl am Vormittag unternommen hatte. »Da sieht man ja gerade Leute aus aller Herren Länder«, meinte sie, »für dich ist das nichts Besonderes, aber wir hier draußen sind ja ganz ab vom Schuss.«

Ludwig nickte, es stimmte, die Achthundert-Jahr-Feier der Stadt führte Besucher aus der ganzen Welt nach München, und man sah in den Geschäftsstraßen, vor den Hotels und Sehenswürdigkeiten Menschen, die man sonst eher selten zu Gesicht bekam: Pfadfinder in ihren Uniformen, Inder mit Turbanen und ihre Frauen in Wickelgewändern, mit Pelz und Brillanten behängte Amerikanerinnen und sogar den einen oder anderen Japaner.

Nach dem Essen verzog Ludwig sich auf den Balkon, um eine Zigarette zu rauchen. Traudl duldete den Rauch nicht in der Wohnung, weil der sich in den Vorhängen festsetzte, die Wände vergilbte, und überhaupt hatte der Gestank von kaltem Rauch sie schon immer angeekelt. Und einmal mehr musste Ludwig zugeben, dass sie recht hatte, es war, wenn man ehrlich war, ekelhaft.

Während Ludwig sich von der tief stehenden Sonne bescheinen ließ und dabei über die anderen Wohnblöcke und die Dächer der Einfamilienhäuser hinweg in den diesigen Himmel schaute, fiel ihm wieder ein, dass bis vor wenigen Jahren hier nur flaches Land gewesen war, das ein- oder zweimal im Jahr von Schafherden abgegrast wurde. Am Rand hatte es noch ein paar Ziegeleien gegeben, und das war auch schon alles gewesen. Als Kinder waren sie oft von Haidhausen herübergelaufen oder geradelt, er und Karl und der Borgmann Schorsch. Und einmal, das wusste er noch, hatte jemand einen alten Revolver dabeigehabt, wahrscheinlich Karl, der war immer für solche Streiche gut gewesen. Sogar ein paar Patronen hatte er stibitzt, und die hatten sie verschossen, mit Blechbüchsen als Ziel. Wie Buffalo Bill oder Old Shatterhand hatten sie sich dabei gefühlt, obwohl jeder Schuss meterweit danebenging. Ob das damals eine Luger gewesen war?

Ludwig trat an die Balkonbrüstung und schaute nach unten. Zehn Stockwerke. Zum Glück war er schwindelfrei. Er sah auf die Uhr. Es war schon spät. Noch schnell ein frisches Hemd anziehen, dann musste er zurück ins Präsidium. Während er die Zigarette ausdrückte, fiel ihm ein, dass Blohm hier in der Parkstadt gebaut hatte. Nicht als Bauherr, aber eine seiner Baufirmen hatte hier Aufträge ausgeführt. Nicht, dass es etwas für den Fall bedeutet hätte. Aber auch wenn der Mann verschwunden war und für immer verschwunden blieb, das würde von ihm bleiben.

Etwa zwei Monate davor …

Freitag, 28. März 1958

SCHON ALS ER DEN STOSS AUSFÜHRTE, wusste Karl, dass er verloren hatte. Er hatte nur noch eine Kugel zu spielen, doch statt dieser traf er die dicht danebenliegende schwarze Acht und versenkte sie.

»Ich bin völlig aus der Übung«, sagte er und legte den Queue hin. »Muss an der Musik liegen.« Den ganzen Abend schon dröhnte hektischer Rock 'n' Roll aus der Jukebox, die von einer Handvoll junger Leute in Nietenhosen und Lederjacken beherrscht wurde. Karl machten das Geplärre und der hektische Rhythmus nervös.

»Besser als ich bist du immer noch«, meinte Ludwig. »Und warst du auch immer. Falls dich das tröstet.«

»Überlassen wir der Jugend das Feld.«

Im Hintergrund drängelten sich schon ein paar von diesen Halbstarken und machte kein Hehl aus der Ungeduld, mit der sie den Abgang der Alten erwarteten. Karl beneidete sie nicht um ihre Jugend, doch er fühlte sich auch nicht gern alt.

Sie suchten sich einen Tisch im vorderen Bereich des Spielsalons und bestellten Bier. Für eines war noch Zeit, später war Karl mit Georg Borgmann im *Moulin Rouge* verabredet. Karl hatte Ludwig eingeladen, sich ihnen anzuschließen, doch der hatte abgewinkt, als Familienvater und Beamter wollte er sich eher nicht in einem verruchten Etablissement sehen lassen.

Nachdem sie sich gesetzt hatten, holte Karl den Umschlag

mit der mysteriösen Postkarte, die er aus Berlin erhalten hatte, aus der Jacketttasche. »Ich wollte dich fragen, was du davon hältst. Als Mann von der Kripo.«

Ludwig nahm den Umschlag, zog die Karte heraus und las halblaut, was darauf stand: »Berlin vermisst dich. Berlin braucht dich. Berlin freut sich, dich an Ostern zu sehen. Und vergiss deine Glückszahl nicht: 33456.«

»Die Zahl sagt mir gar nichts«, erklärte Karl, ehe Ludwig fragen konnte.

Der nickte und betrachtete den Umschlag. »Ist dir die Adresse bekannt?«

»Ich weiß, wo das ist, verbinde aber weiter nichts damit. Da hat nie jemand gewohnt, den ich kenne. Es ist keine sehr gute Gegend. Gelinde gesagt.«

»Verstehe. Ich hab keine Ahnung, was dahinterstecken könnte. Bei Berlin denkt man natürlich sofort an Spionage. Und man hört immer wieder von Versuchen, Leute aus dem Westen anzulocken, um sie als Agenten anzuwerben. Könnte auch eine stinknormale Betrugsmasche sein, wobei ich mir nicht vorstellen kann, wie dieser Betrug funktionieren sollte. Es wird ja nirgendwo Geld oder dergleichen verlangt oder ein windiges Geschäft angepriesen. Ich kann mich bei uns mal umhören, ob etwas bekannt ist. Ob solche Karten schon öfter aufgetaucht sind. Ich melde mich, wenn ich was erfahren sollte.«

Karl nahm Karte und Umschlag zurück. »Wahrscheinlich hatte jemand einfach nur eine falsche Adresse.«

»Kann gut sein. Das Einfachste wäre es, zu der Adresse zu fahren und nachzuschauen, was dort ist. Aber so dumm wird ja wohl niemand sein, nur wegen einer Karte nach Berlin zu fahren.«

Karl lachte. »Nein, ganz sicher nicht.«

Ludwig holte seine Zigaretten heraus und wollte schon eine aus der Packung fischen, als er innehielt. »Ach so, du darfst ja nicht mehr. Ist es dir lieber, wenn ich auch nicht …?«

»Geh zu. Hier ist so viel Rauch in der Luft, da kommt es auf einen Glimmstängel mehr auch nicht an.«

Während Ludwig sich eine Zigarette anzündete, nahm Karl einen Streifen Kaugummi. Ob das Verlangen nach einer Zigarette jemals aufhörte? Er hätte längst wieder angefangen, denn er hing nicht sonderlich an seinem Leben, zumindest nicht in dessen jetzigem Zustand, doch er hatte sich geschworen, den Tag noch zu erleben, an dem Magda zurückkehrte.

»Die Karte hat mich auf eine Idee gebracht«, nahm Karl das Gespräch wieder auf. »Für einen Kriminalroman. Der perfekte Mord.«

Ludwig lächelte, wie Fachleute es immer taten, wenn man in ihren Bereich hineinphantasierte. »Den perfekten Mord gibt's nicht. Zumindest nicht im wahren Leben. Die meisten Tötungsdelikte sind Affekttaten. Ehebruch; Besoffene, die sich an die Gurgel gehen; Habgier. Dazwischen vielleicht mal ein Lustmord. Um das zu lösen, braucht's keinen Sherlock Holmes.«

»Sicher. Aber du als Fachmann, der alle Möglichkeiten der Polizei kennt. Wie würdest du es anstellen?«

Ludwig nahm einen Zug von seiner Zigarette, überlegte kurz und meinte dann: »Viel wichtiger als ein genialer Plan ist etwas anderes: Fehlervermeidung. Und der größte Fehler von allen ist, die Polizei zu unterschätzen. Wir haben bisher noch so ziemlich jeden gekriegt.« Er beugte sich vor und dämpfte die Stimme. »Wenn du zum Beispiel einen Mord planen würdest, einen echten, meine ich, hättest du bereits den ersten Fehler gemacht.«

»So? Was meinst du?«

»Du hast einen Polizeibeamten gefragt, wie man mit einem Mord davonkommt. Bei so einer Frage wird jeder Kriminalist sofort hellhörig. Das lässt sich gar nicht abstellen. Nicht mal bei einem alten Freund.«

Ludwig grinste.

Sollte das ein Scherz sein? Hoffentlich. Ganz sicher war Karl sich nicht. Ludwig konnte das Gras wachsen hören. Ob er sich in ein paar Wochen oder Monaten, wenn er vor Blohms Leiche stand, noch an dieses Gespräch erinnern würde?

Karl hatte das *Moulin Rouge* in Paris nie gesehen, doch er bezweifelte trotzdem, dass die Münchner Ausgabe dem Original das Wasser reichen konnte. Der Stachus war nun mal nicht der Montmartre, und die Sonnenstraße nicht die Champs-Élysées. Andererseits, meinte sein alter Freund Georg Borgmann, egal, ob Paris oder München, Frauen seien überall Frauen. Er dachte, Karl habe ihm den Besuch des Varietés wegen der Nackttänzerinnen vorgeschlagen, und Karl ließ ihn in dem Glauben, während ihn in Wahrheit nur Blohm interessierte, der ein regelmäßiger Besucher des Striptease-Tempels war. Karl studierte Blohm, seine Gewohnheiten und seine üblichen Wege, so wie man ein gefährliches Tier studierte, bevor man es zur Strecke brachte.

Als Karl um halb zehn vom Stachus kommend in die Herzogspitalstraße einbog, spürte er ein feines Kribbeln im Bauch und das Verlangen nach einer Zigarette, das sich noch steigerte, als er Blohms nachtschwarze Mercedes Limousine ganz in der Nähe des Eingangs erblickte. Im Schritttempo ließ er seinen Borgward Isabella daran vorbeirollen und parkte schließlich ein gutes Stück entfernt. Er wechselte die Krawatte und schlüpfte in das elegantere Sakko, dann stieg er aus und zog den Mantel an. Die Nacht war kühl.

Georg erwartete ihn schon in der reservierten Loge, in einem weißen Jackett mit Fliege. Was er wohl seiner Inge erzählt hatte, wohin er heute Abend ging? Auch wenn es weh getan hatte, war es am Ende ein Segen für Georg gewesen, dass sein Wochenblatt vor gut eineinhalb Jahren nach langem Siechtum endgültig eingegangen war. Nicht jeder war dafür geschaffen, Verantwortung für ein Unternehmen mit mehreren Angestellten zu tragen. Voller Widerwillen dachte Karl an die Zeit zurück, in der man Georg nur noch betrunken angetroffen hatte und in der er kurz davor war, durch ständige Affären seine Familie zu zerstören. Seit er bei der *Quick* angestellt und lediglich für das überschaubare Ressort »Tatsachenberichte« zuständig war, hatte Georg sein Leben wieder im Griff. Er trank zwar noch, aber in Maßen, und was das Fremdgehen betraf, hielt er sich zurück, freilich ohne auch diesem Laster ganz zu entsagen.

»Da bist du ja, altes Haus«, rief Georg. »Ich dachte schon, du kneifst. Das Programm fängt gleich an.«

Die Musikkapelle am Bühnenrand spielte sich mit bekannten Schlagermelodien der letzten Saison warm. Das ausgelassene, erwartungsvolle, überwiegend männliche Publikum an den Tischen, die von kleinen Lampen in schummriges Licht getaucht wurden, nahm davon kaum Notiz. Niemand kam wegen der Musik hierher. Schon eher wegen der Kellnerinnen, die in ihren denkbar knappen Blusen und extrem kurzen Röcken allerlei intime Einblicke boten.

Karl ließ sich in den weich gepolsterten Sessel fallen. Georg nahm die Flasche aus dem mit Eis gefüllten Sektkübel und goss ihm so schwungvoll ein, dass das Getränk über den Rand perlte. »Die nächste Flasche geht auf dich, alter Kumpan.« Er stellte den Sekt zurück. »Eigentlich dürfte ich jetzt gar nicht hier sitzen. Meine Inge verbietet mir jeden Umgang mit dir.«

»Ich bin sicher nicht der einzige Grund, warum sie hiervon besser nichts erfährt«, erwiderte Karl und erhob den Zeigefinger. »Also benimm dich.« Sein Blick wanderte von einer Loge zur nächsten, auf der Suche nach Blohm, fand ihn jedoch nicht. Wahrscheinlich war er noch in den Garderoben und betrachtete sich die Tänzerinnen aus der Nähe. Es hieß, dass er bei jedem Besuch eine Favoritin auswählte, die er dann mit nach Hause nahm.

»Spar dir den Zeigefinger«, redete Georg weiter, »und lass mich genießen, dass ausnahmsweise mal nicht ich der Schuft bin, sondern du. Inge verzeiht dir nie, dass du Gisela abserviert hast. Die Schwester ist ihr heilig. Und ich krieg's ab, bloß weil wir alte Schulfreunde sind. Ach, falls es dich interessiert: Gisela ist in die Oberpfalz verschwunden, zu ihrem Benno, und leckt dort ihre Wunden.« Er hielt kurz inne. »Hallo? Hörst du, was ich sage?«

»Jedes Wort.« Karl wandte seinen Blick Georg zu und lächelte.

Die Musik klang aus, ein Conférencier im Frack trat vor den Bühnenvorhang und kündigte mit mancherlei schlüpfrigem Wortspiel das Programm an. Karl bemerkte Bewegung in einer der Logen. Wenig später tauchte dort Blohm auf. Abgesehen von seinem Leibwächter war niemand bei ihm. Karl trank einen Schluck Sekt und schenkte sich sofort nach. Da er dabei unablässig zu Blohms Loge schaute, folgte Georg irgendwann seinem Blick.

»Lass dir von dem nicht den Abend verderben«, riet er. »Er hat mich geschäftlich ruiniert, ich hätte ihn damals am liebsten dafür umgebracht. Dabei sollte ich ihm dankbar sein, eigentlich war es das Beste, was mir passieren konnte. Vielleicht ist das bei dir genauso. Ich meine, diese Geschichte mit Magda ... die eigene Nichte ... so was kann einen Mann zugrunde richten. Und wofür? Sie ist ein heißer Feger, freilich, aber keine Frau ist so gut im Bett …«

Mit jedem Wort, das Georg von sich gab, wuchs Karls Zorn, bis er irgendwann nicht mehr an sich halten konnte und Georg anfuhr: »Wann hältst du endlich dein Schandmaul! Wie oft soll ich dir noch sagen, dass zwischen Magda und mir …« Er hatte die Faust um den schlanken Stiel seines Sektglases so fest zusammengedrückt, dass dieser entzweibrach. Der untere Teil stach ihm in den Handballen, der obere zerschellte auf dem Boden. Ein heftiger Schmerz fuhr Karl bis zum Ellbogen hinauf. Eine Kellnerin, die in der Nähe gestanden und den Vorfall beobachtet hatte, eilte herbei. Karls Hand blutete, zum Glück aber nicht sehr heftig. Die Kellnerin drückte ihm eine Stoffserviette auf die Wunde und huschte davon, um ein Pflaster zu holen.

»Und einen Whiskey Sour«, rief Karl ihr nach.

Erst dann wandte er sich wieder Georg zu, der stumm wie ein Fisch, aber mit offenem Mund dasaß. Karls heftige Reaktion auf seine Bemerkung zu Magda schien ihn überrascht zu haben. »Nichts für ungut«, stammelte er. »Ich wusste nicht …«

»Halt in der nächsten halben Stunde einfach den Mund und schau dir die Mädchen an«, erwiderte Karl und würdigte ihn keines weiteren Blickes.

Georg wandte sich der Bühne zu, wo der Conférencier gerade zur Seite abging. Gleich danach setzte die Musik ein, der Vorhang teilte sich, und aus der Kulisse tanzte eine Gruppe junger Damen in ziemlich durchsichtigen Kleidern unter dem johlenden Beifall der Zuschauer auf die Bühne. Karls Aufmerksamkeit galt jedoch allein Blohms Loge. Der hielt sich ein Opernglas vor die Augen, richtete es jedoch nicht auf die nackten Beine der Tänzerinnern, sondern auf Karl.

Nach dem zweiten Whiskey Sour tippte jemand Karl von hinten auf die Schulter. Er erwartete die flotte Kellnerin für die nächste Bestellung, schaute jedoch in das Gesicht eines kräftig gebauten Mannes. Blohms Leibwächter. »Kommen Sie bitte mit«, sagte er, und es klang wie ein Befehl, was es ja auch war. »Herr Blohm will mit Ihnen sprechen.«

»Und wenn ich nicht mit ihm sprechen will?« Aber das stimmte nicht. Karl wollte sehr wohl mit Blohm reden. Oder vielmehr hören, was er zu sagen hatte. »Na schön, gehen wir«, sagte er und stand auf. Georg schwieg, sah ihn aber mit einem Blick an, der mahnte: Mach bloß keine Dummheiten. Was für Dummheiten meinte er?

Blohm erwartete Karl mit dem sattsam bekannten, selbstgefälligen Grinsen. Er wies mit der Hand auf den freien Sessel an seinem Tisch. Karl setzte sich. Ehe er ablehnen konnte, schenkte Blohm ihm schon in ein Glas ein, das für ihn bereitstand.

»Probier mal«, sagte er. »Das ist kein Kupferberg Gold.«

Karl zweifelte keine Sekunde, dass es der teuerste französische Champagner war, den es für Geld gab. Trotzdem oder gerade deswegen fasste er das Glas nicht an. Aber vermutlich hatte Blohm mit dieser Reaktion gerechnet, denn er lächelte nur süffisant und sagte: »Wie ich höre, hast du dich von Gisela getrennt. Schade. Ich fand, ihr habt gut zusammengepasst. Aber wenn es nicht mehr geht, geht es eben nicht mehr. Und jetzt wohnst du also wieder im alten *Kammererwirt*. Da, wo alles begann. In einem gemieteten Zimmer. Wenn das keine Erfolgsgeschichte ist.«

Karl stand auf. »Wenn du dich nur über mich lustig machen willst, verschwinde ich.«

»Aber nein«, rief Blohm. »War nicht so gemeint. Setz dich wieder.«

Zögerlich ließ Karl sich erneut nieder. Er dachte an die Luger zu Hause in seinem Zimmer. An die Kreidekreuze an den Bäumen, die er alle getroffen hatte. Und genau zwischen Blohms Augen sah er jetzt auch so ein Kreuz. Er wird für alles bezahlen, sagte er sich, auch für diese Demütigung.

»Sieh doch«, sagte Blohm, »diese Frau …«

Karl wandte sich der Bühne zu, wo eine dunkelhaarige Frau zu orientalisch anmutender Musik eine Art Schleiertanz aufführte und sich dabei nach und nach ihrer Schleier entledigte.

»Ähnelt diese junge Dame nicht ein wenig unserer Magda?«, fragte Blohm. »Aber was heißt jung. Sie ist kürzlich dreißig geworden. Vielleicht die besten Jahre für eine Frau. Oder was denkst du?«

Karl fuhr zu ihm herum. Am liebsten hätte er ihn über den Tisch gezerrt und ihm das Grinsen aus dem Gesicht geprügelt, wahlweise mit der Champagnerflasche, die ihren grünen Hals so gierig aus dem Eiskübel reckte. Blohms Leibwächter trat einen Schritt vor, doch Blohm wies ihn mit einer Geste in die Schranken.

»Schluss mit dem Geschwätz«, verlangte Karl. »Wenn du mir nicht sofort sagst, was du willst, bin ich weg.«

»Ich soll dir Grüße bestellen«, sagte Blohm nun, »von Magda. Ich habe sie gesehen, an ihrem Geburtstag.«

Endlich Nachrichten von ihr zu erhalten, selbst wenn sie von diesem abscheulichen Kerl überbracht wurden, ließ Karl seine Wut vergessen; stattdessen erfüllte ihn Hoffnung. Doch Hoffnung worauf? Er wusste es nicht. Sie bestand allein in dem Namen Magda.

»Wie geht es ihr? Wo ist sie?«

Blohm genoss es sichtlich, in Karls Wunden zu stochern. »Es geht ihr … Nun ja, das weißt du vermutlich besser als ich. Wie geht es jemandem, der so ziemlich alles verloren hat, ohne die Aussicht, dass sich jemals etwas zum Besseren wenden wird? Dessen Pläne sich stets in Luft auflösen, kaum dass sie gefasst sind? Was ist das für ein Leben, Karl? Das müsste dir doch bekannt vorkommen.«

Karl stand auf und wollte an Blohm vorbei, doch der packte ihn am Handgelenk, zugleich stellte sich ihm der Leibwächter in den Weg.

»Magda ist weiter von dir entfernt, als du denkst«, fuhr Blohm fort. »Und sie entfernt sich mit jedem Tag mehr. Du hast sie verloren, finde dich damit ab. Eine Frau wie sie wird ihre besten Jahre nicht an eine Illusion verschwenden.«

»Ich finde sie und hole sie zurück.«

»Um zu ihr zu kommen, musst du erst mich aus dem Weg räumen.«

Karl bebte innerlich. Es kostete ihn alle Kraft, wenigstens äußerlich ruhig zu erscheinen. »Wenn du das sagst«, zischte er.

»Soll das eine Drohung sein?« Er wandte sich zu seinem Leibwächter um. »Haben Sie das gehört, Gustav? Herr Wieners hat mich bedroht.«

Karl machte sich los, Blohm gab seinem Leibwächter ein Zeichen, Karl gehen zu lassen.

Mist, dachte Karl im Weggehen. Er hätte sich von Blohm nicht provozieren lassen dürfen.

»Wie war's?«, fragte Georg, als Karl wieder an ihrem Tisch eintraf. »Was wollte er?«

»Mir auf die Nerven gehen«, brummte Karl missmutig.

Dann winkte er die Kellnerin herbei und bestellte einen Whiskey Sour.

Es war schon weit nach Mitternacht, als Karl das *Moulin Rouge* verließ. Kurz vor ihm war Blohm gegangen, in Gesellschaft der Schleiertänzerin, die in Blohms Augen Magda ähnelte. Karl hatte Georg angeboten, ihn nach Hause zu bringen, doch der wollte bleiben und die Bühnendarbietungen genießen, um dann zu sehen, was die Nacht noch für ihn bereithielt. Karl verstand. Georg hatte sich die hübschen Damen den ganzen Abend nur ansehen dürfen, nun verlangte es ihn nach mehr. Zu so später Stunde würde er in der Bahnhofsgegend gewiss nicht lange suchen müssen, um eine Bordsteinschwalbe aufzugabeln, die ihm für ein paar Mark Erleichterung verschaffte.

Als Karl beim *Kammererwirt* anlangte, schlug die Kirchturmuhr halb zwei. Er spürte den Alkohol, der letzte Whiskey war wohl einer zu viel gewesen. Es dauerte, bis der Schlüssel ins Schlüsselloch fand, doch Karl hatte es nicht eilig. Niemand wartete da oben auf ihn, nur ein kaltes Bett. Drinnen verfehlte seine Hand den Lichtschalter. Egal, seine Beine würden den Weg zur Treppe und dann hinauf in sein Zimmer auch im Dunkeln finden, so oft, wie sie ihn schon gegangen waren.

Hatte Blohm recht? War er ein Versager? Was hatte er in seinem Leben erreicht? Manches. Aber was war davon geblieben? Was hatte Bestand?

»Herr Wieners?«

Karl erschrak. Eine Stimme, die ihn aus dem Dunkeln ansprach. Bekannt, doch er konnte sie niemandem zuordnen.

Das Ganglicht blitzte auf und blendete ihn. Er kniff die Lider zusammen. Als die Augen sich langsam an die Helligkeit gewöhnt hatten, erkannte er Lindemeier.

»Sie sind das«, brummte Karl. »Was schleichen Sie denn im Dunkeln durchs Haus?«

Lindemeier hob die Rohrzange. »In einem der Klos lief dauernd das Wasser. Das musste ich abstellen.«

Karl nickte. »Dann gute Nacht.«

»Sie haben Ihre Post nicht geholt.«

Karl wandte sich ab. »Das hat bis morgen Zeit.«

Während Lindemeier in die Wirtsstube lief, schlurfte Karl zur Treppe. Er hatte schon ein paar Stufen genommen, als Lindemeier wieder zurückkehrte, einen einzigen Brief in der Hand. Karl nahm ihn und steckte ihn unbesehen in die Jackettasche.

»Aus Berlin«, sagte Lindemeier. »Vielleicht ist es ja wichtig.«

Karl zog den Brief wieder hervor und betrachtete ihn. Er war wirklich in Berlin aufgegeben worden.

Auf einen Schlag nüchtern geworden, eilte er nach oben. Der Brief war wie der erste an die alte Anschrift adressiert und nachgesandt worden. Auch wenn seine Wahrnehmung getrübt war, glaubte Karl die Handschrift darauf wiederzuerkennen. Im Zimmer angekommen, riss er den Umschlag auf. Seine Ahnung stellte sich als richtig heraus: Es war erneut eine Postkarte, diesmal mit einer Ansicht der Kaiser-Wilhelm-Gedächtnis-Kirche auf der Vorderseite. Auf der Rückseite stand dasselbe wie beim letzten Mal: *Berlin vermisst dich. Berlin braucht dich. Berlin freut sich, dich an Ostern zu sehen. Und vergiss deine Glückszahl nicht: 33456.* Es war ein Postskriptum angehängt: *PS Tante Magda lässt herzlich grüßen!*

Sonntag, 30. März 1958

NEW YORK CITY

»SIND WIR JUDEN, MAMA?«, fragte Peterle, den Mund voll mit kandiertem Apfel. Nicht nur seine Lippen, das halbe Gesicht war rot von der Glasur.

Magda biss von ihrem Apfel ein kleines Stück ab und zerkaute es. »Wieso fragst du? Wollte das jemand von dir wissen?«

»Nein. Bloß weil du immer sagst, dass wir Juden sind.«

Lügen haben kurze Beine, dachte Magda und antwortete: »Ich sage das nicht immer. Nur manchmal.«

Sie warf den Rest ihres Apfels in einen Abfallkorb und führte Peterle weg von dem Getümmel vor den Imbiss-Ständen und Fahrgeschäften, die wegen des frühlingshaften Wetters schon in großer Zahl besucht wurden. So sehr die New Yorker Stahl, Glas und Beton liebten, kaum zeigte sich die Sonne, strömten sie aus den Straßenschluchten und Hochhäusern in den Central Park oder an den Strand von Coney Island. Eines jedoch zeichnete sie immer aus: Wo sie auch waren, sie traten stets in Massen auf.

Magda verließ mit Peterle die Promenade und nahm einen Weg hinunter zum Meer, das mit großem Gleichmut seine Wellen an den Strand sandte. Auf halber Strecke blieb sie stehen und schaute Peterle ernst an.

»Wir sind keine Juden«, erklärte sie ihm. »Ich habe das nur gesagt, weil in unserer Nachbarschaft viele Juden leben. Wir haben den Juden viel Schlimmes angetan … also, nicht wir persönlich, aber Deutsche. Und ich dachte … Nun, ich weiß selbst nicht, was ich mir gedacht habe. Ich wollte nicht dauernd erklären müssen, dass wir nicht so sind wie diese bösen Menschen. Und irgendwie fühle ich mich diesen Menschen … diesen Juden … näher als den Deutschen. Verstehst du das?«

Peterle sah sie an, nagte an seinem Apfel und zuckte mit den Schultern. Natürlich verstand er nicht, was sie meinte. Wie sollte er?

»Wenn jemand dich fragt«, fuhr sie fort, »dann tust du am besten so, als hättest du ihn nicht gehört, und sagst gar nichts. Und wenn er nicht lockerlässt, sagst du, dass du es nicht weißt. Okay?«

Peterle nickte.

Während sie weiter auf das Meer zuschritten, gingen Magda ihre eigenen Worte noch einmal durch den Kopf. Simon hatte recht mit seiner Kritik, und er hatte allen Grund, ihr ihre Lüge übel zu nehmen. Sie hätte das niemals behaupten dürfen. Sie hatte gedacht, es sei nur eine Lüge wie andere, aber das stimmte nicht. Nicht bei all den Grausamkeiten, die geschehen waren. Wie hatte ihr das nicht bewusst sein können?

Sie kamen ans Wasser, die Wellen liefen nur wenige Meter vor ihnen aus. Der auflandige Wind war hier kühler als vorn am Boardwalk. Magda zog die Strickjacke vor der Brust zusammen. Peterle hielt noch immer den Apfel am Stiel in der Hand, er hatte die süße Glasur bis auf das Fruchtfleisch abgenagt.

»Wenn du den Rest von deinem Apfel nicht mehr isst, wirf ihn einfach weg«, sagte Magda.

Peterle wollte den Apfel ins Meer werfen und holte weit aus, doch er schaffte es kaum bis zu den auslaufenden Wellen. Eine Möwe schoss heran, schnappte ihn sich und stieg damit hoch in die Lüfte. Peterle war ganz aufgeregt, weil ihnen die Möwe so nahe gekommen war. Magda strich ihm übers Haar. Er hatte Spaß. Es war ein guter Tag. Wären doch nur alle Tage so. Peterle wollte ans Wasser, an die Stelle, an der die Möwe sich seinen Apfel geholt hatte. Er zog die Schuhe aus, Magda krempelte ihm die Hosenbeine bis zu den Knien hinauf, und schon lief er los.

Sie setzte sich in den Sand und holte eine Flasche Coca-Cola aus der Tasche. Während sie trank, beobachtete sie eine Weile, wie Peterle sich die Füße von den Wellen umspülen ließ und sich immer wieder nach Muscheln bückte, die er im Sand entdeckt hatte.

Der Rhythmus der Wellen weckte eine stille Sehnsucht in ihr, sie strich sich über den Unterarm, berührte ihren Hals und ließ die Hand tiefer gleiten. So hatte er sie stets berührt, mit seinen Fingern, seinen Lippen. Karl. Den Namen auch nur zu denken kam ihr inzwischen befremdlich vor, so weit weg war die Zeit mit ihm. Der Versuchung, ihn einfach anzurufen, um wenigstens seine Stimme zu hören, war manchmal schwer zu widerstehen. Gerade jetzt, da sie durch Blohm von seinem Herzinfarkt erfahren hatte. Wer hätte etwas von einem kurzen Anruf erfahren sollen? Doch Karl würde sich nicht mit einem Anruf begnügen. Er würde wissen wollen, wo sie lebte. Würde zu ihr kommen, um sie nach Hause mitzunehmen. Oder hier mit ihr zu leben. Blohm würde es erfahren, und er würde seine Drohungen wahr machen. Würde es zuerst Simon büßen lassen, der jeden Kontakt zwischen ihr und Karl unterbinden sollte; würde dann Karl umbringen, ihr Peterle wegnehmen und zusehen, wie sie langsam daran zugrunde ging. Aber vielleicht würde Karl gar nicht kommen und all dies nicht geschehen, weil er sie längst aufgegeben hatte. Ob sie sich dann besser fühlen würde? Oder ob das noch weit schlimmer als alles andere wäre?

»Na, du«, hörte sie hinter sich eine vertraute Stimme, »woran denkst du?«

Sie drehte sich um. Simon stand da und schaute auf sie herab. Im nächsten Moment ließ er sich neben ihr nieder. Peterle rannte kurz her, um ihn zu begrüßen, verschwand jedoch gleich wieder, denn er musste abwechselnd Wellen jagen und Muscheln sammeln. Magda bot Simon wortlos von ihrer Cola an, er trank einen Schluck und reichte die Flasche zurück.

»Hab gehört, du wurdest verhaftet, nach deinem Einsatz als rasende Reporterin.« Er klang amüsiert.

»Unsinn«, widersprach sie. »Ich musste nur mit auf die Wache und wurde verwarnt, weil ich unbefugt einen Tatort betreten habe. Phil, mein Begleiter, hat mich aus der Sache rausgequatscht. Aber hinterher musste ich mir von ihm allerhand anhören. Auch von Smitty, seinem Chef. Die Fotos haben ihnen trotzdem gefallen. Und mein Einsatz auch. Die werden mich nicht vergessen.«

Simon lachte. »Wer könnte dich je vergessen.«

Ein Stück neben ihnen begannen ein paar Teenager, begleitet von Musik aus einem Kofferradio, Hula-Hoop-Reifen um ihre schlanken Hüften kreisen zu lassen und bewiesen darin erstaunliches Geschick.

»Hast du über das nachgedacht, worüber wir an deinem Geburtstag gesprochen haben?«, fragte Simon.

»Worüber haben wir denn gesprochen?«

»Das weißt du genau.«

»Du hast Andeutungen gemacht, mehr nicht.« Magda nippte an ihrer Cola.

»Dann sage ich es jetzt geradeheraus: Wir beide werden nur frei sein, wenn Blohm tot ist. Das ist eine Tatsache.«

Simon sagte es, als ginge es um eine geschäftliche Transaktion und nicht darum, ein Leben auszulöschen. Denn da Blohm ihres Wissens keine unheilbare Krankheit hatte, die ihn in absehbarer Zeit dahinraffen würde, konnte nur ein Mord die Lösung sein.

»Was können wir schon tun?«, wandte sie ein. »Er ist auf der anderen Seite dieses Ozeans. Keine Pistolenkugel fliegt so weit.«

Simon lachte kurz auf. »Das wird sich finden. Wir sollten aber ein wenig weiter denken. Blohm ist ein reicher Mann. Und du bist immer noch seine gesetzlich angetraute Ehefrau. Und damit seine Erbin.«

Magda glaubte kaum, was sie hörte. Anscheinend hatte Simon schon längst sehr viel weiter gedacht als nur bis zu ihrer Befreiung. »Mach dir da bloß keine Hoffnungen. Er hat mich bestimmt aus seinem Testament gestrichen.«

»Aber Peter nicht. Er ist immer noch sein Sohn.«

Magda nahm einen Schluck Cola.

»Was ist los?«, fragte Simon in ihr anhaltendes Schweigen hinein.

»Blohm ist nicht Peters Vater«, gestand sie. »Und Blohm weißt das. Denkst du, er hätte ihn mir sonst überlassen?« Vielleicht, so hoffte sie, half diese Wahrheit ja, Simon von seinen hochfliegenden Plänen auf den Boden der Wirklichkeit herunterzuholen.

Doch Simon ließ sich nicht beirren. »Ich dachte, er hat die Vaterschaft anerkannt«, fragte er nüchtern wie ein Anwalt.

»Das schon. Aber nur, damit er ganz legal über mein Kind verfügen kann. Und so auch über mich.«

Simon nickte. »Schön für Peterle«, sagte er trocken, »dass

er nicht von so einem Scheusal abstammt. Nur leider schlecht für uns. Darf ich fragen, wer der Vater ist?«

»Darfst du nicht.«

»Ich hab da so eine Ahnung.«

Sein kühles Lächeln wirkte aufgesetzt. Es verdross ihn wohl, mit der Nase auf die Tatsache gestoßen worden zu sein, dass nicht nur Blohm zwischen ihr und ihm stand. Würde er jemals darüber hinwegkommen, dass aus ihnen beiden niemals ein Paar werden könnte? Manchmal war Hoffnung ein Gift.

»Denk übrigens bloß nicht, dass ich bei so was mitmachen würde«, nahm Magda das Gespräch wieder auf. »Wenn das hier jemals vorbei sein sollte, will ich keinen Pfennig mehr von Blohms Geld. Ich will nur, dass er aus meinem Leben verschwindet.«

»Schon gut.« Das klang nicht so, als sei die Sache damit für Simon erledigt, sondern nur vertagt, bis er neue Pläne gemacht hatte. Er wandte den Blick wieder den Teenagern zu, die nun schon eine ganze Weile ohne Unterbrechung ihre Reifen kreisen ließen. »Denkst du, du kannst das auch?«

Magda betrachtete sie eine kleine Weile, dann stellte sie die Flasche in den Sand, streifte die Schuhe ab und stand auf. »Das werden wir gleich sehen.« Barfuß stapfte sie zu den Mädchen, machte sich mit ihnen bekannt und fragte, ob sie es auch einmal versuchen dürfe. Die Mädchen kicherten, für sie war Magda sicher uralt. Schließlich reichte ihr das Mädchen, das sich als Daisy vorgestellt hatte, ihren Reifen. »Der Gentleman möchte auch gern«, sagte Magda und wies auf Simon.

Während aus dem Kofferradio eine fetzige Rock 'n' Roll-Nummer von Elvis Presley dröhnte, ließ Magda den Ring um ihre Hüften kreisen. Sie brauchte einen zweiten und einen dritten Anlauf, ehe sie den Dreh raushatte, doch dann ging es wie von selbst. Es war nicht nur eine Sache der Hüften, der ganze Körper musste in Schwingung gebracht werden. Die Mädchen klatschten Beifall, während Simon seine kläglichen Bemühungen sehr schnell aufgab. Selbst Peterle schlich näher heran und schaute seiner Mutter schweigend zu. Magda war nicht sicher, ob er stolz auf sie war oder ob er sich für sie schämte, und es war ihr auch egal, denn dieser Moment gehörte ihr ganz allein.

Karsamstag, 5. April 1958

MÜNCHEN

KARL KLAPPTE DEN KOFFER ZU, hängte sich die Tasche mit den Reiseunterlagen über die Schulter und verließ sein Zimmer. Als er Lindemeier den Schlüssel auf den Tresen legte, schaute der überrascht, da Karl den Schlüssel sonst nie abgab, außer wenn er verreiste.

»Es geht heute schon nach Wien?«, fragte Lindemeier.

Weil Karl sicher war, dass Lindemeier noch immer enge Kontakte zu Blohm unterhielt und diesen über jeden seiner Schritte informierte, hatte er ihm weisgemacht, er treffe nach Ostern einen österreichischen Filmproduzenten, der in sein Filmprojekt einsteigen wolle.

»Bei diesen Filmleuten ändern sich die Termine ständig«, antwortete er lapidar. »Und denen ist nichts heilig, auch kein Feiertag. Drücken Sie mir die Daumen.«

Es war halb sieben Uhr morgens und noch empfindlich kalt. Karl kratzte die vereisten Scheiben an seinem Wagen frei. Falls es auch noch schneite, würden die Münchner ihre Ostereier im Schnee suchen müssen. Zum Glück war für Berlin etwas milderes Wetter angekündigt. Wenn alles glattging, konnte er schon am frühen Abend über den Ku'damm spazieren. Eine verlockende Aussicht. Trotzdem war ihm nicht wohl bei seinem Vorhaben. Es war sträflicher Leichtsinn, dem

Lockruf der mysteriösen Postkarten zu folgen, noch dazu, ohne jemandem etwas davon zu erzählen. Auch mit Ludwig hatte Karl nicht mehr über diese Sache gesprochen.

Das heutige Berlin war ein gefährlicher Ort, eine Drehscheibe der Geheimdienste, auf der sich Agenten aus aller Herren Länder tummelten. Menschen wurden verschleppt und Schlimmeres. Die Geheimdienste hatten ihre Augen und Ohren überall. Erst vor kurzem etwa hatte er einen Bericht über zwei Buben aus Ostberlin gelesen, die von der Polizei im Westteil der Stadt aufgegriffen worden waren, beide keine zehn Jahre alt und Mitglieder einer kommunistischen Jugendorganisation, ausgesandt, um für ein Kopfgeld von fünfzig Pfennige oder einer Mark Ostberliner zu denunzieren, die Zeitungen aus dem Westen in den Osten brachten. Eine wie viel lohnendere Beute musste für diese Leute ein westdeutscher Schriftsteller sein, der für sie Informationen sammelte und öffentlich ihre Sache vertrat. Wer immer hinter dem Versand der Postkarten steckte, wusste offenbar über ihn, Magda und ihr besonderes Verhältnis Bescheid. Vielleicht wussten diejenigen ja auch, wo Magda sich befand. Sollte er für diese Information sein Land verraten müssen, würde er das, ohne zu zögern, tun, denn dieses Land hatte ihm mehr genommen, als es zurückgeben konnte.

Karl startete den Motor, steckte einen Streifen Kaugummi in den Mund, stellte das Autoradio auf den amerikanischen Militärsender AFN ein und fuhr los. So früh am Morgen, zumal an einem Tag zwischen zwei Feiertagen, herrschte auf den Straßen noch Friedhofsruhe, so dass Karl die Autobahnauffahrt in Freimann schnell erreichte. Über dem Horizont hing die Sonne, eingehüllt in Morgendunst. Karl drückte aufs Gaspedal, und seine Isabella beschleunigte zügig auf über hundert Stundenkilometer. Hundertfünfzig Sachen mache er in der Spitze, hatte der Vorbesitzer versprochen. Karl hatte noch nicht die Gelegenheit gehabt, es auszuprobieren. Er trat das Gaspedal ganz durch, der Motor heulte auf, und der Wagen zog ab. Die Tachonadel kletterte hoch, sogar leicht über hundertfünfzig. Na, wer sagt's denn, dachte Karl stolz.

Kurz vor Ingolstadt fuhr er von der Autobahn ab, um zu frühstücken. Das Rasthaus lag idyllisch an der Donau und hatte zu so früher Stunde nur wenige Gäste. Karl gönnte sich ausnahmsweise Kaffee, um wach zu bleiben. Als er zurück zum Wagen kam, stand dort ein junger Mann mit einem zum Bersten vollgestopften Rucksack. Er sah nicht so aus, als wolle er nur den sportlichen Wagen bewundern.

»Kann ich helfen?«, fragte Karl.

»Das können Sie, wenn Sie Richtung Berlin fahren«, antwortete der junge Mann. Handwerksgeselle oder Student, wie Karl vermutete. Schwarze Lederjacke, Nietenhose, kariertes Hemd und eine Haartolle in der Stirn, so wie die jungen Leute das heute chic fanden.

»Ich fahr sogar direkt bis nach Berlin.«

»Toll. Kann ich aufspringen? Ich beteilige mich auch am Sprit.« Er lächelte wie ein jugendlicher Tony Curtis. »Bin letzte Nacht mit einem Lieferwagen buchstäblich hier liegen geblieben«, erzählte der junge Mann ungefragt weiter. »Kolbenfresser, da stand ich auf einmal dumm da. Weil alle Fremdenzimmer belegt waren, hat mich der Wirt umsonst in einem Lagerraum übernachten lassen. Glück muss der Mensch haben. Gerade im Unglück.«

Die Aufgewecktheit und Frische des jungen Mannes gefielen Karl. »Wir machen es so«, sagte er. »Beim nächsten Halt übernehmen Sie meine Zeche, damit sind wir quitt.«

»Klasse! Ich bin Frank. Und Sie? Toller Wagen übrigens.«

Frank warf seinen Rucksack in den Kofferraum und stieg

ein. Während Karl zurücksetzte, lobte Frank die weichen Ledersitze und die Senderauswahl am Radio. »Ich steh auf alles, was aus Amerika kommt.« Er drehte etwas lauter. »Jazz, Blues, Jitterbug. Aber vor allem Rock 'n' Roll. Kennen Sie Elvis? Elvis Presley? Es heißt, er kommt nach Deutschland. Zum Militärdienst. Ich wünschte, ich könnte ihn treffen.«

Karl lenkte den Wagen zur Autobahnauffahrt.

Wie es aussah, war Frank eine ziemliche Quasselstrippe. Während die blauen Hinweistafeln von Einfahrt zu Einfahrt die Entfernungen bis Nürnberg, Hof und Berlin herunterzählten, berichtete Frank von seinen Eltern, die aus Charlottenburg stammten, von ihrer gefährlichen Flucht in den Westen bei Kriegsende, erst nach Thüringen und später, als die Russen die Regentschaft übernahmen, nach Bayern. Er habe noch Verwandte in Berlin, die wolle er besuchen. Zumindest dächten das seine Eltern in Augsburg. In Wahrheit fahre er nur wegen der Bars und Tanzlokale nach Berlin, und um seine Reisekasse zu schonen, per Anhalter. Er sei Jura-Student in München, aber nur, weil sein alter Herr das wolle, denn er solle ein nützliches Mitglied der Gesellschaft werden. »Aber wissen Sie was«, schloss Frank aufgewühlt, »vielleicht will ich ja gar kein nützliches Mitglied der Gesellschaft werden.«

»Sondern?«

»Mein Vater ist Richter. Früher, an einem Reichsgericht, hat er Leute wegen Rassenschande oder so was abgeurteilt. Und später hat er Todesurteile wegen Wehrkraftzersetzung verhängt. Ein nützliches Mitglied der Gesellschaft. Er habe nur geltende Gesetze angewendet, sagt er, das sei seine Pflicht gewesen. Heute tut er wieder seine Pflicht. Niemand hat ihn je für irgendwas zur Rechenschaft gezogen. Und auch keinen seiner Kollegen. Es interessiert einfach niemanden.«

Karl schwieg. Er verstand Franks Empörung. Doch was

konnte er dazu sagen, das nicht nach wohlfeiler Rechtfertigung klang? Das Leben in jenen Jahren hatte nun mal Kompromisse und Zugeständnisse an die herrschenden Verhältnisse erfordert. Auch wenn man mit ihnen nicht einverstanden war, musste man überleben. Im Nachhinein war es einfach, gut und gerecht und mutig zu sein. Andererseits waren die damaligen Verhältnisse nicht über Nacht vom Himmel gefallen.

»Dann wollen Sie kein Richter werden?«, hakte Karl nach.

»Ich bleib so lange bei der Juristerei, wie der Alte dafür zahlt.« Frank grinste. »Was dagegen, wenn ich ein wenig penne? Hab letzte Nacht in dem Abstellraum kein Auge zugetan.«

Frank klappte die Rückenlehne zurück und machte es sich bequem. Schon nach wenigen Minuten war er eingeschlafen.

Karl schaltete das Autoradio aus. Ab und zu sah er zu Frank hinüber. Es kam ihm vor, als würde er sein eigenes früheres Ich betrachten. Doch ihm war bewusst, dass das nur Sentimentalität war. Er wusste rein gar nichts über diesen jungen Mann, und man musste auf der Hut sein. Vielleicht war diese Art der Annäherung nur eine Masche. Der nette Junge von nebenan, halb Rebell, halb Träumer. In Wahrheit spähte er solvente Herrschaften aus, während in Berlin ein Komplize wartete. Gemeinsam raubten sie ihr Opfer aus. Oder sie verschleppten es gegen ein Kopfgeld in den Osten, wo man aus ihm einen Agenten machte.

Karl sah auf die Straße.

Auf was für Gedanken man doch kommt, dachte er, wenn man sich seit Jahr und Tag mit einem Gangster wie Blohm beschäftigt. Dessen Denkweise färbt ab, und irgendwann wittert man überall nur noch Hinterlist und Betrug.

Spielend überwand der Wagen die Steigungen des Fichtelgebirges und des Frankenwaldes. Der spärliche Verkehr hatte sich hinter Nürnberg etwas verdichtet. Bei Hof kam ihnen auf der anderen Fahrbahn ein brechend voller Interzonenbus entgegen. Als ein Schild das Ende der Autobahn ankündigte, weckte Karl Frank auf. Der rieb sich die Augen.

»Wir sind schon an der Grenze? Das ging ja flott.«

Absperrungen leiteten die Autos auf die Ausfahrt zum Zonenübergang Töpen-Juchhöh. Jenseits der Absperrung endete die Fahrbahn buchstäblich im Nichts: Sie brach unmittelbar an der gesprengten Autobahnbrücke ab. Karl folgte im Tross der anderen Wagen der lang gezogenen Kurve. Schließlich tauchten am Ende der Biegung eine Ansammlung von Baracken, Laderampen, windschiefen Hütten sowie eine Tankstelle auf. Ein Schlagbaum im Hintergrund markierte die Grenze.

Karl steuerte erst die Tankstelle an, danach den langen, verwitterten Holzbau, der laut Tankwart ein Rasthaus darstellte. Und tatsächlich stand auf einem Schild über dem Eingang *Rasthaus Töpen*. Wäre die Schlagermusik nicht gewesen, die aus Lautsprechern unter dem Dach drang, hätte man glauben können, in einem Wildweststädtchen gelandet zu sein. Der Hunger trieb Karl und Frank in die Kaschemme. Das Innere des Rasthauses war kaum ansprechender als die Außenansicht, es erinnerte an eine lustlos modernisierte Scheune. Nur an ein paar Tischen saßen Leute, eine Musikbox spielte den Schlager, der auch vor der Tür zu hören gewesen war. Die Auswahl auf der Speisekarte war überschaubar. Karl wählte Leberkäse mit Spiegelei und Kartoffelsalat, dazu ein Helles, Frank schloss sich der Wahl an. Der Leberkäse war kalt, der Kartoffelsalat wässrig, nur das Spiegelei war in Ordnung. Klaglos aßen Karl und Frank auf. Anders als abgemacht wollte Karl die Rechnung übernehmen, doch Frank bestand darauf, seine Schuld zu begleichen, und winkte dem schläfrigen Kellner. Dann holte er eine Packung Lucky-Strike-Zigaretten aus der Jacke und bot Karl eine an.

»Tut mir leid, ich darf nicht mehr«, lehnte Karl ab. »Herzinfarkt.«

»Sie? Aber dafür sind Sie doch viel zu jung. Wie alt sind Sie? Ende dreißig?«

Karl lächelte. »Sie müssen mir nicht schmeicheln, Frank, ich setze Sie schon nicht in der Zone aus. Zählen Sie noch zehn Jahre dazu, dann kommen wir der Wahrheit näher. Aber rauchen Sie ruhig.«

»So dringend ist es nicht.« Frank steckte die Zigaretten wieder ein.

Der Kellner schlurfte herbei, rechnete im Kopf alles zusammen und steckte wortlos das Geld ein, das Frank ihm reichte. »Ich geh mal kurz telefonieren«, sagte Frank und deutete auf den öffentlichen Fernsprecher an einer Wand, »die Verwandten in Berlin anrufen.«

Karl nutzte die Gelegenheit, um auf die Toilette zu verschwinden. Schon an der Tür schlug ihm der stechende Geruch von Urinstein entgegen. Er versuchte, nicht zu atmen, und beeilte sich. Als er die Tür wieder aufschob, blieb er trotzdem abrupt stehen. Frank telefonierte noch und sagte gerade: »Nein, er hat nicht die leiseste Ahnung. Aber ich zieh das jetzt durch. Es gibt kein Zurück, das weißt du.«

Karl machte einen halben Schritt nach hinten und hielt die Tür einen Spalt breit offen. Mit wem sprach Frank? Sicher nicht mit einem Onkel oder einer Tante. Mit einem Freund oder einer Freundin? Der Ahnungslose, von dem die Rede gewesen war, war vermutlich er, Karl. Was wollte Frank durchziehen? Wovor gab es kein Zurück mehr?

»Wir müssen gleich über die Grenze«, sagte Frank. »Drück mir die Daumen, dass alles gut geht.«

Er legte auf.

Karl wartete ein wenig, dann verließ er die Toilette. Frank erwartete ihn am Tisch.

»Alles in Ordnung?«, fragte Karl.

»Alles bestens. Meine Tante backt gerade einen Kuchen für mich.«

»Wie schön.«

Das musste schon eine ganz besondere Tante sein, mit der ein Neffe so sprach, wie Frank es eben getan hatte. Eher war das ein Komplize gewesen. Nun, da er gewarnt war, machte Karl sich keine Sorgen. Von zwei Halbstarken würde er sich nicht übertölpeln lassen.

Sie kehrten zum Wagen zurück und fuhren an den Schlagbaum. Zwei Autos waren vor ihnen. Karl spürte Franks Anspannung. Als sie an die Reihe kamen und der Grenzbeamte die Pässe kontrollierte, sah er, wie Frank sich an den Sitz krallte. Er entspannte sich erst, als der Beamte die Pässe zurückreichte und danach die Wagenpapiere überprüfte und das Kennzeichen notierte. Schließlich reichte er auch diese Dokumente zurück, wünschte eine gute Fahrt und gab dem Kollegen am Schlagbaum ein Zeichen. Karl trat aufs Gaspedal, und sie rollten ins zwischenstaatliche Niemandsland.

»Auch wenn man nichts ausgefressen hat«, sagte Karl, »irgendwie wird man in solchen Situationen immer nervös, oder?«

Frank lächelte angestrengt.

Die Straße führte in eine Schlucht und an eine schmale Brücke, vor der ein Polizist bei einem Schilderhaus stand. Sogleich verkrampfte Frank sich wieder.

»Ist das einer von den Unseren?«, fragte er beklommen.

»Sieht eher nach Volkspolizei aus. Und selbst wenn. Wir haben ja nichts zu verbergen, oder?«

Wieder schwieg Frank betreten.

Der Polizist winkte die Autos vor ihnen anstandslos durch. Seine Aufgabe schien hauptsächlich darin zu bestehen, die Reisenden durch sein bloßes Auftreten und seinen finsteren Blick zu beeindrucken. Allerdings machte er plötzlich eine Ausnahme und streckte die Hand aus. Karl hielt an.

»Was ist denn?«, fragte Frank mit einem Anflug von Panik in der Stimme. »Sind wir verhaftet?«

Nun wurde es auch Karl mulmig zumute. »Malen Sie den Teufel bloß nicht an die Wand.«

Der Polizist kam auf die Fahrerseite, Karl kurbelte das Fenster herunter.

»Tag, die Herren«, grüßte der Polizist. »Schöner Wagen. Ein Borgward, wie ich sehe.«

»Borgward Isabella TS«, präzisierte Karl.

»Wie schnell fährt der?«

»Hundertfünfzig in der Spitze. Sogar ein bisschen mehr. Ich hab's selbst ausprobiert.«

»Dann passen Sie bloß auf. Bei uns dürfen Sie höchstens hundert fahren, und die Kollegen von der Verkehrspolizei kontrollieren scharf. Gute Reise.«

Erleichtert fuhr Karl über die Brücke. Auf der anderen Seite verbreiterte sich die Straße, ein Schlagbaum kam in Sicht. Schon von weitem war die riesige Holzwand dahinter zu sehen mit Plakaten, auf denen Parolen standen wie: *Gegen den Atomtod!*, *Für ein geeintes Deutschland!* Als Karl auf Schritttempo verlangsamt hatte, öffnete sich der Schlagbaum, ein Grenzbeamter trat heran und wies ihm einen Parkplatz vor einer großen Baracke zu. »Bitte aussteigen«, sagte er, »und das Gepäck mitnehmen.«

Im Innern der Baracke wurden die Reisedokumente geprüft, außerdem fünfzehn Westmark an Straßenbenützungsgebühr erhoben. Der Beamte reichte Karl und Frank jeweils ein Papier. »Ihr Laufzettel«, erklärte er. »Damit weiter zum Kollegen.« Er wies in den anschließenden Raum. Dort wurden sie von einem zweiten Beamten hinter einem Tresen erwartet.

»Laufzettel«, verlangte er.

Karl reichte ihm den Wisch.

»Sind das alle Gepäckstücke, die Sie mitführen?«

Karl und Frank bestätigten, der Beamte machte eine Eintragung auf dem Zettel.

»Aufmachen.«

Karl öffnete seinen Koffer und seine Tasche, der Beamte warf einen scheinbar flüchtigen Blick hinein, doch es war eindeutig der Blick des Fachmannes, der genau wusste, worauf er achten musste. Danach tastete er den Koffer nach Geheimfächern ab.

»Wie viel Bargeld führen Sie mit?«

»Zweihundertzwanzig Mark«, erklärte Karl. »Und noch fünfhundert Mark in Reiseschecks.«

Der Beamte machte eine weitere Eintragung auf dem Laufzettel und reichte ihn Karl zurück.

Während der die Kofferschnallen zudrückte, wandte sich der Beamte Franks Rucksack zu. »Es hilft nichts, junger Mann«, sagte er, »den müssen Sie auspacken.«

Karl bemerkte feine Schweißperlen auf Franks Stirn, und die waren sicher nicht nur ihm aufgefallen. Nachdem Frank Kleidungsstücke, Toilettenartikel, einen Block und ein paar Bücher ausgebreitet hatte, deutete der Beamte auf ein Ledertäschchen.

»Was ist da drin?«

Frank schluckte, brachte kein Wort heraus. Er öffnete das Täschchen und zog einen kleinen Stapel Geldscheine hervor.

»Sieh mal einer an«, sagte der Beamte und schnalzte mit der Zunge. »Haben Sie jemanden überfallen? Oder wie kommen Sie zu so viel Geld?«

Frank schwitzte noch mehr. »Es ist ... Es gehört mir nicht, sondern meinem Vater ... Ich soll es meiner Tante bringen ... die ich in Berlin besuche.«

»Soso. Wie viel ist das?«

»Tausendzweihundert Mark.«

Der Beamte pfiff anerkennend. »Ist das alles, was Sie an Bargeld bei sich haben?«

Frank öffnete seine Geldbörse und brachte weitere zweiundzwanzig Mark und siebzig Pfennige zusammen.

»Das müssen Sie angeben, junger Mann. Wenn der Kollege bei der Ausreise das Geld findet, und es steht nicht auf Ihrem Zettel, haben Sie Mordsschereien am Hals.«

Er machte eine Eintragung auf Franks Laufzettel. Dann zündete er sich eine Zigarette an und sah zu, wie Frank seine Sachen wieder in den Rucksack stopfte. Karl wollte helfen, doch Frank ließ es nicht zu. Als er fertig und zum Gehen bereit war, tippte der Beamte an den Schirm seiner Uniformmütze und sagte: »Weiterhin gute Fahrt, die Herren, und auch wenn Sie nur durchfahren: Willkommen in der Deutschen Demokratischen Republik.«

Die Landstraße hinter der Kontrollstelle führte durch Dörfer, die noch in den dreißiger Jahren zu stecken schienen. Holprige Fahrbahnen, größtenteils noch mit Kopfsteinpflaster; kleine Läden in den verlassen wirkenden Ortschaften; und wenn man jemanden sah, dann waren es Kinder, die den Automobilen aus dem Westen zuwinkten. Karl folgte den Wegweisern mit der Aufschrift *Interzonenverkehr Berlin*. Als er schließlich auf die Autobahn einbog, hatte Frank noch immer kein Wort gesagt.

»Wollen Sie mir nicht endlich erzählen, was los ist?«, fragte Karl.

»Gar nichts ist los«, erwiderte Frank mürrisch.

»Sie besuchen keine Verwandten in Berlin, oder? Ist das Geld gestohlen?«

»Nein!«, fuhr Frank auf. »Es ist so, wie ich es sage. Außerdem geht Sie das nichts an.«

»Mich nicht, aber vielleicht die Polizei in Berlin.«

Frank atmete schwer. »Es stimmt«, gab er zu, »die Verwandten in Berlin sind erfunden. Und das Geld ist teilweise ... na ja, man könnte gestohlen sagen, auch wenn es nicht ganz stimmt. Das Geld steht mir zu, es hat mir nur noch nicht gehört.«

Frank machte eine Pause, Karl drängte ihn nicht, auch wenn er sich nicht vorstellen konnte, worauf das hinauslief.

»Ich habe vor einer Weile meinen Musterungsbescheid bekommen. Aber ich geh nicht zum Militär. Ich lass mich nicht als Kanonenfutter verheizen.«

Daher wehte der Wind also.

»Eine gute Entscheidung«, sagte Karl mit Nachdruck. »Ich war lange genug im Krieg, um zu wissen: Egal, wie das große Schießen ausgeht, die Soldaten sind immer die Verlierer.«

Frank sah Karl erleichtert an. Er hatte nicht mit Unterstützung gerechnet. »Das sieht mein Alter leider anders. Ich hab nur einmal kurz erwähnt, dass ich den Wehrdienst vielleicht verweigere, da hat er mir links und rechts eine reingehauen. Als Richter kann er sich keinen Sohn erlauben, der den Kriegsdienst verweigert. Aber ohne mich. Deshalb gehe ich nach Westberlin. Dort wird niemand eingezogen, und ich bin weit weg von meinem Alten.«

Karl verstand. »Und das Geld? Wo kommt das her?«

»Teilweise ist es mein Erspartes, teilweise stammt es aus der Notreserve von meinem Alten, die er in seinem Schreibtisch vorhält. Ein kleiner Vorschuss auf mein Erbe, bevor er mich enterben kann.«

»Aber wieso sollte er das tun? Sie können auch in Berlin Jura studieren. Und er kann sein Gesicht wahren.«

Frank lachte auf. »Sie kennen meinen Alten nicht. Wer sich dem Dienst mit der Waffe entzieht, ist entweder ein Feigling oder ein Kommunist. Oder beides. Er verlangt sogar, dass ich mein Studium fürs Militär unterbreche. Wenn er übermorgen den Brief bekommt, den ich ihm geschrieben hab, wird er kein Wort mehr mit mir reden, und zwar bis an sein Lebensende.«

Karl konnte sich vorstellen, aus welchem Holz dieser Mann geschnitzt war. Umso bewundernswerter sein Sohn.

»Wenn es keine Kuchen backende Tante in Berlin gibt, mit wem haben Sie dann vorhin telefoniert?«

Frank zögerte, sagte dann: »Ich hab ein Mädel, daheim in Augsburg. Sie hat mir versprochen, dass sie nachkommt, wenn ich uns in Berlin das Nest bereitet habe. Aber ich glaube ihr das nicht. Ihr ganzes Leben ist in Augsburg.«

»Vielleicht ja doch. Und wenn nicht, finden Sie jemand anders.«

Frank verstummte, schaute nur noch aus dem Seitenfenster, wo von Zeit zu Zeit Plakate vorbeizogen: *Nie wieder Krieg! – Kampf dem Atomtod! – Weltfrieden jetzt!*

Karls Herzschlag beschleunigte im gleichen Maß wie der Motor der Isabella, als diese die Avus hinabjagte und die Tachonadel immer weiterwanderte. Neunzig, hundert, hundertzehn ... Berlin sei nur noch ein Loch in der Landkarte. Das hatte Georg damals bei Karls Rückkehr nach München abfällig behauptet. Berlin war sicher nicht mehr das, was es einmal war, aber bestimmt mehr als nur ein Loch in der Landkarte. So leicht war diese Stadt nicht totzukriegen, das spürte Karl schon auf den ersten Metern. Er bremste langsam ab, denn sie näherten sich dem Verkehrskreisel am Ende der Avus.

»Wo soll ich Sie rauslassen?«

Frank zuckte mit den Schultern. »Irgendwo. Ich finde schon Anschluss.«

Seine Lockerheit war verflogen, die große, fremde Stadt schüchterte ihn ein. Karl kannte das Gefühl, er hatte ebenso empfunden, als sein Zug aus München vor Jahrzehnten am Anhalter Bahnhof einlief. Später dann die vielen Menschen auf Straßen und Plätzen, der Lärm, der Verkehr. Und nichts und niemand, an den man sich wenden konnte. Die erste Zeit war hart gewesen. Dass er sich behauptet hatte, hatte ihn umso stärker gemacht. So stark, dass es einen Weltkrieg gebraucht hatte, um seinen Glauben ans Leben zu zerschmettern.

»Ich nehme Sie mit in mein Hotel«, schlug Karl vor, »vielleicht ist noch ein Zimmer frei. Wir essen gemeinsam zu Abend und sehen uns Berlin bei Nacht an.«

Frank nickte dankbar. Karl konnte den Stein, der dem jungen Mann vom Herzen gefallen war, deutlich aufschlagen hören. Jemand kümmerte sich um ihn, sorgte zumindest für diese erste Nacht.

Als Karl eine Viertelstunde später auf den Kurfürstendamm einbog, hatte sogar er Schmetterlinge im Bauch wie bei einem Wiedersehen mit einer ehemaligen Geliebten. Die Dämmerung ging rasch in die Nacht über, und Berlin war emsig dabei, seinen Flitter anzulegen. Straßenlaternen, die sich im regennassen Asphalt spiegelten, dazu Neonreklamen, beleuchtete Schaufenster, Lokale und Lichtspieltheater, deren Dichte zunahm, je weiter man den Ku'damm hinabfuhr. Wie zu allen Zeiten herrschte reger Verkehr auf vier Fahrspuren und Gedränge auf den breiten Bürgersteigen. Und doch spürte Karl, dass es nicht mehr die Stadt war, die er verlassen hatte.

Das Hotel lag an der Ecke Ku'damm und Joachimsthaler Straße, ungefähr dort, wo früher die berühmte Bar *Kakadu* gewesen war, in der auch Karl ein paar äußerst vergnügte Abende verbracht hatte. Zum Hotel gehörten Parkplätze im Hinterhof. Frank hatte Glück, er konnte unterkommen. Endlich allein im Zimmer, fiel Karl müde aufs Bett. Die lange Fahrt hatte ihn mehr angestrengt, als ihm bewusst gewesen war. Er schloss die Augen, hörte von der Straße her den Verkehr, vor allem die anfahrenden Busse, und irgendwann auf dem Flur die Stimme einer Frau. Sie sagte: »Da bist du ja.« Und: »Ich hab schon so lange auf dich gewartet.« Sie schwebte ins Zimmer, setzte sich aufs Bett und legte ihm ihre Hand auf die Augen. Der Duft ihres Parfüms überwältigte ihn. Auf dem Flur knallte eine Tür, er erschrak und schlug die Augen auf. Er war allein. Im Nachhinein konnte er nicht mehr sagen, ob es Magda oder seine tote Frau Heidi gewesen war, von der er geträumt hatte.

Ostersonntag, 6. April 1958

WESTBERLIN

EISKALT RIESELTE DAS WASSER aus der Brause auf Karl herab. Genau das, was er brauchte, um das Pulsieren aus seinem Schädel zu vertreiben. Er war gestern zu lange mit Frank um die Häuser gezogen, und der letzte Schnaps war wohl einer zu viel gewesen. Frisch geduscht und rasiert trat er etwas später aus dem Bad und fühlte sich erst jetzt wieder wie ein richtiger Mensch. Im Anzug, aber ohne Krawatte ging er ans Fenster und warf einen Blick hinaus. Die Straßen glänzten feucht, leichter Nieselregen lag in der Luft. Auf der rechten Seite befanden sich die Überreste der Kaiser-Wilhelm-Gedächtniskirche, zur Linken schräg gegenüber das berühmte *Café Kranzler*, in dem Karl mit Frank frühstücken wollte. Er nahm die beiden Umschläge mit den Postkarten aus der Brusttasche seines Jacketts und betrachtete die Adresse. Rankestraße 27, Ecke Augsburger Straße. Das war nur wenige Minuten Fußweg von hier entfernt. Etwas in ihm spannte sich an. Ludwig hatte natürlich recht gehabt. Kein vernünftiger Mensch würde wegen so einer Karte nach Berlin fahren. Und doch war er hier. Und wenn er nicht allein zu der Adresse ging? Er konnte Frank mitnehmen. Aber der hatte genug eigene Probleme, er musste nicht noch in etwas hineingezogen werden, das ihn nichts anging.

Im Mantel und mit einem Regenschirm verließ Karl das Zimmer. Am Empfang wartete Frank schon auf ihn. Die letzte Nacht hatte keine Spuren bei ihm hinterlassen. Er wirkte so frisch und vergnügt wie stets, wenn er sich nicht gerade vor Grenzpolizisten fürchtete. »Ich hab einen Bärenhunger«, sagte er.

Gemeinsam überquerten sie den Ku'damm und waren auch schon da. Karl war vom Andrang im *Café Kranzler* überrascht, denn er hatte angenommen, die meisten Leute würden das traditionelle Osterfrühstück zu Hause im Kreis der Familie einnehmen und danach Ostereier suchen. Das *Café Kranzler* war, wie Karl vom Rezeptionisten des Hotels erfahren hatte, erst im vergangenen Jahr neu erbaut und kürzlich wiedereröffnet worden. Ob es jemals zu altem Glanz und alter Größe zurückfinden würde, stünde, wie so ziemlich alles in Berlin, in den Sternen. Für Karl und Frank standen die Sterne offenbar gut, denn gerade, als sie eintrafen, wurde ein Tisch am Fenster frei. Nachdem eine Kellnerin mit blütenweißer Schürze und einem gestärkten Häubchen auf dem Kopf Teller und Besteck der Vorgänger abgeräumt hatte, bestellten sie das amerikanische Frühstück mit Rühreiern und Speck.

»Wann hast du deinen Termin?«, fragte Frank.

Karl hatte ihm während ihrer Kneipentour letzte Nacht dieselbe Geschichte wie Lindemeier aufgetischt: dass er Drehbücher schreibe und mit einem Filmproduzenten verabredet sei.

»Nach dem Frühstück.«

»Kommst du danach gleich ins Hotel zurück?«

»Ich weiß es noch nicht. Solche Treffen dauern manchmal einen halben oder ganzen Tag.«

»Ich finde es merkwürdig, dass das am Ostersonntag stattfindet.«

»Filmleute eben. Denen ist nichts heilig.« Karl war klar, was Frank eigentlich auf der Seele lag: Er befürchtete, dass dies schon ihr Abschiedsessen und er von nun an auf sich gestellt war. »Du kannst ja im Hotel wohnen, solange ich in Berlin bin«, schlug Karl vor, um ihm die Angst zu nehmen. »Du schnupperst ein paar Tage Berliner Luft und überlegst dir, ob das hier wirklich das Richtige für dich ist. Wenn nicht, nehme dich wieder mit zurück.«

Frank nickte. »Toll. Danke. Aber ich werde auf jeden Fall hierbleiben.«

»Gute Entscheidung. Du hast einiges auf dich genommen, um hierherzukommen, das zeigt, wie ernst es dir ist. Du wirst dich durchboxen, da hab ich keinen Zweifel. Und wenn du in Schwierigkeiten steckst oder mal nicht mehr weiterweißt, rufst du mich in München an. Es gibt für alles eine Lösung.«

Frank sah Karl mit feuchten Augen an und stopfte sich Rührei und Speck in den Mund, damit er nichts sagen musste.

Als sie das *Kranzler* verließen, regnete es leicht. Karl spannte den Schirm auf und begleitete Frank zurück zum Hotel. Danach ging er weiter, bog in die Joachimsthaler Straße ein, von der die Augsburger Straße abzweigte. Er blieb stehen. Die erste Kreuzung, die er sehen konnte, war die Rankestraße.

»Verzeihung, der Herr, haben Sie Feuer?«, wurde er von der Seite angesprochen.

Eine Frau, ebenfalls unter einem Regenschirm.

Karl hatte für solche Fälle immer noch sein altes Wehrmachtsfeuerzeug dabei. Als er die Frau ansah und das intensive süßliche Parfüm roch, begriff er sofort, dass es ihr nicht ums Rauchen ging. Ihr Mantel stand ein wenig offen, darunter trug sie ein kurzes Kleid mit einem breiten Gürtel und schwarze Seidenstrümpfe. Sie bemerkte, dass die nicht gerade subtile Botschaft angekommen war.

»Tut mir leid«, sagte er, »ich bin nicht auf der Suche.«

Sie legte ihre Hand auf die seine, während sie ihre Zigarette ansteckte. »Schade«, antwortete sie. »Wenn's am Regen liegt, ich hab ein Zimmer hier in der Nähe. Kostet Sie nur fünf Mark extra.«

»Sehr verlockend, aber nein danke.«

Karl ging weiter, die Regentropfen trommelten jetzt härter auf seinen Schirm. Ab und zu fuhr ein Auto vorbei und spritzte Pfützenwasser auf den Bürgersteig. Er sah noch eine Dame, die begehrliche Blicke auf ihn richtete. Die Huren gehörten zur Augsburger Straße wie das Osterei zu Ostern, das war schon vor den Nazis so gewesen und hatte auch unter ihrer Herrschaft nie ganz aufgehört, doch selbst dieses Gewerbe hatte hier früher mehr von seinem schäbigen Glanz versprüht.

An der Rankestraße blieb Karl stehen. Schräg vor ihm lag ein großer Parkplatz, flankiert von einem baufälligen, aber anscheinend noch bewohnten Häuserblock. Das Haus mit der Nummer 27 war ein gewöhnliches Wohnhaus. Mehr als das Gebäude fiel die riesige Anzeigentafel ins Auge, die an der Straße stand. Sie war vielleicht zehn Meter lang, schätzte Karl, und bestand aus mehreren Glaskästen, in denen Karten mit privaten Anzeigen angeschlagen waren. Über der Tafel war *Anzeigen – Wohnungs- und Zimmernachweise* sowie eine Adresse zu lesen: Emil Reimann, Berlin W 30, Rankestraße 27. Das entsprach der Absenderadresse auf den Umschlägen, nur die Initialen G. W. passten nicht. Dennoch hatte Karl den Verdacht, dass er vielleicht gar nicht zu dem Haus gelockt werden sollte, sondern an diese Anschlagtafel. Wie bei einer Schnitzeljagd. Auf einem großen Schild las er: *Zur Beachtung! Anzeigenannahme und Auskünfte hier am Kiosk*. Erst da fiel ihm der kleine Kiosk am anderen Ende der Tafel auf.

Schon ein flüchtiger Blick über die Anzeigen machte klar,

dass es weniger um die Vermittlung von Wohnungen ging, auch nicht darum, einen geschickten Handwerker oder einen entflogenen Wellensittich zu finden, sondern vielmehr um die Anbahnung von Bekanntschaften verschiedenster Art, hauptsächlich jedoch um solche zwischen einem solventen Herren und einer bedürftigen jungen Dame, sei es für eine Nacht oder als Mäzen für einen längeren Zeitraum. Manchmal standen die Telefonnummern gleich dabei, meistens jedoch verbargen sich die Inserenten hinter einer Chiffre.

Als Karl das sah, begriff er: Die Glückszahl auf der Postkarte war eine Chiffre-Nummer! Er kannte sie längst auswendig und suchte den Schaukasten danach ab. Da war sie ja: *33456*. Sein Herz schlug aufgeregt, als er den Gruß las: *Frohe Ostern! Komm doch vorbei und besuch mich!* Er ging zum Kiosk und war erleichtert, dass er trotz des Feiertags besetzt war. Ein Mann mit einer Schiebermütze saß hinter einer Glasscheibe und löste, einen Bleistiftstummel zwischen den Fingern, ein Kreuzworträtsel. Auf einem Pappschild neben dem Fenster war zu lesen: *Chiffre-Auskünfte 1 DM*. Karl klopfte gegen die Scheibe. Der Mann schaute auf und öffnete das Schiebefenster.

»Ich interessiere mich für eine Chiffre-Anzeige.« Karl griff in seine Hosentasche, wo er immer ein wenig Kleingeld hatte. »Sie haben das Ostereiersuchen wohl schon hinter sich, was?«

»Macht zwei Mark.«

»Hier steht was von einer Mark.«

»Feiertagszuschlag.«

Karl legte zwei Mark auf das schmale Brett, das ihn von dem Mann trennte. Der strich die Münzen ein, holte einen Karteikasten hervor und schob die Mütze in den Nacken. Karl nannte die Zahl, und der Mann begann zu blättern. Schließlich fand er die Karte, holte aber zusammen mit ihr ein Foto heraus. Er sah Karl prüfend an, dann reichte er ihm das Foto und sagte: »Steht alles auf der Rückseite.« Damit schob er die Scheibe wieder zu.

Karl stand da, den Schirm immer noch offen, obwohl es inzwischen aufgehört hatte zu regnen, und betrachtete gebannt das Foto. Es zeigte ihn selbst. Ein Porträt, er war darauf höchstens vier Jahre jünger. Er drehte es um und las: *Berlin, Kastanienallee 94*. Das war seine alte Ostberliner Adresse. Die Wohnung am Prenzlauer Berg, die er vor acht Jahren Heidis aus Ostpreußen vertriebenen Verwandten überlassen hatte. Die Wohnung hatte Heidi gehört, denn es war schließlich zum größten Teil ihr Erbe gewesen, mit dem sie bezahlt worden war.

Karl drehte sich zurück zum Kiosk und klopfte gegen die Scheibe. Der Mann schaute von seinem Kreuzworträtsel auf. Widerwillig öffnete er erneut das Fenster.

»Was ist denn noch?«

»Was hat das mit dem Foto auf sich? Kommt das öfter vor, dass jemand ein Foto des Empfängers hinterlegt?«

Der Mann überlegte nicht lange. »Ich hab es bis eben noch nie erlebt. Aber auf der beiliegenden Karte stand: Nur an den Mann auf dem Bild aushändigen.«

»Haben Sie die Anzeige entgegengenommen?«

»Wer sonst? Ich bin so gut wie immer hier.«

»Erinnern Sie sich noch, wer die Anzeige aufgegeben hat? Mann oder Frau? Alt oder jung? Irgendwie auffällig?«

Der Mann rieb sich das stoppelige Kinn. »Ich hab mich auch gewundert, wegen der Sache mit dem Foto. Wenn ich nicht irre, war es ein Junge, verstehen Sie, so ein Lausebengel. Den hat jemand geschickt, das war klar, der hat sich auf diese Weise ein paar Mark verdient. Darf ich Ihnen einen Rat geben? Wenn Sie der Sache nicht trauen, und dazu haben Sie allen Grund, dann vergessen Sie es einfach. Wer nicht mit offenen Karten spielen kann, der spielt falsch. Und das ist nie der Anfang von was Gutem.«

Karl lenkte den Wagen durch den Tiergarten, in dem die Bäume bereits wieder wuchsen, allerdings noch längst nicht ihre alte Größe erreicht hatten. Da er ordentlich aufs Gaspedal drückte, kam das Brandenburger Tor rasch näher, und schon wiesen die ersten Hinweistafeln auf Englisch und Deutsch darauf hin, dass man den britischen Sektor verließ. Nervös kaute Karl auf seinem Kaugummi. Es war nicht der Grenzübertritt, der ihn verunsicherte, sondern das, was ihn im anderen Teil der Stadt erwartete.

Karl bremste vor einem britischen Polizisten ab, kurbelte das Fenster herunter und zeigte seine Papiere. Der Mann warf nur einen flüchtigen Blick darauf, fragte, ob Karl Handelsware mit sich führe, und als der das verneinte, winkte er ihn durch. Die Prozedur wiederholte sich in gleicher Weise am Brandenburger Tor, nur dass es hier ein Volkspolizist war, der am Wagenfenster stand. Unbehelligt konnte Karl weiterfahren. Als er Unter den Linden zuletzt gesehen hatte, war es noch ein Ruinenfeld gewesen, aus dem an manchen Stellen noch fünf Jahre nach Kriegsende Trümmer weggeschafft werden mussten. Inzwischen hatte der Wiederaufbau jedoch unübersehbare Fortschritte gemacht. Vor allem ein Gebäude fiel schon wegen seiner Größe auf. Aus dem sowjetischen uniformierten Wachpersonal schloss Karl, dass es sich um ein offizielles Gebäude, vermutlich die Botschaft des Großen Bruders, handeln müsse.

Ein vertrautes Gefühl stellte sich erst ein, als Karl in die Friedrichstraße einbog und später in die Elsässer Straße, die jetzt Wilhelm-Pieck-Straße hieß. Je weiter er fuhr, desto mehr spürte er den Verlust. Melancholie stieg in ihm auf und steigerte sich, als er die Kastanienallee erreichte, zu einem stummen Schmerz, der in seinem Bauch wühlte. Vom Krieg weitgehend unversehrt, trugen die alten Mietshäuser noch am meisten von jener glücklichen Vergangenheit in sich, die mit dem Krieg ein so abruptes Ende gefunden hatte.

Während der Fahrt vom Hotel hierher hatte Karl regelmäßig in den Rückspiegel gesehen und die Augen nach etwaigen Verfolgern offen gehalten. Ihm war jedoch nichts aufgefallen. Auch jetzt ließ er Vorsicht walten und fuhr nicht bis vors Haus, sondern parkte um die Ecke in der Oderberger Straße. Dass es wieder leicht zu regnen angefangen hatte, kam ihm gelegen, konnte er sich so doch, ohne aufzufallen, unter dem offenen Regenschirm verbergen. Es waren aber ohnehin kaum Menschen auf der Straße.

Da die Haustür wie früher unverschlossen war, nahm Karl sich nicht die Zeit, die Namen auf der Klingelleiste zu studieren, um zu prüfen, ob die alten Verwandten immer noch hier wohnten. Er klappte den Regenschirm zu und verschwand zügig im Haus. Auch an den Briefkästen ging er achtlos vorüber. Er würde ja sehen. Die Wohnung befand sich im dritten Stock. Sein Herz schlug heftig, als er die Treppe hinaufstieg. Ich bin ein verdammter Narr, dachte er. Was mache ich hier bloß? Doch zum Umkehren war es längst zu spät. Als er vor der Wohnungstür stand, waren seine Nerven extrem angespannt. Keuchend betrachtete er das Klingelschild. Dollmann, stand da. Der Name sagte ihm nichts. Er wollte auf den Knopf drücken, doch da bemerkte er, dass die Tür nur angelehnt war. Was konnte das anderes bedeuten, als dass er erwartet wurde?

Vorsichtig schob er die Tür auf und trat ein. Aus dem Wohnzimmer drang leise Musik in die Diele, in der, wie er sofort feststellte, beinahe noch alles so war, wie er es verlassen hatte, nur viel ordentlicher. Der Spiegel, die Garderobe mit der Hutablage, das Schuhregal. Wie selbstverständlich stellte er den nassen Schirm in den Ständer. Vor dem Krieg, fiel ihm ein, hatte auch noch überall das Spielzeug der Zwillinge herumgelegen. Die Brust wurde ihm eng.

Was war das überhaupt für eine Musik? Die Comedian Harmonists? Ja, wirklich! *Mein kleiner grüner Kaktus.*

»Hallo?«, rief Karl endlich. »Ist hier jemand?«

Im Wohnzimmer knarrte leise das Parkett.

»Wieso kommen Sie nicht herein, Herr Wieners? Ich bin im Wohnzimmer.«

Karl folgte der Aufforderung, blieb jedoch in der Tür stehen. Eine Frau mit kurzen schwarzen Haaren und einer Cateye-Brille auf der Nase lächelte ihn an und sagte: »Frohe Ostern.«

Er kannte sie, kam jedoch nicht darauf, woher.

»Erkennen Sie mich denn nicht?«, fragte sie amüsiert.

Da fiel es ihm ein. »Fräulein Agota«, flüsterte er staunend. »Mit den dunklen Haaren und der Brille sind Sie wirklich kaum wiederzuerkennen. Ich dachte, Sie sind in Amerika …«

»Nun, wie Sie sehen, bin ich hier.«

NEW YORK CITY

Völlig außer Atem kamen Magda und Peterle vor der Suite 4E an. Natürlich zu spät, geschlagene zwanzig Minuten. Zu einem Osterlunch, oder besser gesagt zu dem, was man hierzulande Brunch nannte, einer Mischung aus spätem Frühstück und ausgedehntem Mittagessen. Wenigstens wurde dafür nicht aufwendig gekocht, was eine Verspätung unverzeihlich gemacht hätte. Magda warf einen prüfenden Blick auf Peterle und strich ihm eine Haarsträhne aus dem Gesicht. Die Osterglocken in seiner Hand ließen die Köpfe hängen, doch die Blumen würden sich im Wasser schnell wieder erholen. Sie drückte auf den Klingelknopf. Wenig später flog die Tür auf, und Agota stand vor ihnen, bildschön wie immer.

»Da seid ihr ja«, rief sie. »Wir haben uns schon Sorgen gemacht. Kommt erst mal rein.« Sie wandte sich Peterle zu, der sie anstrahlte wie ein Honigkuchenpferd. »Da ist ja auch mein kleiner Rabauke. Sind die für mich? Wie lieb. Ich hab dir die Marshmallows besorgt, die du so gern magst.«

Magda schüttelte tadelnd den Kopf. »Nichts Süßes vor dem Essen.«

»Wieso müssen Mütter das eigentlich immer sagen?« Agota strich Peterle erst übers Haar und kniff ihn dann in die Wange.

Ihr Herzbube Jeff kam nun ebenfalls dazu, ein schmaler Mann im Pullover und mit dicker Hornbrille. »Hallo, ihr beiden.«

»Ein Protestmarsch hat die zweiundvierzigste Straße verstopft«, erklärte Magda, während Agota ihr aus dem Mantel half. »Gegner der Atomwaffen, die zum Gebäude der Vereinten Nationen marschiert sind. Wir wollten ihnen ausweichen und sind prompt unter Exil-Ungarn geraten, die wiederum gegen die Proteste protestierten. Es ist ein einziges Durcheinander.«

»Ach, diese Schreihälse«, meinte Agota mit einem Seufzen. »Man hört sie bis hier herauf.«

»Viele Menschen sind schrecklich naiv«, dozierte Jeff in dem professoralen Ton, den er immer anschlug, wenn es um politische Themen ging, vor allem in Gesprächen mit Frauen. »Sie denken, guter Wille reiche, um in Frieden leben zu können. Aber guter Wille allein reicht nie. Das weiß jeder, der um seine Freiheit kämpfen musste. Oder vor Unterdrückung floh. Wie diese Ungarn.«

»Spar dir deine Reden für die Zeit auf, wenn du Senator bist«, neckte Agota ihn.

Jeff lächelte, doch Magda wusste, dass der Scherz mehr als nur ein Körnchen Wahrheit enthielt. Jeff strebte wirklich nach Höherem, so wie alle Amerikaner anscheinend stets nach irgendetwas Höherem strebten. Für die einen war es ein größeres Auto, für die anderen ein Haus in einem Vorort, für alle aber waren es eine Karriere und eine glückliche Familie. Wieder andere strebten jedoch einfach nur danach, irgendwie über den Tag zu kommen. Für diese Verlierer und Gescheiterten hatte dieses Land wenig mehr als ein Schulterzucken übrig.

»Du willst nicht, dass ich darüber rede, aber du weißt besser als ich, worum es geht«, sagte Jeff beseelt. »Du bist der Unterdrückung entkommen, genießt nun die Früchte der Freiheit und bist für mich eine dauernde Quelle der Inspiration.«

»Hör schon auf.«

Magda betrachtete Agota, von der sie wusste, dass sie in Wahrheit nach nichts von all dem strebte, was für Jeff und seine Landsleute so wichtig war, zumindest nicht für sich. Sie folgte vielmehr dem Versprechen einer besseren Zukunft für alle Menschen, auch wenn dies bedeutete, dass dafür in der Gegenwart Opfer gebracht und Beschränkungen hingenommen werden mussten. Wenn das für Jeff Unterdrückung von Freiheit bedeutete, dann bedeutete seine Vorstellung von Freiheit für sie die Unterdrückung von Gerechtigkeit. Als sie noch zusammen in dem kleinen Apartment in Brooklyn wohnten, hatten Magda und sie oft über solche Fragen diskutiert, und in manchem hatte sie Magda die Augen geöffnet. Agota hatte klare Prinzipien und einen festen Glauben, doch vor Jeff spielte sie die Unbedarfte, Naive, die er in ihr sehen wollte und die ihn dazu brachte, umso argloser von seiner Arbeit für die amerikanische Delegation bei den Vereinten Nationen zu erzählen. Informationen, die sie dann wohl an ihre Auftraggeber im Osten weitergab. Wie lange würde sie an Jeffs Seite bleiben? Bis er Senator war oder gar Präsident? Oder war er nur das Sprungbrett zu jemandem, der auf der Karriereleiter bereits ein paar Sprossen höher stand? Jemand mit weit wertvolleren Verbindungen und tieferen Einblicken in die Geheimnisse des politischen Getriebes in diesem Land? Doch wo blieb sie selbst dabei? Wie konnte sie ein Leben in ständiger Selbstverleugnung ertragen, unter Menschen, deren Überzeugungen und Prinzipien sie verachtete und bekämpfte? Und auch noch ohne den Beistand ihrer Zwillingsschwester Danuta, der einzigen Vertrauten in ihrem Leben, die vielleicht gerade an anderer Stelle ein ähnlich falsches Spiel aufführte. Dass ich weiß, wer und was sie wirklich ist, fiel Magda ein, macht mich vielleicht zu ihrer einzigen echten Freundin hier. Oder zumindest zu dem, was einer echten Freundin am nächsten kommt.

»Was siehst du mich so an?«, fragte Agota.

»Das weißt du ganz genau«, antwortete Magda.

Natürlich wusste Agota es, doch sie sagte, sogar mit einem verblüfften Unterton in der Stimme: »Nein, tue ich nicht.« Sie würde niemals aus der Rolle fallen.

»Ich bewundere deine … Schönheit.«

Agota lachte und legte ihre Hand in Magdas Armbeuge, um sie mit sanfter Gewalt fortzuziehen. »Jetzt komm schon, essen wir.«

Peterle war ihnen längst vorausgeeilt. Als sie in den großen Raum kamen, der Küche, Wohn- und Esszimmer in einem war, lag er auf der Couch und starrte gebannt in den Fernseher, wo ein Cartoon lief, eine Hand in einer Tüte Marshmallows, die er sich offenbar eigenmächtig gegriffen hatte.

Magda wollte ihn schon ermahnen und zu Tisch rufen, doch Agota beschwichtigte: »Lass ihn.« Um kein großes Gezeter anzuzetteln, das allen nur auf die Nerven gehen würde, folgte Magda dem Rat, beließ es bei einer Ermahnung, nicht alle Marshmallows aufzuessen, und trat an den reich gedeckten Ostertisch. Sie holte ihr Mitbringsel aus der Tasche: ein selbst gebackenes Osterlamm.

»Wie niedlich!«, rief Agota, als Magda es aus dem Tuch nahm, in das sie es gehüllt hatte. Dann holte Agota eine Vase für Peterles Blumen und stellte sie zu den Tulpen, die bereits den Tisch schmückten. »Simon hat angerufen, er kommt auch«, teilte sie mit. »Und er bringt jemanden mit. Einen Überraschungsgast.«

»So? Wen denn?«

»Hat er nicht gesagt. Sonst wär's ja keine Überraschung. Jemanden, den du von früher kennst, meinte er.«

»Mann oder Frau?«

»Habe ich nicht gefragt.«

In diesem Moment schnarrte die Türglocke.

»Das werden sie sein!«

Agota lief in die Diele, um zu öffnen, Magda blieb mit Jeff allein. Sie machte eine Bemerkung dazu, wie angenehm es für Jeff sein müsse, so nahe an seiner Arbeitsstelle zu wohnen, während sie in Wahrheit nur auf die Stimmen an der Tür lauschte, vor allem die des Überraschungsgastes. Es war ein Mann. Seine Stimme weckte keine Erinnerungen in ihr.

Agota geleitete die neuen Gäste herein. Als Magda den Mann sah, erschrak sie heftig. Ja, jetzt erkannte sie ihn. Er hatte sich in den letzten acht Jahren kaum verändert. Immer noch dieses schmale Oberlippenbärtchen, das glänzende schwarze Haar, die gepflegte Erscheinung. Sie hatte ihn damals nur kurz gesehen, an ihrer Tür, und doch würde sie ihn niemals vergessen.

»Andrew Aldrich«, stellte Simon ihn vor. »Kunstexperte aus Chicago.«

Magda brachte kein Wort hervor. Ihre Hände griffen nach der Stuhllehne, krallten sich daran fest, weil ihre Knie einzuknicken drohten. Sie wollte ihn nicht ansehen, gleichzeitig konnte sie nicht aufhören, ihn anzustarren.

»Vielen Dank, dass ich bei Ihnen sein darf«, sagte Aldrich, und an Magda gewandt, in makellosem Deutsch: »Guten Tag, Frau Blohm. Es tut mir leid, dass wir uns in München unter so ungünstigen Umständen kennenlernten. Ich hoffe, Sie geben mir eine zweite Chance.«

OSTBERLIN

»Ich habe mir erlaubt, Ihnen einen Cognac einzuschenken, Karl«, sagte Agota. »Den können Sie jetzt gebrauchen, nicht wahr?«

In der Tat. Mit vielem hatte er gerechnet, aber nicht mit ihr. Obwohl ihr die kurzen dunklen Haare gut zu Gesicht standen, konnte er sie nur schwer mit der grazilen blonden Schönheit in Einklang bringen, an die er sich erinnerte. Die neue Frisur und die Brille änderten völlig ihren Typ. Und war nicht genau das die Methode, wie sich Agenten unsichtbar machten? Fragte sich nur, weshalb sie ihn hierhergelockt hatte. Um ihn als Agenten anzuwerben? Oder war sie nur der Köder, und es stürmten gleich mehrere Männer herein und verschleppten ihn in einen Geheimdienstkeller, um ihn zur Zusammenarbeit zu zwingen? Doch statt knallend aufgerissener Türen, hektischer Schritte und gebellter Kommandos erklangen nur *Mein kleiner grüner Kaktus* und Agotas Schritte auf dem Parkett, als sie ihm den Cognac brachte. Er nahm das Glas, trank jedoch nicht, sondern packte ihr Handgelenk und fragte: »Wo ist Magda? Wie geht es ihr?«

Agota sah ihm in die Augen. »Ich weiß es nicht. Unsere Wege haben sich in Amerika getrennt. Danach habe ich nichts mehr von ihr gehört.«

»Das soll ich Ihnen glauben?«

»Lassen Sie mich los, das tut weh.«

Erst jetzt bemerkte Karl, dass er in seiner Enttäuschung sehr fest zugedrückt hatte. »Verzeihung.« Er löste seinen Griff und nahm das Glas.

Sie rieb sich das Handgelenk. »Ob Sie mir glauben oder nicht, das ist unwichtig. Aber wenn Ihnen jemand helfen kann, Magda wiederzusehen, dann bin ich es.«

Karls Blick forschte nach Anzeichen von Lüge und Hinterlist in ihrem Gesicht, doch er fand keine. Sah nur helle blaue Augen, einen etwas blassen Teint, zarte rosarote Lippen.

Er leerte den Cognac in einem Zug. Agota nahm ihm das Glas aus der Hand, um nachzufüllen.

»Was sollte das mit diesen mysteriösen Karten?«, fragte er. »Hätten Sie nicht einfach anrufen oder Klartext schreiben können? Oder hatten Sie Angst, ich würde nicht kommen?«

»Das war nur Tarnung.« Sie hatte eingeschenkt und kam zurück. »Man weiß nie, wer solche Post in die Hände bekommt. Je weniger in so einer Nachricht steht, desto sicherer ist es. Für uns alle.«

Karl nahm das Glas. Er kam sich vor wie ein Schauspieler, der seine Rolle nicht kannte, ja, er wusste noch nicht einmal, welches Stück gespielt wurde. Sein Blick fiel auf eine Reihe von Fotos, die auf einer Kommode standen. Familienfotos fremder Leute. Soweit er es auf die Schnelle beurteilen konnte, zeigte keines davon Agota. »Es ist sicher kein Zufall, dass wir uns hier treffen, in dieser Wohnung«, sagte er. »Sie wissen, dass ich früher mit meiner Familie hier gewohnt habe. Also wieso hier? Wohnen Sie hier? Oder Leute, die Sie kennen?«

»Keins von beidem. Die Mieter verbringen die Ferien bei Verwandten in Leipzig. Sie haben nichts mit Ihnen oder mit mir zu tun. Ich brauchte für dieses Treffen einen Ort, von dem ich wusste, dass er Ihnen etwas bedeutet. Damit Sie auch wirklich kommen. Aber wieso setzen wir uns nicht, und Sie lassen mich erklären, worum es geht.«

Sie wies mit der Hand auf das Sofa. Karl nahm an dem einen Ende Platz, Agota setzte sich an das andere. Sie nippte an ihrem Cognac, dann begann sie: »Sie wissen vielleicht oder ahnen zumindest, dass ich an den schrecklichen Ereignissen in München vor drei Jahren … nun ja … einen gewissen Anteil hatte.«

Was sie *schreckliche Ereignisse* nannte, meinte einen Bombenanschlag, der zwei Menschen das Leben gekostet hatte – und um ein Haar auch das von Karl.

»Mein Anteil war nicht groß, und ich wusste bis zuletzt nicht, was geplant war«, fuhr sie fort. »Doch das hat mir die Augen geöffnet. Nur damit das klar ist: Ich bin Kommunistin, und das werde ich auch bis an mein Lebensende bleiben, denn ich glaube daran, dass der Kommunismus die Zukunft ist. Wenn er es nicht wäre, wofür lohnte es sich dann, überhaupt noch zu kämpfen?« Sie nippte wieder an ihrem Cognac. »Ich finde aber nicht, dass dieses Ziel durch heimtückische Morde zu erreichen ist, schon gar nicht, wenn unsere Leute es sich gleichzeitig auf ihren Posten bequem machen und nur noch am eigenen Machterhalt interessiert sind. Das ist ebenso Verrat, wie zum Feind überzulaufen.«

Karl beneidete sie ein wenig um ihre klare und eindeutige Haltung.

»Für diese Leute sind Menschen nur Werkzeuge. So wie ich eines war. Ein kleines Rädchen im Uhrwerk einer Zeitbombe. Ich will das nicht mehr, verstehen Sie? Das ist keine Art zu leben. Keine Art zu kämpfen. Ich bin nicht feige, damit das klar ist. Wenn es nötig wäre, wäre ich bereit zu töten. Wirklich, glauben Sie mir. Aber ich will nicht die Waffe in der Hand eines anderen sein.«

Karl stellte sein Glas auf einem Beistelltisch ab und rückte etwas näher an Agota heran. »Sie wollen also verschwinden«, sagte er. »Im Westen untertauchen. Wozu brauchen Sie dafür mich? Sie können einfach in die S-Bahn steigen, in den Westen fahren und sich als Flüchtling melden.«

»Wissen Sie, wie es in diesen sogenannten Aufnahmelagern zugeht? Die Leute hängen dort für Wochen herum, werden eingehend befragt. Und manche von ihnen schickt man wieder zurück, damit sie sich für zwei Jahre bewähren, als Spione. Doch das ist nicht der entscheidende Punkt.«

»Sondern?«

»Das erkläre ich Ihnen gern.« Sie strich eine Strähne, die ihr in die Stirn gefallen war, zurück hinters Ohr. »Ich will mich nicht einfach durch die Hintertür aus meinem Land verdrücken. Wenn, dann gehe ich durch die Vordertür, erhobenen Hauptes. Verstehen Sie?«

»Nicht so ganz.«

Sie bückte sich hinab zu ihrer Handtasche, die neben ihr am Sofa lehnte, und holte ein Päckchen Zigaretten heraus. *Turf* las Karl die weiße Schrift auf grünem Grund, der letzte Buchstabe geschwungen wie eine Schleife. »Ich würde Ihnen eine anbieten«, sagte sie, »aber Sie rauchen ja nicht mehr.«

Sie ist bestens informiert, dachte Karl staunend und holte sein altes Feuerzeug heraus, um ihr Feuer zu geben.

»Ein wahrer Gentleman.« Sie lächelte und entzündete ihre Zigarette an der Flamme. »Ich habe meinen Vorgesetzten erklärt, dass ich mich aus dieser Art von Arbeit verabschieden möchte, und sie wollen meinem Wunsch entsprechen. Allerdings gibt es noch eine Sache, die ich erledigen soll.«

Sie nahm einen tiefen Zug von ihrer Zigarette, während sie ihn genau im Auge behielt. Ihm war klar, dass sie ihn mit Absicht auf die Folter spannte, und als sie den Rauch langsam ausatmete und noch immer schwieg, sagte er voller Ungeduld: »Was wäre das für eine Sache?«

»Blohm.«

Diesen Namen aus ihrem Mund zu hören traf ihn wie ein Schlag. Wobei ihn im nächsten Moment überraschte, dass er so überrascht war. Denn Blohm hatte schließlich bei dem Anschlag vor drei Jahren eine Rolle gespielt, auch wenn die Polizei ihn deshalb nie ins Visier genommen hatte. Dafür war er zu gerissen. Karl wusste es trotzdem, nur fehlten ihm die Beweise. Und selbst wenn er welche gehabt hätte, hatte Blohm immer noch Magda als Faustpfand, um ihn zum Schweigen zu verdammen.

Er räusperte sich, fragte: »Was heißt das? Was haben Sie mit ihm vor?«

»Das müssen Sie jetzt noch nicht wissen. Aber wenn es vorbei ist, werden Sie Magda wiedersehen, so viel kann ich versprechen.«

Ihre Worte versetzten Karl in Aufruhr. »Sie wissen also doch, wo sie ist?«

»Das nicht, aber wir könnten es herausfinden. Im Moment

würde es Ihnen wenig bringen, Magdas Aufenthaltsort zu kennen, ich meine, solange Blohm da ist, als ständige Bedrohung. Er wird Sie und Magda nie in Ruhe lassen. Schon aus Prinzip nicht. Sie kennen ihn ja.«

»Wovon reden Sie?«, wehrte Karl ab. »Magda und ich … Wir sind …«

Agota lachte. »Geben Sie sich keine Mühe, ich weiß Bescheid. Über Sie und Magda und auch, dass Magda gar nicht Ihre Nichte ist. Sie hat mir alles erzählt.«

Karl wusste nicht, was er sagen sollte. Seine Euphorie erhielt einen Dämpfer. Was Blohm anging, hatte sie zweifellos recht. Sie spielte mit ihm, was ihr ganz offensichtlich gefiel. Sollte sie ihren Spaß haben, ihm stand der Sinn nicht nach Machtspielchen. »Was wollen Sie von mir?«, drängte er.

»Ich muss zurück nach München. Und wenn ich dort bin, werden Sie meine Tarnung sein.«

Sie steckte voller Überraschungen. Was meinte sie mit Tarnung? Sollte er eine Scheinehe mit ihr eingehen?

Bevor Karl fragen konnte, hatte sie erneut in ihre Handtasche gegriffen und einen Reisepass der Bundesrepublik Deutschland herausgeholt. Sie reichte ihn Karl. Er schlug ihn auf. Das Foto zeigte Agota mit ihren dunklen, kurzen Haaren. Als er den Namen darunter las, stockte ihm das Herz: *Gerlinde Wieners*. Der Name einer seiner toten Töchter.

Ihn in einem solchen Dokument zu lesen … benötigt für was auch immer … ihn derart zu beschmutzen … Atemlos fragte er: »Soll das ein Witz sein?«

»Ich mache keine Witze.« Sie drückte die Zigarette in einem Aschenbecher auf dem Couchtisch aus. »Ich bin offiziell die tot geglaubte Tochter, die ihren Vater wiedergefunden hat.«

»Aber … wie stellen Sie sich das vor? Das wird einiges Aufsehen erregen. Gerade bei Blohm. Er lässt mich zwar nicht an sich heran, aber ihm entgeht nichts, was mich betrifft. Und er kennt Sie. Er wird den Betrug sofort durchschauen. Ich begreife nicht …«

»Das müssen Sie auch nicht. Lassen Sie all das meine Sorge sein. Sie müssen sich nur entscheiden, ob Sie mitspielen. Ob Sie Magda jemals wiedersehen und irgendwann wieder ein unbeschwertes Leben führen wollen.«

Karl warf den Pass hin und sprang auf. Dunkle Flecken schwammen vor seinen Augen. Der Boden schwankte. Was bildete sich diese Frau ein! So mit seinen intimsten Gefühlen zu spielen! Woher nahm sie das Recht dazu! Deshalb also hatten sie sich hier getroffen, an diesem Ort! Die perfekte Kulisse für ein schäbiges Schauspiel. Er verabscheute sie und ihre gut durchdachten und darum umso grausameren Winkelzüge. Nein, er konnte kein Wort mehr mit ihr reden. Ertrug sie nicht länger. Ein Druck auf seiner Brust. Das Herz vielleicht. Ein weiterer Infarkt. Er musste weg hier. Sofort! Jetzt!

Die Tür schlug mit einem lauten Knall zu. Unverdrossen sangen die Comedian Harmonists: *Liebling, mein Herz lässt dich grüßen und dir sagen, wie gut ich dir bin* … Die vermeintliche Agota, eigentlich aber Danuta, nahm die Brille ab und schlug den Pass auf, der vor ihr auf dem Sofa lag. Sie betrachtete ihr Bild darin und den Namen darunter: *Gerlinde Wieners*.

Ich bin nicht Gerlinde, dachte sie, ich bin Danuta.

Aber als kleines Mädchen war sie diese Gerlinde gewesen. Sie hatte einen Vater gehabt, der Karl hieß und sich jeden Tag stundenlang in sein Büro einschloss, um Geschichten zu erfinden, und eine Mutter mit Namen Adelheid, für die sie schöne Bilder malte, weil Mama Bilder liebte. Genau wie ihre Schwester Agota, die damals noch Gundula hieß. Danuta ließ den Blick durchs Zimmer schweifen. Hier, in diesen Wänden, hatten sie alle zusammen gelebt, und es war ein glückliches Leben gewesen. Bis der Krieg kam. Er zerriss erst ihre Familie und dann jeden von ihnen einzeln, so leicht, als wären sie nicht aus Fleisch und Blut, sondern aus Papier. Am Ende des Krieges mussten Gerlinde und Gundula mitansehen, wie Soldaten sich über ihre Mutter hermachten, ihr weh taten und sie dann in einen Graben warfen wie einen Kadaver, der nur noch dazu taugte, ein paar Kugeln hineinzuschießen. Und schon streckten die Soldaten ihre schmutzigen Hände nach Gerlinde und Gundula aus …

Was danach passiert war, wusste Danuta nicht mehr. Gerlinde und Gundula hatten sich entschieden, es zu vergessen, nein, nicht *sie* hatten das entschieden, *etwas in ihnen* hatte es für sie getan, um sie zu schützen, so wie eine Mutter, die ihrem Kind die Hand über die Augen legt, damit die Schrecknisse dieser Welt es nicht erreichen. Doch mit dem Hässlichen hatten Gerlinde und Gundula auch das Schöne vergessen, das sie einmal in ihrem Leben gehabt hatten. Vielleicht war das der Preis, der gezahlt werden musste. Gerlinde und Gundula kamen zu fremden Leuten. Sie weigerten sich zu essen, zu trinken, zu sprechen und fielen in einen somnambulen Zustand, aus dem sie irgendwann als Danuta und Agota erwachten. Sie lebten in einer neuen Familie, lernten neu sprechen, in einer neuen Sprache, und sie malten Bilder für ihre neuen Eltern. Sie sagten diesen Eltern jeden Abend, dass sie sie liebten, und das taten sie auch. Alles, was vor dem Moment des Erwachens lag, war nur noch ein böser Traum, der unerreichbar tief in ihrer Seele verborgen lag. Bis jemand kam, der Gerlindes Traum aus der Tiefe des Unbewussten ans Licht zerrte.

Danuta schaute zum Fenster, an dem kleine Regentropfen herabrannen.

Reinhard Gern hatte es nur gut gemeint, als er ihr von diesen vergessenen Dingen und von dem anderen Vater in München berichtete, dem man erzählt habe, dass seine beiden Töchter in der eisig kalten Ostsee ertrunken seien. Selbst wenn es wahr wäre, dass dieser Karl Wieners ihr Vater sei, erklärte Danuta Reinhard Gern klipp und klar, wolle sie trotzdem nichts von diesem Mann im kapitalistischen Ausland wissen. Und auf gar keinen Fall dürfe Agota davon erfahren. Zumindest daran hielt Reinhard Gern sich, es blieb eine Sache zwischen Danuta und ihm. Danuta spürte einen tiefen Groll auf diesen unbekannten Vater im Westen, so als sei alles Geschehene seine Schuld. Und als sie erfuhr, dass Karl Wieners seine Töchter amtlich für tot hatte erklären lassen, bestätigte sie das in ihrem Gefühl und gab ihr zugleich einen weiteren Grund, ihn abzulehnen. Wieso hatte er sich mit der Geschichte, die man ihm aufgetischt hatte, so schnell zufriedengegeben? Hatten andere nicht wider besseren Wissens gehofft und ihre Lieben weiterhin gesucht? Doch Reinhard Gern, der genau so jemand war, wollte nicht lockerlassen. Er war besessen davon, dem Vater seine Töchter zurückzugeben, auch gegen den erklärten Willen einer der Töchter. Am Ende hatte er wegen seines Übereifers eine wichtige Operation gefährdet, und das hatte ihn sein Leben gekostet. Auch dafür gab Danuta dem Vater im feindlichen Westen die Schuld: Karl Wieners. Diese Schuld musste gesühnt werden.

Danuta klappte den Pass zu und ließ ihn in der Handtasche verschwinden. Dann stand sie auf, ging zum Telefon und wählte. Es dauerte nur Sekunden, bis abgenommen wurde und ihr Führungsoffizier sich meldete.

»Kant.«

»Ich bin's«, sagte sie.

»Und? Wie ist es gelaufen?«

»Wie erwartet. Alles nach Plan.«

»Freut mich zu hören, Genossin. Auch wenn ich Ihr Vorhaben noch immer für sehr gewagt halte.«

»Lassen Sie mich nur machen. Es wird alles gut gehen. Karl Wieners hasst Blohm, und es würde mich wundern, wenn er nicht jeden Tag mindestens einmal daran denkt, ihn umzubringen.«

»Jaja, ich hab's begriffen, Sie müssen mich nicht mehr überzeugen. Überzeugen Sie lieber ihn, es auch zu tun.«

Danuta zögerte einen Moment, sie wollte Kant nicht auf die Nerven gehen. Dennoch kam sie nicht umhin zu sagen: »Sie halten sich doch an Ihre Zusage. Nach dieser Sache …«

»Jaja«, fiel Kant ihr ins Wort, »Sie bekommen Ihre Beförderung.«

»Sie steht mir zu«, sagte sie, »nach allem, was ich schon geopfert habe.«

»Bilden Sie sich bloß nichts ein, Genossin. Nur weil Sie Reinhard Gerns geplanten Landesverrat gemeldet haben, haben Sie keinerlei Ansprüche zu stellen. Auch wenn Sie ihm persönlich nahestanden, war es Ihre verdammte Pflicht!«

»Natürlich, Genosse.«

»Seien Sie lieber nicht zu ehrgeizig. Das ist schon manchem zum Verhängnis geworden. Sie sind noch sehr jung und schon sehr weit gekommen.«

»Ich weiß. Es geht mir lediglich darum, unserer Sache bestmöglich zu dienen.«

»Blasen Sie sich hier nicht so auf mit Ihren Phrasen«, schnauzte Kant sie an. »Bringen Sie lieber erst mal diese Sache zu Ende, dann sehen wir weiter. Walter Blohm muss verschwinden, bevor er sich den Amerikanern andienen kann, und zwar, ohne dass eine Spur zu uns führt. Das allein sollte Sie beschäftigen, und nicht, was Sie alles werden können.«

»Natürlich, Genosse. Ich werde Sie nicht enttäuschen.«

Kant hatte schon aufgehängt. Nachdenklich legte sie den Hörer auf die Gabel.

Reinhard Gern hatte sie und Agota auch deshalb mit ihrem leiblichen Vater zusammenführen wollen, weil er Angst gehabt hatte, die Aufgaben als Agenten, das Ausforschen, Korrumpieren und irgendwann auch das Töten von Menschen könne sie und Agota zu gefühlskalten Unmenschen werden lassen. Danuta fragte sich, ob seine Befürchtung sich nicht bereits bewahrheitet hatte. War längst ein Unmensch aus ihr geworden? Denn nur ein Unmensch kam auf die Idee, seinen eigenen Vater zum Mörder zu machen und ihn zugleich selbst in den Tod zu schicken. Erschossen von Blohms Leibwächter. Das war der Plan. Doch die Tat diente ja einem höheren Zweck.

Jede Zeit hatte ihre eigenen Helden, dachte Danuta, und in diesen Zeiten müssen Helden vielleicht manchmal wie Unmenschen handeln.

Erst als ihm kalter Nieselregen ins Gesicht wehte, bemerkte Karl, dass er den Schirm in der Wohnung vergessen hatte. Er überlegte, ob er zurückgehen und ihn holen sollte, entschied sich dagegen. Er konnte nicht zurück. Nachdem er die Oderberger Straße hinunter- und wieder heraufgegangen war, hatte er sich ausreichend beruhigt, um in den Wagen steigen und zurück zum Hotel fahren zu können. Die Häuser, Straßen und Plätze, Neues, Wiedererrichtetes, Ruinen – alles zog an ihm vorbei wie ein Film. Selbst die Kontrolle am Brandenburger Tor nahm er nur wie durch einen Nebel war.

Als er im Hotel ankam und seinen Schlüssel am Empfang abholte, überhörte er, was das junge Fräulein ihm sagte, es erreichte ihn erst, als er sich wegdrehte. »Wie bitte?«, fragte er und wandte sich wieder um.

»Ich habe eine Nachricht für Sie«, wiederholte sie und schob einen Umschlag über den Tresen.

Er nahm ihn an sich, ohne ihn anzusehen, und ging nach oben, warf den Mantel über einen Stuhl, dann das Jackett, ließ sich erschöpft aufs Bett fallen und starrte an die Decke. Nach einer Weile richtete er sich auf. Der Brief, den er am Empfang erhalten hatte, lag auf dem Boden. Er hob ihn auf und öffnete. Er war von Frank.

Lieber Karl,
vielen Dank für alles. Vor allem dafür, dass Sie mir Mut gemacht haben. Ich muss jetzt meinen eigenen Weg gehen, und das werde ich tun. Mein Zimmer habe ich gekündigt und bezahlt. Ich wünsche Ihnen eine gute Rückfahrt, grüßen Sie mir die alte Heimat. Ich bin auf dem Weg in meine neue.
Frank

Karl war erleichtert. Er wusste nicht, ob er nach allem heute Abend noch eine gute Gesellschaft für den jungen Mann gewesen wäre. Zugleich vermisste er Frank und fühlte sich noch ein wenig mehr von aller Welt verlassen.

Ich werde Magda wiedersehen, dachte er plötzlich, und etwas von seiner Anspannung löste sich und ließ Zuversicht aufkeimen. Wir werden reden können. Alles klären. Vielleicht wird es wieder gut zwischen uns. Und wenn nicht, soll mich ruhig der Teufel holen.

NEW YORK CITY

Ahnte Simon eigentlich, wen er zu diesem Osterbrunch mitgebracht hatte? Ausgerechnet Andrew Aldrich! Kunstexperte mit Verbindungen zu gewissen Kreisen. Für sie aber vor allem der Mann, der sie vor acht Jahren in München entführt hatte. Aus dieser Zeit kannte Simon ihn wohl auch. In welchem Verhältnis hatten die beiden damals gestanden? Und in welchem standen sie heute? Je mehr Magda sich bemühte, Aldrich nicht anzusehen, desto mehr zog es ihre Blicke zu ihm, während sie gleichzeitig versuchte, am Tischgespräch teilzunehmen. Doch wie sollte sie zwanglos plaudern, wenn Aldrichs Anwesenheit nur Beklemmung in ihr auslöste. Eine Weile hatte Magda damals sogar gedacht, er sei nicht nur ihr Entführer, sondern auch der Vergewaltiger. Das wusste sie inzwischen besser. Ob Simon von diesen Zusammenhängen erfahren hatte? Von ihr nicht, aber vielleicht von Aldrich? Nein, der würde seine Untat sicher nicht an die große Glocke hängen. Dennoch wurde Magda das Gefühl nicht los, dass Simon zumindest etwas ahnte. Sein Lächeln verriet ihn, es wirkte ein wenig schadenfroh, so als gönne er ihr die Pein, die diese Begegnung ihr bereiten musste, als Retourkutsche für – ja, wofür eigentlich? Dass sie sich nicht in ihn verliebte? Sie fragte sich, wie Simon überhaupt auf Aldrich treffen konnte? Oder war es umgekehrt? War Aldrich auf Simon zugekommen? Was führte er im Schilde? Was führten *die beiden* im Schilde?

»Das Salz, Magda«, sagte Agota neben ihr.

Magda schreckte aus ihren Gedanken auf. »Was?«

»Aller guten Dinge sind drei«, sagte Agota lächelnd, »also bitte ich dich zum dritten Mal um das Salz.«

»Entschuldige. Ich war in Gedanken.« Sie reichte ihr den Salzstreuer.

»Das sehe ich. Und ich frage mich, was das wohl für Gedanken sind.«

Eines musste man Agota wirklich lassen: Sie wuchs mit der Rolle der versnobten Amerikanerin zusammen, als wäre sie genau für dieses Leben geschaffen.

In diesem Moment bemerkte Magda, wie Peterle von der Couch rutschte und zu ihr an den Tisch schlich. Sie konnte sich schon denken, was los war, vor allem, wenn sie die fast leere Tüte Marshmallows betrachtete. Peterle drängte sich an sie, ließ den Blick aber gesenkt. »Bauchweh«, brummte er.

»Kein Wunder«, tadelte Magda ihn, »wenn du so viele Süßigkeiten in dich hineinstopfst.«

»Ich mach ihm einen Kamillentee«, bot Agota an.

Magda lehnte ab. Sie erkannte die Gelegenheit, von hier und damit auch von Aldrich wegzukommen, und sie wollte sie ergreifen. »Kamillentee hilft leider wenig. Wir fahren besser nach Hause, bevor es ein Unglück gibt. Ist dir schlecht?«, fragte sie Peterle.

Er zuckte mit den Schultern.

Magda stand auf. Sie wich Simons Blicken aus, der sie vermutlich durchschaute und auch ihre Gründe erriet.

»In diesem Zustand willst du Peterle zur U-Bahn schleifen?«, fragte Agota vorwurfsvoll.

»Wir nehmen ein Taxi.«

»Bis nach Brooklyn? Hast du einen reichen Gönner, von dem ich nichts weiß?«

Magda fiel nichts mehr ein, was sie noch vorbringen konnte, und wollte schon einlenken, als Aldrich einwarf: »Ich fahre Sie. Ich habe einen Mietwagen unten und bin im Nu wieder zurück.«

Mist, dachte Magda, ausgerechnet er! Aber vielleicht war das genau die Gelegenheit, auf die er die ganze Zeit gewartet hatte. Und Simon wusste das, denn er machte keinen Mucks.

»Wenn Sie das Risiko eingehen wollen, dass Peterle Ihnen über den Rücksitz speit«, wandte Magda ein.

Aldrich lächelte nur und zuckte mit den Schultern. »Wie gesagt, es ist ein Mietwagen.«

Magda überlegte einen Moment. Nach der Dringlichkeit, die sie vorher behauptet hatte, konnte sie nun schlecht einen Rückzieher machen. Also stimmte sie zu. Agota eilte hinter den Tresen, der die Küche vom Wohnbereich abtrennte, und holte eine zusammengefaltete Papiertüte. »Für den Notfall«, sagte sie. Nachdem Magda sich für den eiligen Aufbruch entschuldigt hatte, verließ sie mit Peterle an der Hand die Suite. Kaum war die Tür hinter ihnen zugefallen, zischte sie Aldrich an: »Wie können Sie es wagen, mir vor die Augen zu treten.«

»Wir reden im Wagen«, sagte Aldrich nur.

Im Fahrstuhl versuchte er, sich bei Peterle lieb Kind zu machen, indem er ihm ein paar Fragen stellte, doch der antwortete einsilbig oder gar nicht, starrte Löcher in den Boden und hielt sich an Mamas Hand fest.

Aldrichs Mietwagen war ein Chevrolet Bel Air, ein Modell, das Magda von einer Verabredung her kannte, an der die Fahrt im Auto das Angenehmste gewesen war. Magda setzte sich auf den Rücksitz zu Peterle, der sich, halb liegend, halb sitzend, an sie lehnte. Es ging ihm wirklich nicht gut. Magda hielt die Papiertüte griffbereit.

»Wohin in Brooklyn?«, fragte Aldrich, nachdem er den Motor gestartet hatte, und blickte sie im Rückspiegel an.

»Flatbush«, antwortete sie. »Sie fahren am besten die Third Avenue runter und über die Manhattan Bridge.«

»Danke, ich kenne mich aus. Ich bin in der Gegend aufgewachsen.«

Er fuhr los, fädelte sich in den Verkehr ein, der an diesem Feiertag etwas ruhiger dahinfloss als sonst. Eine Weile herrschte Schweigen, das Aldrich irgendwann brach, indem er sagte: »Wir werden nicht über München sprechen, klar? Ich sage dazu nur eines: Was ich damals getan habe, war ausschließlich zu Ihrem Schutz. Sie wären vielleicht tot, wenn ich nicht gewesen wäre.«

Magda schwieg. Ob das stimmte? Er konnte ihr alles erzählen, denn wie sollte sie das Gegenteil beweisen? Eigentlich interessierten sie seine Winkelzüge kaum noch, die Sache war schließlich acht Jahre her. Nur eines wollte sie wissen.

»Eine Frage müssen Sie mir beantworten«, sagte sie. »Welche Rolle hat mein Onkel Veit gespielt? Wieso war er auf einmal da?«

»Ihr Onkel sollte Sie davon überzeugen, Ruhe zu bewahren und dass alles bald vorüber sein werde. Ich hoffte, ein Verwandter könne das besser als irgendjemand sonst.«

Magda legte die Hand auf Peterles Kopf und ließ sein Haar durch ihre Finger gleiten. Veit hatte sich ihr gegenüber als großer Held aufgespielt, am Ende als Befreier – und war doch nur ein Vergewaltiger. Wenn Aldrich die Wahrheit sagte, wusste er von diesem Teil der Geschichte wohl nichts. Was es ein wenig erträglicher machte, mit ihm zu reden.

»Ich war damals Ihr Schutzengel«, fuhr Aldrich fort, »und ich könnte es wieder sein. Ihre Situation erfordert jemanden wie mich – mit Verbindungen. Jemanden, der Leute kennt, die bereit sind, Dinge zu tun, zu denen man selbst nicht bereit wäre.«

»Ich weiß nicht, was Sie meinen.«

»Natürlich wissen Sie das.«

Er hatte recht. Sie wusste es sehr genau. »Und wie wollen Sie das machen, von hier aus? Reichen Ihre Verbindungen etwa bis nach Europa? Oder würden Sie selbst hinübergehen?«

»Man wird sehen. Nötig ist es allerdings nicht unbedingt. Es gehen so viele fähige Männer nach Europa, Geschäftsleute, vor allem aber Soldaten. Übrigens sogar Elvis Presley, wie man überall liest. Was denken Sie: Wird er seine Gitarre mitnehmen? Und nach Dienstschluss für seine Kameraden singen?«

Magda schaute aus dem Seitenfenster. Sie bogen gerade in die Third Avenue ein, gleich würden sie die Bürotürme hinter sich haben und durch eine Gegend mit niedrigeren Wohnblocks fahren, in denen normale Familien lebten: Mütter, Kinder, Väter. Magda wurde bewusst, worüber sie und Aldrich redeten: darüber, einen Menschen zu töten. Einen Mord. War sie wirklich dazu bereit? Sie dachte an Blohm. An den Menschen, der er für sie über eine Reihe von Jahren gewesen war: ein liebender Ehemann, dessen Schuld es nicht war, dass sie seine Liebe nicht erwiderte, und ihrem Buben ein fürsorglicher Vater. Und doch war der gleiche Mann ein Verbrecher, der notfalls über Leichen ging. War sie auch so jemand?

»Es ist kein großer Aufwand«, fuhr Aldrich fort, »drüben fähige Amerikaner aufzutreiben, die in ihrer Freizeit ihre wahren Talente entfalten und denen man vertrauen kann. Es braucht nur Ihr Okay, dann kann es losgehen.«

»Nur mein Okay?«, fragte sie.

Sie konnte an seinen Augen im Rückspiegel sehen, dass er lächelte, als er sagte: »Nun ja, über ein paar Fragen müssen wir uns vorher natürlich noch einigen.«

Ostermontag, 7. April 1958

WESTBERLIN

DAS TELEFON SCHRILLTE. Karl erschrak und schnitt sich beim Rasieren. »Mist!«, fluchte er. Das halbe Gesicht noch voller Rasierschaum, lief er aus dem Bad, riss den Hörer von der Gabel und fragte unwirsch: »Was ist denn?« Der Herr vom Empfang teilte ihm mit, dass ein Fräulein für ihn da sei und fragte, ob sie aufs Zimmer kommen dürfe oder unten warten solle. Agota, war Karl sofort klar. »Soll unten warten«, sagte er, »ich bin gleich bei ihr.« Er legte auf und kehrte ins Bad zurück. An seinem Hals hing ein dicker Tropfen Blut, den er mit Toilettenpapier wegwischte. Sie sollte ruhig auf ihn warten. Wahrscheinlich wollte sie wissen, ob er bei ihrer Schmierenkomödie, ihrem Komplott gegen Blohm, mitspielen würde. Natürlich würde er. Obwohl ihm die Vorstellung, nur eine Marionette zu sein, bei der Agota die Fäden zog, wenig behagte.

Nachdem er sich fertig rasiert hatte, packte er seine Toilettenartikel in den Kulturbeutel und legte ihn oben auf den bereits gepackten Koffer. Dann zog er sich an. Das Wetter war heute ebenso trüb wie gestern, doch zumindest regnete es nicht. Zum Schluss legte er zwei Mark Trinkgeld für das Zimmermädchen auf den Nachttisch, schlüpfte in den Mantel, ließ den Blick ein letztes Mal durch das Zimmer schweifen und ging.

Am Empfang stand Agota in einem mintgrünen Mantel und las in einem Faltblatt über die Berliner Sehenswürdigkeiten. Als Karl den Raum betrat, blickte sie hoch, setzte ein strahlendes Lächeln auf und kam auf ihn zu. »Guten Morgen, Papa«, rief sie, »ich hoffe, du hast gut geschlafen.«

Dass sie ihn *Papa* nannte, so wie die echte Gerti früher, jagte Karl einen Schauer über den Rücken. Doch ehe er darauf reagieren konnte, hing sie schon an seinem Hals. Schweigend, ja beinahe starr, ließ er es zu, erwiderte die Umarmung sogar, indem er ihr sachte die Hand auf den Rücken legte. Sie löste sich rasch von ihm, nur der Duft ihres leichten Parfüms blieb an ihm haften, und wandte sich dem Herrn am Empfang zu. »Das ist mein Vater«, erklärte sie, »wir haben uns viele Jahre nicht gesehen. Aber jetzt haben wir uns wieder.«

»Oh ... wie schön, meinen Glückwunsch«, meinte der irritierte Mann, der wegen Karls Zurückhaltung bei dieser Szene vielleicht etwas anderes vermutete als eine Familienzusammenführung.

»Ich habe deinen Schirm dabei«, sagte Agota zu Karl, »du hast ihn bei mir liegen lassen.«

Karl entdeckte den Regenschirm. Er lehnte an einem weinroten Koffer, neben dem eine Ledertasche stand. Sie wollte also gleich mitkommen. Machte Nägel mit Köpfen. Dass er allem zustimmte, war für sie offenbar keine Frage.

Karl trat an den Tresen, um das Zimmer zu bezahlen.

»Wir können gleich los«, sagte sie, ihren Koffer in der einen, die Ledertasche in der anderen Hand. »Ich habe uns Fresspakete für unterwegs gemacht. Ich hoffe, du magst Stullen mit dick Leberwurst drauf.«

Sie verließen das Hotel durch den Hinterausgang, der zu den Parkplätzen führte. Das Klacken ihrer Absätze auf den Bodenfliesen hämmerte sich in sein Bewusstsein.

»Schicker Wagen«, sagte sie, als sie beim Auto ankamen.

»Ich habe nicht gesagt, dass ich mitspiele«, erwiderte Karl schroff.

Sie lächelte. »Wieso? Du spielst doch schon mit. Die ganze Zeit. Denkst du ernsthaft, du hast eine Wahl? Kann ich mal dein Feuerzeug haben?«

Wortlos fischte er das Feuerzeug aus der Jacketttasche und reichte es ihr. Danach schloss er den Kofferraum auf und legte die Koffer hinein. Hörte dabei das Klacken des Feuerzeugs und wie sie den ersten Zug nahm. Der Geruch des Rauchs weckte alte Gelüste in ihm.

»Hast du eigentlich die beiden Karten noch, die ich dir geschickt habe?«, fragte sie.

Was wollte sie damit? Wortlos nahm er sie aus der Innentasche seines Jacketts. Sein Blick fiel auf die Absenderangabe auf einem der Umschläge. *G. W.* Da wurde ihm klar, wofür die Abkürzung stand: *Gerlinde Wieners*. Als habe sie sich mit diesem Kürzel einen bösen Scherz erlauben wollen. Sie nahm die Umschläge mit den Karten und zündete einen nach dem anderen an. Schweigend sahen sie zu, wie sich das Papier in der Flamme aufbog und langsam verkohlte.

»Beseitigst du mich auch, wenn ich meine Schuldigkeit getan habe?«, fragte er, selbst nicht ganz sicher, ob er das ernst meinte.

Sie tätschelte seinen Unterarm. »Aber nein. Wir stehen zu unseren Versprechen. Dafür bürge ich.« Sie lächelte auf kindliche Weise, so als könnte sie kein Wässerchen trüben. »Außerdem bist du doch mein Papa. Jetzt komm, fahren wir! Ich freue mich so auf München!«

Etwa zwei Monate später …

Donnerstag, 12. Juni 1958

MÜNCHEN

NUR 2:2 GEGEN DIE TSCHECHEN. Vranitzky kam kaum darüber hinweg. Nach so einer Aufholjagd! Zwei Tore hatten die Deutschen zur Halbzeit hinten gelegen, sich dann herangekämpft, und wenn der eine Ball halt noch reingegangen wäre, das wär's gewesen. Er sog hektisch an seiner Pfeife. Ludwig nickte ergeben, und Breitsamer wiederholte mit wenig Begeisterung in der Stimme: »Der eine, ja, der wär's gewesen.« Vranitzky klopfte auf Ludwigs Schreibtisch. »Ich glaub trotzdem an die Unseren«, sagte er. »Der Herberger ist ein Fuchs. Die packen es noch mal. Weltmeister.« Damit verschwand er in sein Büro, ließ die Tür wie immer einen Spaltbreit offen, damit er alles mithören konnte, was draußen gesprochen wurde. Nicht, dass sich jemand hinter seinem Rücken ein Witz auf seine Kosten erlaubte. Ludwig machte es sich in seinem Bürostuhl ein bisschen bequemer. Sein Interesse für Fußball war eher mäßig. Nur die Buben halt, die waren mit Begeisterung dabei und hingen bei jedem Spiel am Radio.

»Wo findet der Zirkus noch mal statt?«, fragte Breitsamer mit gedämpfter Stimme. »Norwegen?«

»Schweden.«

Ludwigs Telefon klingelte. Er nahm ab. Ein Sebastian Haller von der *Abendzeitung* meldete sich. Eigentlich kannte Ludwig alle Schreiberlinge bei den Münchner Zeitungen, aber der Name war ihm fremd. Offenbar ein Neuer. »Ich wollte nur fragen«, begann Haller leicht überheblich, »was Sie zu der neuen Spur im Fall Blohm haben? Stichwort: jüdisches Zahngold.«

»Da muss ich passen«, gab Ludwig zu, vielleicht ein bisschen zu schnell, wie ihm hinterher bewusst wurde, denn es war für einen Kriminaler stets eine Blamage, wenn ihm eine Zeitung voraus war.

»Wir bringen morgen in der Frühausgabe eine Geschichte dazu. Sollten Sie lesen.«

»Lieber wär's mir, wir würden vorher miteinander reden.« Ludwig schaute auf die Uhr an der Wand. »Ist eh gleich Mittag. Vorm *Donisl*, in einer halben Stunde? Schaffen Sie das?«

»Müsste sich ausgehen.«

»Und wie erkenne ich Sie?«

»Ich erkenne Sie.«

Ludwig nahm gerade den Hut vom Garderobenständer, als die Tür aufging und Vranitzky breitbeinig im Raum stand. »Wohin?«

»Später«, sagte Ludwig nur, setzte den Hut auf und war draußen.

Im Treppenhaus lockerte er die Krawatte. Traudl zog den Knoten immer so fest zu. Erst das Abschiedsbusserl, dann die Krawatte. Das war das Ritual. Zuckerbrot und Peitsche, dachte er, obwohl es nicht stimmte, denn sie hatte ja recht. Ein Beamter musste auf sein Äußeres achten, er war schließlich eine Respektsperson. Nachdem er auf Fluren und Treppen bestimmt ein Dutzend Mal den Hut gelüpft und »Mahlzeit« gesagt hatte, trat er endlich durch den Haupteingang hinaus in die Freiheit.

Das Wetter war angenehm, nach den kühlen und regnerischen Tagen der letzten Zeit die reinste Wohltat. Ludwig entschied sich, den Weg über die Löwengrube und den Frauenplatz zu nehmen. Ob sie im *Donisl* überhaupt einen Platz kriegten? Die Stadt war noch voller als eh schon, aus aller Herren Länder strömten Menschen herbei, um mit den Münchnern das achthundertjährige Bestehen ihrer Stadt zu feiern. Obwohl Ludwig es durchaus anregend fand, dass ein bisschen große Welt nach München kam, fragte er sich, was den Inder oder Araber oder Amerikaner an München interessierte. Jetzt waren sie halt da, die Fremden, hielten überall, wo es ein bisserl schön war, Maulaffen feil und besetzten in den Traditionsgaststätten die Tische. Dort und in den Gaststätten allgemein, in den Hotels und Geschäften rieb man sich freilich die Hände. Es ging, wie bei allem, nur ums Geld. Hauptsache, jemand verdiente etwas daran.

Gemächlich ging Ludwig seiner Wege – er hatte Zeit, denn beim *Donisl* war er im Nu drüben, es war ja nur ein Katzensprung – und sortierte dabei im Kopf die Fakten, die sie zum Verschwinden von Walter Blohm inzwischen ermittelt hatten. Viel Handfestes war es nicht. Dass Blohm eine äußerst dubiose Gestalt war, machte es nicht leichter, sein Vorleben und sein Umfeld aufzuhellen; erschwert wurde das Ganze noch dadurch, dass er anscheinend mehrere Leben nacheinander geführt hatte. Die Herkunft aus der Slowakei lag völlig im Dunkeln. Die Zeit unter den Nazis und im KZ war höchst dubios, da ging keiner der Kollegen gern heran, Ludwig auch nicht. Dass Blohm in Buchenwald bei Weimar gesessen hatte, also in der heutigen Ostzone, machte es nicht einfacher. Sein späteres Leben als Schmuggler und Schieber war auf andere Weise genauso undurchsichtig, denn wen man auch fragte, stets prallte man gegen eine Mauer des Schweigens. Sogar bei seinem Privatleben war es so. Sie hatten Magda inzwischen in Amerika erreicht, das Gespräch war kurz gewesen, doch sie versprach, so schnell wie möglich nach München zu kommen. Warum war sie mit dem Buben überhaupt weggegangen? Zerrüttung, hieß es. Aber weshalb? Was war geschehen? Nichts Großes, angeblich, aber viele Kleinigkeiten ergeben irgendwann auch was Großes. Karl gab dazu auch nur vage Auskunft. Er meinte, Magda habe Blohm aus reinen Vernunftgründen geheiratet, vielleicht war sie auch dem Reiz des Geldes erlegen, so seien Frauen eben. Aber sie habe sich später nie über ihren Mann beklagt, die Sorte Mensch, die ständig über ihr Unglück jammert, sei sie nie gewesen. Sie habe eigentlich kaum über Blohm und ihre Ehe gesprochen, und er, Karl, habe auch nicht gefragt. Seit Magda fort war, war Blohm anscheinend nur einmal nach Amerika gereist, das allerdings erst vor kurzem, Ende März. Briefe von ihr gab es keine. Das frühere Kindermädchen, eine Franziska irgendwas, er kam jetzt nicht auf den Nachnamen, hielt sich wie alle anderen bedeckt. Vielleicht fürchtete sie sich vor unliebsamen Folgen, wenn Blohm doch wieder unter den Lebenden auftauchte. Der Mann hatte, wie es schien, zeitlebens ein Klima unterschwelliger Angst verbreitet, das über sein Verschwinden hinauswirkte. Erst wenn sie seine Leiche gefunden hatten, würden sich die Zungen vielleicht lösen.

Die Einzigen, die gern redeten, wenn auch nur hinter vorgehaltener Hand, waren die geschäftlichen Konkurrenten. Von Schmiergeld war die Rede, aber auch von Drohungen bis hin zur Anwendung von Gewalt. Doch keiner wollte selbst betroffen gewesen sein, alles nur Vorfälle, von denen man gehört habe. Gerüchte, Hörensagen, üble Nachrede. Was sollte man damit anfangen? Es würde noch lange dauern, bis sie dieses Dickicht durchdringen konnten, im Moment hatten sie alle Hände voll damit zu tun, die allmählich weniger werdenden Zeugenaussagen zur Tatnacht auszuwerten und sich durch die Geschäftsunterlagen der verschiedenen Firmen Blohms zu arbeiten.

Ludwig bog in die Weinstraße ein, ließ sich von der Menge aus Einheimischen und Fremden wie von einer zähen Flut übers Trottoir schieben. Auch auf den Straßen stockte der Verkehr, ständig wurde gehupt, und vom Marienplatz her drang das Bimmeln der Trambahnen. Er schob den Hut in den Nacken. Die gesamte Innenstadt war festlich geschmückt mit Blumen und Tüchern, Fahnen und Wimpeln in Schwarz und Gelb, den Farben Münchens. Morgen Abend würde es einen großen Umzug mit vielen Motivwagen und Kostümen geben, am Samstag einen Festzug des Stadtrates zu einer feierlichen Jubiläumssitzung im Kongresssaal des Deutschen Museums. Der Stadtrat hatte die Anwohner und Hausbesitzer an den Umzugsstrecken schon vor Wochen dringend gebeten, letzte Kriegsblessuren an ihren Fassaden auszubessern und die Häuser herauszuputzen. Der Wettergott schien die Münchner für ihre Mühe belohnen zu wollen.

Vor dem *Donisl* stand ein junger Kerl herum, Anfang zwanzig, in engen Nietenhosen und einem Rollkragenpullover, und mit ungebärdigen Locken auf dem Kopf. Einen Daumen hatte er in einer Gürtelschlaufe eingehängt, in der andere Hand hielt er eine Ledertasche. Das musste Sebastian Haller sein. Zum ersten Mal spürte Karl seine Geheimratsecken regelrecht und zog den Hut wieder tiefer in die Stirn. Als Haller ihn erblickte, warf er ein nachlässiges Nicken herüber, das Ludwig lässig zurückspielte.

»München leuchtet wieder«, sagte Haller später in der Wirtschaft, nachdem sie sich zu Fremden an einen Tisch gezwängt hatten.

»Wie meinen?«, fragte Karl und schaute sich nach der Bedienung um.

Haller grinste bloß und zeigte seine leicht schiefen Zähne. »Müssten es nicht eigentlich tausendachthundert Jahre sein statt bloß achthundert?« Er deutete auf das Festprogramm der Tischnachbarn.

Ludwig verzog keine Miene. Natürlich hatte er die Anspielung auf das Tausendjährige Reich der Nazis verstanden. Aber er würde niemals so einem Jungspund wie dem zustimmen, nicht mal, wenn er recht hatte. Denn was wussten Leute wie der schon, wie alles war. Statt neunmalklug daherzureden und mit dem Finger auf andere zu zeigen, sollten sie lieber froh sein, dass sie nicht zehn Jahre früher auf die Welt gekommen waren.

Eine stämmige Bedienung trat zu ihnen an den Tisch, Ludwig fragte sie nach etwas Leichtem. Die Frau empfahl Schweinswürstel mit Kraut. Ludwig folgte dem Rat und nahm dazu ein Helles. Haller bestellte lediglich eine Cola. »Solche Gäste sind mir die liebsten«, sagte die Bedienung und rauschte ab.

Ludwig bot eine Zigarette an, Haller griff zu und gab ihnen beiden Feuer. Danach kam Ludwig sofort zur Sache. »Was haben Sie denn jetzt zu Blohm?«

»Uns wurde ein Tonband zugespielt. Darauf behauptet ein angeblicher Mithäftling von Walter Blohm im KZ Buchenwald, sie hätten bei Kriegsende gemeinsam einen Wachsoldaten aus Auschwitz ermordet, der beträchtliche Mengen von Zahngold unterschlagen hat. Sie wissen schon, Gold aus den Zähnen ermordeter Juden, das die SS gesammelt hat.«

Ludwig blies Rauch in die Luft. Natürlich wusste er das.

»Auf diesem Startkapital hat Blohm seine Karriere als Schieber und Schmuggler aufgebaut.«

»Wo haben Sie die Bänder her? Haben Sie dafür Geld bezahlt?«

»Nein. Sie kamen mit der Post. Anonym. Und das hier als Begleitschreiben.«

Er holte einen Zettel aus seiner Tasche und legte ihn vor Ludwig hin. *Tod den Profiteuren!*, stand mit Schreibmaschine geschrieben darauf. *Millionen Ermordete rufen nach Gerechtigkeit! Nakam*.

»Keine Ahnung, wer oder was sich hinter Nakam verbirgt«, sagte Haller. »Könnte eine Abkürzung für irgendwas sein.«

»Möglich.« Ludwig schaute auf. »Durch wie viele Hände ist dieser Zettel schon gegangen?«

Haller schien von dieser Frage überrascht zu sein. Er zuckte mit den Schultern. »Weiß nicht. Einige.« Dann fiel es ihm ein. »Ach so, Sie meinen wegen Fingerabdrücken und so.«

»Ich nehme alles mit, was Sie haben.« Ludwig klopfte die Asche von seiner Zigarette, nicht in den Aschenbecher, der bei den Tischnachbarn stand, sondern auf den Boden. »Was denken Sie über die Herkunft der Bänder? Vertrauenswürdig?«

»Was soll das heißen, dass Sie das alles mitnehmen?«, fragte Haller entrüstet. »Ich habe einen Artikel zu schreiben.«

»Wenn Sie meinen. Ich hoffe, Sie haben eine Abschrift angefertigt, denn ich beschlagnahme die Unterlagen hiermit. Wir müssen das Material kriminaltechnisch untersuchen. Ich rate Ihnen aber, mit dem Artikel zu warten, bis wir was Näheres dazu sagen können. Sonst stehen Sie am Ende vielleicht als Depp da, der sich von wem auch immer einspannen lässt. Oder Trittbrettfahrern eine Bühne bietet. Sie erfahren unsere Ergebnisse als Erster, versprochen. Also, was denken Sie? Ist an der Sache was dran? Oder macht sich nur jemand wichtig und nützt die Gunst der Stunde für propagandistische Zwecke?«

Ludwig wollte nicht ernsthaft Hallers Meinung hören. Er wollte beweisen, dass Haller ein Stümper war. Doch der bemerkte das nicht, sondern überlegte angestrengt, ehe er sagte: »Möglich ist das immer. Mein Gefühl sagt mir aber, dass was dran ist.«

»Ihr Gefühl … na gut …«

Ludwig zog den Aschenbecher zu sich heran und drückte die Zigarette aus, denn er sah, dass die Bedienung mit den Getränken und seinem Essen kam.

Auf dem Rückweg ins Präsidium fragte sich Ludwig, was an Haller ihn eigentlich so gereizt hatte. Unerfahrenheit war kein Makel und schon gar keine Schande; Jugend auch nicht. Vielleicht lag es daran, dass in allem, was Haller und seinesgleichen sagten oder taten, ein unausgesprochener Vorwurf mitschwang. Wie sie sich anzogen und ihre Freizeit verbrachten; die schreckliche Musik, die sie hörten, und die Art, wie sie dazu tanzten. Das freche Grinsen auf ihren Gesichtern. Und zu allem Überfluss haben sie auch noch das Recht auf ihrer Seite, weil wir ja die Nazi-Generation sind, dachte Ludwig im Schatten der Frauenkirche, oder zumindest die Generation, die nichts gegen die Verbrecher getan hat. Da sag ich nur: Macht es erst mal besser. – Na, viel schlechter konnten sie es ja auch nicht machen, den Vorteil hatten sie. Trotzdem, oder gerade deswegen, hätte er manch einem gern eine Watsch'n verpasst, einfach so, ohne besonderen Anlass.

Ludwig lieferte den Umschlag mit dem Schreiben und dem Tonband, den Haller ihm überlassen hatte, in der Kriminaltechnik ab. Viel Ertrag versprach er sich davon nicht, denn die Sachen waren schon durch zu viele Hände gegangen.

Aber man wusste ja nie. Danach kehrte er ins Büro zurück. Er hatte den Hut kaum an den Garderobenständer gehängt, da stand Vranitzky schon wieder in der Tür, mit vorgestrecktem Bauch und die Hände in den Hosentaschen.

»Und«, fragte er, »was war jetzt?«

Ludwig erzählte von Haller, den Tonbändern und dem Schreiben, das mit dem merkwürdigen Wort Nakam unterzeichnet war, von Buchenwald und dem Zahngold. Vranitzky hörte ausdruckslos zu, Breitsamer spitzte seine Bleistifte. Als Ludwig fertig war, meinte Vranitzky: »Nakam … nie gehört. Vielleicht bloß wieder so eine Geschichte wie im letzten Jahr. Sie wissen schon, dieses sogenannte Braunbuch, das sie im Osten rausgebracht haben.«

Natürlich erinnerte sich Ludwig. Eine Zusammenstellung von neunundzwanzig Richtern und Staatsanwälten, die im Ausland wegen Kriegsverbrechen gesucht wurden, in Westdeutschland aber in Amt und Würden standen und teils hohe Positionen innehatten. Blutrichter wurden sie genannt. Die Absicht dahinter war klar wie Isarwasser gewesen: Der westdeutsche Staat sollte als bruchlose Fortsetzung von Nazi-Deutschland entlarvt werden.

Vranitzky verschluckte sich beim Reden, hustete, dann spuckte er stoßweise aus: »Propaganda, reine Propaganda.«

»Na ja«, wandte Breitsamer ein, »gestimmt hat das meiste.«

»Und? Was besagt das schon?«

Ja, was? Die Antwort hätte Ludwig gern von Vranitzky gehört, doch der meinte nur, morgen oder spätestens am Montag werde man schon sehen, was das neue Material wert sei, und verschwand in sein Büro.

Ludwig setzte sich an seinen Schreibtisch, zündete eine Zigarette an. Draußen schlugen die Glocken der Frauenkirche die volle Stunde.

Komisch, dachte er, solchen wie dem Haller würde ich gern eine schmieren, aber solchen wie dem Vranitzky erst recht. Eine Runde Watsch'n für alle!

Auf dem Heimweg machte Ludwig einen kleinen Abstecher nach Haidhausen. Unglaublich, dass Karl beim *Kammererwirt* wieder ein Pensionszimmer bewohnte wie vor acht Jahren, als er aus Berlin heimgekehrt war. Die Steinstraße war zugeparkt, hauptsächlich mit VW Käfern, jeder schien inzwischen einen zu haben. Ludwig musste fast bis zur Kirche fahren, um einen freien Platz zu finden. Als er ausstieg, kam ihm wie bestellt Karl entgegen. Ohne Hut, ohne Krawatte, nicht mal ein Jackett. Stattdessen kaute er, wie diese jungen Burschen, auf einem Kaugummi. Als Zigarettenersatz nach seinem Infarkt, Ludwig wusste Bescheid, aber dass er sich damit nicht albern vorkam? An seinem Arm spazierte mit federnden Schritten eine bildhübsche junge Frau in einem geblümten Sommerkleid. Etwa eine neue Liebschaft? Alle Achtung, dachte Ludwig, mehr als nur vorzeigbar. Auch die Brille störte nicht, sie passte zu dem Kurzhaarschnitt. Aber war sie nicht viel zu jung für Karl? Sie konnte gut und gern seine Tochter sein.

Als Karl in seine Richtung schaute, hob Ludwig den Arm, Karl winkte zurück.

»Zufall oder Berechnung?«, fragte Karl wenig später und spuckte den Kaugummi in den Rinnstein.

»Ein wenig von beidem.« Ludwig wandte sich der Frau zu. »Und wer ist das junge Fräulein, wenn ich fragen darf?«

»Gerlinde«, stellte sie sich vor. »Aber Sie dürfen Gerti zu mir sagen.«

»Pass auf, was du sagst, der Mann ist bei der Kripo.« Karl lachte, es wirkte jedoch ein wenig angestrengt.

»Das kann ich nicht leugnen. Aber ich bin vor allem ein alter Schulfreund vom Karl. Ludwig Gruber ist mein Name.«

Gerti reichte ihm die zarte Hand, die mit einem kräftigen Händedruck überraschte.

»Allerdings muss ich Ihnen, liebes Fräulein Gerti, Ihren Begleiter für ein paar Minuten entführen. Ich bin nämlich in der Tat mehr als Kriminaler hier denn als Schulfreund. Dauert nicht lange.«

»Nur schweren Herzens«, meinte Gerti mit einem Lächeln. Dann ging sie allein weiter bis zur Kirche und tat so, als würde sie sich für die Fassade interessieren.

Die Männer hatten ihr nachgeschaut, erst jetzt sagte Ludwig: »Ist die nicht ein bisserl jung für dich?«

»Es ist nicht das, was du denkst.« Karls Blick glitt an Ludwig vorbei ins Unbestimmte, während er von einem Bein aufs andere trat.

Ludwig hatte das Gefühl, dass Karl zugleich reden und schweigen wollte. »Wenn es nicht das ist«, sagte er, »was ist es dann?«

»Die Gerti ist … meine Tochter.«

Ludwig starrte Karl an. Tochter? Was für eine Tochter? Seine Töchter waren doch beide schon lange tot.

»Ich dachte, sie wären beide tot«, sagte Karl wie ein Echo von Ludwigs Gedanken.

»Aber wenigstens die eine lebt. Du erinnerst dich sicher noch an die Postkarte aus Berlin, die ich dir gezeigt hab. Das war sie. Es kam noch eine. Sie musste mich so nach Berlin locken, weil sie im Ostteil der Stadt gelebt hat, und da weiß man nie, wer die Post liest.«

Ludwig war noch immer damit beschäftigt, die Neuigkeit zu verdauen. »Wie lange ist sie denn schon wieder hier?«

»Seit Ostern. Ich hab nichts gesagt, weil … Man erwartet,

dass es die große Glückseligkeit ist, wenn ein tot geglaubter Mensch wieder auftaucht. Aber wenn ich ehrlich bin … Als ich sie zuletzt gesehen hab, war sie ein kleines Kind, und jetzt ist da diese junge Frau, die ich überhaupt nicht kenne. Wir müssen uns erst finden, bevor ich es an die große Glocke hänge. Also bitte kein Wort zu niemandem. Auch nicht zur Traudl.«

Ludwig nickte. Das verstand er gut. »Wird schon werden«, sagte er. »Hauptsache, sie ist am Leben und wieder da.«

Karl lächelte verhalten. »Was wolltest du mit mir bereden?«

Nach der großen Überraschung hatte Ludwig ganz vergessen, dass er ja nicht grundlos hier war. »Es geht um Blohm.«

»Dachte ich mir schon. Gibt's was Neues?«

»Vielleicht.« Ludwig bemerkte, wie Karls Blick zu Gerti wanderte. »Vor drei Jahren, vor dem Bombenanschlag im Postamt, sind wir doch bei diesem Slowaken eingestiegen, den es später erwischt hat. Du wolltest dort was über Blohm finden. Kannst du mir auf die Sprünge helfen, was genau du finden wolltest?«

Karl sah Ludwig wieder an und zuckte mit den Schultern. »Wusste ich selbst nicht. Es war bloß ein Stochern im Nebel. Es hieß, Blohm habe Verbindungen zu östlichen Geheimdiensten.«

Ludwig schwieg und wartete ab. Vielleicht kam ja noch was. Er schaute zu Gerlinde, die sich inzwischen eine Zigarette angezündet hatte. Sie tat nun nicht einmal mehr so, als würde sie sich für irgendwas anderes interessieren als für ihren Vater und diesen Mann von der Kripo.

»Stimmt, jetzt, da du es sagst, fällt es mir auch wieder ein«, sagte Ludwig. »Und die Unterlagen, die wir damals mitgenommen haben, hast du die noch?«

»Vor meinem Umzug musste ich meinen Hausstand etwas verkleinern. Ich habe alles weggeschmissen. Den Artikel über Blohm habe ich ja nie geschrieben.«

Ludwig nickte vor sich hin. Dass Karl solche Unterlagen einfach in den Abfall warf, kam ihm als Kriminaler fahrlässig vor. Doch als Künstler war Karl eben anders gestrickt. Er hatte sich schon immer leicht von Dingen, von Orten und auch von Menschen getrennt. Hatte lieber nach vorn geschaut als nach hinten. Trotzdem war es ärgerlich, dass die Papiere weg waren.

»Gold spielte dabei keine Rolle?«, fragte Ludwig.

»Gold? Was für Gold?«

»Zahngold von ermordeten Juden.«

Karl schaute wieder kurz zu Gerti, fischte dann einen Streifen Kaugummi aus der Jacketttasche und sagte, während er ihn auswickelte: »Jetzt, wo du es sagst. Da war was in die Richtung. Aber nur vage Andeutungen, ohne den geringsten Beweis. Wieso willst du das wissen?«

»Jemand hat uns was geschickt zu der Sache mit Blohm. Genauer gesagt, einer Zeitung. Hast du das Wort Nakam schon mal gehört?«

Während Karl überlegte, schob er den Kaugummi in den Mund und fing an zu kauen. Dann schüttelte er den Kopf und sagte: »Nie gehört. Du, ich sollte Gerti nicht länger warten lassen. Also, wenn weiter nichts ist ...« Er wandte sich zum Gehen, blieb dann aber doch stehen und fragte: »Habt ihr schon mit Magda gesprochen?«

»Haben wir. Sie kommt so schnell wie möglich hierher.«

Karls Miene hellte sich auf. »Wirklich.« Er wandte sich ab und ging.

Ludwig stieg in den Wagen und startete den Motor. Doch er fuhr nicht gleich los, sondern sah zu, wie die beiden miteinander redeten. Die Fremdheit stand wie etwas Körperliches zwischen ihnen. Armer glücklicher Karl, dachte er. Als Gerti bemerkte, dass Ludwig sie beobachtete, hakte sie sich bei Karl unter und zog ihn fort.

Freitag, 13. Juni 1958

RAUCHEND SASSEN LUDWIG UND DIE KOLLEGEN der Sonderkommission Blohm um den Tisch im Besprechungszimmer und lauschten der monotonen Stimme, die aus dem Lautsprecher des Tonbandgerätes drang. Sie hörten das Geständnis eines Mannes namens Wilhelm Holz, der behauptete, in den Wirren des Kriegsendes Komplize bei einem Raubmord gewesen zu sein. Die Tat habe in unmittelbarer Nähe des KZs Buchenwald stattgefunden und sei als Racheakt von ehemaligen Häftlingen an einem Mitglied der Totenkopf-SS getarnt worden, was teilweise ja auch der Wahrheit entsprach. Das Opfer sei nämlich in der Tat ein ehemaliger SS-Wächter im Vernichtungslager Auschwitz gewesen, und die Täter waren ehemalige Häftlinge, allerdings in Buchenwald; das Motiv war daher nicht Rache, sondern Habgier. Denn ihnen sei bekannt gewesen, dass der Mann in Auschwitz in erheblichem Ausmaß Gold unterschlagen habe, welches den Vergasten und anderweitig Getöteten routinemäßig aus den Zähnen gebrochen worden sei, bevor sie in die Öfen wanderten. Haupttäter bei dem Mord sei niemand anders als Walter Blohm gewesen. Da er die Tat eingefädelt habe, habe er den größeren Teil der Beute für sich behalten.

Nach dem Ende der Aussage ließ Vranitzky das Tonband noch ein wenig weiterlaufen, ehe er auf die Stopptaste drückte. Das Schweigen in der Runde hielt an. Ludwig versuchte, sich anhand des Eindrucks, den das monoton gesprochene Geständnis bei ihm hinterlassen hatte, den Sprecher Wilhelm Holz vorzustellen. Es gelang ihm nicht. Ein Mann ohne Hoffnung. Das war alles, was ihm einfiel.

»Wer immer diese Aufnahme verbreiten will«, ergriff Vranitzky das Wort, »die Absicht dahinter ist klar. Walter Blohm, ein Repräsentant des westdeutschen Wirtschaftswunders in München, hat seinen Erfolg auf Blutgeld aufgebaut. So wie die ganze westdeutsche Gesellschaft von ehemaligen Mördern repräsentiert wird. Siehe Blutrichter-Kampagne im letzten Jahr. Und so steht es ja auch in dem begleitenden Schrieb.«

Ludwig räusperte sich. »Wenn wir das Politische mal außen vor lassen ...«

»Können wir das denn?«, fiel Vranitzky ihm erregt ins Wort.

»Wenn wir das Politische mal außen vor lassen«, wiederholte Ludwig, »müssen wir feststellen, dass völlig unklar ist, in welchem Zusammenhang dieses Geständnis aufgenommen wurde. Bei einer polizeilichen oder geheimdienstlichen Vernehmung? Oder hat der Mann einfach nur sein Gewissen erleichtert? Hat ihn jemand gezwungen, das zu sagen?«

»Jemand, der vielleicht gerade von Blohm ein ähnliches Geständnis erpressen will?«, warf Zöllner ein.

Alle nickten.

»Wie auch immer«, ergriff Vranitzky wieder das Wort, »ohne Beweise bleibt es Propaganda. Vor diesen Karren sollten wir uns nicht ohne weiteres spannen lassen. Warten wir ab, ob was nachkommt.«

»Sollten wir nicht wenigstens klären, was sich von der Aussage dieses Wilhelm Holz erhärten lässt?«, warf Breitsamer ein. »Wenigstens versuchen, Einzelheiten zur Person rauszufinden?«

»Natürlich, Breitsamer, und Sie haben sich für diese Aufgabe gerade freiwillig gemeldet«, entgegnete Vranitzky spitz. »Wissen Sie übrigens, wo Buchenwald liegt? Bei Weimar. In der Ostzone. Und ich bin sicher, dass uns die Kollegen von drüben in dieser Sache nur allzu gern Amtshilfe leisten.«

»Dieser Holz könnte inzwischen auch im Westen leben so wie Blohm«, meinte Breitsamer.

»Finden Sie's raus. Das Band und das Schreiben gehen derweil ans LKA zur weiteren Auswertung.« Er deutete auf Ludwig. »Sie, Gruber, setzen ein paar Zeilen für die Presse auf und legen sie mir vor.«

Ludwig nickte. Er fragte absichtlich nicht, wann Vranitzky den Text auf dem Schreibtisch erwartete, denn der würde sonst sicher antworten: heute noch. Und dann war's Essig damit, dass er früher Schluss machen konnte. Der große Jubiläumsumzug heute Abend, zu dem Traudl unbedingt hingehen wollte, startete zwar erst um halb zehn, aber bis man mit der Familie dort war, dauerte es seine Zeit. Traudl würde ihm die Schuld geben, wenn sie zu spät aufbrachen und deshalb nur noch hintere Plätze bekamen, von denen aus man nichts sehen konnte.

»Weiß inzwischen jemand, was dieses Nakam bedeutet?«, fuhr Vranitzky fort. Seine Pfeife war ausgegangen, und er schickte sich an, sie neu zu stopfen.

Niemand meldete sich.

Er seufzte und kratzte den verbrannten Tabak aus dem Pfeifenkopf.

Feixend sah Zöllner Ludwig an. Der schaute weg. Zu sehr wollte er es mit der Vertraulichkeit auch nicht übertreiben. Sie waren nur Kollegen, nicht mehr.

»Dann weiter zum nächsten Punkt«, sagte Vranitzky. »Fahrzeugüberprüfung. Wie weit sind wir damit?«

Auf dem Odeonsplatz drängten sich viele tausend Menschen. Ludwig hatte mit einigem gerechnet, aber diese Menge überstieg alle Erwartungen. Er schaute sich nach Schutzpolizisten um, doch er sah weit und breit keine. Wie sollte der Umzug nachher durch dieses Gedränge kommen, wenn keiner die Leute auseinandertrieb? Es war schon jetzt ein einziges Durcheinander, das noch dadurch verschlimmert wurde, dass die Straßenlaternen auf dem Platz ausgeschaltet waren. »Schön bei mir bleiben«, ermahnte Ludwig Traudl und die Buben von Zeit zu Zeit in dem beruhigenden Ton, in dem man auf nervöse Pferde einredete. Die Buben bewiesen jedoch eine erstaunliche Geduld. Jeder hatte ein Tütchen karamellisierte Nüsse bekommen, und weitere Süßigkeiten waren versprochen, wenn sie brav waren. Nur ab und zu fragte Hermann, wann der Umzug endlich da sei, während Martin immer wieder die Vermutung äußerte, dass der Umzug vielleicht doch von der anderen Seite käme als der, die sein Papa angegeben hatte. »Ich hoffe bloß, dass es das wert ist«, meinte Traudl ungeduldig und als wäre nicht sie diejenige gewesen, die sich die Gaudi unbedingt ansehen wollte.

Die Glocke der Theatinerkirche schlug gerade zehnmal, als endlich Bewegung in die Menge kam. Trommeln, Trompeten und Flöten waren zu hören. »Das sind sie«, sagte Hermann, und Martin erklärte im Ton eines guten Verlierers: »Sie kommen doch von der Seite, die du gemeint hast, Papa.« Ludwig sagte nur: »Wurde auch langsam Zeit.« Das befürchtete Chaos blieb indes aus. Wie das Rote Meer vor den Israeliten teilte sich die Menge auf unverhoffte Weise vor dem Zug. Standarten und Fahnen mit allen möglichen Wappen und Abzeichen zogen nun auf, dazwischen Fackelträger. »Man sieht viel zu wenig bei dem schlechten Licht«, beschwerte sich Traudl, und sie hatte recht, fand Ludwig. Er gab Hermann an die Hand seines großen Bruders und schickte die beiden in die vorderste Reihe zu den anderen Kindern.

Unvermittelt entdeckte Ludwig schräg vor sich eine junge Frau, die ihm bekannt vorkam. War das nicht Karls Tochter Gerti? Ob Karl auch in der Nähe war? Ludwig schaute sich um, entdeckte ihn jedoch nicht. Dann fiel ihm ein, dass Karl leicht Platzangst bekam und deshalb große Menschenmengen mied. Also war das Fräulein Tochter wohl allein losgezogen. Doch so allein war sie gar nicht. Sie unterhielt sich angeregt mit dem Mann neben ihr.

Großes Oh und Ah hob um Ludwig herum an.

»Mei, wie schön ...« Traudl seufzte und stieß ihn sanft mit dem Ellenbogen an.

Ludwigs Blick huschte über den vorbeiziehenden Wagen der Patrona Bavariae – eine lebensgroße Madonna mit dem Jesuskind, beschienen von einem Meer aus Kerzen – und kehrte zu Gerti und dem Mann zurück. Gerade noch rechtzeitig, um mitzubekommen, dass er ihr etwas gab. Eine Brieftasche. Und jetzt griff er in seine Hosentasche und gab ihr noch etwas, doch Ludwig konnte nicht erkennen, was es war. Wenig später drehte sich der Mann um und zwängte sich durch die Menschenmenge davon. Er kam Ludwig dabei so nahe, dass er trotz des schlechten Lichtes für einen Moment sein Gesicht sehen konnte.

»Wo schaust du denn immer hin?«, fragte Traudl. »Du verpasst ja alles.«

»Da drüben steht Karls Tochter.« Die Worte waren schon heraus, als Ludwig bewusst wurde, dass er sich gerade verplappert hatte.

»Was für eine Tochter?«, fragte Traudl.

Ludwig druckste ein wenig herum. »Eine von seinen beiden für tot erklärten Töchtern lebt«, sagte er schließlich, »sie haben sich vor kurzem gefunden. Sehr viel mehr weiß ich auch nicht.«

»So? Das ist ja wunderbar! Da ist er bestimmt überglücklich.« Sie wandte den Kopf in die Richtung, in die Ludwig geschaut hatte. »Welche ist es denn?«

»Nicht hinschauen. Ich hätte es dir eigentlich gar nicht sagen dürfen. Er will es nicht an die große Glocke hängen.«

»Wie soll ich das denn verstehen?« Ihre Stimmung schlug hörbar um. »Ach so, verstehe. Die große Glocke, das bin ich. Weil ich alles sofort herumtratsche. Weil ich meine Goschen nicht halten kann. So denkt er also über mich, der Herr Schriftsteller. Und du wahrscheinlich auch.«

Ludwig entfuhr ein tiefer Seufzer. »Nein, so ist es nicht. Jetzt sei nicht eingeschnappt, Spatzl.«

Seine Beschwichtigung wurde nicht erhört. »Wem sollte ich schon was erzählen?«, empörte sie sich. »Ich kenne doch gar niemanden aus den Kreisen, in denen er verkehrt. Und mir ist das sowieso völlig wurscht. Interessiert mich überhaupt nicht.« Sie verschränkte die Arme vor der Brust.

»Wir reden nachher. Jetzt schauen wir uns den Umzug an, ja?«

Sie schwieg, aber es war ein dröhnendes Schweigen. Der Abend war ihr verdorben, und das tat Ludwig leid. Doch sie würde darüber hinwegkommen. Nach einer Weile wagte Ludwig einen letzten verstohlenen Blick hinüber zu Gerti, aber sie war nicht mehr zu sehen.

Die Trambahnen fuhren außerplanmäßig in kurzer Taktung, um all die Leute fortzuschaffen, die den Umzug besucht hatten. Trotzdem wurden es einfach nicht weniger. Ludwig hatte die Seinen wieder um sich geschart. Die Buben behaupteten, sie seien nicht müde, dabei fielen ihnen schon im Stehen die

Augen zu. So bald würden sie ihr Bett jedoch nicht zu sehen bekommen, denn es ging erst noch zu Traudls Eltern, die auf Annerl aufpassten. Dort stand dann wenigstens das Auto.

»Na, sieh mal einer an«, sagte da jemand an Ludwigs Seite. »Der Herr Gruber und Familie. Angenehm, die Herrschaften. Gnädige Frau, sehr erfreut.«

Der Zeitungsschreiberling Sebastian Haller.

»Hätte nicht gedacht, dass Sie auch zu so was gehen«, meinte Ludwig, nachdem er Frau und Kinder vorgestellt hatte. »Oder sind Sie beruflich unterwegs?«

Haller schüttelte den Kopf. »Ich habe die ganze Zeit auf den Wagen zum Thema *München – Hauptstadt der Bewegung* gewartet. Oder habe ich ihn vielleicht übersehen, weil er so unauffällig war?«

Ludwig schenkte ihm ein müdes Lächeln, mehr nicht. Eine Trambahn näherte sich bimmelnd der Haltestelle. »Ich muss, Herr Haller.«

»Eines habe ich noch für Sie. Vielleicht haben Sie es ja selbst schon rausgefunden. Was Nakam bedeutet, meine ich.«

Damit hatte er Ludwigs Aufmerksamkeit voll und ganz.

»Ludwig!«, rief Traudl hinter ihm. »Wir müssen einsteigen.«

Haller machte keine Anstalten einzusteigen. Also blieb auch Ludwig stehen. »Fahrt ihr schon mal«, rief er Traudl zu, »ich komme mit der nächsten. Ich hab hier noch was zu bereden.« Er wandte sich wieder Haller zu. »Sagen Sie schon.«

»Nakam ist Hebräisch und bedeutet Rache. Es gibt dazu auch eine Geschichte, die Sie vielleicht interessiert.«

»Raus damit.«

»Gleich nach dem Krieg haben sich vor allem polnische und litauische Juden, die schon zu Kriegszeiten gegen die Deutschen gekämpft haben, zu einer Geheimorganisation zusammengefunden. Ihr Ziel: an den Deutschen Rache zu nehmen für die Millionen ermordeter Juden. Ein toter Deutscher für jeden toten Juden. Das war ihre schlichte Rechnung. Sie hatten vor, das Trinkwasser zu vergiften, in Nürnberg waren sie damit schon recht weit gekommen. Doch es wurde nicht ausgeführt, weil die Zionisten in Palästina es verhinderten. Es passte nicht in die politische Landschaft. Später wollten die Nakam-Leute wenigstens ehemalige SS-Angehörige vergiften, doch auch das flog auf. Um Nakam endgültig unschädlich zu machen, so heißt es, seien ihre Mitglieder mehr oder weniger freiwillig nach Palästina ausgewandert, wo die Zionisten sie besser unter Kontrolle hatten.«

Während er zugehört hatte, war Ludwig eine Gänsehaut nach der anderen über den Rücken gelaufen. Juden, die aus Rache Deutsche ermorden wollten – das wäre die denkbar schlimmste Wendung. Damals wie heute.

»Ich kann Ihnen nicht verbieten, über das zu schreiben, was Sie rausgefunden haben«, sagte Ludwig, »aber ich bitte Sie dringend, es noch zu lassen, bis wir mehr wissen. Sonst sind die Folgen schwer abzusehen.«

»Glauben Sie, ich bin mir dessen nicht bewusst?«, antwortete Haller.

Ludwig nahm das für Zustimmung und nickte.

Die nächste Trambahn rollte heran. Ludwig bedankte sich bei Haller für die Auskunft. »Sie haben was gut bei mir.« Dann drängte er sich zwischen die Menschen am Einstieg.

Mittwoch, 25. Juni 1958

DIE SACHE WUCHS sich anscheinend zu etwas Größerem aus. Ludwig hatte es befürchtet. Er zündete sich eine Zigarette an, schaute durch das Fenster zu dem kleinen Stück Himmel hinauf, das sich zwischen den Wolken auftat. Seit er die Bedeutung des Wortes Nakam kannte, haftete es an ihm wie ein Fleck, der nicht abgehen wollte. Rache. Verdient hätten wir es ja, dachte er zuweilen, man muss sich wundern, dass die Juden die Deutschen einfach so davonkommen ließen. So wie man sich zuvor gewundert hatte, wie friedlich und geordnet sie zu den Erschießungen gegangen waren und sogar ihre eigenen Gräber geschaufelt hatten. Man glaubte es wohl erst, wenn man es erlebte. Wenn aus dem Unglaublichen Wirklichkeit wurde, ohne den Umweg über Denken und Vorstellung. Und dann war es zu spät. Glaubte er selbst denn, was er gesehen hatte? Was hatte er überhaupt gesehen? Listen hatte er gesehen. Vor allem Listen. Er hatte sie nicht erstellt, nur weitergereicht. Listen, voll mit Namen, die er größtenteils kaum aussprechen konnte. Polnische Namen. Jüdische Namen. Befand sich der Name einmal auf einer dieser Listen, war es nur eine Frage der Zeit gewesen, bis der zugehörige Mensch am Rand einer Grube stand.

Und jetzt lag wieder eine Liste auf seinem Schreibtisch, eine Liste mit sechs Namen, der oberste war durchgestrichen: Walter Blohm. Eine Todesliste. Eine Mordliste. Vielleicht. Noch lebten alle, die erwähnt wurden, selbst bei Blohm bestand ja noch Hoffnung, auch wenn sie mit jedem Tag kleiner wurde. Ein durchgestrichener Name bewies jedenfalls gar nichts. Auch die anderen Namen auf der Liste gehörten Münchner Geschäftsleuten. Ihnen allen war eines gemeinsam: Sie führten ehemals jüdische Firmen und Geschäfte, und sie hatten diese unter den Nazis, die Gunst der historischen Stunde nutzend, an sich gerissen. Die Liste war Ende letzter Woche bei den großen Münchner Zeitungen eingegangen, mit der bekannten Überschrift: *Tod den Profiteuren! Millionen Ermordete rufen nach Gerechtigkeit! Nakam*. Es bestand eine Nachrichtensperre, die von den Zeitungen auch respektiert wurde, weshalb die Öffentlichkeit bis jetzt nichts von all dem wusste. Nur die Betroffenen und ihre Familien waren gewarnt worden und standen bis auf weiteres unter Polizeischutz.

Sie hatten die letzten Tage damit verbracht, die Liste abzuarbeiten und all die Ganslmaiers, Merseburgers, Marschalls – und wie sie alle hießen – zu befragen: Ob ihnen etwas Verdächtiges aufgefallen sei, dass jemand sie ausspioniere, beispielsweise; merkwürdige Anrufe; Drohungen, Anfeindungen und dergleichen. Bei einigen war der Firnis, der sich in den vergangenen dreizehn Jahren über ihren alten Einstellungen gebildet hatte, nicht besonders dick. Schon nach leichtem Schaben kam der braune Grundton zum Vorschein. *Die Juden sind und bleiben unser Unglück*. Dergleichen. Ludwig wurde es speiübel, wenn er so was hörte. Und keiner der Kollegen widersprach. Er auch nicht. Solchen Leuten fiel man nicht ins Wort. Sonst rannten sie gleich zum Polizeipräsidenten und beschwerten sich. Diese Leute kannten ja Hinz und Kunz. Man musste aufpassen bei denen. Wieder. Immer noch.

Breitsamer kam herein, der Luftzug schob die Verbindungstür zu Vranitzkys Büro ein Stück auf, anscheinend war dort das Fenster offen. Vranitzky telefonierte. »Ein Skandal, nachgerade«, hörte man ihn poltern. Ludwig und Breitsamer sahen sich an.

»Immer noch das Fußballspiel?«, fragte Breitsamer mit gedämpfter Stimme.

Ludwig nickte. Den ganzen Vormittag regte Vranitzky sich schon über das seiner Meinung nach verschobene Halbfinale der deutschen Fußballmannschaft gegen Schweden auf. Die deutsche Elf hatte drei zu eins verloren, ein Platzverweis hatte den Deutschen das Rückgrat gebrochen. Ein empörender Mangel an Fairness, wie Vranitzky schon in der Morgenbesprechung beklagte. Nicht nur auf dem Spielfeld, auch daneben. Einpeitscher hätten die schwedischen Zuschauer gegen die Unseren aufgeputscht, deutsche Sportreporter hätten den angefachten Volkszorn dann durch Schläge auf Kopf und Nacken zu spüren bekommen. »Ein Hass ist das«, empörte sich Vranitzky gerade, »unvorstellbar. Unbegreiflich.«

Unvorstellbar, echote es in Ludwig. Unbegreiflich.

Es hielt ihn nicht mehr länger an seinem Schreibtisch. Er musste an die frische Luft. »Ich mach Mittag«, sagte er, nahm den Hut vom Garderobenständer. »Mahlzeit, Breitsamer.«

Mit dem Zwölf-Uhr-Läuten von der Frauenkirche trat er auf die Straße. Dieser Vranitzky wurde immer schlimmer. Wenn er darüber schimpfte, wie die Deutschen bei der Fußballweltmeisterschaft von den Schweden und überhaupt vom Ausland behandelt wurden, wussten sie alle, was er eigentlich meinte. Es war letztlich dasselbe, was er auch hinter den Nakam-Mordlisten sah: die jüdische Weltverschwörung. Für ihn war sie nach wie vor real, der deutsche Kampf dagegen sei daher berechtigt gewesen, auch wenn man die Art und Härte der Durchführung bemängeln müsse, da sei man ein wenig über das Ziel hinausgeschossen. Doch wo gehobelt werde, da fielen eben Späne. Derlei klare Aussagen äußerte er natürlich nur nach dem zweiten Bier am Stammtisch, wenn man auf einmal wieder per Du war, und auch dort nur hinter vorgehaltener Hand. So vorsichtig war er immerhin. Ludwig fragte sich, wie Vranitzky auf den Gedanken kam, zwischen ihnen beiden herrsche in diesen Fragen ein stilles Einverständnis. Wusste er von Ludwigs Zeit in Lublin und zog daraus Schlüsse? Oder wollte er das Einverständnis durch diese Art der Vertraulichkeit erzwingen?

Ludwig war an dem Münzfernsprecher schon vorbei, als er stehen blieb und sich umdrehte. Irgendetwas in ihm hatte, noch ehe es ihm bewusst geworden war, beschlossen, dass er telefonieren müsse. Er ging in die Kabine, holte ein paar Groschen aus dem Geldbeutel und warf einen in den Schlitz. Die Nummer, die Haller ihm gegeben hatte, hatte er dank eines guten Zahlengedächtnisses längst im Kopf. Haller nahm ab.

»Ich hab was für Sie«, sagte Ludwig.

»Kommissar Gruber? Sind Sie das?« Haller schien leider ein gutes Gedächtnis für Stimmen zu haben.

Sei's drum.

»Ja, ich bin's.«

»Geht es um Nakam?«

»Nein, etwas anderes. Sagt Ihnen der Name Dr. Eisele was?«

»Kommt mir bekannt vor. Helfen Sie mir auf die Sprünge.«

»Arzt in Pasing. Früher Lagerarzt in Buchenwald. Gegen den wird ermittelt, aber die Politische verschleppt das Verfahren, indem sie die Akte zurückhält. So will man dem Eisele Zeit zur Flucht verschaffen. Beeilen Sie sich mit dem Artikel, sonst ist er weg. Aber meinen Namen lassen Sie raus.«

»Versteht sich. Ich setze mich gleich dran. Danke.«

Ludwig hängte ein. Sein Herz hämmerte. Kameradenschwein. Nestbeschmutzer. Aber nein. Wenn die Kameraden Schweine waren, musste man auch eines sein, und ein so verschissenes Nest wie das, aus dem er gerade kam, konnte man nicht noch mehr beschmutzen. Da half nur gründlich ausmisten.

Als Ludwig das Präsidium eine halbe Stunde später betrat, tat er es mit einem mulmigen Gefühl im Bauch. Vielleicht war es doch ein Fehler gewesen, aus einer momentanen Stimmung heraus bei der *Abendzeitung* anzurufen. Er hätte zumindest eine Nacht darüber schlafen sollen. Wenn Haller nicht dichthielt und ihn als Quelle nannte, war der Teufel los. Das eigene Amt anzuschwärzen war kein Kavaliersdelikt, nicht einmal für diejenigen, die ihm in der Sache insgeheim zustimmten. Wie sollte man einem Mann vertrauen, der Kollegen anschwärzte und damit die gesamte Abteilung in ein schlechtes Licht brachte? Ein Disziplinarverfahren wäre ihm sicher, wahrscheinlich Schlimmeres. Wird schon nicht rauskommen, redete Ludwig sich selbst gut zu.

Auf der Treppe begegnete ihm Zöllner. »Vranitzky hat bei mir angerufen«, sagte er. »Wollte wissen, wo Sie sind.«

Ludwig rutschte das Herz in die Hose. »Hat er gesagt, warum?«

»Mir doch nicht. Scheint aber wichtig zu sein. Sie sollen umgehend zu ihm kommen, hat er gesagt.«

Ludwig zögerte, ehe er fragte: »Klang er irgendwie anders als sonst? Aufgebracht?«

Zöllner lachte. »Was haben Sie denn verbrochen, mein lieber Gruber? Aber nein, er klang wie immer. Ein bisschen aufgeregter vielleicht. Seien Sie mir nicht böse, aber ich muss …«

Zöllner eilte davon und ließ Ludwig ratlos zurück. Es

konnte etwas völlig Harmloses sein. Ein Zeuge, der aufgetaucht war, ein neues Indiz. Seine Beine wurden mit jeder Treppenstufe schwerer, das Atmen wurde zur Qual. Es war lange her, dass er vor einem Vorgesetzten Angst gehabt hatte. Seit dem Krieg nicht mehr.

Er ging nicht gleich in Vranitzkys Büro, sondern erst in sein eigenes. Niemand da. Breitsamer war anscheinend noch zu Tisch. Die Tür zu Vranitzkys Büro war zum ersten Mal seit langem geschlossen. Ob das etwas zu bedeuten hatte? Er hörte Stimmen. Zwei Stimmen. Vranitzky telefonierte also nicht, jemand war bei ihm. Die andere Stimme gehörte eindeutig einer Frau. Vielleicht eine der Sekretärinnen.

Ludwig hängte den Hut an die Garderobe, ordnete sein Haar und trat vor Vranitzkys Tür. Nein, dachte er, ich bereue nichts. Er wischte mit dem Taschentuch den Schweißfilm von der Stirn, atmete durch und klopfte an.

»Ja!«, ertönte es von drinnen.

Ludwig drückte die Klinke herunter und schob die Tür auf. Vranitzky füllte mit der Zufriedenheit eines satten Katers die gesamte Breite seines Bürostuhls aus, die qualmende Pfeife hing in seinem Mundwinkel. Vor ihm im Besucherstuhl – und damit mit dem Rücken zu Ludwig – saß die Frau, mit der sich unterhalten hatte. Es war keine der Sekretärinnen, das erkannte Ludwig auf den ersten Blick.

»Da ist er ja«, rief Vranitzky aus. »Wo haben Sie denn gesteckt, Gruber? Schauen Sie, wer da ist!«

Ludwig atmete auf. Es ging gar nicht um ihn.

Die Frau im Besucherstuhl drehte sich zu ihm um. Es war Magda. Blohms Magda. Karls Magda. Aus dem fernen Amerika. Hübsch wie eh und je, wenn auch ein Schatten über dieser Schönheit zu liegen schien, der sie jedoch auf neue, andere Weise interessant machte.

»Ja, so was!«, rief er aus. »Hast du es endlich geschafft.«

Die Erleichterung darüber, dass er noch einmal davongekommen war, ging nahtlos über in die Freude über das Wiedersehen und ließ diese vielleicht etwas euphorischer erscheinen, als angebracht war. Jedenfalls beobachtete Vranitzky ihn mit leicht verwunderter Miene, während er wie ein Kleinkind an seiner Pfeife nuckelte.

Magda stand auf und streckte Ludwig die Hand entgegen. »Herr Gruber. Wie schön, Sie zu sehen.«

Ludwig schlug ein, drückte ihre Hand und sagte: »Und ich freue mich, dich zu sehen, Magda. Gut siehst du aus. Wie eine waschechte Amerikanerin.«

»Ach was.«

»Freilich. Das Madl aus Haidhausen bist du ja schon lange nicht mehr. Du bist eine Dame von Welt. Darf ich dich da überhaupt noch duzen? Oder muss ich Sie zu dir sagen?«

»Sie dürfen mich immer duzen, Herr Gruber.«

»Nein, nein, das gehört sich nicht.« Ludwig wartete einen Moment und fuhr dann in ernstem Ton fort: »Wegen deinem … Ihrem Gatten … geben Sie die Hoffnung nicht auf. Solange das Gegenteil nicht erwiesen ist, gehen wir davon aus, dass er noch lebt.«

Sie nickte. Auch wenn sie es nicht offen sagte, hatte Ludwig den Eindruck, dass sie lieber mit ihm allein reden wollte. Also nahm er sie mit hinüber in sein Büro und machte Vranitzkys Tür hinter sich zu. Er zog ihr einen Stuhl an seinen Schreibtisch, setzte sich an seinen Platz.

»Zigarette?« Er schüttelte ihr eine aus der Packung, nahm selbst auch eine und gab Feuer. Schweigend nahmen sie ein paar Züge, ehe er fragte: »Waren Sie schon bei Karl? Der wird sich freuen, Sie zu sehen.«

Magda blies Rauch in die Luft. »Damit will ich noch ein

wenig warten. Ich komme direkt vom Flughafen und wollte bloß wissen, ob ich in Blohms Haus darf.«

Sie nennt ihn tatsächlich Blohm, dachte Ludwig. Wie einen entfernten Bekannten.

»Wir sind dort eigentlich fertig, das Haus ist freigegeben. Bleiben Sie in München?«

Sie zuckte mit den Schultern. »Das wird sich finden. Und wegen Karl noch eine Bitte: Sagen Sie ihm nicht, dass ich hier bin.«

Zwei Monate davor …

Donnerstag, 17. April 1958

NEW YORK CITY

MAGDA FALTETE GERADE BETTLAKEN, als ein gewaltiger Knall die Scheiben erzittern ließ. Sie ließ das Laken fallen und lief ans Fenster, sah aber nichts. Nur etwas wirklich Großes konnte so einen Knall verursachen. Eine Explosion. Und so, wie es sich angehört hatte, war es ganz in der Nähe. Vielleicht Gas, war ihr erster Gedanke. Ihr zweiter war: Wo ist meine Fototasche? Da, wo sie immer war, seit sie für die *Daily News* fotografierte: neben der Tür. Sie schlüpfte in bequeme Schuhe und band das Haar zu einem Pferdeschwanz zusammen. Das war vielleicht ihre große Chance. Sie würde die erste Fotografin am Ort des Geschehens sein, noch vor Feuerwehr und Polizei. Die Zeit für einen Anruf in der Redaktion der *Daily News* nahm sie sich noch. »Sie müssen niemanden schicken«, erklärte sie atemlos, »ich mache das.« Ohne eine Antwort abzuwarten, warf sie den Hörer auf die Gabel, schnappte sich ihre Ausrüstung und rannte los. Am Aufzug zögerte sie, entschied sich für die Treppe, aus Sorge, der Lift könne ausgerechnet jetzt stecken bleiben. Schließlich hatte es schon seit Wochen keinen Ausfall mehr gegeben, die nächste Panne war also überfällig. Völlig außer Atem kam sie auf der Straße an, wo sich bereits Grüppchen von Leuten bildeten, die über den Grund des Knalls spekulierten. Die vorherrschende Meinung:

Gas. An der Kreuzung sah Magda, wie aus einem Gebäude eine dunkle Rauchsäule in den Himmel stieg. Das italienische Lokal an der Flatbush Avenue. Das Hupen von Autos kam ebenfalls aus der Richtung. Sie kannte die Familie, deren gesamte Existenz von dem Restaurant abhing. Hoffentlich ist niemand verletzt, dachte sie. Oder gar Schlimmeres.

Während sie auf die Kreuzung zulief, erklang von Ferne das Geheul der Feuerwehr- und Polizeisirenen. Ihr Herz pumpte wie wild. Sie holte die Kamera aus der Tasche, machte erste Bilder. Schwarzer Rauch, der aus dem Lokal drang; davor ein Auto, das gegen eine Straßenlaterne gefahren war, andere waren aufeinandergeknallt; Menschen mit Platzwunden im Gesicht, die verstört in den offenen Türen ihrer Autos standen und Taschentücher auf ihre Wunden drückten; Scheiben in den umliegenden Gebäuden, die zu Bruch gegangen waren. Unter ihren Sohlen knirschten Glassplitter. Aus dem Lokal selbst wankten Mittagsgäste, mit Schnittwunden im rußgeschwärzten Gesicht und zerrissener Kleidung.

Der erste Feuerwehrwagen jagte heran, ein zweiter folgte dicht dahinter. Ebenso Polizei und Krankenwagen. Magda fotografierte die Männer in ihren Uniformen und Helmen, wie sie sich Kommandos zuriefen und Schläuche an Hydranten anschlossen. Ebenso die Sanitäter, die Verletzte versorgten. Eingespielte Teams, bei denen jeder Handgriff saß. Wie auch bei Magda, wenn sie die Kamera oder den Film wechselte. Sie war zwischen den schwitzenden, fluchenden, brüllenden Männern, überall und nirgends, sah das Geschehen wie einen aufregenden Film, der um sie herum ablief. Einen Film, indem sie das Kameraauge war.

Plötzlich fasste jemand sie an der Schulter und riss sie aus dem Film heraus. Ein schnauzbärtiger Polizist sah sie unter seiner übergroßen Mütze hervor streng an.

»Was machen Sie hier, Ma'am?«

»Presse«, sagte sie. »*Daily News*.«

»Sie haben hier nichts verloren. Gehen Sie hinter die Absperrung.«

Magda hatte gar nicht bemerkt, dass die Polizei längst Absperrungen errichtet hatte und die Schaulustigen zurückdrängte, die von allen Seiten herbeiströmten.

»Hey, Maggie!«, rief jemand ihr aus der Menge heraus zu.

Sie drehte sich um. Es war Phil. Der Fotograf der *Daily News*, der angeblich Manhattan nie verließ. Der Mann, der nach ihrem eigenmächtigen Handeln in dem Spirituosenladen eigentlich kein Wort mehr mit ihr reden wollte. Dazu passte, dass er nicht eben erfreut über das Wiedersehen zu sein schien.

»Sie hier?«, fragte Magda. »Ich dachte, Sie gehen nicht nach Brooklyn.«

Phil zeigte ein humorloses Grinsen. »Nur, wenn ich muss.«

»Und wieso müssen Sie? Ich bin doch hier.«

»Genau das ist das Problem.« Sein Grinsen verflog.

Er zog sie weg vom Ort des Geschehens und sagte, mit Blick auf ihre Kamera: »Wie viele Bilder haben Sie gemacht?«

Sie legte auch die zweite Hand an die Kamera. »Genug für fünf Geschichten.«

Phils Blick wanderte in ihre Fototasche. »Sind die Filme da drin?« Ehe sie ihn daran hindern konnte, griff er auch schon hinein und holte die belichteten Filme heraus.

»Was soll denn das?«, protestierte sie.

»Beruhigen Sie sich. Ich bringe sie nur für Sie in die Redaktion.« Er ließ die Filme in seiner Jacketttasche verschwinden. »Keine Sorge, niemand will Sie über den Tisch ziehen. Sie kriegen für jedes veröffentlichte Foto genau das, was vereinbart wurde.«

Magda hatte das Gefühl, dass das noch nicht alles war, denn es erklärte nicht, wieso er hier mit ihr herumstand, statt eigene Fotos zu machen. »Stimmt irgendwas nicht?«, fragte sie.

»Sie sind raus, Maggie«, sagte Phil.

Sie brauchte eine Sekunde, um den ersten Schreck zu verarbeiten.

»Raus? Was meinen Sie mit *raus*?«

»*Daily News* wird keine Fotos mehr von Ihnen ankaufen.«

Magda war wie vor den Kopf geschlagen. »Und wieso nicht? Smitty war zufrieden. Begeistert sogar.«

»Smitty ist nicht das Problem. Er ist nicht derjenige, der Sie da nicht haben will.« Phil bot ihr eine Zigarette an und nahm selbst auch eine. »Haben Sie sich irgendwelche Feinde gemacht? Ein Kerl mit Einfluss, den Sie abblitzen ließen? Irgend so was? Es gibt Typen, die können nicht verzeihen.«

Blohm, dachte Magda. Dieser Mistkerl!

»Mein Mann, von dem ich getrennt lebe«, sagte sie.

»Offensichtlich nicht getrennt genug.« Sie rauchten eine kleine Weile, dann sagte Phil in ihr Schweigen hinein: »Allerdings kann ich mir gut vorstellen, dass Sie einem Mann das Leben zur Hölle machen können. Wenn ich daran denke, wie Sie in diesen Schnapsladen mit der Leiche gerannt sind. Gegen alle Regeln.«

Magda zuckte mit den Schultern. Zu mehr fehlte ihr die Kraft.

»Ich will Ihnen was sagen, Maggie. Sie können es in diesem Job weit bringen. Sie haben alles, was man dafür braucht. Ich meine nicht nur das Fotografieren, das liegt Ihnen im Blut, das merkt man. Sehen Sie: Ich bin der Typ, der im Wagen sitzen bleibt, bis die Polizei kommt, oder der an der Absperrung steht. Für die *Daily News* reicht das allemal. Sie dagegen, Maggie, Sie gehen in den Schnapsladen rein, Sie steigen über die Absperrung. Sie haben diesen Funken Wahnsinn in sich, den es zu echter Größe braucht.«

Wahnsinn, dachte Magda, Größe. Wovon redet der Mann?

Phil warf seine Zigarette in den Rinnstein. »Ich geh dann mal und mach auch noch ein paar Aufnahmen. Sonst ernten Sie die Lorbeeren ganz allein.« Er streckte ihr die Hand hin. Sie zögerte. »Schlagen Sie schon ein. Ich wünsche Ihnen Glück. Regeln Sie die Sache mit Ihrem Mann, und dann legen Sie richtig los.«

Seine Worte waren an ihr abgeperlt. Sie schlug ein.

»Ihr Scheck kommt mit der Post. Machen Sie's gut.«

Er tippte sich an die Hutkrempe und ging weg.

Magda blieb allein zurück. Zurück auf Los in dem Spiel, das nun schon seit beinahe drei Jahren ihr Leben war und in dem Blohm die Regeln bestimmte. Sollte das für immer so weitergehen?

Benommen taumelte Magda die Straße entlang. Neben ihr stauten sich die Autos wegen der abgesperrten Kreuzung an der Flatbush Avenue. Eigentlich hatte sie inzwischen reichlich Erfahrung darin, immer wieder genau dann abzustürzen, wenn sie sich gerade vom letzten Aufprall auf dem Boden der Realität erholt hatte. Doch an dieses Gefühl der Ohnmacht würde sie sich nie gewöhnen. Hörte es auf, wenn sie liegen blieb? Vielleicht. Doch was kam dann? Das langsame Absterben aller Wünsche und Hoffnungen? Die Fototasche drückte so schwer auf ihre Schulter, dass es weh tat. Was quälte sie sich damit überhaupt noch ab. Sie blieb an einem Abfallkorb stehen. Am besten, sie warf den Kram einfach hinein. Wozu brauchte sie die Ausrüstung noch, wenn ihr ohnehin nur ein Leben als Kellnerin in *Jimmy's Diner* zugedacht war? Sie streichelte über ihre Kamera. Nein, so weit war sie noch nicht.

Sie ging weiter. Es gab ja noch den Vorschlag von Simon und Mr. Aldrich. Blohms Tod. Allein daran zu denken jagte ihr eine Gänsehaut über den Rücken. Obwohl sie jetzt nichts lieber gesehen hätte, als den Mistkerl Blohm tot zu ihren Füßen. Aber zwischen Phantasie und Wirklichkeit lag ein tiefer Abgrund, und war man einmal auf der anderen Seite, gab es kein Zurück. Wie würde ihr Leben aussehen, mit so einem Verbrechen auf dem Gewissen? Was würde aus Peterle werden, wenn alles aufflog und sie für viele Jahre ins Gefängnis musste?

Peterle!, fiel ihr siedend heiß ein.

Sie schaute auf die Uhr. Sie hätte ihn vor zwanzig Minuten an der Bushaltestelle abholen sollen.

Als sie an der Haltestelle ankam, war weit und breit nichts von Peterle zu sehen. Das Donnern und Quietschen eines Zuges der Brighton Line, das von den nahen Gleisen herüber lärmte, tönte schrill in ihren Ohren. Wo war Peterle? War er allein nach Hause gegangen? Es war ja nicht weit, selbst für ein Kind in seinem Alter war die Strecke leicht zu schaffen, wäre er nur kein solcher Angsthase.

Und wenn Blohm ihn sich geschnappt hatte? Wenn seine Männer, die anscheinend überall waren, schon seit langem darauf lauerten, ihren Buben, ihr Ein und Alles, zu entführen, und nun die Gelegenheit ergriffen hatten? Ihr Peterle wegzunehmen, das wäre der nächste logische Schritt in Blohms Plan, sie zu zerstören, und die Frage, die sich aufdrängte, war nur, warum er es nicht schon längst getan hatte.

Magda rannte los, nach Hause, die Treppe hinauf. Keuchend, mit brennenden Lungen und Muskeln, kam sie oben an. Der Korridor vor ihrem Apartment war leer. Vielleicht hatte Peterle daran gedacht, dass bei Mr. Bloom ein Ersatzschlüssel hinterlegt war, und dort geklingelt. Mit zittrigen

Fingern schloss sie das Apartment auf, ließ die Fototasche zu Boden sinken.

»Peterle?«, rief sie.

Stille.

Erst da bemerkte sie den Zettel, den jemand offensichtlich unter der Tür hindurchgeschoben hatte. Er war von Mrs. Stutzel, einer alten Dame, die ein paar Türen weiter wohnte. Magda solle sich keine Sorgen machen, Peter sei bei ihr. Magda atmete auf.

Sie klingelte bei Mrs. Stutzel. »Es tut mir leid, wenn es Sie erschreckt hat, dass Peterle nicht an der Haltestelle war«, sagte Mrs. Stutzel, »aber ich dachte, besser, ich nehme ihn mit, bevor es ein anderer tut.«

Magda hatte das Gefühl, dass die alte Dame den Schrecken, den sie verursacht hatte, keineswegs so stark bedauerte, wie sie vorgab.

Peterle hatte ein Glas Milch und Kekse bekommen, für die er sich nun artig bedankte. Mrs. Stutzel strich ihm über den Kopf. Erst als sie in ihren eigenen vier Wänden waren, beendete er sein strafendes Schweigen und sagte: »Du warst nicht da.«

»Ich weiß«, sagte Magda. »Es tut mir leid.«

»Du warst nicht da«, wiederholte er ernst.

Sie sank vor ihm auf die Knie und drückte ihn an sich. »Ich weiß. Es tut mir leid.«

»Ich habe gewartet, und du warst nicht da«, wiederholte er. Er regte sich nicht in ihren Armen. Wie ein Stück Holz.

Magda ließ ihn los und erhob sich. Etwas in ihr verhärtete sich. Wurde kalt.

»Ab morgen wirst du lernen, allein nach Hause zu gehen«, sagte sie auf Englisch. »Du bist alt genug dafür. Und hör auf, dich wie ein verdammtes Baby zu benehmen. Jetzt geh und mach deine Hausaufgaben. Essen gibt es in einer Stunde.«

Am Abend redete Peterle immer noch nicht mit ihr. Dafür umso mehr mit Simon, den sie zum Essen eingeladen hatte. Er wohnte ja nur zwei Blocks entfernt. Sie hatte eine Flasche Wein besorgt und konnte es kaum erwarten, betrunken zu werden. Während sie den Abwasch machte, ließ Simon sich von Peterle bei einem Brettspiel beschummeln. Als alles Geschirr gespült war, rauchte Magda am offenen Küchenfenster eine Zigarette und lauschte der Großstadtsinfonie: dem Rauschen des Autoverkehrs auf den Straßen, das von Zeit zu Zeit vom Heulen einer Polizei- oder Feuerwehrsirene durchbrochen wurde und in das immer wieder das Rumpeln der Subway einfiel. Irgendwann knallte es, vielleicht ein Schuss, vielleicht auch nur die Fehlzündung eines Motors. Sie mochte diese Musik. Hätte gern dazu getanzt. Doch leider ließ man sie nicht. Sie drückte die Zigarette aus und ging ins Wohnzimmer.

»Höchste Zeit, dass du kommst«, sagte Simon, »bevor ich noch mein letztes Hemd verspiele.«

Sie stellte sich vor Peterle. »Ab ins Bett, mein Freund.«

»Simon soll mich ins Bett bringen, nicht du«, rief Peterle.

»Ist schon okay«, sagte Simon, »mach ich gern.«

»Nein, es ist nicht okay. Ich bringe dich ins Bett, junger Mann. Wie so ziemlich jeden verdammten Abend, seit ich das unfassbare Glück habe, deine Mutter zu sein.«

Peterles Unterlippe zitterte, Trotz blitzte in seinen müden kleinen Augen auf. Magda ließ ihm keine Gelegenheit für Widerworte, zog ihn hinter sich her, schob ihn erst ins Bad und steckte ihn dann – »hopp, hopp!« – ins Bett. Er ließ es klaglos geschehen. Eigentlich wollte er schon lange nicht mehr böse auf sie sein, nur sein Dickkopf ließ es nicht zu. Als sie ihm aus *Winnie-the-Pooh* vorlas, nahm er ihre Hand und zog sie auf seine Brust, und es dauerte nicht lange, bis ihm die Augen zufielen.

Als Magda zurück zu Simon kam, hatte der das Radio eingeschaltet und ihnen beiden von dem Bourbon eingeschenkt, den er mitgebracht hatte. Sie nahm das Glas dankbar entgegen und setzte sich zu ihm aufs Sofa.

»Die *Daily News* hat mich gefeuert«, sagte sie. »Ich war noch nicht mal richtig drin, und sie haben mich schon gefeuert.«

Er zündete zwei Zigaretten an und gab ihr eine. »Was hast du getan?«

»Ich? Die Frage ist wohl eher: Was hast du getan? Aber nein, das wissen wir ja. Du hast das getan, was Wachhunde nun mal tun: bellen.«

Simon senkte den Blick. »Ich bin nicht der einzige Wachhund«, verteidigte er sich, »und ich stehe genauso unter Beobachtung wie du. Das weißt du genau. Also gibt nicht mir die Schuld, sondern Blohm.«

Magda winkte ab. »Jaja, ich weiß.« Sie leerte das Glas und hielt es ihm hin. Er füllte nach.

»Was war los?«

»Ich hätte wirklich Erfolg haben können. Die wussten, was sie an mir haben. Und heute hatte ich die große Chance, es zu beweisen. Als die Pizzeria an der Ecke Flatbush Avenue in die Luft geflogen ist, heute Morgen ... Ich war die Erste vor Ort. Und hab die ganze Zeit fotografiert wie eine Verrückte. Es war besser als ... nun ja ... Und dann kommt dieser Phil, nimmt mir die Filme ab und sagt: Du bist raus. Einfach so.« Sie schnippte mit den Fingern. »Und gibt mir noch ein paar gute Ratschläge mit auf den Weg. Nett, oder?«

Simon rauchte schweigend und ließ das übergeschlagene Bein im Rhythmus des Bing-Crosby-Songs wippen, der aus dem Radio rieselte. Magda wusste genau, was er dachte, und nach einer Weile sprach er es aus: »Es gibt einen Ausweg für uns alle. Du musst dich nur entschließen.«

Magda sah ihn an und nahm einen Zug von ihrer Zigarette. Der Alkohol fing endlich an, ihr die Gedanken zu vernebeln. Morgen war ein neuer Tag, sagte sie sich, keinen Deut besser als der heutige, aber immerhin. Sie leerte ihr Glas in einem Zug und streckte es Simon zum Nachfüllen entgegen, sah zu, wie die honiggelbe Flüssigkeit hineinfloss.

»Hast du schon mal jemanden getötet?«, fragte sie.

Er sah sie an, ein feines Lächeln umspielte seinen Mund, doch die Lippen blieben geschlossen.

»Oder etwas in der Art arrangiert? Hast du Erfahrung in so was? Ist das Teil deiner geheimnisvollen Arbeit?«

»Du weißt, dass du mich solche Sachen besser nicht fragst«, antwortete er ruhig. »Du musst mir schon vertrauen.«

Sie drückte ihre Zigarette aus. »Das ist es nicht, Simon. Ich bin einfach noch nicht so weit, einen Mord in Auftrag zu geben. Was ist, wenn es schiefgeht? Was wird Blohm tun? Bringt er uns dann alle um? Wenn es nur mein Leben wäre, das auf dem Spiel steht. Aber ich muss an Peter denken.« Und an Karl, fügte sie in Gedanken hinzu. Denn Blohms Drohung, es ihn büßen zu lassen, sollte sie sich nicht an seine Regeln halten, hing ja auch noch über ihr. »Könnt ihr das Ganze nicht ohne mich machen? Wieso muss ich mein Okay geben? Ich verspreche euch, sollten ich oder Peterle wirklich etwas von Blohms Geld erben, könnt ihr alles haben. Ich will es nicht.«

Simon sah sie unverwandt an, als er ruhig, aber bestimmt sagte: »Wenn wir es tun und scheitern, spielt es überhaupt keine Rolle, ob du dein Okay gegeben hast oder nicht. Blohm wird es dich in jedem Fall büßen lassen. Deshalb dürfen wir nicht scheitern.«

Freitag, 18. April 1958

EIN WINSELN WECKTE MAGDA aus einem leichten, von wirren Träumen erfüllten Schlaf. Das letzte Bild: Blohm, der in seinem Blut lag und ihre Hand so fest hielt, als sei sie mit der seinen verwachsen. Das Bild sank rasch zurück in die Tiefe, aus der es gekommen war, und verblasste. Magda horchte in das Halbdunkel des heraufdämmernden Tages. Das Winseln war noch da. Das hatte sie also nicht geträumt.

»Peterle?«, fragte sie, kaum lauter als ein Flüstern.

»Es ist schon wieder passiert, Mama«, flüsterte er in weinerlichem Ton.

Sie setzte sich auf, ein wenig zu schnell, wie sie sofort erkannte. In ihrem Schädel rollten Billardkugeln herum, jeder Aufprall an der Schädeldecke löste eine Kaskade stechender Schmerzen aus. Dagegen half nur ein Aspirin, am besten zwei. Ein Blick auf den Wecker: zehn nach sechs. Um halb sieben mussten sie ohnehin aufstehen. Magda deckte Peterle ab und betrachtete das Malheur.

»Ist nicht schlimm«, sagte sie.

Peterle warf sich ihr an den Hals. »Es tut mir leid, Mama«, sagte er mit erstickter Stimme.

»Das muss es nicht«, erwiderte sie, drückte ihn an sich und hielt ihn eine Weile fest. »Es ist nicht deine Schuld, so was passiert halt mal.« Sie wusste, dass er nicht nur das Bettnässen meinte. Er war ein viel zu kleiner Bub in einer viel zu großen

Welt, und dafür schämte er sich. Aber in dieser Welt, wollte sie am liebsten sagen, sind wir alle zu klein. Sie sagte es nicht. Er würde nicht verstehen, was sie meinte. Er hielt sie und alle Erwachsenen für groß und stark.

Nach einer Weile löste sie die Umarmung. »Gefällt es dir hier denn überhaupt nicht?«, fragte sie. »In dieser Stadt, meine ich, und in deiner Schule.«

Er zuckte mit den Schultern.

»Gib dem allen zumindest eine Chance. Versprichst du mir das?«

Peterle nickte.

Sie küsste ihn und kniff ihn sanft in die Wange. »Jetzt ab ins Bad und wasch dich. Ich beseitige rasch diesen kleinen Unfall hier und komm dann zu dir.«

Sie saßen in der Küche beim Frühstück, da klingelte das Telefon. Magda ging ins Wohnzimmer und nahm ab. Niemand meldete sich, nur ein mehrmaliges Knacken. Sie wollte schon auflegen, als endlich jemand sagte: »Hallo? Magda? Bist du das?«

»Ja. Wer ist denn da?«

»Dein dich liebender Gatte. Bin ich dir schon so fremd, dass du meine Stimme nicht mehr erkennst?«

Sie erschrak. Blohm. Was wollte er? Er rief doch sonst nie an. Wollte er sich daran weiden, dass er ihr wieder einmal den Boden unter den Füßen weggezogen hatte?

»Wie spät ist es bei euch?«, fragte er, wartete die Antwort jedoch nicht ab, sondern redete gleich weiter: »Hier ist gerade Mittagspause, und ich kann endlich mal durchschnaufen. Mir geht so einiges durch den Kopf. Deshalb wollte ich mit dir reden. Wir haben doch früher auch immer alles beredet.«

Haben wir nicht, dachte Magda, du hast alles mit dir selbst abgemacht, und ich bin froh darüber, denn je weniger ich von deinen schmutzigen Geschäften wusste, desto besser. »Was willst du?«, gab sie schroff zurück. »Soll ich dir bestätigen, dass mein Leben ein einziges Scheitern ist? Ja, das ist es. Dank dir. Zufrieden?«

Ein Geräusch folgte, das wie ein Lachen klang oder wie ein Husten, sie war nicht sicher.

»Wie geht es Peterle?«, fragte er. »Ist er in der Nähe?«

Magda wurde hellhörig. Wollte er etwa mit Peterle sprechen? Das hatte er noch nie verlangt. Vielleicht, weil er fürchtete, die väterlichen Gefühle, die er einmal für den Buben gehabt hatte, könnten dann wieder erwachen.

»Er macht sich für die Schule fertig«, sagte sie kühl. »Und ich muss auch gleich gehen.«

»Manchmal beneide ich euch um euer kleines, beschauliches Leben da drüben«, sagte er. »Sei froh, dass du meine Sorgen nicht hast.«

Was sollte dieses Geschwätz? Wollte er sie auf diese Weise verhöhnen? Sie verkniff es sich, ihn anzufahren, fragte stattdessen nur: »Hast du getrunken?«

Er lachte. »Nur ganz wenig. Na schön, eindeutig zu viel. Und du weißt ja, wie sentimental ich dann werde. Ich würde wirklich gern mit Peterle sprechen. Vermisst er mich denn?«

»Er hat jetzt keine Zeit. Und ich erlaube es auch nicht.«

»Du hast mir gar nichts zu verbieten. Vor dem Gesetz ist er mein Sohn, und das gibt mir alle Rechte über ihn.« Sein Ton hatte sich schlagartig verändert, war hart und kalt geworden. Es hatte ihr immer Angst gemacht, wenn er so war, und es machte ihr auch jetzt Angst. Doch die Zeit, in der es klug gewesen war, aus Vorsicht der Angst nachzugeben, war vorbei.

»Du bist nicht sein Vater«, wies sie ihn ebenso kühl zurecht.

»Vor dem Gesetz bin ich es.«

Die Kopfschmerzen waren plötzlich wieder da. Die Billardkugeln. Das Stechen, das über ihren gesamten Schädel lief.

»Was willst du?«

»Ich habe keinen Nachfolger für meine Geschäfte. Und so, wie die Dinge stehen, kommt auch keiner mehr. Du hast mich für alle Frauen verdorben. Kurzum: Ich will Peterle hier bei mir haben. Er soll die besten Schulen besuchen. Und wenn er so weit ist, wird er mir nachfolgen.«

Sie glaubte nicht, was sie hörte. War das sein Ernst? Oder nur eine neue Art, sie zu quälen?

»Heißt das, du duldest uns beide wieder in München?«

»Das ist typisch. Du denkst immer nur an dich. Daran, wie du es mit Karl treiben kannst. Aber das wird nicht passieren. Du bleibst natürlich dort, wo du bist.«

Magda verstand. Es ging ihm nicht um den Buben. Er wollte ihr das Letzte nehmen, was sie noch besaß. Das Letzte, an dem sie sich noch aufrichtete. Er wollte ihr das Herz aus der Brust reißen.

»Du wirst ihn niemals bekommen«, sagte sie entschlossen. »Ich werde deine Vaterschaft bestreiten. Es gibt Möglichkeiten, das zu beweisen.«

»Überleg dir gut, was du tust. Sonst könnte es sein, dass deinem geliebten Karl doch noch etwas zustößt. Oder bedeutet er dir nichts mehr? Opferst du ihn für deinen Sohn? Es könnte auch dir etwas geschehen. Keiner von uns ist unsterblich. Eines sollte dir stets bewusst sein: Du bist auf Bewährung da drüben. Die Bewährung kann jederzeit widerrufen werden. Und dann verlierst du mehr als nur deinen Sohn.«

Magda war sprachlos. So unmittelbar hatte er ihr Leben noch nie bedroht.

»Wenn du klug bist und eine gute Mutter für Peterle, dann

bereitest du ihn schonend auf den Abschied, seine Rückkehr nach München und auf sein neues Leben vor.«

Magda knallte den Hörer auf die Gabel. Ihr Herz schlug wild, sie schwitzte am ganzen Körper. Nur über meine Leiche, dachte sie. Oder über die deine.

Sonntag, 20. April 1958

WIE ERZÄHLTE MAN EINER FREUNDIN, dass man einen Mord plante?

Am besten gar nicht.

Das war der Schluss, zu dem Magda immer wieder kam, während sie mit Agota und Peterle, wie unzählige andere New Yorker, an diesem wunderbar milden Frühlingstag die Zerstreuungen genoss, die der Central Park bot. Zuerst waren sie im Zoo gewesen, später hatte es Hot Dogs gegeben, und nun waren sie an einem der zahlreichen Spielplätze gelandet, wo es Peterle vor allem die Klettergerüste angetan hatten. Magda und Agota nahmen auf einer Bank Platz und beobachteten seine zuerst vorsichtigen, dann immer gewagteren Klettereien.

»Kann es sein, dass dich irgendetwas bedrückt?«, fragte Agota.

Magda zögerte, dann sagte sie nur ein Wort: »Blohm.«

»Was ist mit ihm?«

»Er hat mich angerufen. Am Freitag.«

»Was wollte er?«

»Er will mir Peterle wegnehmen.«

»Was?«

Magda schwieg. Agota wusste nichts über die Vorgeschichte, die zu Peterle geführt hatte, und auch sonst hatte Magda ihr nur wenig persönliche und schon gar keine intimen

Details anvertraut. Das lag vor allem daran, dass auch Agota äußerst zurückhaltend bei der Preisgabe persönlicher Details war. Und wenn sie von sich erzählte, wusste man nie, ob es stimmte oder nur Teil ihrer Tarnidentität als Agentin war. Agotas wahre Gefühle und Absichten waren undurchschaubar, ihre Treue galt vor allem ihrer politischen Überzeugung und den Mächten, für die sie arbeitete. Dem ordnete sie ihr ganzes Leben unter. Und die Rollen, die sie annahm, spielte sie mit größter Selbstverständlichkeit und Überzeugungskraft.

»Was willst du tun?«, fragte Agota in Magdas anhaltendes Schweigen hinein.

»Was *kann* ich tun? Ich weiß es nicht.«

»Wieso setzt du dich mit Peterle nicht einfach ab? Dieses Land ist groß, Blohm kann nicht überall seine Leute haben.«

Magda schaute zu, wie Peterle die oberste Sprosse der Leiter erklomm, die zur Rutsche führte. Oben saßen schon ein paar amerikanische Boys. Einer von ihnen sagte etwas zu ihm, doch er reagierte nicht.

»Ich bin hier eine Fremde«, erwiderte sie, »eine Ausländerin. Mit einem Sohn, der sich nach über zwei Jahren hier noch immer nicht heimisch fühlt. Außerdem würde Blohm andere für meine Flucht büßen lassen, und das will ich auf keinen Fall.«

Agota nahm Magdas Hand. »Ich bin immer für dich da, Magda, das weißt du. Wenn ich dir irgendwie helfen kann, sag Bescheid.«

Magda lächelte. »Na, wer weiß. Vielleicht war es ja nur eine leere Drohung von Blohm, um mich zu erschrecken. Das hat er auch erreicht.«

Agota umarmte Magda. »Jemand müsste diesem Widerling mal die Grenzen aufzeigen«, sagte sie.

»Hey, Mama, schau mal!«, hörte Magda Peterle rufen. Sie löste sich aus Agotas Armen und blickte zu ihm.

Peterle stand oben auf der Rutsche und winkte. Als er sich der Aufmerksamkeit seiner Mutter gewiss war, rutschte er jubelnd die Blechrinne herunter und landete auf seinem Hintern im Sandkasten. Erwartet wurde er von einer Gruppe amerikanischer Boys. Sie sagten etwas zu ihm, und er nickte. Und schon rannten alle zusammen zur Leiter, um noch einmal zu rutschen. Magda lächelte beglückt. Es schien, als habe Peterle wenigstens für diesen Nachmittag Freunde gefunden.

Fürs Dinner war es eigentlich noch zu früh, doch da Magda außer einem Hot Dog im Park seit dem Frühstück nichts gegessen hatte, kam sie mit großem Hunger in dem Restaurant an, in dem sie mit Simon und Aldrich verabredet war. Peterle hatte sie in Agotas Obhut zurückgelassen. Eine Kellnerin brachte sie an den Tisch, an dem Simon schon wartete. Er küsste sie zur Begrüßung auf die Wange.

»Wo ist Mr. Aldrich?«, fragte Magda.

»Er kommt sicher gleich.«

Simon reichte ihr die Karte. »Bestell, wonach dir ist, du bist eingeladen.«

Sie hatte die Karte kaum aufgeschlagen, da wehte Aldrich schon herein und mit ihm der Duft seines Rasierwassers. Nach einer kurzen Begrüßung nahm er Platz. Als die Kellnerin an ihren Tisch kam, bestellte er ohne Rückfrage für sie alle Martinis als Aperitif. Da Magda um das Gespräch gebeten hatte, verband er damit wohl eine gewisse Erwartung, die ihn bester Laune sein ließ. Bis die Getränke gebracht wurden, hielt er sich mit Geplänkel auf, fragte, wie es Peterle ginge, obwohl es ihn sichtlich nicht interessierte, um dann, als die Martinis vor ihnen standen, ohne weitere Umstände zum Anlass ihres Treffens zu kommen.

»Sie haben einen Entschluss gefasst?«

»Blohm hat mich angerufen«, begann Magda stockend. Sie spürte den Schweiß unter ihren Achseln. »Er will mir Peterle wegnehmen, um ihn zu seinem Kronprinzen zu machen. Angeblich. Vor allem will er mir weh tun.«

Aldrich, der offenbar die Führungsrolle hatte, während Simon sich zurückhielt, zuckte nur mit den Schultern. »Mich wundert, dass er nicht schon längst versucht hat, Sie über Ihren Sohn zu treffen. Es liegt nahe. Aber das ist eine gute Nachricht. Denn es kann durchaus sein Ernst sein. Er ist kinderlos, braucht einen Erben und hat nur Ihren Sohn, der dafür in Frage käme. Das bedeutet auch, dass er ihn im Testament als Erben eingesetzt hat.«

»Das darf nicht passieren«, sagte Magda mit Nachdruck. »Ich werde ihm Peterle nicht überlassen. Nicht einmal für einen einzigen Tag.«

»Gut so. Je mehr Sie sich wehren, desto mehr wird er es wollen. Schon, um Ihnen weh zu tun. Und später kann Ihnen niemand unterstellen, Sie hätten es auf sein Geld abgesehen.«

Aldrich sah sie mit glänzenden Augen an, seine Erregung steckte sogar Magda an. Blohm tot, sie und Peterle frei, ein Wiedersehen mit Karl in greifbarer Nähe … Alles, was sie davon trennte, war ein Mord.

»Falls Sie zustimmen, erledigen wir alles Weitere. Sie müssen vorher nur ein schriftliches Geständnis ablegen, dass Sie den Mord begangen haben. Zusammen mit Ihrem Onkel Karl Wieners.«

»Was?« Magda sah von Aldrich zu Simon. »Wieso das?«

»Damit will Andrew sicherstellen«, erklärte Simon, »dass du nicht das Geld nimmst, und wir am Ende nichts haben außer Blohms Blut an den Händen. Ich würde dir auch ohne diese Sicherheit vertrauen, Magda, doch Andrew besteht darauf.«

»Aber wieso Karl da mit reinziehen? Er hat doch gar nichts mit der Sache zu tun.«

»Es erhöht Ihren Einsatz und Ihre Motivation, sich an die Verabredung zu halten«, sagte Andrew in nüchternem Ton. »Außerdem profitiert ja auch Herr Wieners vom Tod Ihres Gatten. Wie ich höre, kann er es kaum erwarten, Sie wieder in seine Arme zu schließen.«

Magda wäre am liebsten aufgestanden und gegangen. Simon legte seine Hand auf die ihre und sagte: »Vielleicht erleichtert es dir die Entscheidung, wenn ich dir versichere, dass wir das Geld nicht für uns verwenden. Es geht alles an Hilfsorganisationen für die Überlebenden der Vernichtungslager.«

»Wenn wir das Geld haben«, fuhr Aldrich fort, »wird Herr Wieners niemals etwas hiervon erfahren. Auch von Ihrer Seite nicht, das versteht sich hoffentlich.«

Magdas Herz raste. Blohm tot – es hing nur von ihr ab. Blohm tot und sie am Leben und frei von allen Fesseln. Ein paar Worte genügten, und es würde geschehen. Doch durfte sie Karls Zukunft aufs Spiel setzen? Wenn es keine andere Möglichkeit gab? Was würde er sagen, wenn er hier mit ihnen am Tisch säße?

»Wir tun es«, hörte sie sich erwidern.

Eine Last fiel von ihr ab, eine andere legte sich auf sie, und dazwischen ein Moment absoluter Freiheit und absoluter Macht, kurz, aber kostbar.

Aldrich ergriff sein Martini-Glas. »Stoßen wir an! Auf gutes Gelingen! Mazeltov!«

Die Gläser wurden in einem Zug geleert.

Magda stellte ihres auf den Tisch. Sie fragte nicht, wie

der Plan zu Blohms Ermordung aussah, auch nicht, wann es geschehen würde. Es würde alles gut gehen. Etwas anderes wollte sie sich nicht vorstellen. Sie schlug die Speisekarte auf. Ihr Hunger war wieder da, drängender als zuvor. Sie wollte essen. Und trinken. Viel wollte sie – von allem.

»Was können Sie mir hier empfehlen?«, fragte sie.

»Das Steak ist herrlich«, antwortete Aldrich.

Ein großes Stück Fleisch, dachte sie, das ist genau das, was ich jetzt brauche.

Dienstag, 22. April 1958

MÜNCHEN

ENTSPANNT SCHOB KARL den Teller von sich weg. Beinahe gleichzeitig legte auch Gerti ihr Besteck hin und tupfte sich mit der Serviette über den Mund. Sie hatte Fisch gehabt, Karl einen Rinderbraten, beides, wie im *Seehaus* nicht anders zu erwarten, vorzüglich. Nun legte sich eine wohlige Schwere über Karl, und als der Ausläufer einer Tabakwolke vom Nebentisch zu ihm herüberwehte, erwachte das Verlangen nach einer Zigarette. Doch er war inzwischen geübt darin, sich diesen Genuss zu versagen. Als Ersatz steckte er sich einen Zahnstocher in den Mundwinkel.

»Entschuldige mich einen Moment«, sagte Gerti, erhob sich und verließ den Tisch.

Karl schaute ihr nach, bis sie im Innern des Restaurants verschwunden war. Dann ließ er sich gegen die Lehne sinken und wandte seinen Blick dem Kleinhesseloher See zu, auf dem beschaulich ein paar Ruderboote trieben. Auf der Terrasse herrschte dagegen Hochbetrieb. Nach der langen Kälte lockte das milde Wetter die Menschen ins Freie, so dass trotz des Werktags sämtliche Tische besetzt waren und die Kellner alle Hände voll zu tun hatten.

Gerti. Gerti.

Während sein Blick sich im Ungefähren verlor, wiederholte Karl im Geiste mehrmals diesen Namen. Sie hatte verlangt, dass er sie so nannte, und er hatte sich gefügt, so wie er sich auch in alles andere fügte. Er solle sie wie seine Tochter behandeln, nicht nur vor anderen Menschen, sondern auch, wenn sie unter sich waren, denn nur so würde er seine Rolle sogar im Schlaf überzeugend spielen. Sogar im Schlaf … Wie leichtfertig sie solche Sätze dahinsagte. So als sei nichts dabei. Oder machten ihr diese Zumutungen insgeheim Spaß? Was für sie nur eine Tarnung war, war sein Leben. Alte Wunden, lediglich vernarbt, nie verheilt. Namen seien bedeutungslos, hatte sie mit derselben jugendlichen Leichtigkeit gesagt; überhaupt, wieso stellte er sich jetzt auf einmal so an, nachdem er Frau und Kinder schon vor Jahren habe für tot erklären lassen. Sie hielt ihn für herzlos. Er erkannte es an ihrem Blick, der war wie zerbrochenes Glas. Ob sie recht hatte? Was hätte er denn anderes tun sollen, als sich das Herz herauszureißen?

Ein Scheppern riss ihn aus den Gedanken. Hinter ihm war ein Tablett mit Besteck zu Boden gefallen.

Namen waren also bedeutungslos. Gewiss, sie hatte recht, aber wenn der Name alles war, was von einem geliebten Menschen blieb, machte das nicht auch den Menschen bedeutungslos? Und nun wollte sie, die Fremde, sich diesen einen Namen nehmen wie einen Stuhl, der frei geworden war und auf den man sich bedenkenlos niederlassen konnte. Ihre Dreistigkeit erzürnte ihn jedes Mal aufs Neue, wenn er sie sich bewusst machte, aber dennoch spielte er das Spiel mit und nahm die vorgesehene Rolle ein. Dass die falsche Gerti gar nichts anderes zuließ und seine Gefühle und Skrupel einfach ignorierte, das war jedoch nur die halbe Erklärung für seine Fügsamkeit. Die Rolle veränderte ihn, ergriff Besitz von ihm, nährte Gefühle, derer er sich entledigt zu haben glaubte: nämlich, dass er immer noch Ehemann und Vater sei und nicht nur ein Hinterbliebener, ein Zurückgelassener.

»Darf 's noch etwas sein? Ein Kaffee vielleicht? Und dazu ein Stückerl von der Käsesahne?«

Karl erwachte aus seinen Gedanken. Der Kellner stand vor ihm.

»Für uns nichts mehr«, antwortete Gerti, die eben zurückkehrte, an seiner Stelle. »Bringen Sie bitte die Rechnung.«

Nachdem Karl bezahlt hatte, verließen sie die Terrasse in Richtung See. Überraschend hakte Gerti sich bei ihm unter. Bisher hatte sie stets Abstand gehalten. »Wollen wir noch ein wenig am Wasser spazieren gehen?«, fragte sie.

Der Weg war breit und beschattet von Bäumen. Es herrschte viel Betrieb: Mütter mit ihren Kindern; Angestellte aus den nahen Büros, die sich in ihrer Mittagspause an der frischen Luft die Beine vertraten; Rentner und Streuner. Nach einer Weile ließ Gerti Karls Arm los und nahm den gewohnten Abstand ein. »Ich denke, wir wurden fotografiert«, sagte sie. »Schon beim Essen.«

Karl blieb stehen und wollte sich zur Terrasse umdrehen, doch Gerti griff nach seiner Hand und zog ihn fort. »Nicht so auffällig«, mahnte sie. Als er weiterging, ließ sie die Hand wieder los.

»Denkst du, einer von Blohms Leuten?«, fragte Karl, obwohl er es eigentlich wusste.

»Wahrscheinlich.«

Mehr sagte sie nicht. Wieder einmal. Er wusste noch immer nicht, was sie eigentlich vorhatte und welche Rolle er dabei spielen sollte. Ebenso wenig, wie er wusste, was sie tat, wenn sie tagsüber allein in die Stadt fuhr oder halbe Nächte unterwegs war. Ob sie sich vergnügte oder für ihre Auftraggeber etwas erledigte.

»Wenn Magda wieder in München ist«, brach sie nach einer Weile das Schweigen, »und ihr ein Paar werdet … willst du dann Kinder von ihr … eine Familie gründen?«

Karl lachte bitter. »Was für eine Idee …« Er schüttelte den Kopf. »Über so was denke ich nicht einmal nach. Erst müssten Magda und ich wieder zusammenfinden«, sagte er. »Ob das jemals gelingt, wissen die Götter. Und ich rede nicht davon, dass ich hier bin und sie irgendwo in Amerika, an einem unbekannten Ort.«

»Und falls doch? Nur einmal angenommen …«

Sie sah ihn an, als sei es ihr wichtig. Er hatte schon bei ihrem ersten Zusammentreffen vor drei Jahren vermutet, sie könne Gefühle für ihn haben. Damals hatte er es schließlich verneint. Ob vielleicht doch etwas dran war? War sie eifersüchtig auf Magda?

»Über so was habe ich noch nicht nachgedacht«, erklärte er. »Und Magda sicher auch nicht. Solche Fragen sind im Moment weiter weg als der Mond.«

Sie gingen ein Stück schweigend nebeneinanderher, bis Karl sich erkundigte: »Was hast du eigentlich in Sachen Blohm vor? Willst du es mir nicht langsam mal erzählen?«

Sie wandte sich ihm kurz zu und erwiderte leichthin: »Wir werden ihn liquidieren. Genauer gesagt: Du wirst das tun.«

Karl blieb abrupt stehen. Hatte er richtig verstanden? Sie hatte es gesagt, als wäre es das Selbstverständlichste von der Welt. Als hätte es von Anfang an festgestanden, eine Sache, die man nicht aussprechen musste, um sie zu wissen. Und war es nicht wirklich klar gewesen, dass es auf so etwas hinauslaufen würde? War es nicht das, was er wollte?

Sie kamen an eine Parkbank und setzten sich. Gerti zündete sich eine Zigarette an. »Jetzt guck nicht so entsetzt«, sagte sie. »Hast du, seit Magda weg ist, nicht jeden Tag daran gedacht, den Mann umzubringen?«

Natürlich!, wollte Karl ausrufen, morgens beim Aufwachen und abends vor dem Einschlafen. Er hatte zig Pläne geschmiedet. Doch mit all seinen Leibwächtern, Alarmanlagen und seinem Instinkt für Gefahr war Blohm unangreifbar wie eine Festung auf einem Berg.

»Ich werde dir diese Genugtuung verschaffen«, fuhr Gerti fort. »Dazu müssen wir Blohm ein wenig aus der Reserve locken. Wir müssen ihn dazu bringen, dass er dich zu sich einlädt. Zu einem vertraulichen Gespräch.« Sie klang so überzeugt von sich und ihrem Vorhaben, als sei die Möglichkeit eines Scheiterns ausgeschlossen. Doch wie konnte das sein, bei einer Frau von dreiundzwanzig Jahren, wenn ihn, einen kriegserfahrenen Mann, schon bei dem Gedanken an einen Mord ein mulmiges Gefühl beschlich, und das, obwohl er das Opfer hasste wie keinen anderen Menschen auf der Welt?

»Und was ist mit Blohms Leibwächter? Er folgt ihm wie sein Schatten.«

»Ich werde ihn weglocken.«

»Und wie?«

»Lass das meine Sorge sein.«

»Gut, aber er weiß trotzdem, dass ich da war.«

»Sicher. Nur mit der Polizei reden wird er nicht. Nach all der Dreckarbeit, die er für Blohm erledigt hat, wird er schleunigst untertauchen.«

»Wie kannst du dir bei allem so sicher sein?«

»Mach dir keine Sorgen. Alles wird gut gehen.«

Sie stippte die Asche von der Zigarette.

»Ja, wen haben wir denn da!«, erklang plötzlich eine vertraute Stimme.

Karl wandte sich um. Veit kam mit seiner Marianne des

Weges. Die schaute gequält, vielleicht war ihr unwohl, vielleicht sehnte sie sich auch nur nach ihrem Sofa in Obermenzing. Mit großen Schritten trat Veit heran und streckte Karl die Hand entgegen. Karl und Gerti standen auf. »Man sieht sich viel zu selten, großer Bruder«, sagte Veit, während er Karls Hand fest im Griff behielt. »Was treibst du immer so?« Sein Blick wanderte zu Gerti. »Wenn ich mir das Fräulein anschaue, kann ich es mir gut vorstellen.« Er lachte laut und raunte dann: »Aber ist die nicht ein bisserl jung für dich?«

Veit war Gerti bei ihrem letzten Aufenthalt in München vor knapp drei Jahren schon einmal begegnet, erkannte sie aber zum Glück mit den kurzen dunklen Haaren und der Brille nicht wieder.

»Ich bin Gerlinde«, antwortete Gerti an Karls Stelle, »Gerti, wie alle sagen. Karls Tochter.«

Veit schaute verwirrt. »Was für eine Tochter? Deine Töchter sind doch ... Oder ist sie das Ergebnis außerehelicher Freuden?«

Karl stand da wie ein begossener Pudel, während Gerti munter weiterredete: »Ach was. Mein Papa doch nicht, der ist treu wie Gold. Nein, ich bin eine von den tot geglaubten Töchtern. Wiederauferstanden, sozusagen.«

Unschlüssig schaute Veit zwischen Gerti und Karl hin und her. Seine Verwirrung wuchs durch die Erklärung eher noch. »Das soll ein Witz sein, oder? Ihr nehmt mich auf den Arm?«

»Glaubst du, ich mache bei so was Witze?«, sagte Karl freudlos. »Sie ist wirklich meine ...« Er brachte das Wort nicht über die Lippen.

Veit drehte sich zu seiner Marianne um, die stumm wie ein Fisch danebenstand und ihren Bauch hielt. »Hast du das gehört, Mariandl? Das reizende junge Fräulein ist Karls Tochter. Und alle dachten, seine Töchter seien beide tot. Und jetzt steht eine auf einmal da, bildsauber und wie das blühende Leben. Das ist doch … Herrgottsakrament … Das ist doch ein Wunder …«

»Jaja, Glückwunsch«, sagte Marianne übellaunig. »Können wir gehen, Veit? Mir tun die Füße weh vom vielen Laufen und Rumstehen, und pieseln muss ich auch.«

Veit verdrehte die Augen. »Seit das Weib schwanger ist, gibt es nichts anderes mehr außer sie selbst und ihren Bauch. Und dauernd muss sie pieseln, in ganz München gibt es kein Häusl, auf dem wir nicht schon waren.« Er schwenkte seinen Zeigefinger vor Karl herum. »Die Geschichte von der wiedergefundenen Tochter musst du mir beizeiten erzählen, Brüderchen. Wenn du mich nicht anrufst, ruf ich dich an. Und dann kommt ihr bald mal zu uns raus, und wir feiern die glückliche Auferstehung von den Toten. Keine Widerrede. Und du, wiedergefundene Tochter und Nichte, lass dich von deinem Onkel ans Herz drücken.« Er umarmte Gerti fest. »Willkommen in der Familie. Höchste Zeit, dass wir gehen«, sagte er, nachdem er sie losgelassen hatte, »bevor ich losheule wie ein Waschweib.«

Karl kochte vor Wut auf Gerti. »Wir müssen auch weiter«, sagte er, nahm sie bei der Hand und zog sie fort. Hinter der nächsten Biegung fuhr er sie an: »Was sollte das denn? Wieso machst du das?«

»Was?«, fragte sie unschuldig.

»Na … allen diese Geschichte erzählen.«

»Weil man das so macht, wenn eine Tochter, die als tot galt, wieder da ist. Man freut sich, man ist glücklich, man will es aller Welt erzählen.«

»Du bist nicht meine Tochter!«, schrie er sie an.

Studio für Filmkunst hieß das kleine Hinterhofkino, in das Gerti sich geflüchtet hatte. Karl hatte es ihr gleich an ihren ersten Tagen in München gezeigt, eine Perle unter den Münchner Kinos hatte er es genannt, weil es ausschließlich künstlerisch wertvolle Filme ins Programm nahm, und überdies nicht nur Aktualitäten, sondern auch ältere Filme. So wie der italienische Film aus den dreißiger Jahren, dessen Abspann gerade über die Leinwand lief. *Fahrraddiebe* lautete der Titel. Eigentlich hatten sie und Karl den Film gemeinsam ansehen wollen, aber Karl war nach der Geschichte am *Seehaus* die Lust vergangen, mit ihr auszugehen. Vielleicht war Kino heute wirklich keine gute Idee gewesen, denn sie bekam wenig vom Film mit, weil ihre Gedanken immer wieder zum Nachmittag zurückkehrten. Onkel Veits Umarmung, die Herzlichkeit, mit der er sie in der Familie willkommen geheißen hatte, die Tränen in seinen Augen – das war echt gewesen. Und Karls Ärger danach auch. Sie musste lächeln, wenn sie daran dachte. Armer Mann! Wenn du wüsstest.

Ihr Lächeln verblasste. Ja, was dann? Ihr wurde ein wenig flau. Als Agentin hatte sie gelernt, ihre Gefühle zu unterdrücken. Mitleid, moralische Skrupel, Sympathie, sogar Liebe. Aber diese Sache ging über alles, was sie kannte, hinaus. Sie musste sich selbst spielen, in einer Doppelrolle als echte und falsche Tochter. Allerdings gestand sie sich mittlerweile ein: Sie hatte die Anforderungen unterschätzt. Die Momente häuften sich, in denen sie vergaß, in welcher der beiden Rollen sie gerade steckte; in denen die Rollen ineinander übergingen und verschmolzen. In denen etwas tief in ihr drin begann, sich daran zu erinnern, wie es war, diesen fremden Mann, der sie enttäuscht hatte, zu lieben, so wie sie ihn als Kind geliebt hatte. Sie musste aufpassen, dass sie in diesen Momenten die Kontrolle nicht verlor und das Ziel stets im Blick behielt. Blohm würde sterben. Karl würde sterben. Die gute Sache würde siegen, und auch die größten Opfer würden sich als nötig und gerecht erweisen.

Die Lichter im Kino gingen an, die Leute verließen nach und nach den Saal. Männer in schwarzen Pullovern und mit streng gescheitelten Haaren, in Begleitung junger Frauen mit ähnlichen Kurzhaarfrisuren wie der ihren, dazu in karierten Röcken oder Hosen. Überwiegend Studenten, vermutete sie. Sie wartete, bis sich das Gedränge an den Ausgängen auflöste, überlegte derweil, was sie mit diesem Abend noch anstellen würde. Die Nacht war schließlich noch jung, genau wie sie. Sie hatte Lust zu tanzen, Bekanntschaften zu schließen. Vielleicht auch mehr, wenn es sich ergab.

Der Weg zur Straße führte durch einen verwinkelten Hinterhof und eine bunt bemalte Passage. Das Tor zum pulsierenden Schwabinger Leben. Cafés, Kneipen und Bars, wohin das Auge blickte. Autos und Motorroller auf der zugeparkten Straße, Gedränge auf den Bürgersteigen. Ein wenig wie Paris am Montmartre oder Montparnasse, dachte sie, oder zumindest so, wie eine ostdeutsche Pflanze es sich dort vorstellte, die noch kaum etwas von der Welt gesehen, aber viel darüber gelesen hatte.

Ein großer dunkler Mercedes bog vor ihr in eine Hofeinfahrt ein, blieb quer auf dem Bürgersteig stehen und versperrte ihr den Weg. Die Scheibe am Fond fuhr herunter.

»Fräulein«, sagte ein Mann aus dem Innern, »auf ein Wort.«

Walter Blohm. Im ersten Moment war sie überrascht, im zweiten schon nicht mehr. Eigentlich hatte sie früher mit ihm gerechnet.

»Verzeihung«, antwortete sie, »ich steige nicht zu fremden Männern in den Wagen.«

»Fremd?« Er beugte sich etwas weiter vor, so dass sie sein Gesicht sehen konnte. »Mir scheint, wir kennen uns.«

»Nicht, dass ich wüsste.«

Er spitzte die Lippen. Schien einen Moment unschlüssig, was er tun sollte. Seinen Schergen befehlen, sie mit Gewalt in den Wagen zu zerren oder es doch auf die freundliche Tour zu versuchen? Ihr war, als könne sie seine Gedanken lesen, deshalb sah sie voraus, was er als Nächstes tat: Er stieg aus und trat neben sie. Kaum verändert im Vergleich zu ihrer letzten Begegnung. Nur etwas weniger Bauchumfang und noch weniger Haare auf dem Kopf.

»Mein schönes Fräulein«, sagte er lächelnd, »darf ich's wagen, meinen Arm und Geleit ihr anzutragen.«

Aha, Goethe also. Sie kannte ihren *Faust* auch, hatte ihn nicht nur gelesen, sondern in weiten Teilen auswendig gelernt und antwortete: »Bin weder Fräulein, weder schön, kann ungeleitet nach Hause gehen.«

»Sieh an, die junge Generation kennt die Klassiker. Es gibt also noch Hoffnung.« Er kniff die Augen zusammen und betrachtete sie von Kopf bis Fuß. »Tut mir leid, gnädiges Fräulein, aber ich werde den Eindruck nicht los, dass ich Sie kenne.«

»Das höre ich oft«, antwortete sie. »Manche sagen, ich ähnle einer berühmten Schauspielerin, die gerade sehr angesagt ist. Audrey Hepburn. Vielleicht sagt Ihnen der Name ja etwas. Ich wurde sogar schon um ein Autogramm gebeten.«

Übertreib's nicht, ermahnte sie sich selbst.

Blohms Lächeln wirkte bemüht. »Den Namen kenne ich, aber das ist es nicht. Nun, wie auch immer. Ich muss Ihnen ein Geständnis machen.«

»Nicht so eilig, mein Herr! Bevor Sie mir zweideutige Geständnisse machen, sollten Sie mir vielleicht erst Ihren Namen verraten.«

»Oh, verzeihen Sie, da Sie nicht die sind, für die ich Sie hielt, wissen Sie natürlich nicht, wer ich bin: Walter Blohm, Unternehmer und Investor.«

Sie nickte anerkennend, wohl wissend, dass er nicht den Hauch eines Zweifels hatte, dass sie sehr wohl diejenige war, für die er sie hielt. Eine neue Haarfarbe und Frisur und eine Brille reichten nicht, um ihn zu täuschen. Doch da sie ihm keine andere Wahl ließ, hatte er sich wohl entschlossen, die Komödie eine Weile mitzuspielen.

»Sie sind also Walter Blohm«, erwiderte sie überrascht. »Ich habe von Ihnen gehört. Gerlinde Wieners.«

Sie streckte ihm die Hand hin, und, ganz alte Schule, hauchte er formvollendet einen Kuss darauf.

»Ich weiß, wer Sie sind, Fräulein … Wieners. Unsere Begegnung hier ist nämlich kein Zufall.«

»Ich nehme an, das war das Geständnis, von dem Sie sprachen.«

Er nickte, ein feines Lächeln auf den Lippen, das sie an eine Echse denken ließ.

»Sie stellen mir nach? Wie komme ich zu der Ehre?«

Das Lächeln verschwand, seine Miene wurde ein paar Grad kälter. Die Zeit des Geplänkels war von seiner Seite wohl vorüber. »Ich will wissen, was Sie hier wollen. Was ist Ihr Auftrag?«

»Auftrag? Ich verstehe Sie nicht.« Sie ließ die unterschwellige Bedrohung, mit der er sie einschüchtern wollte, an sich abperlen.

Seine Augen blitzten böse. »Dem lieben Karl können Sie vielleicht etwas vormachen, mir nicht. Vielleicht sind Sie ja wirklich seine tot geglaubte Tochter, wer weiß. Das brave kleine Mädel, als das er Sie in Erinnerung hat, sind Sie jedenfalls nicht mehr.« Er trat einen Schritt näher, sein Ton änderte sich. »Hören Sie, wir arbeiten doch für dieselbe Seite. Dieselbe Sache. Niemand muss sich meinetwegen Sorgen machen. Oder gab es jemals Grund, an meiner Loyalität zu zweifeln?«

»Es tut mir leid«, entgegnete sie kühl. »Ich weiß nicht, wovon Sie sprechen.«

»Verdammt, ich würde Sie am liebsten …« Er ballte die Faust, sein Arm hob sich, so als wolle er gleich zuschlagen, doch das wagte er nicht. »Na gut, wie Sie wollen. Ich behalte Sie im Auge. Und Ihren angeblichen Vater auch.«

Sie zuckte mit den Schultern und sah ihn unschuldig an. Wen schreckte schon die Drohung eines Mannes, der Angst hatte? Er erinnerte sie an einen Käfer, der auf dem Rücken lag und hilflos mit seinen Beinen ruderte.

Blohm stieg wieder in den Wagen, der, kaum dass die Tür zugeknallt war, zurücksetzte und davonfuhr.

Sie lächelte zufrieden. Blohm war aufgeschreckt. Vermutlich würde er sich als Nächstes an Karl heranmachen, um von ihm mehr zu erfahren. Doch all das waren nur Zeichen seiner Hilflosigkeit und seiner Angst. Das Netz zog sich um ihn zusammen, und wenn er nichts unternahm, war er schon bald ein toter Mann.

Donnerstag, 24. April 1958

KARL ZOG DAS BLATT aus der Schreibmaschine und las, was er geschrieben hatte. Zufriedenstellend, fand er. Noch nicht perfekt, aber in jedem Fall eine Verbesserung. Da klopfte es, und bevor er »Herein« sagen konnte, flog die Tür auch schon auf und Gerti trat ein. Zugleich wirbelte vom Fenster her ein Windstoß durch den Raum, der die Papiere auf dem Schreibtisch erfasste und durch die Luft segeln ließ.

»Tür zu!«, schrie Karl.

»Oh«, rief Gerti unbekümmert, »tut mir leid.«

Sie half ihm, die Blätter aufzusammeln, warf dabei einen Blick darauf. »Ist das dein Drehbuch?«

»Eine Überarbeitung.«

Karl traf Ende der Woche einen interessierten Produzenten, der eine Reihe Änderungen verlangt hatte. Die Gespräche zogen sich allerdings schon lange hin, was kein gutes Zeichen war.

Nachdem das Manuskript wieder mehr oder weniger geordnet auf dem Schreibtisch lag, ließ Gerti sich in den Sessel fallen, in dem sie immer saß, wenn sie Karl in seinem Zimmer besuchte. Obwohl er eigentlich zu arbeiten hatte, war er erleichtert, sie zu sehen. »Wo hast du gestern den ganzen Tag gesteckt?«, fragte er, Tadel in der Stimme. »Ich hab mir Sorgen gemacht. Warst du in den letzten beiden Nächten überhaupt hier?«

»Du hast dir Sorgen gemacht? Das ist ja nett.« Sie griff sich eines der Blätter von seinem Schreibtisch, schob die Brille auf die Nasenspitze und las ein paar Zeilen. Ungeduldig betrachtete er sie in ihrer schwarz-weiß karierten Hose und dem hellblauen Pullover. Die Münchner Modegeschäfte verdienten gut an ihr. Nach einer Weile legte sie das Blatt zurück auf den Stapel, nahm die Brille ab, die ohnehin nur Tarnung war, und wandte sich ihm zu. »Ich habe vorgestern Blohm getroffen.«

Karl merkte auf. »Was? Warst du etwa bei ihm?«

»Er hat mich abgepasst. Nach dem Kino. Du hattest übrigens recht, *Fahrraddiebe* ist wirklich ein großartiger Film.«

»Heißt das, du warst gestern den ganzen Tag bei Blohm?«, wiederholte er, drängender diesmal.

»Wo denkst du hin. Ich habe nach dem Kino in einem Tanzschuppen in Schwabing ein paar Studenten kennengelernt. Die wollten mich gar nicht mehr gehen lassen.« Sie lachte kokett.

»Und was war mit Blohm?«

»Nichts weiter. Er nimmt mir nicht ab, dass ich deine Tochter bin. Ist das zu fassen?«

Ihr lockerer Ton, der der Ernsthaftigkeit ihres Gesprächs in keiner Weise angemessen war, ging ihm auf die Nerven. »Hat er dich deshalb angesprochen? Was hast du gesagt?«

»Dass er sich täuscht; dass ich deine Tochter bin.« Sie betrachtete lächelnd ihre Fingernägel. »So was kann einen Mann verrückt machen, weißt du. Wenn er sicher ist, dass du lügst, du aber stur bei deiner Geschichte bleibst. Du siehst ihm an, dass er dir am liebsten den Hals umdrehen würde, doch er darf nicht, weil das alles nur noch schlimmer machen würde.« Sie blickte wieder auf. »Er wird auch zu dir kommen, weil ihn das wurmt. Es macht ihm Angst. Du wirst ihn abblitzen lassen und ein Gespräch unter vier Augen verlangen, in seinem Haus.«

Sie faste in ihre Hosentasche und holte ein kleines Stück Papier heraus. »Ich habe hier etwas für dich. Etwas, worüber du schreiben solltest.«

Ein Zeitungsartikel, den sie ausgeschnitten hatte. Karl nahm ihn und las: *Mordprozess vor dem Schwurgericht Ulm. Zehn Angehörige des Einsatzkommandos Tilsit vor Gericht. Am kommenden Montag beginnt in Ulm der Prozess gegen zehn Mitglieder des Einsatzkommandos Tilsit. Ihnen wird hundert- bis tausendfacher Mord zur Last gelegt …*

Er schaute auf. »Was soll das?«

Jegliche Heiterkeit war aus Gertis Gesicht gewichen. »Du hast doch einen Freund bei der Presse. Sag ihm, du willst über den Prozess schreiben.«

Sie meinte Georg Borgmann.

»Normalerweise läuft das anders herum. Er ruft mich an, nicht ich ihn. Und er ist auch nicht mehr der Chef von irgendwas. Er muss sich alle Geschichten, die er bringen will, erst absegnen lassen.«

»Dann soll er das gefälligst tun. Wozu ist er dein Freund? Und ist die Presse hier nicht angeblich frei?«

»Ich versteh noch immer nicht. Hat das etwas mit Blohm zu tun?«

Ihre Miene wurde streng. »Alles hängt mit allem zusammen, Karl. Und Totschweigen ist keine Lösung. Die Wahrheit muss bekannt werden.«

Was weißt ausgerechnet du von der Wahrheit, dachte Karl. Dann dämmerte es ihm, worum es hier wirklich ging. Schon seit letztem Jahr kamen aus der DDR immer wieder Dokumente, die die braune Vergangenheit hauptsächlich von Richtern und Staatsanwälten in Westdeutschland aufdeckten. Als

Blutrichter wurden sie gebrandmarkt, und da die Dokumente offenbar echt waren, auch völlig zu Recht. Doch es ging den Absendern nicht um die Wahrheit, vielmehr sollte bewiesen werden, dass der Ungeist der braunen Vergangenheit im westdeutschen Staat unter einem demokratischen Anstrich fortlebte.

Karl legte den Zeitungsausschnitt auf den Tisch. »Ich lass mich nicht vor euren Karren spannen«, sagte er. »Such dir dafür jemand anderen.«

Bis eben noch in den Sessel gefläzt, richtete Gerti sich nun auf. »Das ist nicht bloß unser Karren«, sagte sie, »und selbst wenn: Eine Wahrheit bleibt eine Wahrheit, egal, wer sie ausspricht.«

»Mag sein.« Karl wandte den Blick von ihr ab. *Wir waren alle wie in einem Traum gefangen*, las er auf der obenauf liegenden Seite seines Drehbuchs, *und wir haben zu spät bemerkt, dass es ein Albtraum war*. Seine eigenen Worte kamen ihm plötzlich fremd vor. Verräterisch. »Ich hab mir nichts vorzuwerfen«, hörte er sich gegen dieses Gefühl anreden. Seine Kehle fühlte sich trocken an, er trank einen Schluck kalten Kaffee, der widerlich schmeckte. »Zumindest nicht mehr als jeder andere, der in diesem Krieg war«, fuhr er fort. »Ich bin nicht stolz darauf, meine Knochen für die Wahnideen von Ungeheuern hingehalten zu haben, das darfst du mir glauben, aber mit den Verbrechen, die begangen wurden, hatte ich nichts zu tun. Ich war weder in der Partei und schon gar nicht in der SS.«

»Warst du nicht, na fein.« Sie stand auf. »Aber der Name Joseph Meyerbeer sagt dir vielleicht etwas.«

Irritiert sah Karl sie an. Natürlich sagte ihm der Name etwas. Er war einige Jahre der Vermieter der Wohnung in der Kastanienallee in Berlin gewesen, ehe er sie an die Wieners verkaufte. Wie kam sie jetzt auf den?

»Joseph Meyerbeer war ein Berliner Jude«, erklärte Gerti. »Vielleicht kein sehr netter, mag sein. Aber deshalb hat er nicht verdient, dass man ihn ins Lager schickte und später in die Gaskammer. Genau wie seine gesamte Familie.«

Karl erinnerte sich an den Mann. Nein, besonders nett war er nicht gewesen. Aber das waren die wenigsten Vermieter, mit denen er in Berlin zu tun gehabt hatte.

»Das tut mir leid«, sagte Karl. »Ich dachte, er hätte es noch geschafft. Deshalb haben wir ihm die Wohnung ja abgekauft. Damit er genug Geld hat, um mit seiner Familie Deutschland zu verlassen.«

»So siehst du das?«, rief sie empört. »Was für ein Heuchler du doch bist! Ihr habt seine Situation schamlos ausgenützt und für euren eigenen Vorteil den Preis gedrückt.«

Die Vorwürfe trafen ihn wie Ohrfeigen. Seine Wangen glühten auf einmal. »Woher willst du das wissen? Du warst nicht dabei.«

»Ich habe mich umgehört. Es gibt genug Zeugen. Leute aus eurem Umfeld, die sich erinnern. Vor allem Mama hat …«

Erbost sprang Karl auf und packte sie am Handgelenk. »Nenn sie nicht so! Sie ist nicht deine Mutter. Diese Schmierenkomödie kannst du vor anderen spielen, aber nicht vor mir. Und schon gar nicht, wenn du gleichzeitig ihr Ansehen in den Dreck ziehst!«

Gerti warf den Kopf in den Nacken. »Du hast recht. Sie ist nicht meine Mutter. Zum Glück.«

»Wenn sie etwas falsch gemacht hat, dann hat sie dafür einen hohen Preis bezahlt. Wie wir alle. Oder zumindest die allermeisten.«

Sie lächelte bitter. »Belüg dich nur weiter, Karl. Aber du wirst zu diesem Prozess gehen, und du wirst dir anhören, was dort verhandelt wird.«

Sie löste ihr Handgelenk aus seinem Griff, stand auf, nahm die Brille vom Schreibtisch und ging hinaus, ohne sie aufzusetzen.

Kaum, dass die Tür hinter ihr zugefallen war, schlug Karl mit der Faust auf den Schreibtisch. Was bildete sie sich ein! Wer war sie, so mit ihm zu reden! Wie ein angeschossenes Tier lief er im Zimmer auf und ab, schweißnass und verwirrt. Meyerbeer. Joseph Meyerbeer. Er hatte den Mann schon fast vergessen. Gaskammer, dachte er entsetzt. Wie schrecklich. Die ganze Familie. Alte, Junge, Männer, Frauen. Er sah Bilder vor sich, verdrängte sie sofort wieder.

Die Energie, die ihn eben noch angetrieben hatte, verpuffte beinahe schlagartig. Wie eine Marionette, der die Fäden durchgeschnitten worden waren, fiel er in den Sessel, in dem seine Anklägerin gesessen hatte. Alles hängt mit allem zusammen. Die Worte hallten in ihm nach.

Joseph Meyerbeer. Er erinnerte sich wieder, was Heidi, seine Frau, dem Juden Meyerbeer nicht verziehen hatte: Die Art, wie er sie stehen ließ, als sie ihn zum ersten Mal fragte, ob sie ihm die Wohnung abkaufen könnten, sie habe eine Erbschaft gemacht. Er hatte keinen Preis genannt, hatte nur wissen wollen, wie hoch die Erbschaft sei, und als sie ihm den Betrag nannte, hatte er herablassend geantwortet, es müsse schon noch jemand in ihrer Verwandtschaft hinscheiden, ehe man mit dem Preis zusammenkäme. Heidi war nicht der Mensch gewesen, der aus der Notlage anderer Profit schlug, und die Nazis hatte sie aus tiefstem Herzen verabscheut. Aber diese eine Kränkung hatte sie Meyerbeer nicht verziehen, und ja, sie hatte ihn das spüren lassen, als er Jahre später auf das Angebot zurückkam, nun bereit, so gut wie jeden Preis zu akzeptieren. Während Karl das durch den Kopf ging, fiel ihm wieder ein, wie stolz Heidi insgeheim auf die späte Genugtuung darüber war, dass von seiner früheren Herablassung nichts geblieben war, obwohl sie gleichzeitig zugab, dass es eigentlich nicht recht sei, die Juden derart zu bedrängen. Deshalb hatte sie den Preis auch nicht unter ihr erstes Angebot gedrückt. Doch hatte sie Jahre davor, als Meyerbeer noch die Oberhand gehabt hatte, nicht geschimpft, es sei schon etwas dran an dem, was man über die Geldjuden sage, in jedem Vorurteil stecke eben auch ein Körnchen Wahrheit? Karl erinnerte sich nicht mehr, was er ihr darauf erwiderte hatte, vermutlich hatte er, wie so oft, geschwiegen.

Er stand auf, nahm den Zeitungsausschnitt vom Schreibtisch und betrachtete ihn. Alles hängt mit allem zusammen, dachte er wieder, so verschlungen die Fäden auch sein mögen. Meyerbeer, Blohm, der Krieg, die SS, die Lager und die Gaskammern, die Berliner Wohnung; München, sein alter Herr, der sich noch kurz vor Kriegsende für Hitler hatte erschießen lassen, sein gefallener Bruder Alfons. Familienväter, Büromenschen, Handwerker; Mörder, Schlächter, Vergewaltiger. Und irgendwo dazwischen: Magda und er. Zwei winzige Rädchen im Weltgetriebe. Alles hing mit allem zusammen. Aber Sinn ergab es für ihn trotzdem nicht.

Samstag, 26. April 1958

»JETZT IST ES FAST EIN HERRENABEND GEWORDEN«, sagte Traudl, als sie in die Runde schaute, und sie klang ein wenig enttäuscht. »Dafür hast du einen Filmball im *Bayerischen Hof* sausen lassen, Karl.«

Karl winkte ab. »Es ist kein Ball, nur eine langweilige Preisverleihung. Viele Reden, eine einschläfernder als die andere, danach ein Empfang mit banalem Geschwätz, und die Schnittchen, die dort aufgetischt werden, schmecken nicht annähernd so gut wie die deinen.« Dass er zu der Verleihung des Kritikerpreises in diesem Jahr gar nicht eingeladen worden war, verschwieg er. »Da feiere ich lieber mit meinem alten Schulfreund Geburtstag. Man wird nur einmal siebenundvierzig.«

»Man wird alles nur einmal«, sagte Ludwig trocken.

»Eben. Auf dich!«

Karl hob das Sektglas, und alle, die noch ausgehalten hatten, tranken mit, Ludwig allerdings mit leichtem Widerwillen. Wer ihn kannte, wusste, dass ihm solche Jubelfeste nicht behagten. Zu viel Aufhebens um seine Person. Die Feier verdankten sie sicherlich Traudls Einsatz. Nicht umsonst betonte sie bei jeder Gelegenheit, dass Ludwig sein Licht zu sehr unter den Scheffel stelle.

»Langsam ist es auch mal gut.« Ludwig schaute verstohlen auf seine Uhr. »Außerdem war der eigentliche Geburtstag ja schon vorgestern. Müsstet ihr nicht längst in euren Betten liegen?«

»Bemüh dich nicht«, scherzte Georg, »solange was zu trinken da ist, wirst du uns nicht los. Und es zieht wohl eher dich ins Bett, was ich verstehen kann, wenn ich mir die Traudl so anschaue.« Georg lachte am lautesten über seine harmlose Anzüglichkeit.

Traudl errötete. »Gehen Sie zu, Herr Borgmann. Sie wieder ...« Sie fühlte sich eher geschmeichelt als peinlich berührt.

Was den Herrenabend anging, hatte sie nur teilweise recht. Die Nachbarn waren mit ihren Ehefrauen gekommen, sie hatten sich lediglich früh verabschiedet, so dass die Runde zur inzwischen vorgerückten Stunde auf fünf Personen geschrumpft war: Neben den Gastgebern waren Karl und Georg und ein Herr noch da, der bis jetzt keinen Ton gesagt und den Karl noch nie zuvor gesehen hatte. Die Kinder waren bei Traudls Eltern, und Georgs bessere Hälfte hatte sich entschuldigen lassen, angeblich wegen Kopfschmerzen, doch jeder wusste, dass das nur ein Vorwand war. Sie wollte den Abend nicht mit Karl verbringen, dem Mann, der ihrer Schwester Gisela das Herz gebrochen hatte. Karl trug es mit Fassung. Besser so, als den ganzen Abend in ein beleidigtes, vorwurfsvolles Gesicht schauen zu müssen. Ganz zu schweigen von den verbalen Nadelstichen.

Karl spürte, dass ihm der Alkohol zu Kopf stieg, aber nichts, was ein wenig frische Luft nicht wieder vertrieben hätte. Und auf dem Balkon, zehn Stockwerke über der Erde, gab es schließlich genug davon. Nach dem überheizten Wohnzimmer wirkte die frische Nachtluft ernüchternd wie eine kalte Dusche. Er musste an Magda denken, stellte sich vor, sie wäre bei ihm, und ihm war, als spüre er wirklich ihre Nähe. Die Wärme, die von ihr ausging. Doch dann war es schon wieder vorbei. Er schaute hinauf zum Halbmond, der hinter hohen Schleierwolken matt glänzte. Immerhin, es war derselbe Mond, zu dem auch sie jede Nacht aufblickte.

In seinem Rücken ging die Balkontür auf, ein paar Takte eines Caterina-Valente-Schlagers wehten heraus. Karl dreht sich um. Georg stellte er sich zu ihm an die Balustrade, gemeinsam schauten sie ins Innere der Wohnung. Traudl hatte die Möbel verschoben und zur Seite gerückt, damit in der Mitte eine freie Fläche entstand. Vielleicht hatte sie gehofft, es werde getanzt. Oder eine Art Stehparty, wie es neuerdings in Mode kam. Aber dafür waren entschieden zu wenige Gäste da gewesen.

»Du bist der Nächste«, sagte Georg.

Karl brauchte einen Moment, bis er begriff, dass Georg die Reihenfolge der Geburtstage meinte. Er war im September fällig, Georg Anfang Oktober. Siebenundvierzig, ging ihm durch den Kopf. Kein Alter, um viel Zeit mit Nebensächlichkeiten zu vertändeln. Schon gar nicht, wenn man erst vor ein paar Monaten einen Herzinfarkt überstanden hatte.

Georg zündete sich eine Zigarette an. »Hättest du gedacht, dass der Wig noch mal so eine junge Frau abkriegt? Wie alt ist Traudl? Anfang dreißig? Mal möchte ich ihn zu der beglückwünschen und dann wieder bedauern.«

Karl hörte Georg nur mit einem Ohr zu. Er versuchte, Ludwig so zu sehen, wie ihn ein Straftäter bei einer Vernehmung sehen würde. Ein ruhiger Mann, bescheiden, aber selbstsicher im Auftreten. Mit wachen Augen und scharfem Intellekt. Akkurat in seinem Äußeren. Der unbestechliche Beamte. Dass er auch einmal fünfe gerade sein lassen konnte, sah man ihm nicht an. Würde er so weit gehen, einen Freund zu decken, wenn dieser Freund einen Mord begangen hatte?

»Du sagst ja gar nichts«, brach Georg das Schweigen. »An was denkst du?«

»Ach, unwichtig. Aber weil wir gerade unter uns sind, Schorsch, es gibt da etwas, über das ich mit dir reden wollte. Wegen einer Geschichte. Für die *Quick*, meine ich.«

»So? Ich bin ganz Ohr.«

»Montag beginnt in Ulm ein Prozess gegen Mitglieder einer Einsatzgruppe. Die haben in Tilsit Tausende Menschen …«

»Hör mir bloß auf«, fiel Georg ihm ins Wort. »Von dieser Sache hab ich schon gehört. So was krieg ich nie und nimmer beim Chef durch. Und ganz abgesehen davon halte ich selbst auch nichts davon. Männer an den Pranger stellen, die nur ihre Pflicht getan haben – pfui Teufel.«

Karl hatte schon damit gerechnet, dass Georg den Vorschlag nicht mit Begeisterung aufnehmen würde. Die Heftigkeit seiner Reaktion überraschte ihn dann aber doch.

Georg nahm einen Zug von der Zigarette. »Wenn schon KZ und Lager, dann bitte was Sensationelles. So was wie den Mengele, weißt schon, der Arzt, der grausame Experimente mit Kindern gemacht hat. Oder diese Sache, die sie in Bayreuth verhandeln. Der sadistische Folterer von Buchenwald. Wie heißt der Kerl gleich noch mal? Winter?« Er überlegte. »Nein, Sommer. So heißt der Lump.«

Karl schwieg. Einerseits ärgerte er sich über Georgs Ignoranz; andererseits war er froh. Er wollte nicht zu diesem Prozess, und er wollte schon gar nicht darüber schreiben. Doch Gerti würde das nicht so einfach akzeptieren. Sie würde ihn dazu drängen, seine anderen Pressekontakte zu bemühen.

»Du kannst es gerne woanders probieren«, sagte Georg, als habe er Karls Gedanken gelesen. »Aber du wirst überall dasselbe hören. Was glaubst du denn, wer in den Redaktionsstuben sitzt? Auf den wichtigen Positionen, meine ich. Natürlich Leute von früher. Da kommst du mit so was nicht weit.«

Georg schnippte seine Zigarettenkippe in hohem Bogen über die Balustrade, die Glut verlor sich rasch in der Dunkelheit.

»Lassen wir die Vergangenheit ruhen, mein Lieber. Da oben liegt die Zukunft.« Er deutete zum Halbmond, die gerade in seiner ganzen Pracht zwischen den Wolken auftauchte. »Die Russen schießen ihre Sputniks in den Weltraum, und wir im Westen schauen mit dem Ofenrohr ins Gebirge. Als Nächstes wollen sie da hinauf. Sie sind uns um Jahre, wenn nicht Jahrzehnte voraus. Das sind die Themen, um die es geht, und nicht, wer wen im Krieg erschossen hat.«

Um kurz nach Mitternacht verließ Karl das Hochhaus. In ihm war eine Unrast, die er einfach nicht bezwingen konnte. Hätte ihn etwas Besseres erwartet als ein leeres Fremdenzimmer, wäre er wohl früher gegangen. Doch allein zu trinken war deprimierend. Mit einem Schmunzeln dachte er an Ludwigs Worte vor dem Ausblasen der Kerzen auf der Geburtstagstorte: Je älter man werde, desto mehr ähnelten Geburtstagsfeiern einem Leichenschmaus, nur dass bei Letzterem die Stimmung besser sei. Vielleicht, weil jeder Gast wisse, dass dieser Jubilar ihn mit keinen weiteren Einladungen behelligen werde.

Um zur Straße zu kommen, wo Karl den Wagen abgestellt hatte, musste er das Hochhaus, das wie ein riesiger Zeigefinger in die Nacht ragte, halb umrunden. Schon von weitem sah er, dass mit dem Wagen etwas nicht stimmte. Und in der Tat: Ein Reifen war platt. Ein Nagel steckte darin. »Mist!«, fluchte er. Er holte Wagenheber, Kreuzschlüssel und Ersatzrad aus dem Kofferraum.

»Brauchst du Hilfe?«

Blohm stand plötzlich vor ihm und lächelte auf ihn herab.

Wo kam der denn mitten in der Nacht her? Ein Zufall war das Zusammentreffen sicher nicht. So wie vermutlich auch der Nagel nicht durch bloßes Pech in den Reifen gekommen war. Karl wandte sich wieder dem Wagenheber zu. »Ich schaffe das schon«, sagte er.

Während er herumhantierte, schaute Blohm ihm schweigend zu. Schließlich sagte er: »Wie ich höre, ist eine deiner Töchter wiederauferstanden.«

Karl brachte den Wagenheber in Position.

»Glaubst du ihr?«

Karl fing an, die Kurbel zu drehen.

»Solltest du nicht. Sie benützt dich nur.«

Karl hörte auf zu kurbeln und sah zu Blohm hoch. »Dir verdanke ich den kaputten Reifen, also lass mich in Ruhe arbeiten.«

Blohm grinste schadenfroh.

»Wir haben nichts zu reden«, sagte Karl schroff. »Außer über Magda. Du hast kein Recht, sie vor mir fernzuhalten.«

»Ich habe jedes Recht. Sie ist meine Frau.«

»Deine Frau, nicht dein Besitz. Und Ehen können geschieden werden. Aber ich rede nicht hier auf der Straße über sie oder meine Tochter oder irgendetwas sonst.«

Karl wandte sich wieder dem Reifen zu.

»Na gut«, sagte Blohm, »wir reden bei mir. Ich ruf dich an.«

Karl kurbelte weiter, der Wagen hob sich Zentimeter um Zentimeter.

»Wie ich sehe, kriegst du das allein hin«, sagte Blohm. »Du solltest künftig vorsichtiger sein. Diesmal ist das Loch nur im Reifen. Beim nächsten Mal könnte es woanders sein.«

Stimmt, dachte Karl grimmig, zum Beispiel in deinem Kopf.

Als Karl in der Steinstraße ankam, schlug die Kirchturmuhr von St. Johannes Baptist gerade halb zwei. In Gertis Fenster sah er noch Licht. Nicht die Deckenlampe, wie ihm schien, sondern das Licht auf dem Nachttisch. Ob sie jemanden bei sich hatte? Einen Mann? Und wenn es so wäre? So leise wie möglich stieg er die Treppe zu den Fremdenzimmern hinauf. Vor Gertis Tür blieb er stehen. Trat näher und lauschte. Musik aus einem Radio oder ihrem kleinen Plattenspieler. Keine Stimmen. Und auch sonst nichts. Es war wohl doch niemand bei ihr. Er war erleichtert. Leise klopfte er an die Tür.

»Nur herein«, rief Gerti munter von drinnen.

Er trat ein. Sie lag auf der Bettdecke, in einem schwarzen Babydoll, zwischen Frauenzeitschriften und politischen Magazinen wie dem *Spiegel*. »Ist spät geworden. War's wenigstens schön?« Sie hatte nur kurz aufgeblickt, blätterte dann weiter in der *Münchner Illustrierten*, die sie gerade las.

Karl setzte sich auf die Bettkante. »Blohm hat mich überrascht.«

Interessiert schaute sie auf. »Er ist auf der Feier aufgekreuzt?«

»Nein. Danach. Mit einem kleinen Geschenk.« Er holte den Nagel aus der Jacketttasche. »Der steckte in meinem Reifen.«

»Und sonst?«

»Er wollte reden. Über dich.«

»Was hast du gesagt?«

»Dass ich das nicht auf der Straße tue, sondern bei ihm. Er ruft mich an.«

Sie lächelte zufrieden. »Gut. Sehr gut.«

»Wäre es nicht an der Zeit, mir zu sagen, wie das Ganze ablaufen soll?«

»Kannst du dir das wirklich nicht denken?« Sie richtete

sich auf. »Du wirst zu dem Gespräch gehen und ihn erschießen. Ganz einfach.«

Ganz einfach, hallte es in ihm nach. Erschießen. Sie sagte das leichthin, so als wäre es nichts. *Du wirst ihn erschießen* … So konnte nur jemand reden, der noch nie mit eigenen Händen einen Menschen getötet hatte. Der nie den Blick in den Augen eines anderen gesehen hatte, wenn der erkannte, dass es aus war.

»Ich ganz allein?«, sagte er jedoch nur. »Ich dachte, die Leiche soll verschwinden. Wie soll ich das schaffen?«

»Dabei wirst du Hilfe haben. Jemand, dem du die Tür öffnest. Du solltest mit Blohm ein Treffen am Abend vereinbaren. Je später, desto besser.«

Karl nickte nur. Er würde es tun. Doch er wollte jetzt nicht darüber nachdenken. Nur an Magda wollte er denken und daran, dass sie nach Blohms Tod eine gemeinsame Zukunft hatten.

»Ich geh schlafen«, sagte er. »Wir sehen uns morgen.«

»Warte.« Sie wischte die Zeitschriften von ihrem Bett und schlüpfte unter die Decke. »Gibst du mir einen Gutenachtkuss, Papa?«

Er hob den Zeigefinger. »Übertreib es nicht, meine Liebe.«

»Bitte.«

Er beugte sich über sie und küsste sie auf die Stirn. »Gute Nacht. Schöne Träume. Und lass dich nicht von den Bettwanzen beißen.« Dann zwickte er sie sanft in die Wange, so wie er es jeden Abend bei seinen Mädchen gemacht hatte. Die Mädchen hatten gegickst, diese Gerti lächelte nur und sagte mit einem Zwinkern: »Gute Nacht, Papa.«

Er spürte einen feinen Stich im Herzen.

Mittwoch, 7. Mai 1958

DER WARME FÖHNWIND TRUG mit einer Ahnung von Sommer auch das Klappern von Karls Schreibmaschine in Gertis Zimmer. Eine Zigarette im Mundwinkel, stand sie am weit offenen Fenster und lauschte dem monotonen Klang wie einem Musikstück. Das Geräusch berührte sie auf eine Weise, der sie selbst misstraute, und doch konnte sie nicht weghören, ja, eigentlich wollte sie es auch nicht. Es löste eine Erinnerung aus, nicht an etwas Bestimmtes, sondern nur an ein Gefühl. Sie stellte sich ein kleines Mädchen vor, das auf dem Teppich vor einer Tür saß, und dahinter erklang das gleiche Klappern einer Schreibmaschine.

In Wirklichkeit war es nicht nur ein Mädchen gewesen, sondern ihrer zwei. Gerti und Gundi. Unzertrennlich. Beinahe eine Einheit. Bis das Leben sie irgendwann doch getrennt hatte. Nein, nicht das Leben, sondern der politische Kampf. Gerti vermisste ihre Schwester in Amerika. Fast drei Jahre war sie nun schon von ihr getrennt, und noch immer fühlte sie sich innerlich zerrissen und verwundet. Eigentlich war es ihnen nicht erlaubt, ohne das Wissen ihres Führungsoffiziers miteinander in Kontakt zu treten. Aber die in Ostberlin mussten ja nicht alles wissen. Sie schrieben einander zweierlei Arten von Briefen: solche, die über die Zentrale liefen, und andere, die *nicht* über die Zentrale liefen, sondern über vertrauenswürdige Mittler. Auch in den heimlichen Briefen ging es nur um persönliche Dinge und nichts Dienstliches. Doch sie fühlten sich freier im Schreiben, wenn sie sicher sein konnten, dass niemand mitlas. Manchmal telefonierten sie sogar. Nur kurz, einfach, um die Stimme der anderen zu hören. In letzter Zeit fragte Gerti sich zuweilen, was ihre Schwester wohl zu ihrem Plan sagen würde, wie sie das Walter-Blohm-Problem zu lösen gedachte? Vor allem dazu, dass sie Karl dafür nicht nur benutzte, sondern sogar opferte. Agota hatte Karl gemocht. Und sie selbst? Sie wusste es nicht. Der einzige Mensch, den sie jemals geliebt hatte und bis an ihr Ende lieben würde, war ihre Schwester Agota. Ansonsten hatte sie für Menschen selten mehr als ein oberflächliches Interesse empfunden, noch seltener Sympathie. Sogar ihre Gefühle für den väterlichen Freund und Beschützer Reinhard Gern waren bei ihr nie über eine gewisse Anhänglichkeit hinausgewachsen. Gefühle waren ohnehin nebensächlich, vor allem, wenn sie höheren Zielen im Weg standen.

Ein Ruck ging durch Gerti hindurch. Was sie sich schon wieder für Gedanken machte. Zersetzende Gedanken. Das war tunlichst zu vermeiden, gerade wenn es galt, eine Operation zu planen und durchzuführen. Sie musste aufpassen. In letzter Zeit passierte es ihr öfter, dass sie sich in solchen Grübeleien verlor. Sie drückte die Zigarette aus. Es war Zeit, mit Karl zu reden. Ihm die nächsten Schritte aufzuzeigen.

Ohne vorher anzuklopfen, trat Gerti in Karls Zimmer. Das Klappern seiner Schreibmaschine hielt unverdrossen an. Er war so in seine Arbeit vertieft, dass er sie gar nicht bemerkte. Erst als sie neben ihm stand, hielt er inne und schaute zu ihr hoch.

Sie las ein wenig von dem, was er geschrieben hatte. »Was wird das?«, fragte sie dann.

»Weiß ich selbst nicht.« Er klang angespannt.

»Wovon handelt es?«

»Von einem Vater und seiner Tochter. Aber es taugt nichts.«

Er riss das Blatt aus der Schreibmaschine, nahm auch die anderen Seiten, die er schon geschrieben hatte, zerfetzte sie und warf sie auf den bereits übervollen Papierkorb, so dass sie zu Boden glitten. Seine Augen blitzten Gerti böse an, als gebe er ihr die Schuld. Er war ein wenig launisch in letzter Zeit. Das Warten zerrte an seinen Nerven. Und dieses Vater-Tochter-Spiel mit all den schönen und unschönen Erinnerungen machte es sicher auch nicht leichter.

Gerti ließ sich in den Sessel sinken. »Schon was von Blohm gehört?«

»Nichts. Er lässt sich Zeit.«

»Gib mir deine Waffe.« Karl hatte ihr bereits vor längerer Zeit von der Waffe erzählt, und das passte ausgezeichnet in ihren Plan. So musste sie keine besorgen.

»Wozu?«, fragte er.

»Jemand wird sie in Blohms Haus schmuggeln. So kannst du unbewaffnet hingehen. Du musst damit rechnen, dass er dich durchsuchen lässt.«

Karl nickte zustimmend. Dann holte er eine Schachtel unter dem Bett hervor, nahm eine in ein Tuch gewickelte Pistole heraus und reichte sie ihr. Der Geruch von Waffenöl und Eisen war überwältigend. Sie wickelte die Pistole aus. Eine Luger, schon ziemlich alt.

»Und du bist sicher, dass sie funktioniert?«, fragte sie.

»Tadellos. Ich hab sie selbst auf Vordermann gebracht und mehrfach ausprobiert.«

Gerti packte die Waffe wieder ein. »Sie wird da sein, wenn du sie brauchst.« Damit stand sie auf. »Dann will ich dich auch nicht länger aufhalten. Du solltest an deiner Geschichte weiterschreiben. Was ich gelesen habe, gefällt mir.«

Donnerstag, 5. Juni 1958
(Fronleichnam)

DER TAG X WAR DA. Blohm streifte durchs Haus wie ein Fremder. Ging durch alle Räume. Dann durch den Garten. Immer wieder. Betrachtete alles, was in den letzten Jahren Teil seines Lebens gewesen war, als gehöre er schon nicht mehr hierher. Und so war es ja auch. Alle Vorbereitungen waren getroffen. Nein, nicht alle. Etwas gab es noch zu tun, aber die Zeit dafür war noch nicht gekommen. Er fasste in die Tasche seines Jacketts, betastete das Springmesser.

Musik drang durch alle Räume. Ein wehmütiger Gesang, schwer und voller süßem Schmerz. Er wusste selbst nicht, wieso er ausgerechnet diese Platte aufgelegt hatte. Billie Holiday, *Solitude*. Es war eine von Magdas Lieblingsplatten, sie hatte sie oft gehört.

Am Ende dieser Nacht würde in seinem Leben nichts mehr so sein wie zuvor. Er schmerzte ihn, dass er alles verlassen musste, was er so mühsam aufgebaut hatte. Es half nichts. Er war ihnen eine Last geworden, ein Sicherheitsrisiko war er obendrein, und niemand wusste so gut wie er, was das für ihn bedeutete. Sie mussten ihn liquidieren, schon aus Sorge, er könne eines Tages zu den Amerikanern überlaufen und sein Wissen gegen Sicherheitsgarantien tauschen. Dabei hatte er das nie vorgehabt, denn er wollte nicht vom Regen in die Traufe kommen. Er wollte endlich wieder sein eigener Herr sein. Das schaffte er nur, wenn er ihnen allen zuvorkam. Es wird gelingen, beschwor er sich. Es muss gelingen.

Schon lange hatte er nicht mehr mit so großem Schmerz an Magda gedacht wie in diesen Tagen. Selbst jetzt noch, nach drei Jahren der Trennung, war sie hier allgegenwärtig. Der Sessel, in dem sie immer gesessen und gelesen hatte. Der Tisch in der Küche, an dem sie zusammen gegessen hatten. Oben, im Schlafzimmer, das Bett, das sie teilten. An jedem einzelnen Tag hatte er sie geliebt, nicht einmal ihr Verrat und ihre Untreue hatte etwas daran geändert. Sein maßloser Hass auf sie war ja nur die andere Seite seiner noch maßloseren Liebe. Diese Liebe war ein Gefängnis für sie beide.

Aber keinen Schaden, in dem nicht auch ein Nutzen lag. Es war der überaus gescheite Simon Herzberg gewesen, der ihn auf die Idee brachte, ein Mordkomplott zu inszenieren, mit dem sich zwei Fliegen mit einer Klappe schlagen ließen. Blohm konnte glaubwürdig seinen eigenen Tod vortäuschen und zugleich verhindern, was für ihn die schlimmste Vorstellung von allen war: dass Magda und Karl glücklich zusammenfinden würden. Denn wenn er Magda nicht haben konnte, sollte sie auch kein anderer haben. Blohm hatte anfangs seine Zweifel gehabt, ob Magda wirklich so weit gehen würde, einen Mord in Auftrag zu geben. Dass sie es tat, flößte ihm Respekt ein, der nur dadurch geschmälert wurde, dass sie so dumm sein konnte, ein schriftliches Geständnis zu unterschreiben, mit dem sie nicht nur sich selbst, sondern auch Karl der Willkür anderer auslieferte. Die Drohung, ihr Peterle wegzunehmen, hatte offenbar ihre Wirkung getan und sie zu diesem unverzeihlichen Fehler verleitet.

Die Musik war zu Ende. Nur noch das Knacken der Nadel, die immer wieder zurück in die Rille sprang, war zu hören. Blohm ging zum Plattenspieler und legte den Tonarm auf den

Anfang. Wenn alles nach Plan lief, war er schon in wenigen Tagen in Südamerika. Die Welt würde denken, er sei erst entführt, dann ermordet worden. Einige Barren Gold waren ihm schon vorausgereist und erwarteten ihn in einem Lagerhaus in Buenos Aires. Umgetauschtes Schwarzgeld, das er über die Jahre gehortet hatte und das in keinem seiner Geschäftsbücher auftauchte. Es würde für den Neuanfang unter falschem Namen reichen. Im Nu würde er daraus ein Vermögen machen, so wie er schon einmal aus wenig viel gemacht hatte. Auch damals hatte alles mit einem großen Klumpen Gold begonnen. Und wenn Gras über die Sache gewachsen war, würde nach und nach auch sein anderer Besitz zu ihm zurückkehren. Wie er das gedeichselt hatte, das war sowieso sein Glanzstück.

Zufrieden mit sich selbst, schenkte Blohm sich an der Hausbar einen Whiskey ein. Er war schon immer gut darin gewesen, seine Machenschaften zu tarnen, doch mit seinem Testament hatte er sein Meisterstück vollbracht. Wenn er für tot erklärt wurde, würde das Testament eröffnet werden, das er bei einem Anwalt hinterlegt hatte. Darin war sein vermeintlicher Sohn Peter als Haupterbe eingesetzt, doch er würde erst mit der Volljährigkeit das Erbe antreten können. Bis dahin konnte nur ein Treuhänder – ein Mann, den Blohm vollständig in der Hand hatte – Zugriff auf das Vermögen nehmen. Und dieser hatte viele Jahre Zeit, offiziell den Wert des Vermögens zu mehren, während er in Wahrheit den Löwenanteil auf krummen Wegen zu seinem Herrn nach Südamerika transferierte.

Blohm kippte den Whiskey mit einem Zug hinunter. Gern hätte er sich sofort nachgeschenkt, doch einen zweiten erlaubte er sich nicht. Er brauchte einen klaren Kopf. Noch war nichts gewonnen. Noch konnte alles schiefgehen.

Blohm hörte Geräusche an der Haustür, dann Schritte im

Flur. Gustav, sein treuer Leibwächter. Er hatte seinen üblichen Rundgang ums Haus gemacht und kam ins Wohnzimmer, um zu melden, dass alles sicher sei.

Blohm war versucht, ihm einen Whiskey anzubieten. Doch er unterließ es. Da er es sonst nie tat, hätte es Gustav nur misstrauisch gemacht. Und er hätte das Angebot ohnehin ausgeschlagen. Kein Alkohol im Dienst. Also bedankte sich Blohm einfach und fügte nur hinzu: »Sie sollten heute zeitig schlafen gehen, Gustav. Wir müssen morgen sehr früh raus.«

Gustav nickte. Er hatte sein Zimmer unten im Flur. Von hier aus konnte er im Nu überall im Haus sein.

»Werde ich, Herr Blohm«, versicherte er. »Um zehn Uhr ist für mich Zapfenstreich.«

Blohm nickte.

Gustav wandte sich ab und ging.

Blohms Hand glitt wieder in die Jacketttasche. Sogar ein so eiskalter Hund wie er kannte Momente des Bedauerns, ja, auch der Reue, und das manchmal schon, bevor er eine Tat ausführte.

Dann ging er zum Telefon. Er musste Karl anrufen. Der hatte in dieser Inszenierung ja auch eine Rolle zu spielen, von der er freilich nichts wusste. Ohne Leiche würde es gewiss ein aufsehenerregender Indizienprozess werden, aber für eine Verurteilung sollte es reichen. Magdas Geständnis, Karls Waffe – was brauchte es mehr für den Beweis eines Mordkomplotts?

Der Tag X war da.

Nachdem er wochenlang nichts von sich hatte hören lassen, hatte Blohm es plötzlich sehr eilig. Erst gestern hatte er angerufen, schon heute war das Treffen. Eben hatte er noch einmal angerufen, um die Verabredung zu bestätigen und die Uhrzeit zu vereinbaren. »Ich muss vorher noch woandershin«, sagte Karl, »es wird also etwas später werden.« Das käme ihm entgegen, antwortete Blohm, er solle pünktlich um elf da sein.

Um sich auf andere Gedanken zu bringen, fuhr Karl zu einem Spaziergang in die Stadt. Die Trottoirs und Plätze waren voller Fremder, angereist aus aller Herren Länder, um mit den Münchnern das Achthundert-Jahre-Jubiläum ihrer Stadt zu feiern. Karl schnappte hier und da ein paar Halbsätze Italienisch, Englisch oder Französisch auf und fühlte sich ein wenig an das internationale Berlin der frühen dreißiger Jahre erinnert, so wie es gewesen war, bevor die Nazis alles zerstört hatten. Ein Anflug von Wehmut überkam ihn. Am Marienplatz fiel ihm sofort der feierlich geschmückte, provisorische Altar unter der Mariensäule ins Auge. Natürlich, heute war ja Fronleichnam. Die große Prozession, in der das katholische München am Morgen durch die Innenstadt zog, hatte er zum letzten Mal vor drei Jahren besucht, allerdings nicht, um dem Herrgott die Ehre zu geben, sondern um Magda zu sehen. Wenn auch an der Seite Blohms, der sie damals noch voller Besitzerstolz als seine Gattin vorzeigte. Nun war Magda schon viel zu lange fort. Karl betrachtete den Altar an der Mariensäule. Ein Opfer muss gebracht werden, dachte er. Ein Blutopfer. Das würde ihm Magda zurückbringen.

Karl stellte sich vor, wie es am Abend ablaufen würde. Gegen elf würde er in der Tizianstraße eintreffen. Das Auto parkte er ein Stück entfernt, den Rest der Strecke würde er zu Fuß zurücklegen. Er würde einen Hut tragen und trotz des warmen Wetters einen leichten Mantel mit hochgestelltem Kragen. Oder war das zu auffällig? Wie auch immer, er läutet an der Tür. Der Leibwächter öffnet, tastet ihn – vielleicht – nach Waffen ab und lässt ihn ein. Blohm erwartet ihn. In seinem Büro? Im Wohnzimmer? Im Herrensalon? Zigarre im

Mund. Man redet. Worüber auch immer. Wenn Gertis Ablenkungsmanöver aufgeht, tritt irgendwann der Leibwächter ein und bittet darum, wegen einer persönlichen Angelegenheit für eine Stunde verschwinden zu dürfen. Blohm gewährt es ihm. Nach einer Weile entschuldigt sich Karl kurz, muss angeblich zur Toilette. Er überprüft, ob der Leibwächter wirklich fort ist. In einer Abstellkammer liegt die Waffe. Er nimmt sie aus dem Versteck und kehrt zurück. Macht die Tür auf, tritt ein, richtet die Waffe auf Blohm, drückt ab. Einmal, zweimal, dreimal. Bis Blohm sich nicht mehr rührt. Alles innerhalb von Sekunden. Ehe Blohm begreift, was passiert, ist er schon tot.

Sich die Situation vorzustellen, das hatte etwas Beängstigendes, aber auch etwas Befreiendes. Skrupel verspürte er keine, er hatte im Krieg zu viele Männer aus den falschen Gründen getötet, um bei diesem Mann moralische Bedenken aufkommen zu lassen. Das Einzige, was ihm Sorgen machte, war das Danach. Würde die Flucht aus dem Haus gelingen, ohne dass jemand aus der Nachbarschaft ihn sah? Würde die Polizei sich täuschen lassen?

Karl kehrte zum *Kammererwirt* zurück und zog sich um. Dann fuhr er ins *Atelier*, ein exklusives Lokal in der Maximilianstraße, in dem sich Künstler, Schauspieler und Filmleute ein Stelldichein gaben. Er gestattete sich einen Cognac und beobachtete die Menschen um sich herum, so wie man Fische in einem Aquarium beobachtet. Er verwickelte Bekannte in ein Gespräch, an das diese sich erinnern sollten, während sie hoffentlich vergaßen, wann er genau gegangen war.

Kurz nach halb elf Uhr abends verließ er das Lokal. Stieg in seinen Wagen und fuhr Richtung Nymphenburg. Ein paar Straßen vor seinem Ziel ließ er die Isabella stehen. Bis zu Blohms Haus brauchte er fünf, vielleicht zehn Minuten. Mit jedem Schritt, den er machte, fiel er zurück in den Bewusstseinszustand des Soldaten, der nur seinen Befehl kennt und die eingeübten Aktionen und Reaktionen. Der nichts fühlt und nichts fühlen wird, bis der Befehl ausgeführt ist.

Der Tag X war da.

Befehle mussten ausgeführt, Missionen erfüllt werden. Immer wieder sagte Gerti sich das vor, seit Karl am Abend weggefahren war. Erst ins *Atelier*, um gesehen zu werden, falls die Polizei später danach fragte. Später, hatte er gesagt, und Gerti hatte ihm beigepflichtet. So als würde es für ihn ein Später geben. Sie selbst hatte im *Kammererwirt* zu Abend gegessen, jedoch ohne Appetit. Jetzt saß sie in Karls Zimmer – sie hatte den Zweitschlüssel aus Lindemeiers Schublade entwendet – und betrachtete alles: das Bett, in dem er schlief; den Schreibtisch, an dem er arbeitete; das Regal mit seinen Büchern; den Schrank mit seinen Anzügen. Er würde all das nie wiedersehen.

Das Atmen fiel ihr plötzlich schwer.

Befehle mussten ausgeführt, Missionen erfüllt werden. Befehle mussten ausgeführt, Missionen erfüllt werden. Befehle mussten ausgeführt ... Je öfter sie sich diese Sätze vorsagte, desto hohler klangen sie. War das nicht genau das, was auch diese Nazi-Verbrecher als Verteidigung vorbrachten? Möglich. Doch es war die Sache, für die man kämpfte, die den Unterschied machte. Sie kämpfte für die richtige Sache. Für eine menschliche Gesellschaft.

Ein alter, abgestoßener Koffer unter dem Bett fiel ihr ins Auge. Sie ahnte, dass es keine gute Idee war, ihn zu öffnen. Dennoch holte sie ihn hervor und ließ die Verschlüsse aufschnappen. Bündel von Briefen, Bücher, Hefte lagen vor ihr. Sie nahm eines der Briefbündel. Ein Großteil davon Feldpostbriefe. Karl hatte sie geschrieben, an seine Familie zu Hause.

Sie löste den Bindfaden, der das Bündel zusammenhielt, nahm einen der Briefe und öffnete ihn.

Mein allerliebstes Heidilein, las sie, *meine über alles geliebten Spatzen …*

Gerti legte den Brief zur Seite. Sie konnte nicht weiterlesen. Ihr Herz schlug so kraftvoll, dass sie jeden der Schläge einzeln spürte. Ihr Blick fiel auf ein in Leder gebundenes Fotoalbum, das unter all den anderen Sachen lag, als wolle es sich verstecken. Ich sollte das nicht tun, sagte sich Gerti erneut, griff im gleichen Moment danach und setzte sich in den Sessel, in dem sie immer saß. Tu es nicht, warnte eine innere Stimme zum zweiten Mal. Aber sie konnte nicht anders und schlug es auf. Gleich auf der ersten Seite ein Familienfoto: ein Mann, eine Frau, zwei lachende Mädchen mit Schleifen im Haar; und darunter stand in schwungvoller Schreibschrift: *Die stolzen Spatzeneltern mit ihren beiden zwitschernden Spatzenkindern.*

Blohm schaute auf die Uhr. Gleich halb elf. Es war höchste Zeit. Der schwerste Schritt. Es tat weh, einen guten Mann zu verlieren. Aber was half es? Gustav hatte zu viel von dem mitangesehen, was zuletzt vorgegangen war, und er war zu klug, um sich nicht seinen Reim darauf zu machen. Der Kreis der Mitwisser musste begrenzt werden. Und selbst der Verschwiegenste fing an zu reden, wenn es um die eigene Haut ging. Außerdem würde sich so die Entschlossenheit und Brutalität der vermeintlichen Entführer zeigen.

Blohm klopfte sacht an Gustavs Tür. Es war unmöglich, ihn im Schlaf zu überraschen, denn bei diesem Mann war ein Auge immer offen, ein Ohr immer wach.

»Herein«, sagte Gustav.

Als Blohm eintrat, brannte die Nachttischlampe bereits. Gustav setzte sich im Bett auf.

»Verzeihen Sie die Störung«, sagte Blohm. »Ich bräuchte Ihre Hilfe bei etwas. Vielleicht können Sie sich das kurz ansehen.«

Blohm beugte sich zu Gustav hinab und fasste im gleichen Moment in seine Jacketttasche. Das Springmesser in seiner Hand war leicht und schwer zugleich. Die Klinge schnellte heraus, und ehe Gustav begriff, was geschah, steckte sie schon in seinem Herz. Gustav sah Blohm aus weit aufgerissenen Augen an. »Es tut mir leid, alter Freund«, sagte Blohm, doch das hörte Gustav vermutlich nicht mehr.

Blohm zog die Klinge aus dem Körper, ließ Gustav nach hinten ins Bett sinken und zog ihm die Decke über den Kopf. Dann löschte er das Licht und verließ das Zimmer. Erst jetzt spürte er das Rasen seines Herzens. Er hatte lange nicht mehr mit eigener Hand töten müssen. Auch wenn er es bedauerte, den treuen Gustav so schlecht für seine Dienste entlohnt zu haben, war er auch von einem Hochgefühl berauscht, das mit dem Töten einherging. Er hatte fast vergessen, wie das war, Herr über Leben und Tod zu sein.

Blohm wischte die Klinge an seinem Taschentuch ab. Dann hörte er auch schon den Wagen aufs Grundstück fahren. Das Zuschlagen von Autotüren. Im nächsten Moment flog die Haustür auf. Mit forschen Schritten kam Simon Herzberg herein, im Schlepptau hatte er diesen Johnny, der auch Karls Waffe gebracht hatte. Grußlos sagte Simon: »Ich hoffe, Sie sind bereit. Wir haben noch einiges zu tun.«

»Das weiß ich«, antwortete Blohm gereizt. »Blasen Sie sich hier nicht so auf, junger Mann. Noch wissen wir nicht, ob Ihr genialer Plan auch wirklich funktioniert.«

»Sicher. Verzeihung.«

»Schon gut. Folgen Sie mir.«

Blohm ging voraus ins Büro. Er öffnete den Safe und nahm

Karls Waffe heraus. Er wollte sie Simon reichen, doch der verwies ihn an Johnny.

»Noch nicht schießen«, sagte Simon zu Johnny, und zu Blohm sagte er: »Erst das Blut. Und nicht zu knapp, bitte.«

Blohm war es nicht gewohnt, herumkommandiert zu werden, und das missfiel ihm zutiefst. Doch es musste sein. Er krempelte einen Ärmel hoch, holte das Springmesser hervor und ließ die Klinge herausschnellen.

»Keine Sorge«, sagte Simon, »ich habe Verbandszeug dabei.«

»Dann bin ich ja erleichtert«, antwortete Blohm und stach zu.

Still wie ein Friedhof lag die Tizianstraße vor Karl. Manchmal hörte man das Röhren eines Motorrollers, oder ein Auto fuhr vorbei. Leute, die ihre Hunde Gassi führten. Karl zog jedes Mal den Hut tiefer ins Gesicht. Seine Nerven waren zum Zerreißen gespannt. Er wollte nur, dass die Sache vorüber war. Dachte an die Zeit danach. An Magda. Das gab ihm wieder Auftrieb. Sie war jedes Opfer und jedes Verbrechen wert.

Er war schon fast bei Blohms Anwesen, als er hinter sich eilige Schritte hörte. Eine Frau, vermutete er. Er wurde langsamer, drehte sich aber nicht um. Sollte er die Straßenseite wechseln? Er blieb stehen und tat so, als müsse er einen lockeren Schnürsenkel binden. Die Schritte näherten sich rasch, wurden dann langsamer. Karl schaute auf. Über ihm Gertis Gesicht. Er erschrak. Was wollte sie hier? Wollte sie verhindern, dass er in letzter Sekunde kniff?

»Komm«, sagte sie.

Er richtete sich auf. Sie nahm ihn an der Hand, um ihn fortzuziehen, nicht zu Blohms Anwesen, sondern in die andere Richtung. Doch er blieb, wo er war, und sah sie entgeistert an.

»Was soll das?«, sagte er.

»Es gab eine Planänderung«, antwortete sie.

»Planänderung?«

»Ich erklär's dir gleich. Wenn wir hier weg sind. Komm schon.«

In diesem Moment fiel ein Schuss. Karl und Gerti erstarrten. Das war eindeutig aus Blohms Anwesen gekommen. Was war da los? Noch ein Schuss. Karl sah Gerti an. Sie wirkte ebenso überrascht wie er. Im nächsten Moment wurden Rufe laut. Männer, mindestens zwei. Ein Auto startete.

»Jetzt komm endlich!«, drängte Gerti. »Wir müssen hier weg!«

Sie hatte recht. Karl wandte sich um, eilig, aber ohne zu rennen, entfernten sie sich. Erst spät bemerkten sie den Mann mit seinem Dackel auf der anderen Straßenseite. Er schaute zu ihnen herüber und rief: »Haben Sie das auch gehört? Da hat doch jemand geschossen.«

Wortlos gingen Karl und Gerti weiter. Nicht zu eilig, damit sie nicht wie Verbrecher aussahen, die von einem Tatort flohen. Sie drehten sich auch nicht um, als das Auto, das sie auf Blohms Anwesen gehört hatte, mit aufheulendem Motor die Tizianstraße herunterschoss, an ihnen vorbei und weiter die Straße hinab, bis die Rücklichter nur noch kleine rote Punkte waren.

Karl bog in die Seitenstraße ein, in der er sein Auto geparkt hatte. Sie stiegen ein. Noch immer sagte keiner ein Wort. Erst als Karl losgefahren war, fragte er: »Was war das, Gerti? Kannst du mir das erklären?«

»Ich habe keine Ahnung«, antwortete sie. »Wirklich nicht.«

Er hatte sie noch nie so verwirrt gesehen. Deshalb glaubte er ihr.

Blohm lag quer auf dem Rücksitz, so dass man ihn von draußen nicht sehen konnte. Die Stichwunde im Arm schmerzte. Das würde vorübergehen. Simon und Johnny redeten kein Wort. Dafür lief der Polizeifunk. Die Schüsse auf Blohms Anwesen waren gemeldet worden, Einsatzwagen unterwegs. Alles lief nach Plan. Blohm erinnerte sich daran, dass er, kurz bevor er auf Tauchstation gegangen war, einen Mann und eine Frau gesehen hatte, und auch wenn alles viel zu schnell gegangen war, um im Halbdunkel der nächtlichen Straße Gesichter zu erkennen, war er sicher, dass das Karl und seine falsche Tochter gewesen waren.

Der Wagen bremste ab, fast bis auf Schrittgeschwindigkeit, und bog in eine Durchfahrt zu einem Hinterhof ein. Dort hielt er an. Simon und Johnny stiegen aus, ein paar Herzschläge später klopfte Simon an die Scheibe. Die Luft war rein. Blohm richtete sich auf und stieg ebenfalls aus. Zügig, ohne ein Wort zu verlieren, gingen Simon und Blohm auf den bereitstehenden Opel Rekord zu. Johnny sagte: »Gute Fahrt.« Niemand antwortete.

Wenig später waren Simon und Blohm wieder auf der Straße, diesmal Richtung Autobahn. Sie würden eine Weile auf der Autobahn bleiben, um schnell von der Stadt wegzukommen, doch ein gutes Stück vor der österreichischen Grenze abfahren und dann nur noch Schleichwege benutzen, die Simon von früher kannte. Das Ziel war Italien. In zwei Tagen lief in Genua ein Schiff nach Argentinien aus, und Blohm würde an Bord sein. Der erste Schritt in sein neues Leben als Señor Alfred Schmitz, Geschäftsmann aus Alemania. In zwei oder drei Wochen würden blutige Kleidungsstücke auftauchen und die Waffe, mit der im Haus geschossen worden war, außerdem weitere fingierte Beweise, die auf ein Mordkomplott gegen Walter Blohm hindeuteten, geschmiedet und in Auftrag gegeben von Karl Wieners und seiner Geliebten Magda Blohm. Das hatten sie dank Magdas Geständnis sogar schriftlich. Die beiden würden viele Jahre im Zuchthaus verbringen und waren auch danach für alle Zeit gesellschaftlich erledigt.

Sie bogen gerade auf die Autobahn nach Garmisch ein, als Blohm das anhaltende Schweigen brach, indem er zu Simon sagte: »Sie haben in Amerika einiges gelernt, mein Lieber. Das nötigt mir Respekt ab. Ich frage mich nur, warum Sie das tun. Abgesehen von dem kleinen Vermögen, das ich Ihnen für Ihre Bemühungen zahle. Ich werde den Eindruck nicht los, dass es auch etwas Persönliches gibt, das Sie antreibt.«

Simon verharrte eine Weile in Schweigen, um dieses Schweigen dann in Worte zu kleiden. »Verstehen Sie mich nicht falsch, Herr Blohm, aber ich habe Sie nie nach Ihren Motiven gefragt, also fragen Sie mich auch nicht nach meinen.«

»Meine Motive waren stets sonnenklar.«

Und seine sind es auch, dachte Blohm, als die Antwort ausblieb. Es sind ja immer dieselben. Eifersucht, Habgier, Rachegelüste. Er liebte Magda, wahrscheinlich seit er wusste, dass es so ein Gefühl gibt, doch sie hatte ihn stets verschmäht. Hatte sich in ihren eigenen Onkel verliebt, und als der sie unglücklich machte, hatte sie sich des Geldes wegen an den reichen Gangster gehängt. Doch niemals an ihn, Simon, den treuen Freund. Sicher, da Blohm all dies wusste, war es grausam, ausgerechnet Simon zu Magdas Aufpasser in New York zu machen. Aber genau deshalb war es auch die einzig richtige Wahl gewesen. Selbst wenn Magda Simons Wünschen unter diesen Voraussetzungen nachgegeben hätte, hätte Simon nie wissen können, ob sie es ehrlich meinte oder nur Berechnung dahintersteckte, weil sie sich Vorteile versprach.

»Machen Sie sich keine Sorgen, Herr Blohm«, sagte Simon nach einer Weile. »Es wird alles gut gehen.«

Karl fuhr, als sei er auf der Flucht. Und er wusste nicht einmal, vor wem. Gerti saß neben ihm und sprach kein Wort. Doch ihre Nervosität war spürbar, fast glaubte er, das Gedankengewitter in ihrem Kopf hören zu können. Ein Polizeiauto mit Blaulicht und Sirene kam ihnen entgegen. Er beobachtete es im Rückspiegel, bis es verschwunden war. Dann ging er etwas vom Gaspedal.

»Wir sollten nicht nach Hause fahren.« Das war das Erste, was Gerti sagte.

»Warum nicht?«

»Nur zur Sicherheit.«

»Wartet dort jemand auf uns?«

»Ich weiß es nicht. Wir müssen mit allem rechnen.«

»Und wer könnte dort warten?«

Gerti schwieg.

Karl fuhr an den Straßenrand und hielt an. Gerti saß da und starrte geradeaus.

»Was ist da eben passiert?«, fragte Karl eindringlich.

»Ich weiß es nicht. Aber ich vermute, dass uns die Amerikaner zuvorgekommen sind. Sie haben ihn geschnappt. Und das heißt, dass viele Genossen in Gefahr sind. Blohm weiß eine Menge.«

Gerti zündete sich eine Zigarette an. Das Rauchen schien sie ein wenig zu beruhigen. »Es kann kein Zufall sein, dass das ausgerechnet heute passiert ist«, sagte sie. »Wer immer das war, wusste, was wir vorhatten, und ist uns haarscharf zuvorgekommen.«

Von hinten näherte sich bimmelnd eine Tram. Die Haltestelle befand sich kurz vor ihnen, in der Straßenmitte. Gerti drückte ihre Zigarette im Aschenbecher aus. »Warte nicht auf mich«, sagte sie, sprang aus dem Auto und lief zur Haltestelle. Sie kam im gleichen Moment dort an, als auch die Tram einfuhr.

Zuerst wollte Karl ihr folgen, sie aufhalten, denn wo wollte sie mitten in der Nacht hin? Doch dann blieb er sitzen und sah zu, wie sie einstieg. Sie ging ganz nach hinten und schaute zu ihm herüber. Als die Tram anfuhr, winkte sie. Ob er sie je wiedersehen würde? Sie hatte noch ihre Sachen im *Kammererwirt*. Das musste allerdings nichts bedeuten.

Karl fuhr auch wieder los. Sie würde schon zurückkommen. Und wenn nicht? Er würde sie vermissen. Er hatte sich an sie gewöhnt, und obwohl es nicht echt war, hatte das Vater-Tochter-Spiel eine Saite in ihm berührt, von der er nicht mehr gewusst hatte, dass sie noch da war. Während er über den Stiglmaierplatz und in die Briennerstraße rollte, überlegte er, was er tun sollte. Vielleicht zumindest für diese eine Nacht bei Veit unterschlüpfen?

Nach einigem Hin und Her entschied sich Karl, zum *Kammererwirt* zu fahren. Gertis Sorge fand er übertrieben. Er parkte den Wagen ein Stück entfernt und hielt auf dem Weg zum Gasthaus Augen und Ohren offen. Die Wirtschaft war schon geschlossen, es war so still, wie es für eine Nacht wie diese zu erwarten war. Nur das Miauen einer Katze und das Bellen eines Hundes waren zu hören. Endlich in seinem Zimmer, setzte sich Karl erleichtert aufs Bett. Dann fiel ihm etwas ein, und er schnellte hoch.

Die Waffe! Die Luger seines alten Herrn! Sie war noch in Blohms Villa. Die Polizei würde alles auf den Kopf stellen und sie in der Besenkammer aufstöbern. Das war so weit kein Problem, denn wie sollten sie sie Karl zuordnen? Die Waffe war nicht angemeldet, Karls Fingerabdrücke nirgends registriert.

Karl rieb sich das stoppelige Kinn. Als junge Burschen hatten er und seine Blas'n mit dem Ding trotz Verbot herumgeballert. Ludwig war auch dabei gewesen. Ob er die alte Luger wiedererkannte, wenn er sie sah?

Freitag, 6. Juni 1958

AM NÄCHSTEN MORGEN WURDE KARL von einem heftigen Klopfen aus dem Bett geholt. Es war Lindemeier. »Telefon für Sie«, rief er. »Es ist die Polizei.« Karl erschrak. In nächsten Moment sagte er sich, dass er ja gar nichts getan hatte. »Komme gleich«, antwortete Karl und wollte sich anziehen. Da bemerkte er, dass er noch seinen Anzug von gestern trug.

Es war Ludwig. Er wolle ihn treffen, sagte aber nicht, warum. Die Luger, dachte Karl, er hat sie erkannt. Klang er besorgt? Vorwurfsvoll? Schwer zu sagen bei Ludwig, der sich nie in die Karten schauen ließ. Vor allem klang er wie ein Mann, der wenig geschlafen und sehr viel zu tun hatte. »Das Café im *Hotel Sonnenhof*«, schlug Ludwig vor. »Halb zwei. Schaffst du das?«

»Ich werde da sein«, versprach Karl.

Zurück in seinem Zimmer, kam Karl erst so recht zur Besinnung. Eine nervöse Unruhe bemächtigte sich seiner. Er konnte nicht still sitzen, musste in Bewegung bleiben. Hätte er nur gewusst, was letzte Nacht passiert war. Er blieb stehen. Sein Blick fiel zum Bett, unter dem der alte Koffer, in dem er alles verstaute, was mit seiner Vergangenheit zu tun hatte, auffallend hervorragte. Seit Wochen, wenn nicht Monaten, hatte er ihn nicht mehr angerührt. Jemand anders musste ihn bewegt haben.

Karl zog ihn hervor und öffnete ihn. Das Fotoalbum lag

obenauf, obwohl es immer unter den anderen Sachen gelegen hatte. Auch die Schleife an dem einen Briefbündel sah anders aus. Kein Zweifel, jemand hatte den Koffer geöffnet. Sein erster Gedanke: Gerti. Die verschlossene Tür zu seinem Zimmer war für sie sicher kein Hindernis. Doch warum sollte sie das tun? Sie wusste längst alles über ihn, was es zu wissen gab. Oder waren es die Leute gewesen, vor denen sich Gerti so sehr fürchtete, dass sie es für sicherer hielt, unterzutauchen?

Karl klappte den Koffer zu und wollte ihn wieder unter das Bett schieben, doch dann besann er sich, öffnete ihn erneut und nahm das Fotoalbum heraus. Wie lange hatte er schon nicht mehr hineingesehen? Eine Ewigkeit. In der ersten Zeit aus Angst vor den Gefühlen, die die Bilder in ihm auslösen könnten; und dann … Er wusste es selbst nicht. Vielleicht immer noch aus Angst. Jetzt schlug er das Album auf. Das Foto auf der ersten Seite zeigte ihn und Heidi, Gundi und Gerti, und darunter hatte Heidi in ihrer schönen, geschwungen Schreibschrift die Zeile gesetzt: *Die stolzen Spatzeneltern mit ihren beiden zwitschernden Spatzenkindern*.

Tick-tack, tick-tack machte die Kuckucksuhr. Gerti drückte sich das Kissen auf die Ohren, doch das Ticken war längst in ihrem Kopf. Tick-tack, tick-tack. Na gut, dachte sie, du hast gewonnen! Sie schälte sich aus der Steppdecke und setzte sich auf. Das Verrückte an dieser blöden Uhr war, dass sie allem Lärm zum Trotz die falsche Zeit anzeigte. Gerti zündete sich eine Zigarette an. Kant würde toben, wenn er erfuhr, dass sie Blohm an die Amerikaner verloren hatte. Der Schaden war unabsehbar. Agenten, informelle Mitarbeiter, Kuriere gerieten in Gefahr. Mühsam aufgebaute Verbindungen wurden zerrissen. Und ihre eigene Karriere war vorüber, ehe sie richtig begonnen hatte. Man würde sie in die Produktion schicken und dort versauern lassen.

Es klopfte an der Tür.

»Herein«, sagte Gerti und drehte sich um.

Wolfgang trat ein. Ein schon etwas älterer Genosse und Notfallkontakt, zu dem man ging, wenn man sich verstecken musste. Oder einfach nicht mehr weiterwusste. Von seinem Telefon aus hatte Gerti noch in der Nacht in Ostberlin angerufen und geschildert, was geschehen war. Sie wurde angewiesen zu bleiben, wo sie war. Man werde sie zurückrufen.

»Frühstück?«, fragte Wolfgang.

»Die Kuckucksuhr geht übrigens falsch«, sagte sie mürrisch.

»Ich weiß«, erwiderte Wolfgang. Er redete nicht viel, fragte nur das Nötigste.

Gerti folgte ihm und dem Kaffeeduft in die Küche. Wolfgang lebte allein, und entsprechend spartanisch wurde sein Haushalt geführt. Es gab Brot, Butter, Marmelade, mehr nicht. Kaffee. Auf dem Küchentisch lag eine Zeitung, doch die Meldung über die Geschehnisse in Blohms Anwesen würde erst in den Abendausgaben erscheinen. Noch ging es in der Schlagzeile nur um Fußball. Wolfgang schaltete das Radio ein. »Die Sieben-Uhr-Nachrichten«, sagte er.

Gerti setzte sich an den Tisch und hörte, wie der Sprecher eine Entführung im Stadtteil Nymphenburg meldete. Opfer sei ein stadtbekannter Bauunternehmer und Immobilienbesitzer. Sein Leibwächter sei dabei getötet worden. Näheres sei noch nicht bekannt, die Polizei wolle am Vormittag vor die Presse treten und weitere Einzelheiten mitteilen.

»Die Amerikaner«, sagte Gerti mutlos.

»Sieht so aus«, sagte Wolfgang. »Du musst etwas essen, Genossin, sonst kippst du mir noch vom Stuhl.«

Gerti hatte keinen Appetit. Im Flur schrillte das Telefon. Wolfgang ging hinaus und nahm ab. Gerti folgte ihm bis zur Tür. Wolfgang reichte den Hörer an Gerti weiter.

»Was war denn da los bei Ihnen?«, schrie Kant sie an.

Gertis Hand, die den Hörer hielt, zitterte. »Es tut mir leid, ich …«

»Es wird Ihnen noch viel mehr leidtun, Genossin! Ich habe Ihnen vertraut! Wider besseren Rat. Das bleibt am Ende an mir hängen!«

Natürlich, dachte Gerti trotzig, im Erfolgsfall hättest du dich ja auch darin gesonnt, wie gut du deine junge Agentin führst, dass sie schon eine so schwierige Operation durchführen kann. Doch sie verbiss sich jede Spitze und wiederholte nur kleinlaut: »Es tut mir leid.«

»Ich hätte wissen müssen, dass die Sache zu groß für Sie ist.«

»Die Amerikaner waren einfach schneller.«

Zu ihrem Erstaunen blieb es für einen langen Moment still in der Leitung. Dann sagte Kant etwas ruhiger: »Es ist nicht sicher, ob es wirklich die Amerikaner waren, die uns zuvorgekommen sind.«

Sie horchte auf. »Nicht?«

»Unsere Quellen melden keine besondere Aktivität. Anscheinend fragt man sich dort auch, was los ist, und vermutet uns hinter der Sache.«

Gerti war im ersten Moment erleichtert, im nächsten schon wieder unsicher, ob das eine gute oder eine schlechte Nachricht war. Vor allem fragte sie sich, ob Kant es für eine gute oder eine schlechte Nachricht hielt.

»Was soll ich tun?«, erkundigte sie sich vorsichtig.

»Wenn sich herausstellt, dass es wirklich nicht die Amerikaner oder einer ihrer verbündeten Dienste waren, könnten

Sie und ich mit einem blauen Auge davonkommen. Aber nur, wenn Blohm tot ist. Finden Sie raus, was passiert ist. Möglichst, ohne weiteren Schaden anzurichten. Schaffen Sie das, Genossin?«

»Ich gebe mein Bestes.«

»Das ist nicht genug. Packen Sie ruhig noch eine Schippe drauf.«

Kant legte auf. Auch Gerti hängte ein.

»Täusche ich mich, oder wurde die Hinrichtung abgesagt?«, fragte Wolfgang, der die ganze Zeit neben ihr gestanden hatte.

»Nur aufgeschoben«, antwortete Gerti. »Kennst du Johnny?«

»Der junge Kerl mit der Ballonmütze? Der Taxi fährt?«

»Den meine ich. Er war mein Helfer bei der Sache. Ich muss unbedingt mit ihm reden. Aber unter seiner üblichen Nummer erreiche ich ihn nicht.«

»Du gehst jetzt erst mal frühstücken«, sagte Wolfgang väterlich, »und in der Zwischenzeit sehe ich zu, dass ich ihn ausfindig mache.«

Karl war deutlich vor der mit Ludwig verabredeten Zeit im Café des *Hotel Sonnenhof*, setzte sich an einen Tisch im hinteren Bereich und bestellte Kaffee und einen Cognac. Er war angespannt. Aus dem Radio wusste er inzwischen, dass von Blohm jede Spur fehlte. Niemand konnte sagen, ob er lebte oder tot war. Karl musste an den Wagen denken, der an ihm und Gerti vorbeigeschossen war. Zwei Männer hatte er darin gezählt. Es war zu dunkel, um die Gesichter genau zu sehen, doch wäre einer von ihnen Blohm gewesen, hätte er ihn erkannt, davon war er überzeugt. Vielleicht hatte Blohm ja hinten als Leiche oder Schwerverletzter gelegen, im Fond oder im Kofferraum. Eine Vorstellung, der Karl einiges abgewinnen konnte.

Kaffee und Cognac wurden serviert. Karl trank den Cognac, bestellte einen zweiten und trank auch diesen in wenigen Schlucken. Das ließ ihn ruhiger werden. Er schaute auf die Sonnenstraße hinaus, beobachtete die Leute. Den ganzen Vormittag war er durch Schwabing gelaufen, zu den Plätzen und Lokalen, wo sich die Jugend aufhielt, in der Hoffnung, Gerti zu treffen. Nicht, dass er ernsthaft damit gerechnet hatte. Er wusste ja so gut wie nichts über sie. Wo sie gewöhnlich hinging. Wen sie traf. Außerdem war es unwahrscheinlich, dass sie nach den Ereignissen der letzten Nacht mit Freunden unbeschwert in einem Café schwatzte. Vielleicht war sie längst auf dem Weg nach Ostberlin.

Diese Vorstellung bedrückte Karl. Er hatte sich an sie gewöhnt. Sogar an ihre bestimmende Art. Manchmal hatte er sich sogar bei dem Gedanken ertappt, sie habe diese oder jene Eigenheit von Heidi. Und seit heute Morgen sah er immerzu das Foto vor sich. *Die stolzen Spatzeneltern mit ihren beiden zwitschernden Spatzenkindern*. Sah die falsche Gerti der richtigen nicht tatsächlich ein wenig ähnlich? Oder deren Mutter? Wunschdenken, wies er sich selbst zurecht. Alles nur Wunschdenken. Seine Gerti, die *echte* Gerti, war schon lange tot. War zusammen mit ihrer Schwester beim Untergang der *Wilhelm Gustloff* ertrunken. So hatte das Gericht es aufgrund von Zeugenaussagen bestätigt und die beiden für tot erklärt. Vielleicht war es ganz gut, wenn die falsche Gerti verschwand. Am besten für immer. Dieses Spiel war schon viel zu weit gegangen.

In diesem Moment sah er durch eines der großen Fenster, wie Ludwig sich dem Café näherte. Karl wurde es mulmig zumute. Dass Ludwig ihn wegen der Sache mit Blohm treffen wollte, war klar. Aber worum ging es genau? Wieso hatte er es so eilig mit dem Gespräch? Es konnte nur wegen der Luger sein. Rasch griff sich Karl von einem Nebentisch eine Zeitung und schlug sie auf. Blätterte lustlos darin herum, um beschäftigt zu wirken, während er aus dem Augenwinkel beobachtete, wie Ludwig eintrat und sich zügig dem Tisch näherte.

»Grüß dich Gott«, sagte Ludwig.

Karl schaute auf, als bemerke er ihn erst jetzt, und grüßte ebenfalls.

Ludwig setzte sich. »Schön, dass du dir die Zeit nehmen konntest. Gut schaust du aber nicht gerade aus, wenn ich das so unverblümt sagen darf. Fehlt dir was?«

Karl schüttelte den Kopf. »Ich war gestern im *Atelier*. Ist spät geworden – oder früh. Ich hab eindeutig zu wenig geschlafen letzte Nacht.«

Ludwig fischte seine Zigaretten aus der Jacketttasche und schüttelte eine aus der Packung. Im gleichen Moment trat eine junge Kellnerin an den Tisch. Er überlegte kurz, was er trinken wollte, und deutete schließlich auf Karls leeres Cognacglas. »Auch so einen. Oder bringen Sie gleich zwei. Du trinkst doch noch einen mit?« Karl rührte sich nicht, was Ludwig als ein Ja wertete. »Also zwei«, erklärte er der Kellnerin.

»Was wolltest du denn mit mir bereden?«, fragte Karl.

Ludwig zündete sich die Zigarette an. »Blohm ist seit letzter Nacht verschwunden«, berichtete er. »Vielleicht ist er schon tot. In seinem Haus sind Schüsse gefallen. Wir haben auch Blut gefunden. Aber keine Leiche. Also, ich meine, nicht die von Blohm. Dafür die Leiche seines Leibwächters.«

»Wirklich?« Karl schlug die Zeitschrift zu und schob sie zur Seite. »Verschwunden«, wiederholte er und bemühte sich, keinerlei innere Regung zu zeigen. »Deshalb wolltest du mit mir reden? Da fragst du den Falschen. Seit Magda weg ist, habe ich mit Blohm nichts mehr zu schaffen. Ich bin bei ihm eine Persona non grata. Und er bei mir.« Karl schwieg einen Moment, fragte dann: »Weiß Magda schon, was passiert ist?«

Dienstag, 10. Juni 1958

NEW YORK CITY

MAGDA WOLLTE GERADE ZUM DINNER aufbrechen, als das Telefon klingelte. Sie erschrak wie jedes Mal, seit Simon und Andrew Aldrich nach Deutschland verschwunden waren. Ständig dachte sie, es sei Simon mit schlechten Nachrichten. Mit guten Nachrichten würde er sich nicht melden, denn es war vereinbart worden, dass es fürs Erste keinen Kontakt zwischen ihnen geben würde. Je weniger sie wusste, desto weniger musste sie vor der Polizei verheimlichen.

Sie nahm das Telefon ab. »Hallo?«

»Spreche ich mit Frau Blohm? Frau Magda Blohm?« Der Mann sprach deutsch.

»Ja, hier ist Blohm. Und wer sind Sie?«

»Verzeihen Sie. Ich bin Kriminalrat Vranitzky, Polizeipräsidium München. Wir versuchen schon seit ein paar Tagen, Sie zu erreichen.«

Magda setzte sich. Ihre Schläfen pulsierten. Alles, was sie sich für diesen Anruf zurechtgelegt hatte, war vergessen.

»Polizei? Ist etwas passiert?«

»Es geht um Ihren Gatten. Er ist verschwunden.«

»Verschwunden?« Obwohl die Nachricht keine Überraschung war, musste sie die Erschütterung nicht spielen. »Was heißt das?«

»Das wissen wir nicht genau. Es könnte eine Entführung sein. Wir müssen aber auch vom Schlimmsten ausgehen.«

»O mein Gott.«

»Es ist in der Nacht von Donnerstag auf Freitag passiert. Ihr Mann wurde aus seinem Haus in der Tizianstraße entführt. Seither fehlt jede Spur. Wir haben aber, diese Tatsache kann ich Ihnen leider nicht ersparen, Blut im Arbeitszimmer von Herrn Blohm gefunden, es wurden Schüsse gehört. Mehr wissen wir noch nicht.«

Magda versuchte, sich vorzustellen, wie es passiert war. Das Haus, das Büro. Vielleicht ein Kampf. Schüsse. Blohm schwer verletzt oder schon tot. Kein Bedauern in ihr, aber auch keine Euphorie. Sie fühlte nichts.

»Frau Blohm?« Kriminalrat Vranitzky riss sie aus ihren Gedanken.

Sie räusperte sich. »Was soll ich jetzt tun? Nach Deutschland kommen? Brauchen Sie mich?«

»Es wäre sicher eine Hilfe, wenn Sie uns mehr über Ihren Mann erzählen könnten. Sein Umfeld, seine Geschäfte. Alles, was Sie wissen.«

»Wir leben mittlerweile seit fast drei Jahren getrennt. Hatten nur spärlich Kontakt. Über das, was er in dieser Zeit gemacht hat, kann ich Ihnen eigentlich nichts sagen.«

»Wir werden sehen. Und Sie sollten die Hoffnung nicht aufgeben. Wir halten Sie auf dem Laufenden.«

Magda bedankte sich und legte auf.

Blohm war verschwunden. Nicht tot. War etwas schiefgegangen? Solange sein Tod nicht feststand, würde es auch kein Erbe geben. Und solange es kein Erbe gab, waren Simon und Aldrich nicht am Ziel. Sie wünschte, sie hätte Simon erreichen können. Die Ungewissheit war quälend. Doch ihr blieb nichts anderes übrig, als zu warten.

Magda hatte Agota am Telefon nicht gesagt, warum sie sie unbedingt sehen wollte. Es sei etwas passiert, und sie brauche jemanden zum Reden. Das war alles gewesen. Natürlich würde sie Agota nicht die ganze Wahrheit sagen. Nur das, was sie offiziell wusste. Simon hatte ihr eingeschärft, sie solle sich so verhalten, wie man es von einer Frau erwartet, die eben eine schreckliche Nachricht erhalten hatte. Genau das hatte Magda vor. Sie überließ Peterle Mrs. Stutzels Obhut und fuhr mit der Subway nach Manhattan, um Agota in einem kleinen italienischen Restaurant zum Dinner zu treffen. Als sie dort ankam, war Agota noch nicht da. Um ihre innere Unruhe zu dämpfen, bestellte Magda ein Glas Wein.

Den Tag über hatte sie bei ihrer Arbeit wenig Gelegenheit gehabt, die neue Lage zu bedenken. Sie hatte geglaubt, sie sei darauf vorbereitet. Doch nun konnte sie nicht einmal sagen, wie sie sich fühlte. Erleichtert? Befreit? Ja. Aber auch unsicher. Bedrückt. Wenn sie wenigstens eine Bestätigung gehabt hätte, dass Blohm tot war. So aber hing sie völlig in der Luft.

Agota kam mit einiger Verspätung, Magda hatte ihr Glas Wein schon fast geleert. Kaum hatte Agota sich gesetzt, sagte Magda ohne lange Vorrede: »Blohm ist verschwunden.«

Agota nahm sich einen Moment, ehe sie fragte: »Verschwunden? Was soll das heißen?«

»Entführt. Vielleicht tot. Ich hatte heute Morgen einen Anruf von der Münchner Polizei.«

Der Kellner kam, Agota bestellte ebenfalls Wein.

»Wollen wir hoffen, dass er tot ist, der alte Gangster«, sagte sie dann kühl.

Magda schwieg. Es tat gut, jemanden diese Meinung so klar und deutlich aussprechen zu hören. Denn es war genau das, was sie auch empfand.

Agota tätschelte Magda aufmunternd die Hand. »Ich halte

dich nicht für herzlos, wenn du nicht um ihn trauerst. Er behandelt dich wie eine Gefangene. Wir wissen beide, dass er kein guter Mensch ist.«

»Eine Zeitlang war er gut zu mir.«

Sie lächelte. »Und das wird er als toter Mann auch wieder sein. Und sei es nur dadurch, dass er dir nicht mehr in die Quere kommt. Und vielleicht fällt von all seinem Besitz ja etwas für dich ab. Schließlich bist du die Mutter seines einzigen Sohnes.«

»Ich will kein Geld von ihm. Keinen Pfennig!«

»Deine Entscheidung.« Sie nahm die Speisekarte und klappte sie auf.

»Noch wissen wir nicht mal, ob er tot ist«, sagte Magda.

»Tot oder so gut wie tot«, erwiderte Agota, während sie in der Speisekarte las. »So was endet immer auf diese Weise. Weiß du, was, Darling? Ich denke, ich nehme heute die Pasta.«

Mittwoch, 11. Juni 1958

MÜNCHEN

UND DANN WAR GERTI WIEDER DA. Wie jedes Mal, wenn er auf der Treppe und im Flur Schritte hörte, unterbrach Karl seine Arbeit an der Schreibmaschine und lief zur Tür. Bis jetzt stets vergebens. Mal waren es Handwerker oder Vertreter, mal auswärtige Besucher der anstehenden Feierlichkeiten zum Stadtjubiläum. Diesmal jedoch hatte er keinen Zweifel: Es waren die vertraut gewordenen Schritte. Aber dann, die Hand schon auf der Klinke, zögerte er, sie herunterzudrücken. Was sollte er sagen? Dass er sich Sorgen gemacht hatte? Dass er die letzten Tage damit verbracht hatte, sich zu wünschen, dass sie wirklich seine Tochter sei? Weil es am Ende gar nicht entscheidend war, egal, ob es stimmte oder nicht? Vielleicht genügte es, wenn sie seine Gerti einfach nur weiterhin so überzeugend spielte. Es spielten ja alle irgendeine Rolle. Hochfliegende, alberne, träumerische Gedanken, wie ihm nun bewusst wurde, da Gerti nicht mehr nur ein Objekt seiner überhitzten Phantasie war, sondern wieder ein echter Mensch auf der anderen Seite der Tür; Gedanken, die an der Wirklichkeit zerplatzten wie Seifenblasen. Wer immer sie war, jene Gerti auf dem Foto, jenes kleine Mädchen, das einmal die eine Hälfte seines Spatzenduos gewesen war, würde sie niemals werden.

Die Schritte näherten sich seiner Tür. Und gingen vorüber. War da ein Zögern gewesen? Hatte sie überlegt, ob sie ihn sehen wolle? Sich aber nicht getraut, aus denselben Gründen, aus denen er noch immer regungslos dastand, die Hand auf der Türklinke? Sein Herz schlug heftig. Die Schritte hielten inne. Und kehrten zu ihm zurück. Ein Klopfen an der Tür. Er trat an den Schreibtisch.

»Ja?«

Die Tür ging auf, und da stand sie vor ihm. Hübsch wie immer, wenn auch ein wenig blass, und noch genauso angezogen wie in der Nacht, in der sie verschwunden war. Sie schien sich zu freuen, ihn zu sehen. So wie auch er sich freute.

»Ich bin wieder da«, sagte Gerti.

Karl nickte erleichtert. Widerstand dem Impuls, sie in die Arme zu schließen. Fragte nur: »Wo warst du?«

»Bei einem Genossen.«

»Ich bin froh, dass du wieder da bist.«

»Das bin ich auch.« Sie lächelte sogar ein wenig.

Karl ging zu ihr und schloss die Tür hinter ihr. »Wir müssen reden.« Er führte sie zu ihrem Sessel, doch sie blieb stehen. Also blieb auch er stehen. »Was hast du damit gemeint, dass es eine Planänderung gegeben habe?«, fragte er. »Was hatte sich geändert?«

»Das ist nicht mehr wichtig«, antwortete sie.

Er erkannte, dass sie ihm eine Erklärung schuldig bleiben würde, und entschied sich, es für den Moment dabei zu belassen. »Und wie geht es jetzt weiter?«, fragte er.

»Wir werden sehen. Noch ist nicht alles verloren.«

»Setz dich doch.« Er wies erneut mit der Hand zum Sessel. »Wir müssen noch etwas anderes klären.«

Gerti ließ sich auf der Kante des Sessels nieder. Karl holte die Zeitung, die neben der Schreibmaschine lag, hielt sie ihr hin und deutete auf den Bericht, der auf der ersten Seite stand. »Hast du das gelesen?«

Sie nahm die Zeitung und las. In dem Artikel stand, dass die Schüsse in Blohms Haus aus einer Pistole Marke Luger abgegeben worden waren. Das konnte nur bedeuten, dass Blohms Mörder, Entführer oder wer auch immer Karls Waffe benutzt hatten. Und offenbar hatten sie sie mitgenommen, denn sie war am Tatort nicht aufgetaucht.

»Diese Leute müssen gewusst haben, dass meine Luger dort war«, sagte Karl, als Gerti, nachdem sie den Artikel gelesen hatte, wieder aufblickte. »Von wem? Und wieso überhaupt benützen sie eine fremde Waffe? Hatten sie etwa keine eigene dabei? Kann ich mir nicht vorstellen. Ich bin zwar kein Gangster, trotzdem würde ich lieber meine eigene Waffe benützen als eine fremde, von der ich nicht weiß, ob sie richtig funktioniert. Das ergibt für mich keinen Sinn.«

»Das weiß ich auch nicht«, sagte Gerti gereizt. »Noch nicht. So wie es aussieht, hat mich jemand hintergangen. Hat sich meinen Plan zunutze gemacht für seine eigenen Zwecke. Ich krieg schon noch raus, was da los war.«

»Ich kann dir dabei helfen. Aber du musst mir die Wahrheit sagen. In allen Fragen.«

»Du hast mir schon mehr helfen wollen, als gut für dich ist, Karl«, antwortete Gerti. »Ich bring dir kein Glück. So wie die Dinge stehen, kann ich nicht mal Magda zu dir zurückholen. Obwohl ich es dir versprochen habe.«

Karl sah sie einen Moment schweigend an, ehe er sagte: »Wir werden sehen, was passiert.«

Donnerstag, 12. Juni 1958

GERTI ZOG DAS HÜBSCHE SOMMERKLEID AN, das sie sich vor kurzem gekauft hatte, und betrachtete sich im Spiegel. Sie gefiel sich, und Karl würde das Kleid sicher auch gefallen. Ein Lächeln schlich sich auf ihr Gesicht. Bisher war es ihr egal gewesen, ob irgendetwas, das sie trug oder sagte oder tat, Karl gefiel oder nicht. Doch etwas veränderte sich gerade zwischen ihnen. Oder hatte sich schon verändert. In den sieben Tagen, in denen sie getrennt gewesen waren. Er hatte sie offenbar vermisst. So wie sie ihn. Seit sie wieder da war, war Karl anders zu ihr. Mehr wie ein Vater zu seiner erwachsenen Tochter. Zum ersten Mal gefiel er sich in der Rolle. Und was sollte sie sagen? Er gefiel ihr in dieser Rolle auch. Und deshalb spielte auch sie ihre Rolle als Tochter gern. Verrückt, dachte Gerti, während sie sich vor dem Spiegel drehte und beobachtete, wie der Stoff ihr um die Beine schwang, wir spielen uns selbst. Ob Karl neuerdings mitmachte, weil er zu ahnen begann, dass die falsche Identität mehr war als nur Tarnung einer geheimdienstlichen Operation? Sie war noch nicht so weit, ihm die Wahrheit über sich und ihn zu gestehen. Und vielleicht würde sie es auch nie sein. Aber sie war froh, dass Karl am Leben war, und verdrängte die Erinnerung daran, dass ihr Plan einmal ein ganz anderer gewesen war.

Gerti prüfte ein letztes Mal ihren Lippenstift, schlüpfte in ihre Strickjacke, setzte die Brille auf und verließ das Zimmer.

Sie klopfte an Karls Tür und trat auch sofort ein. Er trug seinen grauen Anzug und band sich vor dem Spiegel gerade die Krawatte. »Bin gleich so weit«, sagte er. Sie wollten ein wenig im Viertel spazieren gehen, später am Wiener Platz die Tram in die Innenstadt nehmen, dort erst etwas essen und dann in einen Schwabinger Tanzschuppen gehen, den Gerti vor einer Weile entdeckt hatte.

Als Karl fertig war und Gerti betrachtete, pfiff er anerkennend. »Du sieht zum Anbeißen aus«, sagte er.

»Na, na«, tadelte sie ihn, »redet so ein Vater über seine Tochter?«

»Vermutlich nicht«, antwortete er. »Entschuldige. Ich hatte noch nie eine erwachsene Tochter und übe noch.«

»Du siehst auch blendend aus – Papa.«

Er wandte sich rasch zur Seite, als suche er irgendetwas, nahm dann den kleinen Notizblock vom Schreibtisch und steckte ihn ein. »Ohne den geh ich nicht aus dem Haus«, sagte er.

Sie wusste, dass das nicht stimmte. Er wollte nur ablenken. Dass sie ihn *Papa* genannt hatte, war ihm gefährlich nahegegangen. Es gab neuerdings öfter solche Momente bei ihm.

»Heute brauchst du keinen Block«, antwortete sie. »Und das lässt du auch hier. Und das auch.« Sie schob ihm erst das Jackett über die Schultern und nahm ihm dann die Krawatte ab. »Da, wo wir später hingehen, geht es etwas lockerer zu.«

Karl ließ die Veränderungen, die sie vornahm, ohne Widerrede zu, und steckte sich sogar einen Kaugummi in den Mund. »Locker genug?«, fragte er.

Sie lachte.

Dann verließen sie die Pension und spazierten los Richtung Kirchplatz. Gerti hakte sich bei Karl unter und lief mit federnden Schritten neben ihm her, während Karl sie mit der

Anekdote erheiterte, wie er und ein paar Kameraden als Buben den Messwein aus der Sakristei gestohlen und damit ihren ersten Vollrausch erlebt hatten. Doch plötzlich wurde seine Miene ernst. Vor ihnen war ein Mann aus einem Auto gestiegen und winkte.

»Wer ist das?«, fragte Gerti.

»Einer von den alten Freunden.« Karl winkte zurück. »Heute ist er bei der Polizei. Mordabteilung. Ich hoffe, er hat sich inzwischen nicht daran erinnert, dass ich eine Luger habe.«

Gerti bekam ein flaues Gefühl im Magen. Sie hatte auf einen Abend gehofft, an dem sie Blohm und alles, was mit ihm zu tun hatte, vergessen würden. Vielleicht sogar Magda, die so tief in Karls Gedanken und Gefühlen steckte, dass sie sogar dann anwesend war, wenn er nicht an sie dachte.

»Zufall oder Berechnung?«, fragte Karl, als sie bei dem Mann waren, und spuckte den Kaugummi in den Rinnstein.

»Ein wenig von beidem«, erwiderte der Mann und wandte sich Gerti zu. »Und wer ist das junge Fräulein, wenn ich fragen darf?«

»Gerlinde«, antwortete sie, »aber Sie dürfen Gerti zu mir sagen.«

»Pass auf, was du sagst«, warf Karl ein, »der Mann ist von der Kripo.« Es sollte wie ein Witz klingen, doch Karls Anspannung war zu spüren. Auch für den Mann von der Kripo, da war Gerti überzeugt. Er wirkte bieder in seinem kleinbürgerlichen schwarzen Anzug und dem Filzhut auf dem Kopf. Gerti kannte diese Art von Männern. Durch ihre Unauffälligkeit wurden sie unterschätzt, doch sie hatten stets wache Sinne. Solche Männer waren gefährlich.

»Das kann ich nicht leugnen«, sagte er. »Aber ich bin vor allem ein Schulfreund von Karl. Ludwig Gruber ist mein Name.«

Gerti reichte ihm die Hand. Sein Händedruck war kräftig.

»Allerdings muss ich Ihnen, liebes Fräulein Gerti, Ihren Begleiter für ein paar Minuten entführen. Ich bin nämlich in der Tat mehr als Kriminaler hier denn als Schulfreund. Dauert nicht lange.«

»Nur schweren Herzens«, sagte Gerti und entfernte sich bis zur Kirche, wo sie so tat, als würde sie die Architektur des Gebäudes bewundern. Doch immer wieder schaute sie zu den beiden Männern, die sich unterhielten.

Ludwig Gruber, Kriminalpolizei, dachte sie. Die Polizei im Westen war von ehemaligen Nazis durchsetzt, das wusste jeder, der es wissen wollte, und der Rest der altgedienten Beamten waren Männer, die damals vielleicht mit innerem Widerwillen, aber dennoch ohne nachlassenden Eifer ihren Dienst gemacht und so den Verbrecherstaat gestützt hatten. Es war daher kein Wunder, dass der Faschismus in den Amtsstuben bruchlos weiterlebte.

Gerti nahm Ludwig Gruber fest in den Blick. Zu welcher von beiden Gruppen hatte er wohl gehört? Sie musste an Fotografien denken, die sie gesehen, Berichte, die sie gehört und gelesen hatte. Es waren nicht nur Männer der SS, sondern auch einfache Polizisten gewesen, die Alte, Frauen und Kinder zu Hunderten und Tausenden ermordeten. Wenn sie ihre Opfer nicht an Ort und Stelle erschossen, trieben sie sie in Ghettos, pferchten sie in Züge und deportierten sie in die Lager. Auf allen Fotografien sah man Polizisten als Wachtposten, Aufpasser, Folterer. Die etwas höheren Ränge schrieben in den Amtsstuben Todeslisten. Gerti wurde jedes Mal von einer kalten Wut gepackt, wenn sie die Ausreden der Täter hörte. Man habe nur Befehle befolgt. Seine Pflicht getan. Für sein Volk gekämpft. Niemand, der an diesen Orten gewesen war, konnte seine Hände in Unschuld waschen. Niemand. Gerti griff in ihre Handtasche, holte Zigaretten und Feuerzeug heraus. Sie bebte innerlich. Hier im Westen ließ man die Mörder nicht nur unbehelligt, sie gelangten sogar in hohe und höchste Positionen, bis hinauf ins Bundeskanzleramt, während Dokumente, die regelmäßig aus den Archiven im Osten in die BRD übermittelt wurden und die Taten dieser Männer offenlegten, als Feindpropaganda abgetan wurden.

Gerti zündete sich eine Zigarette an und betrachtete diesen Ludwig Gruber erneut. Bestimmt ist er heute ein treuer Ehemann und fürsorglicher Vater, dachte sie. Ein Mann, der etwas zu verlieren hat. Vielleicht wäre es gut, ein paar Informationen über diesen Mann zu sammeln, die man später gegen ihn verwenden konnte.

Genau in diesem Moment schaute Ludwig Gruber zu ihr. Sie wich seinem Blick nicht aus. Dann betrachtete sie Karl mit demselben Blick, mit dem sie vorher den Polizisten ins Visier genommen hatte. Was hatte Karl im Krieg wohl so alles getan? Auch die Wehrmacht hatte Kriegsverbrechen begangen, das war bekannt. Allein, wie mit den sowjetischen Gefangenen umgegangen worden war. Karl war kein Nazi gewesen, das nahm sie ihm ab. Aber Widerstand hatte er auch nicht geleistet. Er konnte also genauso gut zum Verbrecher geworden sein wie jeder andere.

Gerti sah dem Rauch nach, der von ihrer Zigarette aufstieg. Die Leichtigkeit, mit der der Abend für sie begonnen hatte, war verflogen. Auch sie war anfällig für Verblendung, weil Wunsch und Hoffnung, dass alles anders sei, als es nun mal war, unwiderstehlich waren. Einfach nur die Tochter ihres Vaters zu sein, das Selbstverständlichste von der Welt, war schwierig in diesen Verhältnissen. Sie schaute wieder zu Karl und Ludwig Gruber. Nach allem, was geschehen ist, dachte sie, und was an unmenschlichen Verbrechen begangen wurde, ist es besser, unter diesen Männern keinen Vater zu haben.

In diesem Moment verabschiedeten sich Karl und Ludwig Gruber voneinander. Gerti schnippte ihre Zigarette in den Rinnstein. Als Karl bei ihr war, fragte sie ihn, was Gruber gewollt hatte. »Es ging um Blohm«, erklärte Karl. »Die Polizei versucht, Hintergrundinformationen über ihn zu sammeln. Mehr wollte er nicht sagen. Und weil Blohm für mich ja mal Familie war, dachte er, ich wüsste vielleicht etwas, das helfen könnte. Aber er hat keinen Verdacht gegen mich.«

»Bis jetzt«, sagte Gerti.

»Was meinst du?«

»Dieser Mann ist gefährlich. Wir sollten aufpassen. Und uns wappnen.«

»Wappnen? Wie denn?«

Gerti schaute zu Ludwig Gruber und bemerkte, dass er in seinem Auto saß, mit laufendem Motor, doch ohne loszufahren. Stattdessen beobachtete er sie beide.

»Warum beobachtet er uns?«, fragte sie.

»Ich hab ihm erzählt, dass du meine Tochter bist.«

Ob es wirklich das allein war?

Gerti hakte sich bei Karl unter und zerrte ihn mit sich fort, um sich den Blicken dieses Polizisten zu entziehen.

»Was meinst du mit wappnen?«, fragte Karl noch einmal.

»Belastendes Material gegen ihn finden. Hatte er während des Krieges Einsatzzeiten im Osten? In einer dieser mordenden Einsatzgruppen? Dann hat er auch etwas zu verbergen. Und sollte er dir wegen der Waffe auf die Spur kommen, können wir dieses Wissen einsetzen.«

»Verstehe. So arbeitet ihr also.« Sein Ton war plötzlich kühl und distanziert.

»Natürlich. So arbeiten alle.«

»Ludwig ist ein guter Mensch. Er würde nie …« Karl brach den Satz ab, wurde nachdenklich. »Er war im Osten«, sagte er dann, »das weiß ich von einem anderen Schulfreund. Aber Ludwig redet nicht gern über diese Zeit. Na ja, wer tut das schon. Es waren schreckliche Zeiten.«

»Die Zeiten waren schrecklich, weil Menschen schreckliche Dinge getan haben«, sagte sie schroff.

»Sicherlich. Aber es konnte auch nicht jeder, wie er wollte. Man hat Befehle befolgt. Das soll keine Ausrede sein …«

»Was denn sonst?«, fiel Gerti ihm ins Wort.

Es gelang ihr kaum, ihren Zorn zu bezähmen. Nun fing Karl also auch an mit diesen Phrasen. Ein wenig mehr hätte sie von ihm erwartet. Doch sie wollte nicht auf der Straße mit ihm darüber streiten, verkniff sich daher jede weitere Bemerkung und meinte nur: »Wir müssen wissen, was dein lieber Kommissar verbirgt.«

Karl schwieg. Ein Schweigen wie eine Wand, hinter der nicht nur sein alter Freund geschützt werden sollte, sondern, wie Gerti vermutete, auch er selbst. Schweigend standen sie sich gegenüber.

»Sagt dir übrigens der Begriff Nakam etwas?«, fragte Karl nach einer Weile.

Gerti überlegte, doch ihr fiel dazu nichts ein. »Wieso?«

»Weiß nicht. Ludwig wollte das von mir wissen. Und er hat mir noch was erzählt: Sie haben Magda verständigt, und so wie es aussieht, kommt sie zurück.«

Magda! Dass dieser Name fiel, hatte ihr gerade noch gefehlt. Nun würde Karl die ganze Zeit nur noch an sie denken, und es würde sein, als säße sie mit am Tisch.

»Gehen wir etwas essen«, sagte Gerti ein wenig missmutig. »Und danach will ich zurück in mein Zimmer.«

»Was ist mit Tanzen?«, fragte Karl verwundert.

»Keine Lust mehr.«

Freitag, 13. Juni 1958

»DU WILLST WIRKLICH NICHT MITKOMMEN?«, fragte Gerti. »Achthundert Jahre München – aus aller Welt kommen Gäste, um das zu feiern, und du willst hier auf deinem Zimmer hocken?«

»Geh ruhig allein hin. So was ist nichts für mich. Ich krieg in dem Gedränge bloß Platzangst.« Karl schaute von der Schreibmaschine auf. »Bezaubernd siehst du aus. Sogar in dieser Arbeitshose.« Er meinte ihre Bluejeans.

Gerti verzog den Mund. Sein Modegeschmack war wirklich von gestern. Doch sie sagte nur: »Na, dann. Warte nicht auf mich.«

Sie zog die Tür hinter sich zu und hörte auf der Treppe noch, wie das Klappern seiner Schreibmaschine erneut anhob. Ob er wieder an seiner Vater-Tochter-Geschichte schrieb? Oder am Magda-das-Trümmermädchen-Drehbuch? Erstere eine Geschichte ohne große Zukunft, wie es aussah; Letztere wohl eine mit Fortsetzung im wahren Leben. Seit er gestern erfahren hatte, dass Magda zurückkehrte, lag ein besonderer Glanz in seinen Augen, so als hätte das Leben erst jetzt wieder Farbe bekommen. Seine penetrant gute Laune ging ihr bereits auf die Nerven. Von Agota, mit der sie vor kurzem telefoniert hatte, wusste Gerti, wann Magda in München ankam. Nicht auszudenken, was Karl dann für Freudentänze veranstalten würde. Sie fand das lächerlich. Die Liebe war ein weit überschätztes, spießiges Gefühl, kultiviert von einem Bürgertum, das sich überlebt hatte und zum Untergang verurteilt war.

Gerti trat auf die Straße, die im dämmrigen Zwielicht vor ihr lag. Eigentlich war das die Zeit, in der allmählich Ruhe in das Viertel einkehrte. Doch heute waren die Leute auf dem Weg, um den Festzug zu sehen, der sich bei einbrechender Dunkelheit in Bewegung setzen sollte. Die Trambahnen fuhren häufiger als üblich, um all die Menschen in die Stadt zu schaffen, wo sie sich entlang der Route auf die Zehen treten würden. Bis zum Start des Zugs war allerdings noch reichlich Zeit. Daher entschied Gerti, sich nicht in eine der überfüllten Trambahnen zu zwängen, sondern zu Fuß zu gehen.

Auf der Ludwigsbrücke verweilte sie ein wenig, zündete sich eine Zigarette an und ließ den Blick über die träge dahinfließende, grünlich schimmernde Isar schweifen. Sie hatte in der letzten Woche oft darüber nachgedacht, wer ihren Plan verraten haben könnte, denn es war offensichtlich, dass Blohms Entführer davon gewusst hatten. Die Antwort auf diese Frage lag eigentlich auf der Hand: Es konnte nur ihr Helfer, dieser Johnny, gewesen sein. Kant selbst hatte ihn empfohlen, »ein zuverlässiger Mann«, hatte er gesagt, »entschlossen, skrupellos, ein Antifaschist bis ins Mark«. Sein Beruf als Taxifahrer bot vielfältige Einsatzmöglichkeiten. Seit der Fronleichnamsnacht war er abgetaucht. Keiner hatte ihn gesehen. War er übergelaufen? Der Verdacht drängte sich auf. Doch nach allem, was die eigenen Spitzel meldeten, waren die westlichen Geheimdienste immer noch ebenso ratlos wie die eigenen Leute in Ostberlin.

Gerti hatte nicht erwartet, dass es auf dem Odeonsplatz so voll werden würde. Alte und Junge, Familien mit Kindern,

Menschen aus verschiedenen Ländern drängten sich hier in Erwartung des Festzugs. Für die Verköstigung der Leute gab es Stände, an denen Würstchen, heiße Maronen oder karamellisierte Nüsse verkauft wurden; Zigarettenverkäufer schoben sich mit ihren Bauchläden durch das Gedränge. Da nicht alle Straßenlaternen eingeschaltet waren, lag die gesamte Szenerie im Halbdunkel. Gerti drückte instinktiv ihre umgehängte Handtasche fester an sich, um den Taschendieben die Arbeit zu erschweren. Von den paar Polizisten, die hin und wieder auftauchten, würden die sich bestimmt nicht abschrecken lassen.

Gerade als die Glocke der Theatinerkirche zehn Uhr schlug, entdeckte Gerti in der Menge ein Gesicht, mit dem sie hier am wenigsten gerechnet hatte. Der junge Mann schräg vor ihr – das war doch Johnny! Eigentlich war es weniger das Gesicht, das ihr aufgefallen war, sondern die Ballonmütze. War Johnny allein hier? Sie durfte ihn nicht wieder verlieren. Was schwierig war, denn genau in diesem Moment kam Bewegung in die Menge. Trommeln, Trompeten und Flöten waren zu hören. Johnny drängelte sich ziemlich ungeniert nach vorn, und Gerti hatte alle Mühe, ihn im Auge zu behalten. Während die Musik immer lauter wurde, tauchten über den Köpfen der Zuschauer Standarten und Fahnen voller Wappen und Abzeichen auf, dazu strahlte der breite Lichtsaum von Fackeln in das nächtliche Dunkel. Trotz aller Widrigkeiten gelang es Gerti, sich Johnny zu nähern. Seine Aufmerksamkeit galt allein dem Festzug, so dass er sie nicht einmal erkannte, als sie schon neben ihm stand.

»Na, so ein Zufall«, sprach Gerti ihn an, »so sieht man sich wieder.«

Johnny erschrak, als er sie neben sich sah. Doch er verlor seine Fassung nur für diesen einen Moment, Sekunden später wirkte er schon wieder völlig gelassen. »Zufälle gibt's«, sagte er nur.

»Lange nichts gehört.«

»Ich hatte zu tun.«

»Und was, wenn ich fragen darf?«

»Gibt gerade jede Menge Fremde in der Stadt, und jeder braucht ein Taxi.«

»Was ist mit Blohm? Was ist da passiert?«

»Du willst ernsthaft hier darüber reden? Zwischen so vielen Leuten?«

Gerti sah ein, dass das nicht besonders klug war. Aber sie wollte ihn auch nicht einfach wieder entwischen lassen. In diesem Moment hob um sie herum großes Ah und Oh an, denn eine von unzähligen Kerzen beleuchtete, lebensgroße Madonna mit Jesuskind schwebte an der Menge vorüber.

»Ich warte in einer Stunde am Eingang vom Englischen Garten auf dich«, sagte Johnny in das bewundernde Raunen um sie herum.

»Und woher weiß ich, dass du da sein wirst?«, fragte Gerti.

Johnny griff in die Innentasche seiner Jacke und zog eine Brieftasche heraus. »Da sind meine Zulassung, mein Führerschein und mein Ausweis drin.« Dann griff er in die Hosentasche. »Und das ist mein Autoschlüssel. Sachen, die ich heute Nacht noch brauche, weil ich noch ein bisschen Geld verdienen muss.«

Gerti nahm die Dinge und steckte sie in ihre Handtasche.

»Bis gleich«, sagte Johnny und verschwand in der Menge.

Gerti wartete ab, bis die Ballonmütze zwischen den anderen Köpfen nicht mehr zu sehen war, blieb noch eine Weile am Ort, dann drängte auch sie sich zwischen den dicht stehenden Leuten hindurch. Dabei bemerkte sie, nicht allzu weit von ihr entfernt, erneut ein bekanntes Gesicht. War das nicht Karls alter Schulfreund? Polizeikommissar Ludwig Gruber? Hatte er sie auch gesehen? Zusammen mit Johnny? Mist, dachte sie und machte sich so schnell wie möglich davon.

Am Englischen Garten war es nicht ganz so ruhig wie gewöhnlich zu so später Stunde. Die Ausläufer des Festumzuges machten sich bis hierher bemerkbar. Vor allem junge Burschen und Mädel nutzten die Gelegenheit zu einem Schäferstündchen im Schutz der Nacht. Gerti fragte sich, was ihr bevorstand. Würde Johnny überhaupt kommen? Würde er allein sein? Würde sie den morgigen Tag erleben?

Die Hände tief in den Jackentaschen, wartete Johnny wie verabredet am Treffpunkt. Als er Gerti erblickte, zeigte er jedoch keine Regung, ließ sie auf zehn Meter herankommen, dann wandte er sich ab und ging in den Park hinein. Gerti blieb stehen. Ihr Herz jedoch raste. Johnny lockte sie in die Dunkelheit. Um was mit ihr zu tun? Sollte sie ihm folgen? So schnell könnte er keinen Mord geplant haben, dachte sie. Dann ging sie weiter, hinein in den Park.

Auf einigen Bänken saßen Liebespärchen, in schier unlösbaren Umarmungen ineinander verschlungen. In manchem Gebüsch war man schon weiter, wenn die Laute, die herausdrangen, nicht trogen. Gerti hörte es, doch ihre Aufmerksamkeit galt der Ballonmütze, die sich nur wenig von der Nacht abhob. Je weiter sie sich vom Eingang des Parks entfernten, desto einsamer wurde es um sie. Schließlich blieb Johnny stehen und zündete eine Zigarette an. Als Gerti bei ihm ankam, erkannte sie, dass er zwei Zigaretten angezündet hatte. Eine davon reichte er ihr. Sie nahm sie.

»Und?«, fragte er. »Was willst du wissen?«

»Was weißt du über die Entführung von Blohm?«, erkundigte sie sich. »Was ist da passiert?«

»Darüber kann ich nichts sagen.«

»Also warst du dabei.«

»Kein Kommentar.«

»Waren es die Amerikaner? Bist du zu ihnen übergelaufen?«

»Ich bin nicht übergelaufen.«

Gerti sah Johnnys Gesicht nur, wenn er einen Zug von seiner Zigarette nahm. So konnte sie seine Miene nicht lesen. Sie glaubte ihm trotzdem.

»Für wen arbeitest du?«, fragte sie weiter.

»Kein Kommentar.«

»Wozu hast du mich herbestellt, wenn du mir nichts sagen willst?«, fuhr Gerti ihn zornig an.

»Um dir zu sagen, dass du am besten deine Füße stillhältst. Dann bekommen wir alle, was wir wollen.«

»Was soll das nun wieder heißen?«, rief sie. »Dass Blohm stirbt?«

»Wer sagt dir, dass er nicht schon längst tot ist? Gestorben in der Nacht seines Verschwindens?«

Johnny gefiel sich offenbar in der Rolle des geheimnisvollen Orakels. Gerti nahm einen Zug von ihrer Zigarette. Sie würde nichts erfahren, das war sicher. Dennoch machte sie einen letzten Versuch, denn etwas, das der Polizeikommissar zu Karl gesagt hatte, war ihr eben wieder eingefallen.

»Was bedeutet Nakam?«, fragte sie.

Sie konnte die Reaktion auf Johnnys Gesicht wieder nicht sehen, glaubte jedoch, ein kurzes Zögern zu bemerken. Also wusste er mehr darüber. »Wo hast du das her?«, wollte er wissen.

»Von einem Polizisten.«

Der Rest war Schweigen. Bis Johnny seine Zigarette fallen ließ und austrat. »Gib mir meinen Kram«, verlangte er. »Ich hab zu arbeiten.«

Gerti holte seine Sachen aus ihrer Handtasche und reichte sie ihm.

»Geh du voraus«, sagte er. »Ich pass auf dich auf. Es ist schließlich Nacht, und wir sind in einem Park.«

»Danke, aber ich kann gut auf mich selbst aufpassen«, sagte Gerti, fuhr herum und ging eilig davon.

Mittwoch, 25. Juni 1958

UND PLÖTZLICH KAM MÜNCHEN UNTER IHNEN IN SICHT. Die Häuser, die Parks, die Autos, Busse, Trambahnen – alles klein wie in einem Spielzeugland. Peterle klebte mit der Nase am Fenster. »Schau mal hier« und »schau mal da« ging es in einem fort. Magda fuhr ihm durchs Haar. So aufgeweckt hatte sie ihn lange nicht erlebt. Die Maschine sank sehr rasch tiefer, und kaum hatte sie den Flughafen ausgemacht, da gingen sie auch schon in den Landeanflug über. Magda nahm Peterles Hand und drückte sie. Sie hatte keine Angst und war doch erleichtert, als die Maschine sicher auf der Landebahn aufsetzte.

»Willkommen in München«, sagte die Stimme des Kapitäns aus dem Lautsprecher über ihrem Kopf.

Nachdem alle Einreise- und Zollformalitäten erledigt waren, trat Magda mit Peterle vor das Flughafengebäude. Und in dem Moment, in dem sie diese Luft einatmete, war alles wieder da, so frisch, als hätte sie nur kurz den Atem angehalten: Karl mit allem, was ihn ausmachte; ihre Liebe und ihr Schmerz; die Sehnsucht, die sie so lange verdrängt hatte.

»Taxi?«, fragte ein Mann vor ihr.

Sie zögerte. Ihre Mittel waren begrenzt, und es gab auch einen Bus in die Stadt. Ach, was soll's, dachte sie. Der günstige Wechselkurs machte sie hier beinahe zu einer reichen Frau.

»Polizeipräsidium«, sagte sie zu dem jungen Fahrer, nachdem er das Gepäck verstaut hatte und sie alle eingestiegen waren.

»Was haben Sie denn ausgefressen, schöne Frau?« Er schob die Ballonmütze auf seinem Kopf in den Nacken.

Sie schwieg. Die ganze Fahrt über. Egal, wie scharf er sie im Rückspiegel beobachtete. Sie kannte diese Blicke. Offenbar reizte ihn etwas an ihr. Er versuchte, sich ein Bild von ihr und ihrer Situation zu machen. Allein reisend – hieß das, dass sie keinen Mann hatte? Sie trug keinen Ehering. Allerdings hatte sie ein Kind bei sich. War sie die Mutter, eine Tante oder nur das Kindermädchen? Erst als sie vor dem Präsidium vorfuhren, richtete Magda das Wort an ihn: »Wie viel macht das?«

»Ich kann hier auf Sie warten«, bot er an. »Oder besteht die Gefahr, dass die Sie gleich behalten?« Er grinste schelmisch.

»Das nicht.«

»Ich mach auch den Taxameter aus. Ist eh gleich Mittagspause, und ob ich nun hier stehe oder am Taxistand. Dann müssen Sie nicht das ganze Gepäck mitschleppen.«

Das wäre in der Tat ein Vorteil. Magda stimmte zu.

Mit Peterle an der Hand betrat sie wenig später das Polizeipräsidium. Sie hoffte, dass sie mit Karls altem Freund Ludwig sprechen konnte. Der Pförtner am Eingang rief ihn an, es nahm aber niemand ab. »Vielleicht noch zu Tisch«, vermutete er. So musste Magda mit dem Chef vorliebnehmen, jenem Herrn Vranitzky, der sie in New York angerufen hatte. Sie ließ Peterle in der Obhut der Vorzimmerdame zurück und wurde in das Büro des Herrn Kriminalrat Vranitzky geleitet, in dem es trotz eines halb offenen Fensters stark nach Pfeifenrauch roch. Der Kriminalrat war ein dicklicher, rotwangiger Herr mit speckig glänzender Halbglatze und flinken Äuglein. Noch ehe Magda viel sagen konnte, wurde sie schon mit Äußerungen des Bedauerns und mit Zusicherungen überschüttet, dass die Polizei alles Menschenmögliche tun werde, um den Gatten unbeschadet zurückzubringen.

Magda bedankte sich und nahm auf dem Stuhl vor dem Schreibtisch Platz. »Ich wollte eigentlich nur fragen … Kann ich in unserem … ich meine, in Herrn Blohms Haus wohnen? Sonst müsste ich mir ein Hotelzimmer suchen.«

Vranitzky überlegte kurz. »Das sollte möglich sein. Unsere Untersuchungen dort sind so weit abgeschlossen. Herr Gruber ist jeden Moment hier, er kennt den Stand der Dinge genauer. Ein Minütchen haben Sie doch hoffentlich noch.«

»Ich bin von dem langen Flug ein wenig erschöpft, und draußen wartet mein kleiner Sohn, also …« Magda wollte keine Sekunde länger als nötig hier verbringen. Sie traute der entgegenkommenden Art des Kriminalrats nicht, seine Blicke waren ihr unangenehm.

»Herr Gruber kommt sicher gleich.« Vranitzky lächelte begütigend. »Er wird Ihnen auch alles über den Ermittlungsstand berichten. Das interessiert Sie doch, oder?«

»Natürlich«, sagte Magda rasch. Offenbar wirkte sie nicht besorgt genug. Machte sie das verdächtig? »Sie wissen wahrscheinlich«, sagte sie, »dass mein Mann und ich uns nicht mehr sehr nahestanden. Ich hatte in den letzten Jahren keinen Kontakt zu ihm.«

»Wirklich? War er nicht im März in Amerika? Wir haben die Rechnung des Reisebüros in seinen Unterlagen gefunden. Der Rückflug startete in New York.«

Magda hoffte, dass er die kleinen Schweißperlen an ihrem Haaransatz nicht bemerkte, die sie deutlich spürte. »Stimmt. Da hat er mich besucht. Aber er war nicht meinetwegen drüben. Er hat sich mit unserem Treffen nur die Wartezeit vertrieben.«

»Was hat es denn zwischen Ihnen beiden gegeben? Ich

muss das fragen, verstehen Sie, um mir ein Bild von Herrn Blohms Lebenssituation zu machen.«

Magda nickte. Ob Ludwig Gruber die Wahrheit über sie und Karl kannte? Die beiden Männer waren alte Freunde, und Freunde redeten miteinander. Sicher wusste Ludwig nicht alles, doch was hatte Karl vielleicht unabsichtlich durchblicken lassen? Und was reimte ein erfahrener Kriminalist wie Ludwig sich zusammen?

»Eigentlich war es nichts Besonderes«, antwortete sie. »Ich meine … es gab keinen besonderen Vorfall. Sie verstehen. Wir haben uns auseinandergelebt, wie man so sagt. Er wollte mich kontrollieren. So wie alles andere in seinem Leben. Aber ich lasse mich nicht kontrollieren. Nicht auf Dauer.«

»Das glaube ich gern.« Er grinste anzüglich. »Und warum keine Scheidung? Ein klarer Schnitt?«

Magda zögerte einen Moment, ehe sie sagte: »Es war nicht geplant, dass ich so lange im Ausland bleibe. Zunächst sollten es nur ein paar Monate sein, in denen jeder noch mal nachdenken kann. Aber die Zeit vergeht …«

»Da sagen Sie was. Apropos. Wo bleibt denn der Ludwig nur?« Vranitzky schaute auf die Uhr.

In diesem Moment klopfte es hinter Magda.

»Ja!«, rief Vranitzky schallend.

Beinahe lautlos ging die Tür auf, und jemand trat ein.

»Da ist er ja«, rief Vranitzky aus. »Wo haben Sie denn gesteckt, Gruber? Schauen Sie, wer da ist!«

Magda drehte den Schlüssel im Schloss um. Am Türstock klebte noch ein Rest des polizeilichen Siegels. Hinter ihr brummte der Motor des Taxis. Sie trat als Erste ein, dann schoss Peterle schon an ihr vorbei, vermutlich in sein altes Zimmer, um es wieder in Besitz zu nehmen. Als Magda ihm vor einer Woche erzählt hatte, dass sie nach München fliegen würden, hatte Peterle gefragt, ob er Papa dann auch wiedersehen werde. Er meinte Blohm, den er ja noch immer für seinen Vater hielt. Zum ersten Mal seit langem sprach er wieder von ihm. Dass Blohm verschwunden, wahrscheinlich tot war, hatte sie ihm nicht erzählt, nur gesagt, er sei auf einer sehr langen Reise.

Der Taxifahrer stellte die Koffer ab, pfiff durch die Zähne und rückte die Mütze auf dem Kopf zurecht. »Schicke Bude«, sagte er.

»Vielen Dank für das Gepäck.« Sie hatte ihn schon im Auto bezahlt und großzügig Trinkgeld gegeben, doch er zeigte keine Neigung zu gehen. »Ist noch was?«

Er schüttelte den Kopf und zog etwas aus der Brusttasche seines Hemdes. Eine Visitenkarte. »Rufen Sie an, wenn Sie mal wieder ein Taxi brauchen. Oder sich langweilen. Fragen Sie nach Johnny.«

»Sehe ich aus wie eine Frau, die sich langweilt?«

»Eigentlich nicht. Nichts für ungut.«

Er tippte sich an den Schirm seiner Mütze und verschwand. Wenig später hörte sie, wie er mit dem Taxi zurücksetzte, und dann war es so still, dass sie eine Gänsehaut bekam. Aber es war nicht die Stille, die sie frösteln ließ, sondern die Vorstellung, Blohm könne jeden Moment durch eine Tür treten. Obwohl sie wusste, dass das nicht passieren würde. Aber wusste sie das wirklich? Simon hätte es sie wissen lassen, wenn etwas schiefgegangen wäre, beruhigte sie sich selbst. Doch ein leiser Zweifel blieb.

Da hörte sie Peterle im Garten. Er spielte im kniehohen Gras mit einem Fußball, den er offenbar in seinem alten Zimmer gefunden hatte. Magda ging nach oben. Durch die offene Tür des Kinderzimmers sah sie, dass Blohm alles so gelassen hatte, wie es bei ihrer Abreise gewesen war. Der Anblick befremdete sie. Ihr früheres Leben war ziemlich weit weg. Magda wurde bewusst, wie unglücklich sie schon damals gewesen war. Sie zog die Tür zu und ging weiter in Blohms Büro.

Der große dunkle Fleck auf dem Boden fiel ihr als Erstes auf. Sie betrachtete ihn lange. Wenn Blohm tot war, wieso hatten Simon und Aldrich oder die Männer, die den Job für sie erledigt hatten, die Leiche mitgenommen? Sie wollten an Blohms Vermögen, und ohne Leiche dauerte alles viel länger. Wollten sie noch etwas anderes von ihm? Oder war etwas nicht nach Plan gelaufen? Ob Blohm noch lebte? Ob er ihnen entkommen war? Sie wünschte einmal mehr, Simon würde sich melden.

In diesem Moment schrillte das Telefon. Magda erschrak so heftig, dass sie einen Satz nach hinten machte. Sie ließ es klingeln. Doch es wollte nicht aufhören. Also nahm sie ab.

»Hallo?«

Sie hörte jemanden atmen, und im Hintergrund Stimmen.

»Wer ist denn da?«

»Halt dich von Karl fern. In deinem eigenen Interesse. Und in seinem.«

Magda erkannte die Stimme. »Agota?«, fragte sie.

»Nicht ganz.«

Also die Zwillingsschwester. »Danuta?«

Das Schweigen bedeutete wohl ein Ja.

»Noch einmal: Halt dich von Karl fern. Und wenn es nicht anders geht, erzählst du ihm, Agota hätte dich schon vor langem verlassen. Du hattest keinen Kontakt mehr zu ihr. Weißt nicht, was mit ihr ist. Denn ich bin für ihn Agota, klar? Und kein Mensch kann an zwei Orten gleichzeitig sein.«

»Was soll das bedeuten?«

»Das bedeutet, dass du genau das tust, was ich dir gesagt

habe. Und sieh zu, dass dein Sohn sich auch nicht verplappert.«

Ein Knacken in der Leitung, sie hatte eingehängt.

Magda verharrte regungslos, legte nicht einmal den Hörer auf die Gabel. Der Schreck saß ihr in den Gliedern. Danuta in München, Blohm verschwunden – schwer vorstellbar, dass das ein zufälliges Zusammentreffen von Ereignissen war. Magda hatte sich nie für Blohms geheime Machenschaften interessiert, aber so viel wusste sie: Blohm hatte östlichen Geheimdiensten zugearbeitet. Waren Danuta und ihre Leute ihnen also bei Blohm zuvorgekommen? Meldeten sich Simon und Aldrich deshalb nicht? Was war da nur los? Und was hatte das alles mit Karl zu tun?

Beim *Kammererwirt* ging es am Stammtisch so lautstark zu, dass es Karl beinahe den Appetit an seinem späten Mittagsmahl verdarb. Eigentlich drehte es sich gar nicht um Politik, sondern um Fußball, aber sogar das war inzwischen politisch. Die Deutschen und ihre Mannschaft fühlten sich bei dem Weltmeisterschaftsturnier in Schweden schlecht behandelt und verunglimpft. Warum deshalb am Stammtisch herumgeschrien wurde, verstand Karl nicht so recht, denn im Grunde waren sich alle darüber einig, dass Deutschland wegen des verlorenen Krieges überall nur noch wie ein Aussätziger behandelt werde und dass das eine Riesensauerei sei. Karl schlang seinen Rostbraten in sich hinein und suchte das Weite.

Als er in den Flur hinter der Gaststube kam, erblickte er Gerti am Wandtelefon. Sie hängte gerade ein. »Wen hast du angerufen?«, fragte er.

»Nur einen Freund«, sagte sie. »Aber gut, dass du kommst. Kannst du mir das Auto leihen? Ich muss in die Stadt und habe keine Lust auf die Tram.«

»Das Auto kriegst du nicht, aber ich kann dich fahren.«

Karl lief in sein Zimmer, um den Autoschlüssel zu holen. Gerti hatte in den letzten beiden Wochen sehr viel Zeit mit Bekannten verbracht, ohne dass sie erzählte, wer diese Leute waren und wo sie sie traf. Auch über andere Dinge redete sie kaum noch mit ihm, nicht einmal über Blohm, die Ereignisse der Fronleichnamsnacht und was daraus folgte. »Nichts, wenn wir Glück haben«, sagte sie lapidar, wenn er sie danach fragte. Die angespannte Ruhe, die seitdem herrschte, machte Karl zuweilen nervös.

Als Karl auf die Straße trat, sah er Gertis Hand aus dem offenen Fenster ragen, eine Zigarette zwischen den Fingern. Offenbar hatte er letzte Nacht wieder mal vergessen, alle Autotüren abzuschließen. Er stieg ein. Aus dem Autoradio drang Schlagermusik.

»Du rauchst zu viel«, sagte Karl zu Gerti.

»Es stört dich nur, weil du nicht mehr darfst.« Sie schnippte die Zigarettenkippe aufs Trottoir und kurbelte das Fenster hoch.

Karl ließ den Motor an. »Wo soll's hingehen?«

»Schwabing.«

Schwungvoll stieß er aus der Parklücke auf die Straße.

Gerti schwieg eine Weile, erst als Karl auf den Wiener Platz einbog, sagte sie: »Wie steht's eigentlich mit deinem Freund von der Polizei? Ludwig Gruber. Hast du schon was über ihn rausgefunden?«

Karl schwieg. Gerti hatte ihn bereits mehrfach ermahnt, sich umzuhören, ob es in Ludwigs Kriegsvergangenheit dunkle Flecken gab. Für sie stand das ohnehin fest, man musste sie nur finden. Karl befürchtete, dass sie recht hatte. Doch er wollte nichts davon wissen. Und noch viel weniger wollte er Ludwig damit erpressen.

»Ich kann das nicht«, erklärte Karl. »Ich denke auch nicht, dass es nötig ist. Das Einzige, was mich mit Blohms Verschwinden in Verbindung bringt, ist meine Waffe. Die ist weg. Und selbst wenn sie auftaucht, kann sie nicht zu mir zurückverfolgt werden. Sie ist nicht registriert, meine Fingerabdrücke sind in keiner Kartei. Außerdem habe ich mit dem, was in Blohms Haus passiert ist, nichts zu tun.«

»Darauf sollten wir uns besser nicht verlassen«, widersprach Gerti. »Mein Gefühl sagt mir, dass deine Waffe auftauchen wird.«

Karl biss sich auf die Unterlippe. Gerti hatte natürlich recht. Diese verdammte Waffe. Und Ludwig hatte sie sogar schon in der Hand gehabt. Das war allerdings Jahrzehnte her. Wie wahrscheinlich war es, dass er sie wiedererkannte?

»Bremsen oder Gas geben«, sagte Gerti neben ihm.

Karl schreckte auf. Sie befanden sich auf dem Max-Weber-Platz, von der Seite nahte eine Tram. Karl gab Gas und bereute es im gleichen Moment, weil er sah, dass es verflixt knapp war. Der Tramfahrer bimmelte wütend und zeigte ihm den Vogel.

»Wenn du dein Leben wegwirfst, kannst du das von mir aus tun«, sagte Gerti spitz, »aber ich würde von meinem gern noch ein wenig mehr haben.«

Sie nahm einen Kaugummi aus dem Handschuhfach, wickelte ihn aus dem Silberpapier und steckte ihn in den Mund.

»Du musst was unternehmen, Karl«, sagte sie, »und das weißt du ganz genau.« Sie legte ihre Hand auf Karls Unterarm und wandte sich ihm zu. »Deine Waffe wird auftauchen«, wiederholte sie eindringlicher als je zuvor, »und sie wird zu dir zurückverfolgt werden. Jemand will dich zum Sündenbock in der Sache machen. Uns beide. Nur deshalb wurde deine Waffe benützt. Anders ergibt es keinen Sinn.«

Sie hatte natürlich recht. Karl atmete tief durch.

»Wir sollten vorbereitet sein«, fuhr Gerti fort. »Für alle Fälle.«

»Mach dir keine Sorgen«, sagte Karl. »Die Luger führt zu mir, nicht zu dir. Ich würde alles auf mich nehmen.«

»Sehr nobel. Dann würde es dir also nichts ausmachen, dass du Magda nur bei gelegentlichen Besuchen im Zuchthaus sehen kannst?«

Donnerstag, 26. Juni 1958

DIE ANWALTSKANZLEI SEI KOMPLETT AUSGEBRANNT, hatte der Kollege Wurmerdinger am Telefon gesagt, man könne froh sein, dass keine Menschen zu Schaden gekommen seien. Schließlich wohnten in den Stockwerken darüber etliche Familien. Umso mehr wunderte sich Ludwig, wieso Wurmerdinger ihn anrief und an die Brandstätte in der Theresienstraße bat, noch dazu in aller Herrgottsfrühe, so als sei Gefahr im Verzug. »Da gibt's was, das wird Sie interessieren, Gruber«, hatte er versprochen und damit Ludwigs Neugierde gekitzelt.

Die Straße war gesperrt, Schutzpolizisten regelten den Verkehr und hielten die Schaulustigen auf Abstand. Ludwig zeigte dem uniformierten Kollegen seine Polizeimarke und wurde durchgelassen. Je näher er dem Haus kam, desto beißender wurde der Brandgeruch. Noch versperrten ihm Feuerwehr- und Polizeiautos die Sicht, nur die teilweise vom Ruß geschwärzte Hauswand wies auf die Verheerungen hin. Dann endlich hatte er freie Sicht auf die Fenster der Kanzlei. Keine Scheibe war mehr ganz, die meisten dürften in der Hitze geborsten sein, den Rest hatte wohl die Feuerwehr eingeschlagen.

Wurmerdinger redete mit einem Feuerwehrmann. Als er Ludwig erblickte, winkte er ihn zu sich.

»Eine schöne Bescherung, was?«, sagte Wurmerdinger, als der Feuerwehrler weg war.

»Wie es halt aussieht, wenn's gebrannt hat. Warum bin ich hier?«

»Zeig ich Ihnen gleich. Kommen Sie.«

Sie stiegen über Schläuche und Gerätschaften hinweg auf den Hauseingang zu.

»Der Brand ist wohl so gegen fünf Uhr früh ausgebrochen und wurde um kurz vor halb sechs gemeldet.« Bedeutungsschwer fügte Wurmerdinger hinzu: »Anonym.«

»Anonym?«

»Vermutlich aus einer Telefonzelle. Es waren aber auch im Haus schon Leute aufgewacht, die uns angerufen haben. Drum hat's zum Glück keine Toten oder Verletzten gegeben.«

Sie traten ins Treppenhaus.

»Unfall oder Brandstiftung?«, fragte Ludwig, obwohl er es sich denken konnte.

»Brandstiftung«, bestätigte Wurmerdinger Ludwigs Vermutung. »Wir gehen davon aus, dass der anonyme Anrufer, der den Brand gemeldet hat, der Täter ist. Deshalb werden alle Telefonzellen in der Umgebung auf Spuren untersucht.«

Sehr umsichtig, dachte Ludwig und sagte: »Der Brandstifter hat selbst die Feuerwehr verständigt, weil er wollte, dass keine Menschen zu Schaden kommen.«

»Sehe ich auch so.«

Das Messingschild neben dem Eingang zur Kanzlei glänzte, als sei nichts geschehen. *Franz Xaver Ganslmaier, Rechtsanwalt*, stand darauf. Der Name kam Ludwig bekannt vor, er wusste allerdings nicht auf Anhieb, wo er ihm untergekommen war. Wider Erwarten führte Wurmerdinger ihn nicht in die Kanzlei, sondern die Treppe hinauf. Schon auf dem Absatz sah Ludwig, warum er geholt worden war.

»Das passt doch zu eurem Fall mit dem verschwundenen Bauunternehmer«, sagte Wurmerdinger.

An der Wand stand in breiten, nur leicht vom Ruß überdeckten blutroten Pinselstrichen zu lesen: *Nakam!* Und da wusste Ludwig auch wieder, wo er den Namen Ganslmaier gelesen hatte: auf der Abschussliste des Nakam-Bekennerschreibens.

Zusammen mit Wurmerdinger sah er sich Ganslmaiers Kanzlei an. Im Vorzimmer war der Schaden weniger durch das Feuer als durch Qualm, Ruß und Löschwasser entstanden. Der Brand hatte im Büro gewütet. Als sie eintraten, hielt Ludwig sich sein Schnäuztuch vor die Nase, so stechend war der Geruch. Von den umgekippten Aktenschränken war nur noch ein Gerippe übrig, auch der Schreibtisch und der Bürostuhl waren ein Raub der Flammen geworden.

»Es kamen zweifellos große Mengen von Brandbeschleunigern zum Einsatz«, erklärte Wurmerdinger. »Wahrscheinlich hat der Täter alles mit Benzin übergossen. Ein Streichholz hat genügt …«

»War Ganslmaier schon hier?«

»Noch nicht.«

Ludwig hatte genug gesehen. »Sie schicken mir die Akte?«, sagte er zu Wurmerdinger auf dem Weg nach draußen.

»Sobald ich was zu schicken habe, kriegen Sie es. Übrigens haben wir hier im Vorzimmer eine Mütze gefunden. Könnte vom Täter stammen. Spuren werden wir daran allerdings kaum mehr finden. Aber wer weiß. Steht dann auch alles in der Akte.«

Auf der Straße näherte sich ihnen sogleich ein Schutzpolizist mit einem Mann im Schlepptau. Ganslmaier, wie Ludwig vermutete, und er sollte recht behalten. Wurmerdinger ließ Ludwig bei der Befragung den Vortritt und zog sich zum Brandsachverständigen zurück, der nun, da die Feuerwehr ihre Arbeit getan hatte, seine Tätigkeit aufnahm.

Ganslmaier war ein gesetzter, fülliger Herr Ende fünfzig, dem der Schock ins blasse Gesicht geschrieben stand. Sein rechtes Auge war aus Glas. »Wie schlimm ist es?«, fragte er mit brüchiger Stimme.

»Ungefähr so schlimm, wie Sie es sich vorstellen«, antwortete Ludwig nüchtern. »Wir gehen von Brandstiftung aus.«

Ganslmaier wurde noch eine Spur blasser. »Waren es die ... die mich auf der Liste haben? Die, vor denen Sie mich gewarnt haben?«

Ludwig nickte. »Es hat vermutlich mit Ihrer Vergangenheit zu tun. Mit Vergangenheit meine ich ...«

»Ich weiß schon, was Sie meinen«, fiel Ganslmaier ihm schroff ins Wort. »Aber ich habe nichts anderes getan als das, was alle getan haben. Mitläufer war ich. Können Sie in meinem Spruchkammerurteil nachlesen. Nur ein Mitläufer. Da könnten die so ziemlich jedem das Büro anzünden.«

»Vorerst hat aber nur das Ihre gebrannt. Haben Sie in den letzten Tagen Drohungen bekommen? Briefe? Anrufe?«

Ganslmaier zuckte mit den Schultern. »Nicht, dass ich wüsste.«

»Was soll das heißen? Sie werden doch wissen, was für Post bei Ihnen eingeht.«

»Schon.« Er druckste ein wenig herum. »In der Kanzlei ist nichts eingegangen. Daheim weiß ich es nicht.« Der Blick in seinem gesunden Auge flackerte, das Glasauge wirkte dadurch noch kälter und fremder. »Der Haussegen hängt gerade ein wenig schief bei uns. Ich habe die letzten Tage andernorts übernachtet, wenn Sie verstehen.«

Ludwig verstand sehr wohl. Der Herr Anwalt hatte ein Verhältnis, war aufgeflogen und von seinem Eheweib rausgeworfen worden.

»Die Lage ist ernst, Herr Ganslmaier. Der Brand war vielleicht nur der Anfang. Wir werden Sie am besten unter Polizeischutz stellen.«

»Polizeischutz? Sie meinen, ein Polizist, der mir auf Schritt und Tritt folgt? Damit erschrecken Sie bloß meine Mandanten. Nein, so was geht nicht! Völlig unnötig. Ich kann schon auf mich selbst aufpassen.«

Da hatte jemand offenbar mehr Angst um seine Reputation als um sein Leben. »Wie Sie meinen«, sagte Ludwig und wandte sich an den danebenstehenden Schutzpolizisten. »Sie haben es gehört, Kollege. Herrn Ganslmaier wurde Polizeischutz angeboten, den er jedoch ablehnte.«

»Jawohl, Herr Oberkommissar. Hab ich gehört.«

Ludwig verabschiedete sich und ging zu seinem Auto. Er glaubte nicht wirklich, dass Ganslmaier weiter in Gefahr war, denn wenn die Täter ihm ans Leben wollten, hätten sie sich mit dem Brandanschlag ihr Vorhaben unnötig erschwert, da sie davon ausgehen mussten, dass mittlerweile alle hellwach waren – was sie ja eigentlich bereits durch die Liste der künftigen Opfer erreicht hatten. Vielleicht war die Mordliste lediglich ein Ablenkungsmanöver, um die Polizei zu beschäftigen. Das könnte bedeuten, dass das nächste Opfer jemand war, der nicht auf der Liste stand.

Im Präsidium wollte Ludwig Vranitzky von dem Brand erzählen und besprechen, was für Schlüsse man daraus ziehen könne. Doch das Chefbüro war verwaist. Sogleich befiel ihn ein ungutes Gefühl. Er hatte heute noch keine Zeitung gelesen. Ob von der Verschleppung der Untersuchung im Fall des KZ-Arztes Eisele durch die Kripo schon etwas drinstand? Breitsamer war auch nicht an seinem Platz, ihn konnte er also nicht fragen. Um dem aufkommenden Nervenflattern zu begegnen, nahm sich Ludwig die Spurenakte zum Fall Blohm vor. Inzwischen waren alle Fingerabdrücke auf dem Tonband und dem Bekennerscheiben abgeglichen worden.

Ludwig hörte polternde Schritte auf dem Flur und schaute auf. Vranitzky. Er betrat sein Büro durch das Vorzimmer, nicht durch Ludwig und Breitsamers Büro wie meistens. Ein schlechtes Zeichen? Um sich Klarheit über die Lage zu verschaffen, klopfte Ludwig bei seinem Chef an.

»Herein!«, bellte Vranitzky.

Ludwig atmete durch und trat ein.

»Haben Sie es auch schon gehört?«, überfiel Vranitzky ihn, ehe er guten Morgen sagen konnte. »Oder gelesen? Hier, schauen Sie sich das an!«

Vranitzky warf ihm die *Abendzeitung* hin. Ludwig las den Artikel unter der Überschrift: *»Fall Eisele« kommt vor den Staatsanwalt*. Im Artikel selbst wurde der Vorwurf erhoben, die Kriminalpolizei habe die Unterlagen ihres Ermittlungsverfahrens gegen Eisele nicht rechtzeitig an die Staatsanwaltschaft weitergeleitet.

»Uns trifft das ja eigentlich nicht«, sagte Ludwig vorsichtig, »sondern die Politische.«

»Das trifft uns alle, Gruber!«, fuhr Vranitzky auf. »Seien Sie nicht so naiv! Das muss jemand von hier drinnen durchgestochen haben. Wo sollen diese Zeitungsschmierer das sonst herhaben? Wir haben ein faules Ei im Nest.«

Ludwig schwieg. Er fing an zu schwitzen und hoffte nur, dass Vranitzky das in seinem Furor nicht bemerkte.

Der sprang auf, kam um den Schreibtisch herum und lief vor Ludwig auf und ab.

»Ich habe auch schon jemanden im Verdacht«, sagte er.

Ludwig schluckte trocken. »So?«

Vranitzky trat so dicht ihn heran, dass Ludwig sein Rasierwasser riechen konnte. Sein Herz schlug ihm bis zum Hals.

»Zöllner.« Vranitzky spuckte den Namen regelrecht aus. »Er ist der Einzige, dem ich das zutraue. Oder was meinen Sie?«

»Ich … weiß … nicht.«

»Hat er zu Ihnen mal was gesagt? Ist Ihnen was an ihm aufgefallen?«

»Mir? Nein.«

»Dann halten Sie Augen und Ohren offen. Wir müssen ihn kriegen, das Kameradenschwein. Irgendwas finden, was wir ihm anhängen können. Wäre doch gelacht.«

Er kehrte zurück an seinen Schreibtisch.

Ludwig war erleichtert und bedrückt zugleich. Zöllner sollte nicht für seine Tat büßen. Andererseits durfte Ludwig seine Stellung auf keinen Fall verlieren, weil er mit all den Schulden, die sie inzwischen gemacht hatten, auf das sichere Beamtengehalt angewiesen war. Er wollte schon gehen, als Vranitzky fragte: »Was wollten Sie eigentlich von mir?«

Ludwig fiel ein, dass er ja zu Vranitzky gekommen war und nicht umgekehrt.

»Bei Ganslmaier hat es gebrannt«, begann er. »Sie wissen schon, der steht auf der Nakam-Todesliste. Brandstiftung, so viel kann man schon jetzt sagen. Ganslmaier lebt aber, er war nicht mal in der Nähe. Er ist Rechtsanwalt, und es war niemand in der Kanzlei, als es gebrannt hat.«

»Soso. Klingt interessant.«

Ludwig bemerkte, dass Vranitzky im Moment keinen Kopf für die eigentliche Arbeit hatte. Dafür war er viel zu aufgeregt. Deshalb kehrte Ludwig in sein Büro zurück. Ein Teil von ihm wünschte, er hätte Sebastian Haller nie angerufen; ein anderer wusste, dass es richtig gewesen war, und bereute nichts.

Es dauerte nicht lange, bis die Verbindungstür zum Chefbüro aufging, Vranitzky gemessenen Schrittes herauskam und an Ludwigs Schreibtisch trat. Er wollte irgendwas, das war unverkennbar.

»Sie und Zöllner«, sagte er, »Sie waren sich eigentlich nie so richtig grün, oder?«

Ludwig murmelte etwas Unverständliches. Worauf das wohl hinauslief?

»Er ist Ihnen auf die Nerven gefallen mit seinem Übereifer und seiner Unfähigkeit. Uns allen. Wissen Sie das nicht mehr?«

»Kann sein.«

»Nehmen Sie ihn unter die Lupe. Finden Sie raus, ob er der Verräter ist. Oder irgendwas, das sich gegen ihn verwenden lässt.«

»Und wenn er es gar nicht war?«, wagte Ludwig zu fragen.

»Dann bringen Sie mir den, der es war. Aber ich bin mir sicher, was Zöllner angeht. Vertrauen Sie mir. Für Volksverräter hab ich ein Näschen. Von denen ist mir keiner ausgekommen. Keiner!«

Freitag, 27. Juni 1958

PETERLE HATTE DIE FREUNDSCHAFT zu den Nachbarskindern erstaunlich rasch erneuert und war schon seit Mittag aus dem Haus. Magda nahm sich derweil den völlig verwilderten Garten vor. Kniehoch stand das Gras, aus allen Ritzen und Spalten drängte die Natur und holte sich die gepflasterten Wege zurück. Magda hatte körperliche Arbeit nie gescheut. Als Erstes hatte sie die Wege gesäubert, danach den Rasenmäher aus dem Geräteschuppen geholt. Doch sie hatte damit ihre liebe Mühe. Das Gras stand schon viel zu hoch, ständig verfing es sich in den Schneidblättern und blockierte die Spindel. Sie war kurz davor zu kapitulieren, als die Türglocke läutete. Sie hielt inne. Wer würde sie besuchen? Es wusste ja so gut wie niemand, dass sie in der Stadt war. Hatte Karl auf krummen Wegen doch davon erfahren? Ihr Herz stolperte bei dem Gedanken. Es klingelte erneut. Wer immer der Besucher war, er war hartnäckig. Magda wischte sich mit einem Taschentuch den Schweiß von der Stirn und ging, um zu öffnen.

»Grüß Gott, Magda«, sagte Ludwig Gruber. »Das Tor vorn an der Straße war offen, da bin ich einfach reingegangen. Ich hoffe, das ist in Ordnung.«

»Freilich.« Sogleich beschlich Magda ein klammes Gefühl. »Gibt es Neuigkeiten über meinen Mann?«

»Nein, leider nicht.« Er lächelte milde. »Ich hätte aber ein paar Fragen zu Ihrem Gatten und wollte Sie nicht ins Präsidium zitieren. Dauert nicht lange.«

Magda bat ihn herein, führte ihn ins Wohnzimmer und bot ihm Platz an. »Entschuldigen Sie bitte mein Erscheinen, ich mähe den Rasen. Oder versuche es zumindest.«

Ludwig trat auf die Terrasse und betrachtete den Spindelrasenmäher, mit dem sie sich abmühte. »Damit kommen Sie nicht weit«, befand er. »Das Gras ist schon zu hoch. Sie brauchen eine Sense.«

»Gibt es hier bestimmt irgendwo.«

Ludwig drehte sich zu ihr um. »Das ist Männerarbeit. Lassen Sie sich doch von Karl helfen.« Er trat einen Schritt näher. »Wieso soll er eigentlich nicht wissen, dass Sie hier sind?«

Magda wich seinem Blick aus. »Er darf es ruhig wissen. Ich möchte es ihm nur selber sagen. Deshalb meine Bitte bei Ihnen im Präsidium.«

»Ach so.«

Magda ließ sich auf einen Gartenstuhl nieder, Ludwig setzte sich zu ihr. Eigentlich mochte sie Ludwig Gruber, unter seiner beamtenmäßigen Zurückhaltung strahlte er eine menschliche Wärme aus, die sie für ihn einnahm. Dennoch fühlte sie sich unbehaglich. Er war nun mal Polizist, und leider auch ein guter, das wusste sie von Karl. Der ließ sich nicht so leicht ein X für ein U vormachen.

»Unter uns gesagt, Magda«, begann Ludwig in vertraulichem Ton, »wir wissen beide, dass Ihr Gatte in seiner langen Zeit als Geschäftsmann viele Arten von Geschäften gemacht hat, und nicht alle entsprachen den Buchstaben des Gesetzes. Als seine Ehefrau sind Sie nicht zur Auskunft darüber verpflichtet. Aber wenn Sie irgendjemanden kennen, der einen Grund hätte, Ihren Mann verschwinden zu lassen, helfen Sie nicht nur uns, sondern auch ihm.«

»Wenn ich was wüsste, würde ich es Ihnen sagen. Aber ich weiß nichts. Ich hatte drei Jahre so gut wie keinen Kontakt zu meinem Mann. Und auch davor hat er mir nichts über seine Geschäfte erzählt. Da war er stets sehr verschwiegen.«

»Wundert mich nicht.« Ludwig griff in die Innentasche seines Jacketts, holte einen Block heraus und überblätterte ein paar Seiten. »Hat er Sie eigentlich in Amerika unterstützt? Ihnen Geld zukommen lassen?«

»Ja, das hat er.«

»Wie ist das gegangen? Ihr Name taucht in den Bankunterlagen, die wir gefunden haben, nicht auf. Es gibt nur eine monatliche Anweisung nach Amerika rüber, genauer gesagt nach New York, auf den Namen Simon Herzberg.«

Magda hielt den Atem an. »Ja, das ist über Simon gelaufen. Er ist ein alter Freund von mir. Noch aus Münchner Zeiten.«

»Und auch von Ihrem Gatten, wie es scheint.«

»Das weniger. Simon hat für meinen Mann gearbeitet. Gewissermaßen. Er sollte in New York auf mich … nun ja … aufpassen. Mich unterstützen.« Magda spürte, wie sie anfing zu schwitzen.

»Verstehe. Obwohl es mich wundert, dass Sie jemanden brauchen, der auf Sie aufpasst.«

»Brauche ich auch nicht. Männer denken halt so. Mein Mann wollte informiert sein, was ich so mache.«

»Versteh schon.« Ludwig holte einen Bleistiftstumpen aus der Jacketttasche und schrieb etwas auf seinen Block. Magda versuchte, es zu entziffern, doch es war zu weit weg und die Schrift schwer lesbar. Dann blickte Ludwig wieder auf und sagte: »Gab oder gibt es im Leben Ihres Gatten andere Frauen? Eine besondere?«

»Nicht, dass ich wüsste. Ich glaube nicht. Für ihn zählen vor allem die Geschäfte.«

»Und Sie? Gab oder gibt es bei Ihnen jemanden? Tut mir leid, ich will Sie nicht in Verlegenheit bringen, aber ich muss das fragen. Es bleibt natürlich unter uns.«

»Schon gut. Nein, es gab niemanden, der … nun ja … der mir etwas bedeutet hätte.« Magda schlug die Augen nieder, schaute auf die in ihrem Schoß verschränkten Hände.

»Auch nicht dieser Simon Herzberg?«

»Simon ist ein guter Freund. Mehr nicht.«

Wieder schrieb Ludwig etwas auf seinen Block.

»Haben Sie eigentlich schon eine Ahnung, was mit meinem Mann passiert sein könnte?«, fragte sie. »Wer oder was hinter seinem Verschwinden steckt? Denkt ihr« – sie senkte die Stimme, musste die Betroffenheit nicht spielen –, »dass er tot ist?«

»Nach aller Wahrscheinlichkeit und allen Erfahrungen …« Ludwig klappte den Block zu und schaute Magda an. »Ich will ehrlich sein. Wir wissen nicht, was genau passiert ist, aber wir gehen vom Schlimmsten aus. Ihr Gatte könnte ein Opfer in einer Reihe von Verbrechen sein, verübt von Nazi-Opfern. Juden, aller Wahrscheinlichkeit nach. Das ist eine sehr heiße Spur, die wir gerade verfolgen. Aber behalten Sie das für sich, wir haben das noch nicht an die Öffentlichkeit gegeben.« Er steckte Bleistift und Block ein. »Wir verfolgen natürlich auch andere mögliche Spuren. Man muss offen bleiben bei so einer Ermittlung. Es gibt immer wieder Überraschungen. Für heute hätten wir's.«

Sie standen beide auf, Magda brachte Ludwig Gruber zur Tür.

»Ich melde mich bei Ihnen, wenn sich was Neues ergibt«, sagte er zum Abschied. Dann zog er den Hut. »Schönen Tag noch.«

Magda schloss die Tür und lauschte dem Knirschen seiner

Schritte auf dem Kies in der Auffahrt, bis es nicht mehr zu hören war. Erst dann atmete sie auf. Doch Erleichterung wollte sich keine einstellen. Dafür war sie zu verwirrt. Sie verstand bald überhaupt nichts mehr. Statt tot, so wie geplant, war Blohm verschwunden, konnte also vielleicht jederzeit wieder auftauchen; und nun redete Ludwig Gruber überdies von einer Art jüdischem Rachekommando, das Blohm angeblich entführt und noch eine Reihe weiterer Verbrechen begangen hat? Welchen Reim sollte sie sich darauf machen? Je weniger du weißt, desto besser, hatte Simon gesagt. Auch wenn er vermutlich recht hatte, fiel es ihr immer schwerer, sich damit abzufinden.

Magda kehrte in den Garten zurück. Die Arbeit würde sie wieder auf andere Gedanken bringen. Als Erstes suchte sie im Geräteschuppen nach einer Sense und wurde auch fündig. Sie hatte zwar nicht gelernt, mit so einem Ding zu mähen, aber wie schwierig konnte es sein? Schwung nehmen und los. Als sie es versuchte, verhedderte sich die Sense jedoch im hohen Gras.

»Shit!«, rief sie.

»Kann ich helfen?«, fragte ein Mann hinter ihr.

Magda zuckte erschrocken zusammen und fuhr herum. Es war Karl! Sie hatte es gleich gewusst, denn unter Tausenden von Stimmen hätte sie die seine sofort erkannt. Ohne Hut und ohne Krawatte stand er da, das Jackett offen, ein Lächeln auf den Lippen. Wie immer hing ihm eine ungebärdige Strähne in die Stirn, und es juckte sie in den Fingern, sie zärtlich wegzustreichen, so wie sie es früher immer getan hatte. Doch sie rührte sich nicht vom Fleck, flüsterte nur: »Karl …«

Er trat auf sie zu. Bedächtig. Als fürchte er, sie könne sich wie eine Fata Morgana verflüchtigen, wenn er ihr zu rasch zu nahe kam.

»Wieso hast du nichts gesagt?«, fragte er.

Sie räusperte sich, erwiderte: »Ich … ich bin erst seit vorgestern wieder in München. Aber wer hat dir davon erzählt?«

»Ich bin nur zufällig vorbeigekommen und hab den Mercedes vor der Tür gesehen.«

»Zufällig?« Sie lächelte.

Er zwinkerte. »Seit Blohm verschwunden ist, fahre ich oft zufällig vorbei, in der Hoffnung, dass du da bist.«

Karl nahm ihr die Sense aus der Hand und legte sie ins Gras. Dann kam er so nahe, dass sie seinen warmen Atem auf ihrem Gesicht spürte. Sie fürchtete, er könne ihr Herz hören, so laut, wie es schlug. Er sah ihr tief in die Augen.

»Magda …«

Ein Finger streichelte über ihren Handrücken. Kaum zu spüren, und doch genug, dass ihre Knie weich wurden.

»Magda …«

Sie konnte nichts sagen.

»Magda …«

Seine Lippen berührten sie zart. Sie ließ es zu. Wahrscheinlich war es ein Fehler. Doch sie ließ es zu. Sie hatte lange genug darauf verzichtet.

»Ich habe dich vermisst.«

»Ich dich auch.«

Als seine Arme sich um ihre Schultern legten und er sie an sich zog, wurde ihr erst bewusst, wie viel sie inzwischen von Karl trennte. Die Zeit in New York, die Enttäuschungen, aber auch die kleinen Siege, die es trotz allem gegeben hatte. Ihre Liebe zu ihm mochte noch die alte sein, sie jedoch hatte sich verändert. Und dann war da noch das Geständnis, das sie unterschrieben hatte und in dem sie Karl fälschlicherweise der Mittäterschaft bezichtigte. Sie hatte ohne sein Wissen seine Zukunft verpfändet.

»Nicht«, sagte sie und wandte ihr Gesicht ab.

»Was ist?«

Magda löste sich aus seiner Umarmung und entfernte sich ein paar Schritte.

»Wir wissen nicht, ob Blohm tot ist«, sagte sie. »Und selbst wenn wir es sicher wüssten. Ludwig Gruber war vor dir hier. Er hat Fragen gestellt.«

»Was denn für Fragen?«

»Die Ehefrau ist immer als Erstes verdächtig.«

»Hat Ludwig dich verdächtigt?«

»Nein. Aber das kann noch kommen. Deshalb ist es besser, wenn wir für den Rest der Welt erst einmal weiterhin nur Onkel und Nichte sind. Das sind wir doch noch?«

Karl nickte. Er sah sie eine Weile wortlos an, dann sagte er: »Du hast recht. Wir sollten vorsichtig sein, solange wir nicht wissen, was mit Blohm los ist. Wie diese Sache ausgeht.« Er kam einen Schritt näher und fragte eindringlich. »Sag mir nur eines: Liebst du mich noch? Oder gibt es jemand anders?«

»Es gibt niemanden«, erwiderte Magda und strich ihm die eigensinnige Haarsträhne aus der Stirn. »Ich werde dich immer lieben, Karl. Auf die eine oder andere Weise.«

Montag, 30. Juni 1958

VON AUSSEN WIRKTE DAS POLIZEIPRÄSIDIUM in seiner protzigen Sachlichkeit wie immer. Als Ludwig es betrat, hatte er jedoch den Eindruck, es liege ein feines Surren in der Luft, wie im Innern eines Wespennests, von all der regen Betriebsamkeit hinter den verschlossenen Bürotüren, von dem Tuscheln und Raunen. Und Ludwig konnte sich ein verstohlenes Grinsen nicht verkneifen. Die Verfehlungen der Ermittlungsbehörden im Fall Eisele zogen immer weitere Kreise. Von Verfahrensverschleppung hatte Ludwig in der Morgenausgabe der *Abendzeitung* lesen dürfen, ein Kommentator im Radio hatte sogar von Begünstigung im Amt gesprochen. Wie schon in den letzten Tagen, so würde Ludwig auch heute nichts dazu sagen, aber Vranitzkys wachsende Nervosität erfüllte ihn jeden Tag auf Neue mit Genugtuung. Hochmut kommt vor dem Fall, dachte er, während er im Paternoster zur Mordabteilung hinauffuhr. Alle hofften nur noch, dass die Sache schnell und glimpflich ausging. Doch statt besser zu werden, wurde *die Sache* schlimmer. Zwar war nun schnell gehandelt worden, so hatte noch am Samstag die Staatsanwaltschaft nach Prüfung der Aktenlage Haftbefehl gegen Eisele erlassen, aber der war weder in seiner Arztpraxis noch in der Privatwohnung aufzufinden. Es hieß, er sei verreist. Weitere Maßnahmen wurden ergriffen, sogar Interpol wurde eingeschaltet. Die Öffentlichkeit erfuhr davon nichts. Vorerst.

Als Ludwig in sein Amtszimmer trat, fand er es leer vor. Vranitzky trat in die Verbindungstür. »Kommst du auch mal zum Dienst«, brummte er mürrisch. Man war wieder per Du, wie immer, wenn Vranitzky besonders gut oder besonders schlecht gelaunt war. »Jeder kommt und geht hier, wie er mag. Breitsamer ist gerade wieder zur Tür hinaus. Termin beim Zahnarzt, oder was weiß ich. Halt die Stellung, Ludwig, ich hab dir zum Zeitvertreib ein bisserl was zum Lesen auf den Tisch gelegt. Ich selber muss gleich rauf zum Polizeipräsidenten.«

Ludwig wünschte Glück, aber da war Vranitzky schon wieder in seinem Büro verschwunden. Aufatmend sank Ludwig auf seinen Bürostuhl. Er war an diesem Morgen schon jetzt so müde wie sonst erst am Abend nach acht oder zehn Stunden Arbeit. Dabei war an Arbeit kaum zu denken. Bei all der aufgeregten Betriebsamkeit gerieten die laufenden Fälle ins Hintertreffen. Ludwig kam es fast so vor, als sei er der Einzige, der noch ernsthaft ermittelte. Er schlug die Akte auf, die Vranitzky gemeint hatte. Sie war ziemlich dünn. Kein Wunder, es war erst Samstagnacht passiert. Ludwig überflog die Protokolle der ersten Befragungen und erkannte Breitsamers umständlichen Stil sofort wieder. Ein Einbruch in Tateinheit mit Totschlag, in der Sendlinger Straße war das gewesen, und getroffen hatte es einen geschiedenen Bankangestellten, Rudolf Schongast. Wohnung auf den Kopf gestellt, Wertsachen mitgenommen … das Übliche. Er schlug die Akte wieder zu. Für die Nachmittagsbesprechung wusste er genug, um mitreden zu können.

Ludwig lehnte sich zurück und zündete sich eine Zigarette an. Sein Blick fiel auf die andere Akte auf seinem Schreibtisch, die leider auch nicht so dick war, wie man es sich wünschte. Brandsache Ganslmaier. Er zog sie zu sich her, schlug sie jedoch nicht auf. Irgendetwas an dieser ganzen Nakam-Geschichte ist merkwürdig, dachte Ludwig, während er nachdenklich dem Rauch, der von seiner Zigarette aufstieg, nachschaute. Vor allem, wenn man sich vor Augen führte, dass einer wie dieser KZ-Arzt Eisele seit Jahren unbehelligt lebte und arbeitete, fragte man sich, wieso ein einfacher Rechtsanwalt wie Ganslmaier, ja, sogar ein Unternehmer wie Blohm ins Visier der jüdischen Rächer geraten war. Diese beiden Männer mochten reichlich Dreck am Stecken haben, aber anders als etwa Eisele standen sie nicht im Verdacht, massenhaft Juden getötet zu haben. Zumindest, soweit bekannt.

Glühende Asche tropfte von Ludwigs Zigarette auf den Aktendeckel. Er wischte sie hastig weg. »Zefix«, fluchte er. An einer Stelle war die Pappe angesengt. Andererseits: Wenn Ganslmaiers Aussage verbrannt wäre, wäre es für die Ermittlung kein großer Verlust gewesen, so wenig Brauchbares stand darin. Höchste Zeit, die Ehefrau zu befragen. Die Chancen, von ihr etwas über die dunklen Flecken auf der Weste des ehrenwerten Anwalts und Mitläufers zu erfahren, standen besonders gut, denn niemand plauderte lieber über derlei als ein betrogenes Eheweib.

Weil vier Augen mehr sahen als zwei und vier Ohren mehr hörten, wollte Ludwig ungern allein fahren. Er rief Zöllner an. Außerdem ergab sich so die Gelegenheit, mit ihm zu reden, ohne dass Vranitzky es mitbekam. Zöllner wollte gar nicht wissen, worum es bei der Befragung genau ging. Auch ihm war jede Gelegenheit recht, um der bedrückenden Stimmung im Präsidium zu entfliehen. Keine zehn Minuten später fuhren sie im Dienstwagen vom Hof.

»Hören Sie, Zöllner«, sagte Ludwig, als sie auf der Straße waren, »ich habe Sie nicht dazugebeten, weil ich mich nach Ihnen gesehnt hätte.«

Zöllner grinste auf seine leicht hinterhältige Art. »Wie enttäuschend. Und ich dachte schon, Sie machen mir heute endlich einen Antrag.«

»Das ist kein Witz. Vranitzky denkt, Sie haben der Presse gesteckt, dass die Eisele-Ermittlung verschleppt wurde. Er will Sie loswerden. Und ich soll ihm dafür eine Handhabe liefern. Entweder Belege, dass wirklich Sie der Nestbeschmutzer waren, oder etwas anderes.«

Zöllner rieb sich das Kinn. Er schien nicht ernsthaft beunruhigt zu sein. »So ist das also. Und was wollen Sie tun?«

»Nichts. Und Sie?«

»Dito. Schauen Sie, ich mache mir da keine großen Sorgen. Schließlich weiß ich, wer Eisele gewarnt hat: der liebe Kollege Vranitzky höchstpersönlich. Und Sie wissen es auch. Wir haben beide gehört, wie er telefoniert hat.«

»Er wird es leugnen und uns in den Innendienst versetzen lassen.«

»Wird er nicht. Und er kann so viel leugnen, wie er will, das juckt keinen. Ich sag Ihnen auch, wieso: Die Herren ganz oben, egal, ob bei uns oder bei der Staatsanwaltschaft, wissen längst, dass er der Vogel war, der dem Eisele ins Ohr gezwitschert hat. Die kennen ihre Pappenheimer. Es reicht, wenn wir durchblicken lassen, dass wir auch Bescheid wissen, und schon sind wir aus dem Schneider.«

»Ihre Zuversicht möchte ich haben.«

Ludwig wunderte sich, mit welcher Selbstverständlichkeit Zöllner davon ausging, dass er alles mitmachte. Er hat eine viel zu hohe Meinung von mir, dachte Ludwig.

Zöllner holte seine Zigaretten hervor und zündete sich eine an. »Sie waren es, oder?«, sagte er dann.

»Was meinen Sie?«

»Der Nestbeschmutzer. Das Kameradenschwein. Der Verräter.«

Es schwang kein Vorwurf mit, im Gegenteil, eher ein komplizenhaftes Necken.

Ludwig schluckte trocken. Bluffte Zöllner, oder wusste er wirklich etwas? »Wie kommen Sie denn auf die Idee?«, fragte er vorsichtig.

»Weil Sie mich nicht gefragt haben, ob Vranitzky recht hat und ich der Verräter bin. Sie wissen, dass ich es nicht war. Deshalb führen wir überhaupt dieses Gespräch.«

Ludwig schwieg. Zöllner war schlau. Nicht das Schlechteste, was man über einen Kriminaler sagen konnte. Nach einer Weile, in der er wortlos den Wagen vollgequalmt hatte, fragte Zöllner: »Wo fahren wir eigentlich hin?«

Die Ganslmaiers bewohnten eine lichtdurchflutete Wohnung in der Nymphenburger Straße mit hohen, stuckverzierten Decken und schweren Perserteppichen auf dem Parkett, mit wuchtigen Möbeln aus der Kaiserzeit und Ölbildern an der Wand. Ein Dienstmädchen hatte den beiden Männern geöffnet, sie dann aber im Vorraum warten lassen, um die Herrschaft zu fragen, ob der Besuch genehm sei. Nun saßen sie bei der Dame des Hauses im salonartigen Wohnzimmer und sahen ihr zu, wie sie ihren Tee in der Tasse aus Meißner Porzellan umrührte. Ludwig schätzte die Frau auf Mitte bis Ende fünfzig. Sie trug ein teuer aussehendes Kostüm und war reich mit Perlen behängt. Ihr etwas grobschlächtiges Gesicht trübte den Eindruck von Eleganz und Kultiviertheit. Ebenso die herabgezogenen Mundwinkel und die kränklich wirkende Blässe. Vermutlich Folgen der seelischen Qualen, die sie gerade durchlitt.

»Drei Kinder habe ich dem Mann geboren«, klagte sie voller Bitterkeit über ihren untreuen Gatten, »und dass aus ihnen anständige Menschen geworden sind, verdanken sie gewiss nicht ihrem Hallodri von Vater. Diese Demütigung! Diese Demütigung! Nach fünfundzwanzig Jahren Ehe!«

Ludwig und Zöllner schwiegen, unangenehm berührt von so viel Herzensoffenheit.

»Das alles tut uns sehr leid«, raffte Ludwig sich auf zu sagen, räusperte sich und kam unumwunden zum Grund ihres Besuchs. »Sie wissen ja, dass auf die Kanzlei Ihres Gatten ein Brandanschlag verübt wurde, und wie es aussieht, handelt es sich um einen Racheakt.«

»Ich war es nicht, falls Sie das denken.«

»Tun wir nicht. Wie es scheint, geht es eher um lange zurückliegende ...« Ludwig suchte das passende Wort. »... Verfehlungen. Genauer gesagt, um Dinge aus der Zeit der Nazis, in Verbindung mit Juden.«

Frau Ganslmaier nickte. »Jaja, die Juden vergessen nichts. Schon gar nicht, wenn es ums Geld geht.«

Ludwig und Zöllner tauschten verstohlen einen Blick.

»Xaver hat die Kanzlei von einem Juden übernommen«, fuhr sie fort, »einem Dr. Silbermann. Das muss sechsunddreißig oder siebenunddreißig gewesen sein. Silbermann hatte hauptsächlich jüdische Mandanten. Gleich und gleich gesellt sich eben gern. Das erlaubte Xaver umfangreiche Einblicke in jüdische Besitzverhältnisse. Er wusste, wem was gehörte, und saß an der Quelle, als die Juden dann ihren Besitz« – sie räusperte sich, verlegen um ein Wort, das ihr passend erschien –, »nun ja, umständehalber veräußerten. Er schanzte Freunden und Bekannten Immobilien, Autos, Kunstwerke zu einem Spottpreis zu. Manche von denen waren nur Strohmänner in seinem Auftrag. Das habe ich aber erst sehr viel später erfahren. Bei seinem Verfahren vor der Spruchkammer hat er es so hingedreht, dass er den Juden bei der Flucht geholfen habe, und da ihm ein paar von ihnen Persilscheine ausstellten, kam er ungeschoren davon. Vor mir hat er seine Machenschaften geheim gehalten, weil er nicht wollte, dass ich weiß, was ihm alles gehört. Für den Fall, dass es mit uns mal auseinandergeht. Wir haben Gütergemeinschaft, verstehen Sie. Es gab ja damals schon Seitensprünge. Ich habe mich viel zu lange damit arrangiert. Aber jetzt ist's genug.«

Tod den Profiteuren, fiel Ludwig ein. So gesehen passte Ganslmaier ins Bild. Aber warum galt der Anschlag nur der Kanzlei, nicht seiner Person? Warum spazierte er ohne den geringsten Kratzer herum, während Blohm verschwunden und wahrscheinlich tot war?

Es dauerte noch eine halbe Stunde, in der Ludwig und Zöllner sich lange Schimpftiraden auf Franz Xaver Ganslmaier anhören mussten, ehe sie endlich im gefliesten Treppenhaus standen, in dem es intensiv nach Bohnerwachs roch. Schweigend stiegen sie nach unten. Erst auf der Straße fragte Ludwig: »Und? Was denken Sie?«

»Dass ich gerade in einer Räuberhöhle war.« Zöllner holte seine Zigaretten heraus und zündete sich noch auf der Straße eine an. »Diese Leute haben die Juden ausgeraubt und fühlen sich dabei noch wie gute Menschen. Aber sind sie deshalb schlechter, als viele andere waren? Nein, nur schamloser.«

»Ich meinte nicht moralisch, sondern kriminalistisch.«

Sie waren beim Wagen angekommen und stiegen ein.

»Ganslmaier steht zu Recht auf der Liste dieser Rächer«, meinte Zöllner im Auto, während er das Fenster ein Stück herunterkurbelte. »Ansonsten weiß ich es auch nicht.«

Wieder im Präsidium, fand Ludwig seinen Kollegen Breitsamer in einer Akte lesend vor.

»Und«, fragte Ludwig, »hat er gebohrt, der Zahndoktor?«

Ohne aufzuschauen, antwortete Breitsamer: »Nur ein bisserl.«

»Was lesen Sie da?«

»Hat Wurmerdinger geschickt. Die vorläufige Akte zum Brand in der Theresienstraße.«

»Geben Sie her.«

Ludwig nahm die Mappe und blätterte sie durch. An einer Reihe von Fotos blieb er hängen. Sie zeigten die Ballonmütze, die am Tatort gefunden worden war und mutmaßlich vom Brandstifter stammte. Ludwig hatte das Gefühl, als habe er sie erst kürzlich irgendwo gesehen. Bloß wo? Allerdings war es kein seltenes Modell. Trotzdem war da etwas in den Tiefen seiner Hirnwindungen. Es würde schon noch hervorkriechen.

Dienstag, 1. Juli 1958

OBWOHL DAS WETTER UNENTSCHLOSSEN zwischen Sonne, Wolken und Regen wechselte und die Temperaturen für einen Sommertag eher kühl waren, suchten viele Leute die Beschaulichkeit des Nymphenburger Schlossparks. Magda jedoch war nicht hier, um Zerstreuung zu finden. Sie war auf der Suche nach Antworten. Deshalb hatte sie sich mit Danuta verabredet. Oder mit *Gerti*, wie das Fräulein nur noch angesprochen werden wollte. Na gut, dann eben Gerti. Magda hätte zu gern gewusst, was das alles zu bedeuten hatte. Warum Gerti wieder in München war. Allerdings hatte sie wenig Hoffnung, dass Gerti ihr die gewünschten Antworten geben würde. Nun, man würde ja sehen. Da sie ein wenig zu früh dran war, schlenderte Magda ohne Eile auf den vereinbarten Treffpunkt zu: das große Bassin auf der Rückseite des Schlosses, in dessen Mitte eine Fontäne aufschoss. Trotzdem sah sie alle halbe Minute auf die Uhr. Bis eine Stimme sie aus ihren Gedanken riss.

»Magda? Bist du's wirklich?«

Sie schaute auf. Vor ihr stand ein Mann, in Begleitung einer Frau, die einen Kinderwagen schob. Magda erstarrte und konnte es nicht glauben: Veit! Das war Veit! Eine Sekunde lang dachte sie daran, sich wortlos abzuwenden und wegzugehen. Doch dafür war es zu spät.

»Ja, da schau her!«, rief Veit und kam mit großen Schritten und weit geöffneten Armen auf sie zu. »Seit wann bist du wieder im Lande? Kein Wort hat er gesagt, der Karl. Wahrscheinlich, weil er dich ganz für sich haben will.«

»Veit …«, brachte sie nur mit Mühe heraus, während ein feines Zittern durch ihre Nerven lief.

»Mei, bildsauber schaust du aus«, fuhr er munter fort, als gäbe es nichts, das finster über ihren Köpfen dräute wie ein alter Fluch. »Ganz wie eh und je. Du wirst mit jedem Jahr schöner. Wie war's denn in Amerika? Bestimmt aufregend, was?« Ehe sie ein Wort sagen konnte, wandte er sich der Frau mit Kinderwagen zu. »Das ist übrigens die Marianne, meine bessere Hälfte, und das Küken da drin« – er wies in den Kinderwagen, und seine Wangen röteten sich unversehens –, »das ist die kleine Gundula. Oder Gundi, wie wir sie nennen. Frisch aus dem Ei geschlüpft, sozusagen. Vier Wochen haben wir sie jetzt.«

Magda konnte ihre Verblüffung offenbar nicht verbergen, denn Veit lachte und sagte: »Gell, da schaust du wie's Zeiserl, wenn's blitzt! Dass ich mal Familienvater werde, hättest du dir nicht vorstellen können.« Er zwinkerte ihr zu. »Ich auch nicht, ehrlich gesagt.«

Das hätte sie sich wahrlich nicht vorstellen können, und ehe sie einmal tief durchatmen konnte, hatte Veit sich auch schon an seine Frau gewandt, die bisher teilnahmslos dagestanden und ab und zu einen prüfenden Blick in den Kinderwagen geworfen hatte. »Das ist die Magda«, sagte er, »eine Nichte von mir. Die war in Amerika.«

»So«, sagte Marianne mit sauertöpfischem Blick, »angenehm. Wie viele von euch gibt es denn noch? Alle nasenlang taucht wieder eine auf, von der man noch nie was gehört hat.«

»Geh zu!« Veit lachte.

»Ja, schau doch, da kommt schon die andere daher!«

Magda drehte sich um. Sie brauchte einen Moment, bis sie in der jungen Frau mit den kurzen dunklen Haaren und der Brille auf der Nase das spiegelbildliche Abbild von Agota erkannte.

»Ist das Zufall oder …?«, fragte Veit.

»Kein Zufall«, klärte Magda ihn auf. »Wir sind verabredet.«

»Dann weißt du wohl schon Bescheid«, fuhr Veit in seinem Plauderton fort, »über die wunderbare Auferstehung der toten Tochter, meine ich. Wir sollten das irgendwann feiern. Und deine Heimkehr. Das machen wir bei mir, in meinem Haus. Ja, ich hab jetzt ein Haus. Den Karl hab ich schon lange eingeladen, aber er rührt sich einfach nicht. Und du …« Er schaute sich um. »Sag, ist … dein … dein Bub, ist der auch hier irgendwo?«

Ein Klirren wie zerbrechendes Glas war in ihr, als er diese Worte sagte: *Dein* Bub … und er meinte damit: *unser* Bub.

Er nutzte einen Moment, in dem Gerti noch außer Hörweite und Marianne mit dem Kind abgelenkt war, und sagte mit gedämpfter Stimme: »Wir müssen mal reden, Magda. Unter uns. Was klären, das mir schwer auf der Seele liegt.«

Magda trat einen Schritt zurück. »Nein, das müssen wir nicht«, zischte sie ihn an. »Es ist alles klar. Und wenn dir was schwer auf der Seele liegt, dann liegt es dort genau richtig.«

Damit wandte sie sich um und eilte Gerti entgegen. Die strahlte, als würde sie sich über das Wiedersehen wirklich freuen. Magda bezweifelte, dass dem so war. Und wenn, dann nicht aus Gründen, die auch Magda erfreut hätten. Höflich, als könne sie kein Wässerchen trüben, streckte sie ihr die Hand entgegen. Magda ergriff sie nur kurz. Sie war auf der Hut. Gerti, wie auch Agota, spielte das harmlose junge Fräulein nur, davon durfte man sich nicht täuschen lassen. Unterschätzt zu werden, das war Teil ihrer Methode.

»War das unser Onkel, mit dem du dich unterhalten hast?«, fragte Gerti.

»Wenn du damit Veit meinst – ja, der war's«, erwiderte Magda kühl. Sie schaute sich nach ihm um. Er war zum Glück weitergegangen. Veit als Familienvater … Sie schüttelte sich. Dann widmete sie sich Gerti. Chic sah sie aus in der hochgeschlossenen weißen Bluse und der karierten Hose. Dazu flache Pumps. Gerti musterte sie auf die gleiche Weise. »Du spielst neuerdings also Karls wiedergefundene Tochter«, sagte Magda schließlich.

Gerti zuckte mit den Schultern. »Spielen wir nicht alle irgendwas? Du mal die Nichte. Dann wieder die Geliebte. Dann die besorgte Ehefrau.«

Es überraschte Magda nur wenig, dass Gerti über sie und Karl Bescheid wusste. Sie schien die Informationen aus der Luft zu saugen.

»Wie geht es übrigens meiner Schwester in Amerika?«, fragte Gerti. »Du musst mir alles erzählen. Sie schreibt viel zu selten.«

»Sie spielt ihre Rolle dort drüben mit Bravour, falls du das meinst.«

Gerti lächelte. »Davon bin ich überzeugt. Sie ist wirklich gut. – Lass uns ein wenig in den Park gehen und reden.«

Sie verließen das Gartenparterre mit seinen geometrischen Rasenflächen und schlugen einen Pfad zu den Bäumen ein. Magda war in den Jahren, in denen sie in der Nähe gewohnt hatte, schon so oft hier gewesen, dass sie das Gefühl hatte, jeden einzeln Baum zu kennen. Vor allem eine uralte Sommerlinde war ihr zur Freundin und Vertrauten geworden, der sie im Stillen all ihre Sorgen, Nöte, aber auch Freuden anvertraut hatte, und wie von selbst strebten ihre Füße auch jetzt wieder dorthin. Gerti ließ sich auf dem Weg von ihrer Schwester im fernen Amerika erzählen.

Als sie die Linde erreichten, brachte die Aussicht Magda zum Verstummen. Der uralte Baum stand in all seiner Pracht an einem kleinen künstlichen Gewässer, dem Badenburger See. Der Ausblick auf den Apollotempel, der in Form eines Monopteros auf einer Landzunge erbaut war, war so kopf- und herzerfrischend wie eh und je. Und gerade als sie ankamen, wurde die Bank unter dem weiten Blätterdach frei, auf der sie oft gesessen hatte, den Kinderwagen mit dem kleinen Peterle darin an ihrer Seite.

Nachdem die beiden Frauen eine Weile schweigend auf das Wasser geschaut hatten, sagte Magda: »Ich weiß nicht, was Karl dir über ihn und mich erzählt hat. Aber ich bin nicht seine Nichte. Wir sind überhaupt nicht verwandt.«

Wenn Gerti überrascht war, zeigte sie es nicht. »Seit wann weißt du das?«

»Er hat es mir gestanden, kurz bevor ich nach Amerika ging. Oder besser gesagt: von Blohm verbannt wurde.«

»Und dein echter Vater? Was weißt du über ihn?«

»Nichts. Nicht mal seinen Namen.«

»Willst du nicht wissen, wer er war?«

»Irgendwann vielleicht. Im Moment geistern schon viel zu viele Fremde oder fremd Gewordene durch mein Leben. Da brauche ich nicht noch einen.«

»Kann ich verstehen. Außerdem: Wer braucht schon einen Vater?«

Magda hörte einen Unterton heraus, der sie hellhörig machte. Wen von ihnen beiden meinte sie mit dieser Bemerkung? »Du vielleicht? Oder wieso sonst trittst du hier als Karls Tochter auf? Ist das wirklich nur Tarnung?«

»Was sollte es denn sonst sein?«

»Ich weiß es nicht. Vielleicht nützt du nur Karls Schwachstelle aus, um ihn zu manipulieren. Was ist dein Plan? Wofür brauchst du ihn?«

Statt eine Antwort zu geben, bückte Gerti sich, hob ein paar Steinchen auf und warf sie ins Wasser, eines nach dem anderen, sobald die kreisförmigen Wellen, die das vorherige geschlagen hatte, sich wieder geglättet hatten.

»Karl hat seine beiden Töchter für tot erklären lassen«, sagte sie schließlich. »Er hat sich von ihnen losgesagt. Klar, ich versteh schon, warum. Irgendwie. Trotzdem ist es … enttäuschend. Also wäre es doch nur folgerichtig, wenn sich seine Töchter auch von ihm lossagten.«

Magda war nicht sicher, ob sie verstand, was Gerti damit meinte. »Wie sollten seine Töchter sich von ihm lossagen? Sie sind tot.«

»Und wenn sie es nicht sind?«

Irritiert sah Magda Gerti an, die starr wie eine Statue dasaß. »Heißt das, Karls Töchter leben?«, fragte sie.

»Die Lüge ist die Wahrheit und die Wahrheit eine Lüge«, sagte Gerti mit brüchiger Stimme. Sie lächelte, doch es lag weder Leichtigkeit noch Fröhlichkeit darin, dafür sehr viel Bitterkeit.

»Du und Agota … ihr seid … Karls Töchter …?« Es war kaum mehr als ein Flüstern.

Gerti nickte.

Magda brauchte einen Moment, um zu begreifen, was Gerti ihr mitgeteilt hatte. Was sollte sie davon halten? Sollte sie sich freuen? Oder sich eher Sorgen machen?

»Agota weiß nichts davon«, sagte Gerti, »und sie darf es auch nicht erfahren.«

»Warum nicht? Sie hat ein Recht darauf.«

»Ich habe immer für uns entschieden, weil ich die Stärkere von uns beiden bin.«

»Du würdest dich wundern, wie stark Agota ist. Sie kann für sich selbst entscheiden.« Magda griff nach Gertis Hand. »Du kannst das nicht für immer vor ihr geheim halten. Es ist nicht richtig.«

»Ach«, seufzte Gerti, »ich weiß nicht mehr, was richtig und was falsch ist.«

»Wirklich nicht?« Magda drückte Gertis Hand ein wenig fester. »Es hat doch einen Grund, warum du mir diese Dinge erzählst. Du willst, dass die Wahrheit ans Licht kommt. Du traust dich nur noch nicht.«

Gerti zuckte mit den Schultern. »In letzter Zeit ist es zwischen Karl und mir manchmal wie … Ich weiß nicht … eben wie zwischen Vater und Tochter. Ich meine … Es fühlt sich echt an. Du hast recht: Ich würde ihm gern die Wahrheit sagen. Aber ich finde nie den richtigen Moment, bin nicht in der richtigen Stimmung oder habe einfach nur Angst. Ich denke jeden Tag: Er müsste es sehen. Kennst du Fotografien meiner Mutter? Die Ähnlichkeit zwischen ihr und mir ist frappierend. Wenn man sie sehen will. Aber er hat völlig mit uns abgeschlossen.«

Magda drückte erneut Gertis Hand. »Karl hält euch nun mal für tot. Er rechnet nicht damit, dass ihr je wiederauftauchen könntet. Du musst ihm die Wahrheit sagen.«

»Würde das wirklich etwas ändern? Was wissen wir denn voneinander? Wir sind einander fremd.«

»Es würde alles ändern, Gerti. Alles.«

Gerti wirkte nicht überzeugt. Doch daran lag es nicht, da war sich Magda sicher. Sie hatte Angst. Und das war verständlich. Es war besser, sie zu nichts zu drängen. Sie würde schon erkennen, was das Beste für sie und Agota war.

Gerti saß lange schweigend und in sich versunken da, dann sah sie Magda an und sagte: »Auch wenn es vielleicht ein Fehler war, hat es gutgetan, mit jemandem über all das zu reden. Es auszusprechen.«

»Es war kein Fehler. Und es bleibt unter uns.«

Magda nahm Gerti in die Arme und zog sie an sich. Sie war glücklich, vor allem für Karl. Nach einer kleinen Weile lockerte sie die Umarmung und sagte: »Wenn ich irgendwie helfen kann …«

»Das hast du schon. Den Rest muss ich selbst schaffen.«

Sie lösten sich voneinander und blieben noch eine Weile sitzen, ohne ein Wort zu sprechen, schauten gedankenverloren auf das Wasser.

Karl hatte ein paar Tage mit sich gerungen, ehe er einsah, dass Gerti recht hatte. Wer immer Blohms Entführer waren, sie hatten seine Waffe dabei nicht ohne Grund benutzt. Die Polizei in Person seines alten Freundes Ludwig würde irgendwann auf ihn stoßen, und es war gut, dann etwas in der Hand zu haben, falls Ludwig die Pflicht über ihre Freundschaft stellte. Karl hatte Magda schon viel zu lange vermisst, um zuzulassen, dass er den Rest seines Lebens ins Zuchthaus wanderte, noch dazu für eine Tat, die er nicht begangen hatte. Im Zweifel ging Liebe vor Freundschaft.

Karl rief Georg in der Redaktion der *Quick* an und verabredete sich mit ihm zum Mittagessen, angeblich, um über neue Reportagen zu reden. Georg zeigte sich interessiert und schlug den *Löwenbräukeller* am Stiglmaierplatz vor, der war nur einen Katzensprung von der Redaktion entfernt.

Keine halbe Stunde später stand Karl vor dem Zeitungsgebäude, und Georg ließ nicht allzu lange auf sich warten. Auf dem Weg zum *Löwenbräukeller* fragte Karl nach dem Befinden von Frau und Kindern. »Als würde dich das interessieren«, sagte Georg missgelaunt. Anscheinend hing der Haussegen bei den Borgmanns gerade wieder schief. Weil sich die Sonne zeigte, suchten sie sich einen Platz im Biergarten und bestellten Schweinswürstel mit Sauerkraut und hellem Bier.

Da Georgs Mittagpause kurz war, kam Karl noch während des Essens auf Ludwig zu sprechen und auf dessen Zeit im Krieg. »Irgendwas ist da«, gab er sich besorgt, »aber der Ludwig will nicht darüber reden. Hast du eine Ahnung, wo er damals war?«

Georg zögerte, beäugte Karl misstrauisch, nahm einen Schluck von seinem Hellen und erwiderte dann: »Mir sagt er auch nichts. Aber es gab einmal einen Zwischenfall, der ist mir in Erinnerung geblieben. Es ist schon ein paar Jahre her, wir haben uns damals mit zwei anderen Bekannten regelmäßig zum Schafkopf bei euch im *Kammererwirt* getroffen. Da kommt auf einmal ein Mann an den Tisch und redet den Ludwig an. Behauptet, dass sie sich vom Krieg her kennen, aus Lublin in Polen. Ludwig hat das bestrittenen. Doch, doch, hat der Mann beharrt, im Jahr soundso, in Lublin, da waren sie in derselben Einheit und haben die Gegend judenfrei gemacht. Judenfrei, hat er gesagt und gelacht. Ludwig hat behauptet, dass der Mann ihn verwechselt hat, dass er zwar in Lublin war, aber erst später, als es dort schon keine Juden mehr gab, und außerdem hat er nur polizeiliche Arbeit geleistet, hauptsächlich im Büro. Ich hab ihm angesehen, dass er lügt, aber ich hab nicht weiter nachgebohrt. Wenn er nicht reden will, hab ich mir gedacht, dann werde ich ihn auch nicht dazu drängen. Diese Art Geschichten kennt man eh, man hat schon viel zu viele davon gehört.«

»Und wer war der Mann?«

»Brugger hat er sich genannt oder Brückner. So was in der

Art. Ignaz mit Vornamen, das weiß ich noch. Aus Landshut. Ehemals Polizist in München, aber da haben sie ihn nach dem Krieg nicht mehr genommen. Deshalb ist er auf Täschner umgestiegen. Jedes Jahr war er auf der Auer Dult vertreten mit seinen Schuhen, Taschen, Geldbeuteln, und in der Zeit hat er stets im *Kammererwirt* logiert. So hat er's uns erzählt. Von da an hat der Ludwig jedes Jahr, während in der Au die Dult war, an unseren Schafkopf-Abenden Spätdienst gehabt.«

Georg schob seinen leeren Teller zur Seite und leerte das Bierglas. »Wenn du dem Ludwig was Gutes tun willst, Karl«, sagte er, »sprich die Sache nicht an. Lassen wir die Toten und ihre Geschichten in Frieden ruhen. Irgendwann wächst über alles Gras.«

»Da hast du freilich recht.«

Georg schaute auf die Uhr. »Du, Karl, ich muss sausen. Bin eigentlich schon zu spät. Kannst du mir das Geld fürs Essen auslegen?«

Karl winkte ab. »Du bist eingeladen, Schorsch.«

»Nobel von dir. Ich revanchiere mich bei Gelegenheit.«

Damit eilte Georg davon.

Nachdenklich blieb Karl zurück. In der Au fand dreimal im Jahr die Dult statt: die Maidult ab dem ersten Mai, die Jakobidult Ende Juli und die Kirchweihdult Anfang Oktober. Wenn dieser Brugger oder Brückner aus Landshut jedes Jahr dreimal zu diesen Märkten nach München kam und dabei im *Kammererwirt* logierte, musste sein Name in den Gästebüchern stehen.

Magda hatte Gerti zum Auto begleitet, sie dort noch einmal in den Arm genommen und ihr nachgeschaut, bis sie im fließenden Verkehr verschwunden war. Dann machte sie sich auf den Rückweg zu Blohms Anwesen. Es war ja nicht weit, kaum mehr als ein kleiner Spaziergang. Sie kam nicht dazu, über all das Neue, das sie erfahren hatte, nachzudenken, denn neben ihr hielt ein Taxi. Der Fahrer sprang heraus und rief ihr über das Autodach hinweg zu: »Taxi gefällig?« Erst auf den zweiten Blick erkannte Magda diesen Johnny, der sie vom Flughafen in die Stadt gefahren hatte.

»Verfolgen Sie mich?«, fragte sie. »Ich habe Sie nicht angehalten.«

»Steigen Sie schon ein«, sagte er.

Magda bemerkte, dass bereits jemand in dem Taxi saß. Zögernd stieg sie ein, um sogleich eine Überraschung zu erleben. Der Mann im Auto war Andrew Aldrich. Sie war einerseits froh, jemanden zu treffen, der ihr hoffentlich erläutern würde, wie der Stand der Dinge war; andererseits fühlte sie sich stets unwohl in seiner Gegenwart und hätte sich gewünscht, Simon hätte den Kontakt zu ihr gesucht.

»Guten Tag, Frau Blohm«, grüßte Aldrich. »Schön, Sie zu sehen.«

Magda nickte ihm einen stummen Gruß zu und sagte: »Höchste Zeit, dass sich mal jemand bei mir meldet. Was ist los? Wo ist Blohm?«

Johnny war losgefahren, lenkte den Wagen ziellos durch das Viertel. Statt Magdas Frage zu beantworten, fragte Aldrich seinerseits, mit wem sie im Park gewesen war. »Lassen Sie mich beobachten?«, wollte Magda wissen.

»Wo denken Sie hin.« Er winkte ab. »Sie waren nicht zu Hause, und da sind wir ein wenig herumgefahren und haben Sie zufällig mit der jungen Dame kommen sehen.«

»Das war …« Magda zögerte. Was sollte sie sagen? Die Wahrheit? *Eine* Wahrheit, entschied sie. »Das war Agotas Zwillingsschwester Danuta.«

»Sie haben ihr hoffentlich nichts von unseren Plänen erzählt.« Er sah sie streng an.

»Natürlich nicht. Es ging um andere Dinge. Was ist mit Blohm? Wo ist er?«

»Er ist genau da, wo er in dieser Phase unserer Unternehmung sein sollte. Alles läuft nach Plan. Mehr oder weniger. Es müssen nur noch ein paar« – er räusperte sich – »unerwartete Hindernisse aus dem Weg geräumt werden. Haben Sie noch ein wenig Geduld.«

Kalter Groll stieg in Magda auf. »Sie überfallen mich auf der Straße, um mich mit solchen wolkigen Auskünften abzuspeisen?«

Aldrich neigte sich zu ihr, sein Lächeln war dünn wie ein Bleistiftstrich, ehe er erwiderte: »Wollen Sie das alles wirklich wissen, Magda? Soll ich Ihnen erzählen, wie Blohms Leibwächter starb? Wie Ihr Gatte verletzt wurde?«

Erschrocken wandte Magda den Blick ab, streckte ihm sogar die flache Hand abwehrend entgegen. »Nein, bitte nicht. Sie haben recht. Ich will diese Dinge nicht wissen.«

Aldrich lehnte sich wieder zurück. »Ich bin nur hier, um zu sehen, wie es Ihnen geht, und um Ihnen mitzuteilen, dass Sie völlig beruhigt sein können. Alles läuft nach Plan. Schon bald sind Sie eine freie Frau.«

Magda sah Aldrich an. Eine freie Frau, hatte er gesagt. Wie gut das klang. Zum ersten Mal spürte sie diesem undurchschaubaren Mann gegenüber so etwas wie Dankbarkeit.

Das Taxi hielt an. Magda schaute aus dem Seitenfenster und erkannte, dass sie zu Hause war.

»Auf Wiedersehen«, sagte Aldrich. »Wir melden uns wieder.«

Donnerstag, 3. Juli 1958

»JETZT HABEN WIR DEN SALAT«, sagte Vranitzky, kaum dass er den Besprechungsraum betreten hatte. Er war eine Viertelstunde überfällig, Ludwig hatte bereits ohne ihn mit der Erörterung der laufenden Fälle begonnen, was natürlich vor allem den Fall »Blohm« betraf, der sich nach dem Brandanschlag auf den Rechtsanwalt zu einem Tatkomplex »Nakam« auszuweiten begann. Schlagartig trat Stille ein. Vranitzky ging an seinen Platz und setzte sich. Alle sahen ihn erwartungsvoll an. Ludwig konnte sich schon denken, dass der Ausruf nichts mit den vorliegenden Ermittlungen zu tun hatte.

»Dr. Eisele«, sagte Vranitzky atemlos, »flüchtig. Interpol wird eingeschaltet. Der Generalstaatsanwalt. Der Polizeipräsident. Der Innenminister. Alle sind außer sich. Und an uns bleibt's hängen. Sie werden schon sehen, meine Herren, an uns bleibt's hängen.«

Mit *uns* meinte er natürlich nicht zuletzt sich selbst. Aber es geschah ihm recht. Er hatte sich auf dünnes Eis begeben, nun war er eingebrochen. Große Sorgen machte Ludwig sich allerdings nicht. Vranitzky würde sich mit Sicherheit irgendwie herauswinden, das hatte er bisher immer geschafft. Und noch war sein Name offensichtlich nirgends gefallen. Nur gut, dass Zöllner gerade nicht da war. Das dauernde Zwinkern und verstohlene Feixen wurde Ludwig langsam zu viel.

»Darum sollen sich andere kümmern«, sagte Ludwig kühl und ließ den bösen Blick, mit dem Vranitzky ihn von der anderen Seite des langen Konferenztisches her ansah, an sich abperlen. »Wo stehen wir mit unseren Fällen?«

Die Kollegen trugen die dürftigen Erkenntnisse, die sich seit der letzten Besprechung ergeben hatten, zusammen. Zeugen zum Brandgeschehen in der Theresienstraße hatten sich eingefunden, aber viel Neues wussten auch sie nicht zu berichten. Die Spuren im Fall Blohm konnten nicht mehr kälter werden, als sie mittlerweile waren.

»Eine Sache ist mir allerdings aufgefallen«, sagte Breitsamer zum Schluss. »Wahrscheinlich ist es bloß ein Zufall, aber erwähnen möchte ich es.«

»Machen Sie es nicht so spannend, raus damit«, forderte Ludwig ihn auf.

»Es gibt eine Verbindung zwischen Blohm und Rechtsanwalt Ganslmaier.« Breitsamers abstehende Ohren fingen leicht an zu glühen. »Ich hab mir Ganslmaiers Mandantenliste angeschaut, die mir seine Sekretärin gegeben hat, und da stellte sich raus, dass Blohm ein Mandant von Ganslmaier war. Ich hab Ganslmaier gleich angerufen und gefragt, was für Rechtsangelegenheiten er für Blohm erledigt hat, aber er wollte sich nicht dazu äußern. Solange man nicht wisse, ob Blohm lebendig oder tot sei, fühle er sich an die Schweigepflicht gebunden, sagt er.«

Ludwig schwieg nachdenklich. Ganslmaier war Blohms Anwalt gewesen. Blohm war verschwunden. Verschwunden waren durch den Brand auch alle Akten zu den Rechtsangelegenheiten Blohms. Und in Blohms Büro hatte der Safe weit offen gestanden. Der leere Safe, wohlgemerkt.

Ludwig hatte bei Ganslmaier anrufen lassen, um herauszufinden, wo er anzutreffen sei. Er residierte derzeit in seinem Hotelzimmer, einschließlich der Sekretärin, wie es schien, denn sie nahm das Telefon ab. Der Herr Anwalt sei bei Gericht, wurde Ludwig ausgerichtet, nicht im Justizpalast, sondern am Landgericht München I, in der Neuen Maxburg. Er habe einen Termin beim Staatsanwalt Soundso, um halb zwei sei er wohl fertig. Ludwig ließ auch dort anrufen und ausrichten, er werde den Herrn Anwalt unten im Innenhof erwarten.

Vom Präsidium aus war es nur ein Katzensprung zur sogenannten Neuen Maxburg. Die Sonne streckte gerade zwischen Wolkenpaketen den Kopf heraus, als Ludwig ins Freie trat. Alle lobten die fortschrittliche, schlichte und zweckmäßige Architektur der Neuen Maxburg, doch er trauerte der alten nach. Alles Moderne bereitete ihm ein gewisses Unbehagen. Ihm war bewusst, dass das nicht zwingend gegen das Moderne sprach, sondern eher ein Anzeichen dafür war, dass er alt wurde.

Kurz vor halb zwei trat Ludwig in den Innenhof zwischen den Gebäudeblöcken, den sich Rasenstücke und gepflasterte Bereiche teilten. In einer Ecke plätscherte sogar ein Brunnen vor sich hin. Es gab auch Tische und Stühle im Freien, die zu einem Café gehörten, und darauf hielt Ludwig nun auch zu. Er hatte sich kaum einen Platz ausgesucht, da eilte auch schon eine Bedienung herbei. Er bestellte Kaffee mit Milch und Zucker, ein Kännchen, weil es draußen nichts anderes gab. Wann hatte diese Unsitte eigentlich Einzug gehalten? Als die Bedienung weg war, zündete Ludwig sich eine Zigarette an und legte Notizblock und Bleistift auf den Tisch. Sein Kaffee traf beinahe zeitgleich mit Rechtsanwalt Ganslmaier ein. Er schaute sich mit einem Gesichtsausdruck nach Ludwig um, dem man ansah, wie unangenehm ihm das Treffen war.

Und die Miene wurde kaum freundlicher, als er Ludwig entdeckte.

»Nun, was gibt's?«, fragte er nach kurzem Gruß und nachdem er sich gesetzt hatte. Die Aktentasche behielt er auf dem Schoß.

»Sind eigentlich alle Ihre Akten in dem Feuer verbrannt?«, fragte Ludwig ohne lange Vorrede.

Ganslmaier verzog das Gesicht. »Leider Gottes.«

»Und was machen Sie jetzt?«

»Fragen Sie nicht.« Er winkte ab. »Was Strafsachen angeht, liegt ja einiges auch bei den Staatsanwaltschaften und bei Gericht. Das andere, die Korrespondenz, zum Beispiel … Es ist ein Jammer.«

Ganslmaier schaute auf die Armbanduhr, vermutlich, um zu signalisieren, dass es ihm pressiere und dass er keine Zeit für bloße Konversation habe.

»Herr Blohm war also auch einer Ihrer Mandanten«, stellte Ludwig fest.

»Nur in wenigen persönlichen Angelegenheiten. Geschäftlich ließ er sich anderweitig vertreten.«

»Von was für persönlichen Angelegenheiten reden wir?«

Ganslmaier machte ein Gesicht, als tadle er ein kleines Kind. »Herr Kommissar, ich bitte Sie. Sie wissen genau, dass ich darüber keine Auskunft erteilen darf.«

»Jetzt lassen Sie mal fünfe gerade sein, Herr Advokat«, versetzte Ludwig schroff. »Vielleicht lebt Ihr Mandant noch, und Sie machen Sperenzchen wegen Vorschriften? Ich frage nicht, weil ich Herrn Blohm was anhängen will, sondern weil jede Information helfen kann, die Hintergründe seines Verschwindens aufzuklären.«

Ganslmaier ging in sich. Nach ein paar Sekunden kam er wieder aus sich heraus und sagte mit gedämpfter Stimme:

»Herr Blohm hat bei mir ein Testament in Verwahrung gegeben. Leider ist es verbrannt. Obwohl ich es im Safe hatte. Aber die Hitze war zu groß. Das Metall hat sich verzogen, und … na ja …«

Das Brandgutachten noch einmal anschauen, notierte Ludwig auf seinem Block, obwohl das eigentlich unnötig war, denn er würde das bestimmt nicht vergessen. Wenn sich am oder um den Safe herum vermehrt Brandbeschleuniger befunden haben sollten, legte das die Vermutung nahe, dass dieser das eigentliche Ziel des Anschlags gewesen war.

»Wissen Sie zufällig, was in dem Testament stand?«, fragte Ludwig weiter.

»So ungefähr.«

»Und?« Ludwig wurde ungehalten. Dieser Ganslmaier ließ sich jeden Informationssplitter einzeln aus der Nase ziehen.

»Herr Blohm hat alles seinem Buben vermacht«, sagte Ganslmaier nun. »Er hat jedoch erst mit der Volljährigkeit Zugriff darauf. Bis dahin ist ein Treuhänder eingesetzt, der das Vermögen verwaltet.«

»Seinem Buben, sagen Sie? Peter heißt er, nicht wahr?«

Ganslmaier nickte heftig. »So heißt er, in der Tat.«

»Und seine Frau, die Magda, geht leer aus?«

»Vorerst schon. Aber vielleicht gibt ihr der Bub später ja ein Stück vom Kuchen ab.«

Ludwig nickte nachdenklich. Ein Stück vom Kuchen, dachte er. Interessant. Eigentlich nicht überraschend, dass ein Mann sein eigen Fleisch und Blut als Erbe einsetzt. Und gerade einer wie Blohm, der sonst niemanden hat. Und doch … Ludwig hatte ein seltsames Gefühl dabei.

»War's das?«, drängte Ganslmaier und schaute demonstrativ auf die Uhr. »Ich muss nämlich langsam weiter.«

»Jaja. Gehen Sie schon. Wenn noch was ist, melde ich mich.«

Ganslmaier stand auf, verabschiedete sich knapp und eilte davon.

Ludwig goss Kaffee aus dem Kännchen in die Tasse, gab Milch und Zucker dazu und rührte nachdenklich um. Als er einen Schluck nahm, stellte er fest, dass der fast schon kalt war. »Zefix«, entfuhr es ihm. Doch das galt nicht dem kalten Kaffee. Er hatte ganz vergessen, Ganslmaier zu fragen, wer dieser Treuhänder war.

Freitag, 4. Juli 1958

LANDSHUT

EIN REGENSCHAUER ENTBOT KARL in seiner Isabella einen Abschiedsgruß aus München, ließ aber gleich hinter der Stadtgrenze nach, und keine Viertelstunde später riss die Wolkendecke von Norden her auf und zeigte das Himmelsblau, das wie blank geputztes Porzellan glänzte. Eigentlich genau der richtige Tag für einen Ausflug nach Niederbayern, doch Karl empfand wenig Vorfreude. Er drehte das Radio ein bisschen lauter. Er hatte wieder den amerikanischen Militärsender AFN eingestellt und tippte im Rhythmus des Rock 'n' Roll-Songs aufs Lenkrad. Die Suche in den alten Gästebüchern des *Kammererwirt* war rasch von Erfolg gekrönt gewesen. Ignaz Brugger, der Täschner aus Landshut, stand mit der Anschrift von Wohnung und Geschäft darin. Der letzte Eintrag datierte vom Mai achtundfünfzig, er war also nicht nur der Auer Dult bis dato treu geblieben, sondern auch seiner Unterkunft. Karl war gespannt, was ihm Ludwigs alter Kriegskamerad über die gemeinsamen Einsätze erzählen konnte. Gleichzeitig sah er der Begegnung mit einem bangen Gefühl entgegen und der Hoffnung, dass alles nicht so schlimm war. Doch vor allem hoffte er, dass er das, was er heute erfahren würde, niemals gegen Ludwig würde verwenden müssen.

Träge zog sich die Bundesstraße durch das nordöstliche

Oberbayern, durchquerte Kleinstädte und Dörfer, stets dem Lauf der Isar folgend. Das fesche Automobil weckte interessierte Blicke der Bauern, die teils mit Traktoren, teils noch mit Zugochsen und Ackergäulen zu ihren Wiesen und Feldern unterwegs waren. Grüßend fuhr Karl an ihnen vorbei, genau wie an den Lastwagen, die sich ihm von Zeit zu Zeit als Hindernisse auf vier Rädern in den Weg stellten. Er war froh, als er endlich Freising hinter sich hatte, überquerte bei Moosburg erst die Isar und etwas später die Grenze nach Niederbayern. Dank weiterer Bierwagen, Laster und Traktoren zog sich die Fahrtzeit noch eine halbe Ewigkeit hin, bis er endlich den Turm der St.-Martins-Kirche in Landshut vor sich erblickte und wenig später auch die auf ihrem Burgberg thronende Burg Trausnitz. Als Bub war er mit den Eltern zweimal im Jahr nach Landshut gekommen: zum Besuch einer weitverzweigten Verwandtschaft, zu der mittlerweile längst jeder familiäre Kontakt abgerissen war, und zur Landshuter Hochzeit, einem historischen Spektakel zum Andenken an eine Fürstenhochzeit im Mittelalter, das damals jährlich stattfand.

Täschner Ignaz Brugger residierte mit Geschäft und Werkstatt in der Schirmgasse. Weil Karl keine Ahnung hatte, wo das war, fragte er im Schatten von St. Martin eine Passantin. Sie kannte nicht nur die Schirmgasse, sondern auch das Lederwarengeschäft. Und wie sich zeigte, war er fast schon da. Also ließ er das Auto an Ort und Stelle stehen und legte den Rest der Strecke zu Fuß zurück. Beim Anblick der schmucken Bürgerhäuser, Zeugen längst vergangener kaufmännischer Größe, fiel ihm auf, wie schön die Landshuter Altstadt war, und er dachte, wie nett es wäre, mit Magda und Peterle hier zu wohnen, wo niemand sie kannte. Doch das stimmte bald schon nicht mehr ganz, denn einer würde ihn gleich kennenlernen: der Täschner Ignaz Brugger.

Ohne einen Blick in die Auslage zu werfen, trat Karl in den Laden; eine Türglocke über seinem Kopf schlug an. Der Laden war klein und vollgestopft mit allem, was man aus Leder anfertigen konnte: Handtaschen, Rucksäcke, Koffer, Aktenmappen, Geldbeutel. Lautlos wie eine Katze schlich eine Frau mittleren Alters herein und brachte die Gerüche von Sauerkraut und Geselchtem mit. Es ging auf Mittag zu.

»Kann ich helfen?« Ihr geschäftsmäßiges Lächeln entblößte eine Zahnlücke.

»Die Aktenmappe dort.« Karl wies in einen Bereich, in dem mehrere Mappen standen. Es war sicher kein Fehler, bei Kaufleuten, von denen man Informationen wollte, ein wenig Geld zu lassen. Oder zumindest die Hoffnung zu wecken, dass man dies in Erwägung zog.

»Die da?« Die Frau deutete auf eine dunkelbraune.

»Die gleich daneben.«

Sie brachte ihm die Tasche. Karl begutachtete sie. Eine schöne Arbeit, das musste er zugeben.

»Bestes Rindsleder«, sagte die Frau.

»Was kostet die?«

»Fünfundzwanzig Mark.«

»Nicht gerade billig.«

»Wie man's nimmt. Die hält ein Leben lang. Sie dürfen sie halt nicht im Zug liegen lassen. Dann ist sie natürlich weg.«

»Ich überleg's mir. Wissen Sie, ich komme aus München und wollte, wenn ich schon mal da bin, einen alten Kriegskameraden besuchen. Ignaz Brugger. Das ist doch der Meister, der das alles hier gemacht hat?«

Die Frau nickte. »Freilich. Mein Mann. Er ist hinten in der Werkstatt.« Sie lief voraus, und er folgte ihr durch einen breiten Flur in den Hof, wo sich die Werkstatt befand. »Da drüben.« Sie wies auf einen niedrigen Anbau mit großen Fenstern. Karl bedankte sich und ging darauf zu.

Die Tür zur Werkstatt stand offen, aus einem Radio drang Volksmusik. Karl klopfte an den Türrahmen und trat ein. Der Geruch nach Leder war überwältigend. In einem Regal, das bis unter die freilich nicht besonders hohe Decke reichte, lagen die verschiedenen Sorten Leder aufgereiht. Ein junger Bursche, vielleicht der Sohn, vielleicht auch bloß der Lehrling, war am Schneidetisch beschäftigt, Ignaz Brugger saß an der Nähmaschine, jedoch ohne etwas zu tun, außer seinen üppigen Schnäuzer zu zwirbeln. Er bereitete sich anscheinend schon auf die Mittagspause vor.

Karl grüßte und stellte sich vor: »Karl Wieners. Ich bin ein Schulfreund von Ludwig Gruber aus München. Sie kennen ihn?«

Brugger nickte, zwirbelte weiter, doch seine Augen verengten sich ein wenig. »Die Frage ist, ob er mich kennt«, antwortete er. »Oder kennen will.«

Karl trat ein paar Schritte an die Nähmaschine heran, hinter der Brugger saß. »Ich mache mir Sorgen um den Ludwig. Wenn es nicht anders wird mit ihm, geht er noch zugrunde.«

Brugger zuckte mit den Schultern, als wolle er sagen: Na und? Was kann ich dazu?

»Es ist wegen der Dinge, die er im Krieg erlebt hat«, fuhr Karl fort. »Im Osten, genauer gesagt, in Lublin. Da waren Sie doch in seiner Einheit.«

»Wer sagt das?«

Karl brachte nun den Vorfall zur Sprache, der sich vor Jahren im *Kammererwirt* zugetragen hatte. Brugger leugnete nicht, der Mann von damals gewesen zu sein. »Der Ludwig hat sich nichts vorzuwerfen«, sagte er, »genauso wenig wie ich. Wir haben nur unsere Pflicht getan, und was mich angeht: Ich würde es morgen wieder tun.« Die Kälte in Bruggers Augen ließ Karl frösteln.

»Da bin ich ganz Ihrer Meinung«, bestätigte Karl ihn, damit er mehr erzählte. »Der Krieg hat nun mal seine eigenen Gesetze. Und manche Dinge müssen für Volk und Vaterland eben getan werden.«

Brugger nickte wohlgefällig.

»Was ist denn genau passiert in Lublin?«, fragte Karl. »Der Ludwig sagt nichts, aber wie soll ich ihm in seiner Not helfen, wenn ich nicht weiß, was es ist, das ihm keine Ruhe lässt?«

Brugger betrachtete Karl einen Moment, dann drehte er sich zu seinem Lehrling um. »Sei so gut, Wastl«, sagte er, »und hol uns vom *Kollerbräu* zwei Maß Bier. Danach kannst du Mittag machen.« Er wollte in die Hosentasche greifen, um seinen Geldbeutel herauszuholen, doch das wehrte Karl ab. »Ich zahle.« Er gab dem Burschen Geld. »Der Rest ist für dich.«

Bruggers Drang, endlich jemandem unverblümt von den Erlebnissen zu erzählen, auf die er in seinem tiefsten Innern stolz war, die er aber seit einer Ewigkeit in sich vergraben musste, weil niemand ihm dafür die seiner Meinung nach verdiente Anerkennung zollte, war mit Händen zu greifen. Es brauchte nur ein Gegenüber, das ihm das Gefühl gab, seine Ansichten und Erfahrungen zu teilen, und schon brachen alle Dämme. Karl hatte das bei Recherchen für Reportagen und Bücher oft erlebt. Die Leute redeten sich dabei um Kopf und Kragen, aber das war ihnen in diesem Moment gleichgültig.

Aber noch war Ignaz Brugger nicht ganz so weit, eine kleine Hemmschwelle musste noch überschritten werden. »Wo haben Sie denn gedient?«, fragte er, holte eine Schnupftabakdose heraus, bot erst Karl an, der wortlos ablehnte, ehe er sich selbst etwas von dem Schnupftabak auf den Handrücken gab und tief in die Nase zog.

Unterdessen fing Karl an, von seinen Kriegseinsätzen in der Ukraine und später in der Ardennenschlacht zu erzählen, von der Zeit in amerikanischer Kriegsgefangenschaft auf den Rheinwiesen, und er gab sich dabei den Anschein, als verachte er die Sieger von damals noch heute und stehe hinter der nationalen Sache, für die sie damals ihre Knochen hingehalten hätten. Brugger hörte zu und nickte zustimmend. Karl wollte gerade auf Ludwig und Lublin zurückkommen, als der Lehrling mit den beiden steinernen Bierkrügen eintraf. Nachdem er sich in die Mittagspause verabschiedet hatte, ließen Karl und Brugger die Deckel aufschnappen, stießen an und tranken auf die alten Zeiten. Schließlich stellte Brugger seinen Krug auf der Nähmaschine ab, nahm noch eine Prise Schnupftabak und begann zu erzählen:

»Genau wie der Ludwig war ich früher auch bei der Polizei in München. Nur war ich von Anfang an von Hitler und dem Nationalsozialismus begeistert, der Ludwig nicht. Drum bin ich später gern ins Wittelsbacher Palais zur Gestapo übergewechselt. Den Ludwig hätten sie noch viel lieber gehabt als mich. Der hatte einen glänzenden Ruf als Ermittler. Aber er wollte nicht. Aufgrund seines katholischen Glaubens sei es ihm nicht möglich und so weiter und so weiter. Das hat der Dr. Katto sich gemerkt. Dr. Werner Katto – das war zu der Zeit der stellvertretende Leiter der Kripo, zuständig für die Personalpolitik. Dass er so einen weltanschaulich unzuverlässigen Beamten wie den Ludwig in der Truppe hatte, war für ihn natürlich eine Blamage. Schließlich war er selbst SS-Sturmbannführer. Andererseits war der Ludwig halt ein erstklassiger Ermittler, der der Kripo viele Erfolge beschert hat. Als der Krieg losging und damit die Zeit der Einsatzkommandos, hat unser Dr. Katto die Gelegenheit genützt und Ludwig in den Osten abgestellt. Ich war im gleichen Kommando. Wir haben die eroberten Gebiete hinter euch besenrein gemacht. Haben alles, was wegmusste, ausgemerzt wie das Unkraut. Alte und Junge, Männer, Frauen, alles. Haben sie zusammengetrieben, ab in den nächsten Wald, und wenn wir keine Grube gefunden haben, haben wir sie selbst eine ausheben lassen – und dann Feuer frei. Tagelang ging das oft so. Schön war's nicht, gerade mit den Kindern. Das ist einem schon an die Nieren gegangen. Man ist ja bei allem Pflichtbewusstsein Mensch. Aber Kinder werden erwachsen, und dann? Es war unser Auftrag, zum Schutz unserer eigenen Frauen und Kinder. Unser Wirken war auf Generationen angelegt. Für unsere Kinder und Kindeskinder haben wir das Opfer gebracht. Musste sein, und jemand musste es machen. Und seien wir ehrlich: Es war die beste, die schönste Zeit unseres Lebens.«

Brugger griff nach seinem Bierkrug, ließ den Deckel aufschnappen und nahm glucksend einen langen Zug. Beinahe feierlich. Karl schauderte beim Anblick dieses biersaufenden Massenmörders. Er dachte an Berichte von Überlebenden, die er gelesen hatte. Nur wenige Unglücklich-Glückliche waren der Vernichtung durch bloßen Zufall oder die Gnade und den Wagemut eines Helfers entkommen. Auch sie hatten von Plätzen erzählt, auf denen ihre Familien und Freunde zusammengetrieben worden waren, von Wäldern, in die man sie verfrachtet hatte, und von Gruben, an denen man sie aufreihte, ehe man sie niedermähte wie Gras. Es ist ein Schnitter, heißt der Tod, dachte Karl, innerlich bebend, an das Volkslied.

Brugger stellte den Steinkrug hin und wischte sich mit der Hand den Bierschaum aus dem Bart. Er war gänzlich mit sich im Reinen.

»Natürlich gab es Männer, die bei diesen Aktionen über die Stränge schlugen«, fuhr er fort. »Die ein Vergnügen darin fanden, gewisse viehische Triebe auszuleben. Aber der allergrößte Teil der Kameraden hat mit Anstand und unbeschädigt in seiner Moral seine Pflicht für Volk und Vaterland getan. Für mich kann ich sagen: Ich bin gestärkt aus dieser sicher harten Prüfung hervorgegangen.«

Karl räusperte sich. »Und Ludwig?«

»Die Harten hat es härter gemacht, die Weichen noch mehr verweichlicht. Aber in den sauren Apfel beißen musste jeder. Ich zeig Ihnen was.«

Brugger verließ den Platz an der Nähmaschine und holte aus der untersten Schublade einer Kommode eine Blechkiste heraus, die mit einem Vorhängeschloss gesichert war. Den Schlüssel dazu trug er an seinem Schlüsselbund immer bei sich. Die Kiste enthielt mehrere Fotoalben, ein Album nahm er und kehrte damit an seinen Platz zurück. Karl trat hinter ihn.

»Eigentlich war fotografieren verboten, aber es gab immer wieder Kameraden, die es nicht lassen konnten. Das wird bei euch in der Wehrmacht nicht anders gewesen sein.«

Karl erinnerte sich nicht, ob es so ein Verbot bei ihnen gegeben hatte. Er starrte auf die Fotos, die die Seiten in dem Album füllten, als ginge es um Schnappschüsse von einem abenteuerlichen Ausflug. Immer wieder lachende Uniformierte, die zerlumpte Männer mit langen Bärten und tief in den Höhlen liegenden Augen drangsalierten, oder die um Frauen mit ängstlichen Gesichtern die Arme legten. Die so Bedrängten waren alles abgehärmte Hungergestalten. »Das war im Ghetto in Lublin«, erklärte Brugger. »Das hier war bei einer Säuberung.« Menschen, dicht gedrängt auf engem Raum, von Polizisten bewacht. Andere standen da und rauchten. Lachend.

Oder in lockerem Gespräch. Brugger deutete auf einen Mann und sagte: »Das ist der Ludwig.« Karl beugte sich vor, um besser sehen zu können. Ja, er war's. Kein Zweifel.

»War er …« Karl räusperte sich. »War er bei der Erschießung auch dabei?«

»Anzunehmen. Ich erinnere mich nicht mehr an jeden Einzelnen, der dort war.« Brugger blätterte weiter. »Bei der Aktion war er auf jeden Fall dabei. Sieht man ja.«

Vier Männer und zwei Frauen, die an einem Gerüst aufgehängt worden waren. Daneben wieder die rauchenden Männer. Einer von ihnen: Ludwig.

»Partisanen«, sagte Brugger zufrieden lächelnd.

Karl kannte diese Hinrichtungen aus eigener Anschauung. Auch die Wehrmacht hatte angebliche und echte Partisanen ohne viel Federlesen aufgehängt oder erschossen. Niemand hatte gefragt, was sie wirklich getan hatten. Bei vielen war es vermutlich das einzige Vergehen, zur falschen Zeit am falschen Ort gewesen zu sein.

Karl hatte genug gesehen. Der Geruch des Leders stach ihm plötzlich in die Nase, ihm wurde schwindlig.

»Vielen Dank«, sagte er unvermittelt, »Sie haben mir geholfen. Aber jetzt muss ich weiter. Ich halte Sie schon viel zu lange auf.«

Karl war danach wegzurennen, so weit und so schnell wie möglich. Doch er bezwang diesen Impuls, verabschiedete sich rasch, aber keineswegs überstürzt, und verließ die Werkstatt. Im gleichen Moment trat auf der anderen Seite Bruggers Frau in den Hof, wohl um ihren Mann zum Essen zu rufen. Als sie Karl sah, fragte sie nach der Aktentasche. Karl winkte ab und gelangte durch ein Tor auf die Straße, wo er erst einmal tief durchatmete. Für lange Zeit würde er kein Leder mehr riechen können.

MÜNCHEN

Den Telefonhörer fest am Ohr, trommelte Ludwig ungeduldig mit den Fingern auf die Schreibtischplatte, während er wartete, bis am anderen Ende der Leitung endlich abgenommen wurde. War jetzt das Fräulein Sekretärin auch noch ins Wochenende gegangen? Aber dann meldete sich doch noch jemand. »Kanzlei Ganslmaier.« Es war nur die Sekretärin.

»Gruber noch mal«, sagte Ludwig. »Ist Ihr Chef jetzt da?«

Den ganzen Vormittag hatte er sich anhören muss, der Herr Anwalt sei bei Gericht oder irgendeinem anderen Termin.

»Da ist er«, sagte sie, »aber ob er zu sprechen ist ...«

»Er ist zu sprechen!«, rief Ludwig ungehalten. »Wenn nicht, dann lass ich ihn vorladen.«

Das Fräulein reichte den Telefonhörer weiter, Ganslmaier klang kaum besser gelaunt als Ludwig. »Herrgott, was ist denn noch?«

»Ich habe noch eine Frage zu Herrn Blohms Testament.«

»Dazu habe ich Ihnen eigentlich schon zu viel gesagt. Seien Sie mir nicht böse, Herr Kommissar ...«

Ludwig schlug mit der Faust auf den Tisch. »Jetzt hören Sie mir zu. Ich will bloß wissen, wie dieser Treuhänder für Herrn Blohms Vermögen heißt. Derjenige, den er zur Verwaltung eingesetzt hat, bis sein Bub volljährig ist.«

Ganslmaier schnaubt. »Na gut, jetzt habe ich schon so viel gesagt, da kommt es darauf auch nicht mehr an. Rudolf Schongast heißt der Mann. Wohnhaft in der Sendlinger Straße, wenn ich nicht irre.«

»Schongast?«, wiederholte Ludwig ungläubig. »Rudolf Schongast, sagen Sie?«

»Genau der. Aber, Herr Kommissar, ich muss jetzt wirklich ...«

Ohne ein weiteres Wort legte Ludwig auf. Rudolf Schongast, echote es in seinem Kopf, wohnhaft in der Sendlinger Straße. Den Namen hatte er schon gehört, und er wusste auch sofort, wo. Er zog die immer noch recht dünne Akte zum Raubüberfall in der Sendlinger Straße heraus und schlug sie auf. Inzwischen gab es Fotografien der Leiche wie auch der verwüsteten Wohnung. Ludwig rieb sich das Kinn. Die Kanzlei von Rechtsanwalt Ganslmaier, wo Blohms Testament verwahrt worden war – ausgebrannt; der von Blohm eingesetzte Treuhänder für sein Vermögen – tot und ausgeraubt. Konnte es wirklich ein Zufall sein, wie sich hier eins ins andere fügte? Oder wollte jemand verhindern, dass Blohms letzter Wille in Kraft trat. Würde schon bald ein anderes Testament auftauchen? Dann ergab die Entführung auch einen Sinn. Bevor Blohm starb, musste ihm ein anderes Testament abgepresst worden sein, vermutlich unter Folter.

»Feierabend«, sagte Breitsamer neben ihm und schraubte seinen Federhalter zu.

»Sie sind aber zeitig dran«, erwiderte Ludwig.

Breitsamer lächelte hintergründig. »Man ist ja nicht bloß Beamter, sondern daneben auch noch Mensch«, sagte er.

Oha, dachte Ludwig, ob er gerade mit seinem Eheweib einen zweiten Frühling erlebte. Sollte ja vorkommen.

Aber wie auch immer. Recht hatte er.

Die jungen Leute standen in Grüppchen um geparkte Motorroller herum, saßen auf Ruhebänken oder lehnten lässig am Rand des munter vor sich hinplätschernden Universitätsbrunnens. Sie redeten über ihre Vorlesungen und Seminare, noch lieber aber über all die Belanglosigkeiten, die Leute ihres Alters interessierten: Mode und Autos, Musik und angesagte Tanzschuppen. Gerti beobachtete sie genau, während sie langsam ihre Zigarette rauchte. Die jungen Männer und Frauen waren alle ungefähr in ihrem Alter, gingen abends in dieselben Lokale oder Filme, in die auch sie in den letzten Wochen und Monaten gegangen war, doch sie hätten sich kaum stärker von ihr unterscheiden können. Die wenigsten dieser Leute oder der Menschen im Westen überhaupt hatten ein Bewusstsein über sich und die Welt und die Verhältnisse darin, so wie sie es hatte. Sie kümmerten sich kaum um Dinge, die nichts mit ihren alltäglichen Neigungen und Interessen zu tun hatten, und Gerti wusste nicht, ob sie sie darum beneiden oder dafür verachten sollte. Wäre ich als Karls Tochter aufgewachsen, dachte sie, wäre ich genau wie sie.

Gerti ließ ihre Zigarettenkippe fallen, trat sie aus und ging in das Universitätsgebäude, wo es sofort deutlich ruhiger war als auf dem Platz davor, denn die Vorlesungen hatten bereits begonnen. Vereinzelt huschten Studenten durch den Lichthof, die Treppen hinauf und die Gänge entlang zu ihren Hörsälen. Eine Studentin eilte mit wippendem Pferdeschwanz an ihr vorüber. Das könnte ich sein, dachte Gerti, und sofort fragte eine andere Stimme: wirklich? Sie war hierher an die Universität gekommen, um sich besser in ein anderes Leben hineindenken zu können. Magda sagte, sie solle Karl die Wahrheit über sich erzählen, und wahrscheinlich hatte sie recht. Dass Karl sie damals für tot erklären ließ, war aus Selbstschutz geschehen. Das war ihr inzwischen klar. Und hatte sie ihren Vorwurf gegen ihn nicht auch als Selbstschutz benutzt, um einen Grund zu haben, auf ihn böse zu sein und sich nicht offenbaren zu müssen? Denn was für ein Mensch war aus der geliebten Tochter geworden? Auch wenn die Sache, für die sie kämpfte, jedes Opfer wert war, war sie nicht auf alles stolz, woran sie beteiligt gewesen war. Aber wie sollte es jetzt weitergehen? Sie hatte keine Ahnung. Sicher war nur eines: Ob sie Karl die Wahrheit sagte oder nicht, ein Zurück in ihr altes Leben im Osten würde es auf keinen Fall geben.

Gerti lief die Stufen der breiten Haupttreppe hinauf in einen Gang und öffnete vorsichtig eine Tür. Sie befand sich auf der Empore eines großen Hörsaals. Leise schlich sie auf einen freien Platz. Ein einarmiger Professor mit deutlich sichtbarem Schmiss auf der Wange dozierte über das Nationale bei Heinrich von Kleist. Neben ihr raschelte Papier, Bleistifte und Federhalter kratzten über Blöcke. Ihr Fuß trat auf etwas, das unter ihrem Sitz lag. Sie bückte sich und hob es auf. Ein Papierflieger. Die Studentin neben ihr schaute herüber und lächelte. Gerti tat so, als würde sie ihn gleich fliegen lassen. Die Studentin schaute wieder auf ihren Block und schrieb weiter. Gerti wünschte sich plötzlich, Agota wäre bei ihr. Sie hatte ihr oft gefehlt in den letzten Jahren, eigentlich an jedem einzelnen Tag, doch niemals so sehr wie jetzt. Was hätte sie wohl zu allem gesagt? Die Ärmste hatte nicht die leiseste Ahnung, dass Karl ihrer beider Vater war. Sie glaubte immer noch, das litauische Ehepaar, das sie in den ersten Jahren liebevoll umsorgte, seien wirklich ihre Eltern gewesen. Wie würde sie reagieren, wenn sie die Wahrheit erfuhr? Was würde es in ihr auslösen? Würde sie anfangen, sich zu erinnern, so wie es bei Gerti gewesen war? An die schrecklichen Ereignisse der Flucht? An den grausamen Tod ihrer wahren Mutter und der zwei Tanten, die mit ihnen auf dem Weg in den Westen gewesen waren? Und wenn Agota zugleich erfuhr, dass Gerti schon seit Jahren Bescheid wusste – würde sie ihr das jahrelange Schweigen verzeihen?

Diese Gedanken taten weh. Gerti erhob sich, eilte aus dem Hörsaal und ließ die Tür versehentlich so laut ins Schloss fallen, dass der Knall wie das Echo eines Schusses durch die Gänge hallte. Sie ging weiter. Wahrscheinlich ist es besser, alles so zu belassen, wie es ist, dachte sie. Aber dann wurde ihr wieder schmerzlich bewusst, dass das gar nicht mehr möglich war. Sie hatte bei ihrem Auftrag versagt, und das Beste, was sie hoffen konnte, war, dass alles glimpflich ausging, so wie Johnny es angedeutet hatte, und dass Kant sie danach nicht über die Klinge springen ließ. Fest stand so oder so: Die erhoffte Karriere war vorbei, ehe sie richtig begonnen hatte.

Gerti hatte den Lichthof erreicht und trat an die Brüstung. Da fiel ihr ein, dass in den letzten Kriegsjahren eine andere junge Frau ebenfalls in diese Tiefe geblickt hatte. Eine junge Frau, die sich wenig später auf dem Schafott wiederfand und ihr Leben verlor. Und sogleich stieg in Gerti der alte Groll gegen die Generation der Väter und Mütter auf, die all dem bis zum Ende zugejubelt hatten. Die so viel Tod und Vernichtung angerichtet hatten und dennoch jede Verantwortung ablehnten. Sie bemerkte, dass sie den Papierflieger noch immer in der Hand hielt. Der ist für dich, Sophie Scholl, dachte sie, holte aus und ließ ihn fliegen. Er hatte ihre Hand kaum verlassen, da rief ein Mann von der Seite: »He, Sie, Fräulein, was machen Sie denn da?«

Gerti drehte sich zu ihm um. Ein Pedell in einem blauen Arbeitskittel und mit einer klobigen Brille auf der Nase, die seine Augen riesengroß erscheinen ließ. Er winkte mit dem Finger. »Kommen Sie mal her, Sie!« Doch Gerti wandte sich in die andere Richtung und lief davon. Kam er ihr nach? Sie hatte keine Ahnung. Sie lief einfach weiter, den Gang bis zum Ende entlang, eine Treppe hinab, durch eine Halle, stieß Türen auf und gelangte so hinaus ins Freie.

Der Hund tauchte wie aus dem Nichts vor ihm auf. Sprang aus einer Hofeinfahrt auf die Straße. Karl trat auf die Bremse, die Reifen quietschten. Nicht weniger erschrocken als er, schoss der Hund zur anderen Straßenseite, und weg war er. Verdammter Köter! Karl spürte den Herzschlag bis in die Schläfen. Und ein Stechen unter dem Brustbein. Alles ist gut, beschwichtigte er sich selbst. Kein Infarkt. Nur ein heftiger Schrecken. Er startete den Motor, der abgestorben war, und fuhr langsam wieder an. Er musste besser auf den Verkehr achten. Doch kaum rollte der Wagen im selben gemächlichen Tempo wie zuvor dahin, verloren die Gedanken sich wieder.

Dass Ludwig an Kriegsverbrechen beteiligt gewesen war, setzte Karl zu. Er kriegte einfach die Fotografien aus Ignaz Bruggers Album des Schreckens nicht aus dem Kopf. Ludwig neben den Gehenkten. Ludwig unter Polizisten, die eine Deportation beaufsichtigten. Ludwig und andere Polizisten beim Filzen eines zaundürren Schmugglers. Ausgerechnet Ludwig! Der gute Ludwig! War es denkbar, dass er auch an den Erschießungen beteiligt war? War es denkbar, dass er *nicht* daran beteiligt war? Karl dankte dem Himmel, dass er bei der kämpfenden Truppe an der vordersten Front gewesen war.

Als er am späten Nachmittag endlich in München ankam, sackte bleischwere Müdigkeit Karl in die Glieder. Er legte sich hin. Doch kaum lag er, hörte er Schritte auf dem Flur und war sofort wieder hellwach. Er sprang auf und trat hinaus. Wie vermutet war es Gerti. Sie wollte gerade ihre Tür aufschließen. Er bat sie zu sich ins Zimmer und erzählte ihr von seiner Fahrt zu Brugger, was er dort erfahren und gesehen hatte.

Kühl, die Arme vor der Brust verschränkt, hörte sie ihm zu. »Kommt man an die Bilder heran?«, fragte sie.

»Brugger bewahrt sie in seiner Werkstatt auf, in einer Blechkiste.«

»Gut. Wir lassen die Bilder vorerst dort, wo sie sind, und holen sie erst, wenn wir sie brauchen. Und wer weiß, wofür dieser Brugger sonst noch gut ist. Wir müssen weitere Zeugen ausfindig machen, noch mehr Dokumente.«

Karl musterte sie. Etwas an ihr war anders. Distanzierter als zuletzt. »Was ist mit dir?«, fragte er. »Stimmt was nicht?«

»Alles bestens«, erwiderte Gerti nur.

Karl setzte sich aufs Bett, und seine Gedanken kehrten sofort zu Ludwig zurück. »Es ist schrecklich, solche Dinge über seinen besten Freund zu erfahren.«

Gerti trat vor ihn hin und schaute auf ihn hinab. »Du warst doch auch im Krieg«, sagte sie mit spitzem Unterton.

»Bei der Wehrmacht. Das ist etwas anderes. Wir haben gegen einen Feind gekämpft, der sich erbittert gewehrt hat.«

»Ihr habt keine Partisanen gejagt, aufgehängt und erschossen? Keine Häuser angezündet, in denen noch Menschen waren? Keine Leute zusammengetrieben zum Abtransport in ein Ghetto oder ein Lager?«

Karl sah sie an. Was war mit ihr los? Woher kam dieser anklagende Ton? Doch war dieser Ton nicht angebracht? Trotzdem wehrte sich etwas in ihm reflexhaft dagegen.

»Warst du je in einem Krieg?«, fragte er. »Du weißt nicht, wie es da zugeht. Der Krieg hat seine eigenen Gesetze.«

Sie lachte auf. »Ist das nicht genau das, was dieser Brugger sagt?«

Karl wollte etwas erwidern, doch die Worte blieben ihm im Hals stecken. Sie hatte recht. Aber sie hatte auch unrecht. Er konnte es nicht erklären. Aber es war gut, dass sie so unnachgiebig und ungnädig war. So wie es gut war, dass der Anhalter Frank, der in Berlin hoffentlich sein Glück fand, sich von seinem Vater befreit hatte und dem Wehrdienst den Rücken kehrte.

»Ich muss gehen«, sagte Gerti. »Ich bin müde.«

»Warte.« Er sprang auf, trat vor sie hin und schaute ihr tief in die Augen. »Wenn die echte Gerti noch leben würde, dann würde ich mir wünschen, dass sie genauso stark ist wie du.«

Ihre Augen wurden feucht. »Ich muss gehen«, sagte sie noch einmal, wandte sich ab und eilte davon.

Karl tigerte unruhig hin und her, während die Dämmerung ins Zimmer schlich. Von St. Johannes schallte das Angelus-Läuten herein. Er konnte jetzt nicht allein sein. Brauchte jemanden, der ihn in eine andere Stimmung brachte. Es gab nur einen Menschen, der das vermochte. Karl lief hinunter in den Flur, zum Telefon. Aus dem Gastraum klangen vereinzelte Stimmen. Er wählte Magdas Nummer. Es dauerte ein wenig, bis sie abnahm. Es tat gut, ihre Stimme zu hören.

»Ich muss dich sehen«, sagte er. »Heute noch. Am besten sofort. Wir könnten zusammen essen.«

»Nein«, widersprach sie schon, noch ehe er ganz ausgeredet hatte. »Erst später, wenn Peterle schläft. Um halb zehn.«

Karl brummte missmutig. Das waren noch mehr als zwei Stunden. Doch er fügte sich. Nachdem sie aufgelegt hatte, behielt er den Hörer noch eine Weile nachdenklich in der Hand. Wieso wollte sie nicht, dass er und sie und Peterle gemeinsam zu Abend aßen? Hatte sie Angst, der Bub könne etwas ausplaudern, das ein Geheimnis bleiben sollte? Zum Beispiel über einen anderen Mann in New York, den sie ihm gegenüber nicht erwähnt hatte?

Samstag, 5. Juli 1958

ES WAR ERST FÜNF UHR IN DER FRÜH, aber hinter den zugezogenen Vorhängen schon taghell. Ludwig rutschte so vorsichtig wie möglich unter Traudls Arm heraus, stand auf und schlüpfte in die Pantoffeln und den Morgenmantel. Er fischte Zigaretten und Zündhölzer aus der Jacketttasche und weidete sich wie jeden Morgen ein paar Sekunden lang an dem Anblick, den das kleine Annerl in seinem Bettchen bot. Bevor er leise die Tür öffnete, schaute er sich noch einmal nach Traudl um. Sie schlief tief und fest. Liebessatt. Er war froh, dass letzte Nacht endlich mal wieder alles gepasst hatte: die Buben früh in ihrem Zimmer, ohne lange Radau zu machen; das süße Annerl in tiefem Schlummer, aus dem sie weder Liebesgeflüster noch das Rascheln von Decken und Kissen und auch kein unterdrücktes Keuchen aufstören würde; er selbst nicht zu müde vom Dienst und Traudl in angeregter Stimmung, von der er sich gern anstecken ließ; und ihr Monatskalender, den sie mit Temperaturmessungen jeden Morgen gewissenhaft führte, hatte es auch erlaubt.

Vorsichtig zog Ludwig die Balkontür hinter sich zu. Nach der molligen Wärme in der Wohnung wirkte es hier draußen noch frischer, als es eigentlich war. Für Anfang Juli war es aber allgemein zu kühl, der Sommer kam einfach nicht auf die Beine. Doch heute würde es ein schöner Tag werden. Genau richtig für den Familienausflug an den Starnberger See. Er hatte es Traudl ja gesagt, und nun behielt er recht. Ludwig riss ein Streichholz an und entzündete die Zigarette. Dann schaute er über die Dächer der Einfamilienhäuser, ohne sie wirklich wahrzunehmen, denn seine Gedanken wanderten in eine andere Richtung.

Eine dienstliche Sache ließ ihm keine Ruhe: Blohms verbranntes Testament und der Tod seines Treuhänders. Dass die Brand- und die Mordsache zusammengehörten, lag auf der Hand. Solche Zufälle gab es nicht. Noch war er der Einzige, der von diesem Zusammenhang wusste. Aber es war nur eine Frage der Zeit, bis auch einer der Kollegen darauf stieß. Was die dazu sagen würden, war klar: Ohne Testament und Treuhänder fällt das Erbe jetzt und sofort der Ehefrau zu. Das machte sie zur Hauptverdächtigen. Diese Nakam-Sache wäre dann nur ein Ablenkungsmanöver, eine falsche Fährte, um die Polizei zu beschäftigen.

Ludwig fiel es schwer, sich Magda inmitten eines solchen Komplotts vorzustellen. Schließlich kannte er sie, seit sie auf der Welt war. Sie hatte immer einen eigenen Kopf gehabt. In der Notzeit nach dem Krieg hatte sie getan, was ihr nötig schien, um zu überleben, und hatte es hingenommen, dass man sie ein Ami-Flitscherl nannte. Da war sie noch keine zwanzig Jahre alt gewesen. Doch ein gewissenloser Mensch, der aus Habgier ein weitreichendes Mordkomplott ersann? Woher kannte sie Männer, die den Plan für sie ausführten? Außerdem: Den eigenen Mann umzubringen oder umbringen zu lassen, war eine Sache. Aber den Leibwächter und den Treuhänder auch noch? Das passte nicht zu Magda. Oder hatte die Zeit in Amerika sie derart verändert? Hatte sie sich nach dem Gangster Blohm einen noch viel größeren Gangster in Amerika geangelt, der diese Verbrechen für sie beging?

Ludwig klopfte die Asche von der Zigarettenspitze in einen

von Traudls Blumenkästen. Er schüttelte den Kopf. Jetzt war die Phantasie mit ihm durchgegangen. So ein Mensch war Magda nicht. Aber ganz unbeteiligt war sie wohl auch nicht. Wenn es stimmte, dass sie und Blohm sich auseinandergelebt hatten, fragte er sich, wieso keiner von beiden eine Ehescheidung angestrebt hatte. Sicher, da war der gemeinsame Bub, den Blohm zu seinem Erben ernannt hatte. Doch wieso hatte er ihn dann mit der Mutter ins ferne Amerika weggeschickt, statt ihn bei sich zu behalten? Er war ein viel beschäftigter Geschäftsmann, das ja, aber Geld für Kindermädchen, Schulen und Internate hatte er genug. Als Vater konnte er über den Buben schließlich nach Gutdünken verfügen. Er hatte alle Trümpfe in der Hand. Nein, ganz rund war die Sache noch nicht. Ludwig blies langsam grauen Rauch in die Morgenluft. Er musste wissen, was da los war. Und zwar, bevor einer der Kollegen dahinterkam.

In diesem Moment ging hinter ihm die Balkontür auf.

»Da bist du.« Traudl kam in ihrem Morgenmantel heraus. »Brrr«, machte sie. »Ist das frisch.«

»Man gewöhnt sich daran.«

Sie trat zu ihm, und er legte den Arm um sie.

»Siehst du«, sagte er, »das Wetter wird schön heute. Aber ich muss nachher noch mal kurz weg. Bin aber bald wieder da.«

Sie zog die Stirn in Falten. »Wo musst du denn hin?«

»Ist dienstlich. Dauert nicht lange.«

»Das sagst du immer, und dann bist du den halben Tag unterwegs.«

»Heute nicht.«

Sie grummelte noch ein wenig, dann sagte sie: »Kommst aber vorher noch mal ins Bett. Ein bisserl schmusen, solange die Kinder noch schlafen.«

»Komm gleich. Rauch nur noch auf.« Er zeigte ihr die mehr als halb gerauchte Zigarette.

Traudl löste sich von ihm. An der Tür drehte sie sich noch einmal um. »Lutsch aber ein Eukalyptusbonbon, bevor du kommst. Geräucherte Busserl mag ich nämlich nicht.«

»Freilich«, sagte er und warf ihr eine Kusshand zu.

Das Klingeln an der Haustür weckte Magda auf. Verschlafen blinzelte sie zum Wecker. Kurz vor acht Uhr. Wer war so unfreundlich, an einem Samstagmorgen in aller Herrgottsfrühe unangekündigt zu Besuch zu kommen? Erneut klingelte es. Sie schnaubte. Offenbar jemand, der nicht einfach wieder weggehen würde. Magda setzte sich auf. Erst da bemerkte sie, dass sie nicht allein im Bett lag. Neben ihr schlief Karl seelenruhig. Und dann fiel ihr alles wieder ein: Wie sie gestern Abend erst geredet und dazu reichlich von Blohms guten Weinen genossen hatten; wie sie in beschwingter Stimmung tanzten und so eines zum anderen kam und sie schließlich im Bett landeten. Goodbye, all ihr guten Vorsätze. Hatte er nicht versprochen, dass er am Morgen weg sein würde? Darum musste sie sich wohl oder übel später kümmern.

Eilig stieg sie aus dem Bett, warf sich den Morgenmantel über und schlüpfte in ihre Pantoffeln. Karl hob den Kopf und sah sie fragend an, sagte aber nichts. Der Herr war also doch wach.

»Keine Ahnung, wer das ist«, sagte sie. »Du bleibst liegen und machst keinen Mucks.«

Sie eilte die Treppe hinab. Bevor sie die Tür öffnete, zog sie ihren Morgenmantel noch ein wenig enger zusammen und den Gürtel noch ein wenig fester zu.

»Guten Morgen. Entschuldigen Sie die frühe Störung an einem Samstagmorgen.« Es war Ludwig Gruber, der vor ihr den Hut lüpfte. Sicher dienstlich. Welchen Grund hätte er sonst haben können? Blohm. Sie haben Blohms Leiche gefunden.

»Haben Sie …?« Sie konnte den Satz nicht vollenden.

»Was? Nein, nein.« Er wiegelte, mit beiden Händen gestikulierend, ab. »Es gibt nichts Neues zu Ihrem Gatten. Entschuldigung. Ich hätte mir denken können, dass mein Besuch so wirkt. Nein, es sind nur ein paar Fragen aufgetaucht.«

Magda führte ihn ins Wohnzimmer und bat ihn um ein wenig Geduld. Dann lief sie ins Schlafzimmer, wo Karl im Bett saß und wartete. Einen Moment blieb ihr Blick an seinem nackten Oberkörper hängen, sie erinnerte sich, wie sie gestern seine Narben geküsst hatte.

»Es ist Ludwig Gruber«, teilte sie ihm mit. »Keine Ahnung, was er will. Er darf nicht merken, dass du hier bist.«

Karl nickte.

Sie zog ihre Unterwäsche an und ein schlichtes Kleid darüber, warf einen Blick in den Spiegel am Frisiertisch und ordnete mit den Fingern ihre Frisur. Dann ging sie nach unten, wo Ludwig Gruber in einem Sessel Platz genommen hatte. Den Hut hatte er auf der Armlehne abgelegt. Da bemerkte sie mit einem leichten Schreck die beiden Weingläser, die letzte Nacht auf dem Couchtisch stehen geblieben waren. Sicher waren sie Ludwig längst aufgefallen.

»Karl war gestern noch hier«, sagte sie.

»Sie haben ihm also schon gesagt, dass Sie wieder im Lande sind«, erwiderte Ludwig. »Gut so. Ist ja Familie.«

Sie lächelte, machte sich auf den Weg in die Küche und nahm die Gläser mit. »Kaffee?«, rief sie von dort.

»So lange bleibe ich nicht«, erwiderte Ludwig, und als Magda wieder bei ihm war, meinte er: »Ich will Sie nicht länger als nötig aufhalten und komme gleich zum Punkt: Wissen

Sie etwas über ein Testament Ihres Gatten? Es ist ja reichlich Besitz vorhanden, und er wird sicher Verfügungen getroffen haben. Wir haben nämlich nichts dergleichen in seinen Unterlagen gefunden. Auch keinen Hinweis darauf, wo etwas hinterlegt sein könnte.«

Magda setzte sich auf das Sofa. »Er hat mit mir nie über solche Dinge gesprochen. So wenig wie über seine Geschäfte.«

»Es ist folgendermaßen: Es gab vor kurzem einen Brand in einer Anwaltskanzlei, in der Herr Blohm Unterlagen hinterlegt hat. Diese Unterlagen sind mit verbrannt. Laut Aussage des Anwalts handelt sich unter anderem auch um ein Testament. Sie wissen also nichts darüber?«

Magda reagierte erst mal nicht. So haben Simon und Aldrich das Problem also gelöst, dachte sie, sagte dann jedoch mit einem gezwungenen Lächeln: »Ich nehme nicht an, dass er mich darin erwähnt.«

»Sie nicht, aber Ihren Sohn.«

Sie horchte auf. »Peterle?«

»Ja.« Ludwig Gruber beugte sich vor und dämpfte die Stimme, als fürchte er einen Lauscher. »Er hat einen Treuhänder eingesetzt, der das Geld bis zu Peters Volljährigkeit verwalten soll. Besser gesagt: sollte.«

Ludwigs düstere Miene weckte in Magda einen bösen Verdacht. Doch sie schwieg und wartete, bis Ludwig sagte: »Kennen Sie einen Mann namens Rudolf Schongast?«

Magda überlegte, doch ihr fiel zu dem Namen nichts ein. Sie schüttelte den Kopf. »Wer ist das?«

»Ein Vertrauter Ihres Mannes, wie es scheint. Nach allem, was wir wissen, war er als Treuhänder eingesetzt. Dieses Amt wird er allerdings nicht mehr ausüben können, denn er ist tot. Ermordet bei einem Raubüberfall in seiner Wohnung.«

Magda zuckte zusammen. Sie bemerkte, dass Ludwig das

registriert hatte. Bestimmt würde er sich einen Reim darauf machen. Doch sie war nicht kaltblütig genug, um ungerührt zu bleiben, wenn sie erfuhr, dass sie in ein Komplott verstrickt war, das nach Blohm und dessen Leibwächter nun schon das dritte Leben gekostet hatte.

Ludwig stand auf und setzte sich zu Magda. »Ich muss Ihnen nicht sagen, wie das aussieht«, sagte er eindringlich. »Als Blohms Ehefrau sind Sie nun seine Erbin. Und da Kriminalisten sehr einfach denkende Menschen sind und immer zuerst fragen, wer von einem Verbrechen profitiert, werden Sie zur Hauptverdächtigen.«

Magda schluckte trocken. »Wie sollte ich …«

Ludwig hob die Hand und brachte sie zum Schweigen. »Ich frage Sie, Magda: Haben Sie mit dem Verschwinden Ihres Mannes etwas zu tun? Haben Sie jemanden beauftragt, all diese Dinge für Sie zu tun?«

Magda sah in das ernste Gesicht, bis sie es nicht mehr ertrug, von diesen scharfen Blicken durchdrungen zu werden. Sie sprang auf und wandte Ludwig den Rücken zu. Ein paar Sekunden lang blieb sie so stehen. Sollte sie alles zugeben? Dann wäre es vorbei, der Druck von ihr genommen. Doch dann dachte sie an Peterle und auch an Karl. Sie fasste sich, drehte sich zu Ludwig um und antwortete so fest, wie sie es vermochte: »Nein, ich habe nichts mit all dem zu tun. Ich will auch nichts von Blohm. Keinen Pfennig. Das wollte ich nie. Wissen Sie, was am Anfang all seiner Geschäfte stand?«

»Sie meinen das Gold aus den Zähnen von ermordeten Juden? Ja, davon hab ich gehört, auch wenn ich bisher keine hieb- und stichfeste Bestätigung dafür gesehen habe.«

»Mir reicht schon der Verdacht. Denken Sie ernsthaft, ich würde meine Zukunft und die meines Sohnes auf solchem Blutgeld aufbauen wollen?«

Ludwig schaute sie mit einem forschenden Blick an. Ob er ihr die Lüge ansah? Doch war es überhaupt eine Lüge? Es stimmte ja, sie würde keinen Pfennig von Blohms Geld anrühren. Aber mitschuldig am Tod von drei Menschen war sie trotzdem.

»Ich glaube Ihnen«, sagte Ludwig. »Weil ich Sie kenne. Meine Kollegen tun das nicht. Und unser Chef steht unter Druck und braucht dringender denn je einen Erfolg. Also, wenn Sie etwas wissen, müssen Sie es mir sagen. Sonst kann ich Ihnen nicht helfen.«

»Ich weiß nichts.«

Ludwig nickte. »Falls Ihnen doch noch was einfällt, rufen Sie mich an.«

»Das mache ich. Danke.«

Ludwig nahm seinen Hut und setzte ihn auf. Magda brachte ihn hinaus. Dort verabschiedete sie sich. Erleichtert schloss sie die Tür hinter ihm. Sie brauchte einen Moment für sich. Ich bin die größte Närrin auf der ganzen Welt, dachte sie. Ich werde alles verlieren. Mein Kind; das letzte Stück Freiheit, das ich noch hatte; Karl.

»Das war Ludwig, oder?«

Magda schaute auf. Nur halb angezogen kam Karl auf sie zu. Hatte er auf der Treppe gelauscht? Wie viel von dem, was Ludwig gesagt hatte, hatte er mitbekommen?

»Was wollte er?«, fragte Karl.

»Wegen Blohm«, sagte sie knapp. »Du solltest dich anziehen. Ich will, dass du weg bist, bevor Peterle aufwacht.«

Karl legte ihr die Hände auf die Schultern. »Was wollte Ludwig?«, wiederholte er, eindringlicher als zuvor. Er hatte also nichts gehört.

Magda machte sich los. »Das hab ich dir gesagt. Er brauchte ein paar Auskünfte zu Blohm.«

»Und deshalb taucht er an einem Samstagmorgen hier auf?« Er sah sie mit gerunzelter Stirn an.

»Anscheinend war es für ihn wichtig. Was weiß ich.« Sie wurde ungehalten. »Ich will, dass du gehst. Sofort!«

»Wie bitte? Du schickst mich ohne Frühstück auf die Straße?«

Sie wies mit der Hand zur Tür. »Sogar ohne Socken, wenn du dich nicht beeilst.«

Karl nahm ihr Kinn zwischen die Finger und küsste sie. Sein Kuss war das Erste an diesem Morgen, das ihr ein gutes Gefühl gab. Dann ging er Richtung Küche. »Ich koch uns erst mal Kaffee«, sagte er.

Magda sah ihm nach. Egal, was man Männern sagte, sie machten, was sie wollten. Blieb nur zu hoffen, dass Peterle, wenn er gleich aus seinem Zimmer kam und mit ihnen frühstückte, nicht irgendwann doch Agota in New York erwähnte. Sie hatte ihm eingeschärft, dass er das nicht dürfe, und er hatte es fest versprochen. Aber was bedeutete das schon bei einem kleinen Buben, der aussprach, was ihm gerade in den Sinn kam.

Zügig verließ Ludwig das Anwesen. Doch seine Gedanken blieben noch dort, während er zu seinem Auto ging. Magda war angespannt und nervös gewesen. Was kein Wunder war in ihrer Situation, noch dazu, nachdem er sie mit einem solchen Verdacht konfrontiert hatte. Die beiden Weingläser fielen ihm wieder ein. Ob der Besucher wirklich Karl gewesen war? Oder vielleicht ein anderer Mann? Ein möglicher Komplize gar? Er wusste nicht, wieso, doch sein Gefühl sagte ihm, dass der Gast über Nacht geblieben und wohl noch im Haus war. Kaum mehr als eine Woche wieder in der Stadt, und schon hat sie jemanden gefunden, der ihr das Bett wärmt, dachte er. Ein Kind von Traurigkeit war sie nie gewesen. Doch er wollte sie deshalb nicht verurteilen. Es gab nun einmal Menschen, Männer wie Frauen, die nicht allein sein konnten. Wer ohne Sünde war, sollte den ersten Stein werfen.

Ludwig stieg in seinen Opel. Statt den Motor zu starten, zündete er sich eine Zigarette an. Dann kurbelte er das Fenster herunter, stellte den Außenspiegel so ein, dass er das Blohm-Anwesen im Blick hatte, und wartete. Es hätte ihn sehr gewundert, wenn der Mann, mit dem Magda die Nacht verbracht hatte, nicht in Bälde das Haus verlassen würde. Und zumindest einen Blick wollte er auf ihn werfen. Vorerst aber würde er nichts von all dem in die Akten schreiben. Bis er mehr herausgefunden hatte. Wenn die gesamte Kriminalpolizei sich nichts dabei dachte, einen gesuchten Massenmörder wie Dr. Eisele aus Pasing zu schützen, konnte ein einfacher Beamter wie er auch mal guten Gewissens etwas unter den Teppich kehren. Aber er wollte zumindest wissen, was es war, das er unter den Teppich kehrte.

Die Zigarette war geraucht, Ludwig schnippte die Kippe auf die Straße. Vor Blohms Einfahrt war alles ruhig. Anscheinend hatte er sich geirrt, oder der Liebhaber blieb zum Frühstück. Ludwig schaute auf die Uhr. Schon nach halb neun. Ein wenig wartete er noch. Traudl würde zwar eingeschnappt sein, wenn es so spät wurde, aber der Starnberger See lief ihnen nicht weg, und mit dem Auto war man ja im Nu dort.

Als sich auch nach einer weiteren Zigarette nichts getan hatte, ließ Ludwig den Motor an, brachte die Spiegel wieder in die richtige Position und fuhr aus der Parklücke. Er bog in die nächste Seitenstraße ein, und da bemerkte er etwas, das ihn abrupt auf die Bremse treten ließ. Der schmucke Wagen, der vor ihm an der Straße parkte – das war eine Borgward Isabella. Karl fuhr seit einer Weile so eine. Und es war auch Karls Wagen, wie ihm das Kennzeichen sagte.

Magda hatte ja gesagt, dass er gestern Abend zu Besuch gewesen war. Wenn er über Nacht geblieben war, wieso hatte er sich dann nicht gezeigt? Oder wieso hatte Magda nicht erwähnt, dass er noch da war? Was wäre schon dabei? Er hatte vielleicht zu viel getrunken, um noch ins Auto zu steigen. Genau das, wozu die Polizei riet.

Ludwig fuhr weiter. Ein bohrender Zweifel sagte ihm, dass es nicht so einfach war. Die Geheimniskrämerei machte es verdächtig. Karl und Magda. Magda und Karl. Etwas hat die beiden immer schon umgeben. Man hatte es gespürt, aber ignoriert. Die Blicke, die sie einander manchmal zuwarfen. Man hatte gedacht, sie habe in ihm den besseren Vater gesehen, nach dem sie sich immer gesehnt hatte, und er die Tochter, die er verloren hatte. Doch waren es wirklich solche Blicke gewesen? Oder nicht eher ganz andere? Blicke, wie Liebende sie sich zuwarfen? Ludwig schauderte, als er den Abgrund, der sich nun vor ihm auftat, nicht mehr übersehen konnte. Waren die beiden ein Liebespaar? Und Blohm hatte es herausgefunden und Magda deshalb nach Amerika hinübergeschickt? Aus Erfahrung wusste Ludwig, dass Liebende zu einigem, wenn nicht zu allem fähig waren, um zusammenzukommen.

Ludwig bog stadteinwärts in die Nördliche Auffahrtsallee ein.

Nein, sagte er sich, jetzt geht die Phantasie mit mir durch. Karl und Magda waren beide leidenschaftliche Menschen mit lockeren moralischen Maßstäben. Dass sie sich dazu hinreißen ließen, die Grenze des Anstands und des Angemessenen zu überschreiten, traute er ihnen zu. Doch sie waren keine Mörder; und schon gar nicht würden sie gleich mehrere Menschen ermorden, bloß um an ein Erbe zu kommen. Nein, so sehr konnte er sich nicht in Menschen irren, die er schon sein ganzes Leben lang kannte.

Wie auch immer, der Haufen, den er unter den Teppich zu kehren gedachte, war eben um einiges gewachsen. Allzu lange würde er das alles nicht für sich behalten können.

Montag, 7. Juli 1958

»JETZT HAB ICH IHN«, rief Vranitzky freudestrahlend, als Ludwig ihm frühmorgens auf dem Flur begegnete.

»Den Dr. Eisele?«, fragte Ludwig mit staubtrockener Ironie.

Am Morgen hatte er im Radio gehört, dass der flüchtige Doktor mit falschen Papieren auf einem italienischen Schiff nach Ägypten übergesetzt hatte, um dort Asyl zu beantragen. Woher er wohl so rasch falsche Ausweisdokumente bekommen konnte? Und auf welchen Wegen er überhaupt nach Italien gelangt war, wo doch sogar Interpol nach ihm fahndete? Aber besser, man fragte nicht, wenn man schon jetzt wusste, dass einem die Antworten nicht gefallen würden. Das Fragen übernahmen ohnedies andere, namentlich die Vertreter der Presse.

»Den Eisele doch nicht!« Vranitzky blies die Backen auf. »Der sitzt in der nordafrikanischen Sonne. Den Zöllner meine ich.«

»So. Na dann.« Ludwig wollte eigentlich weitergehen und blieb doch stehen. »Und wie wollen Sie Zöllner …?«, erkundigte er sich vorsichtig.

»Das kommt schon bald raus. Und wenn die Bombe platzt, ist er erledigt. Für immer. Und nicht nur hier bei uns. Dann kann er dem Dr. Eisele nach Ägypten folgen. Obwohl die dort so einen menschlichen Abschaum wie den Zöllner bestimmt nicht haben wollen.« Er lachte vor widerwärtiger Schadenfreude.

Ludwig schüttelte sich innerlich und wollte endlich gehen, doch Vranitzky hielt ihn auf. »Wo wollen Sie hin? Kommen Sie nicht zu der Besprechung?«

»Doch, doch. Muss nur rasch telefonieren.«

Nun ging Ludwig endgültig zu seinem Büro. Breitsamers Schreibtisch war verwaist, er war sicher schon im Besprechungsraum. Ludwig setzte sich auf die Kante seines Schreibtisches und wählte die Nummer, die er sich am Wochenende auf einen Zettel geschrieben hatte.

»Redaktion *Quick*, Berger«, meldete sich eine Frauenstimme. »Was kann ich für Sie tun?«

»Gruber, Kripo München. Ich hätte gern Herrn Georg Borgmann gesprochen.«

»Ich verbinde.«

Das ganze Wochenende über hatte Ludwig über Karl und Magda nachgedacht, und je mehr er dies tat, desto mehr verdichtete sich der Verdacht, dass die beiden ein inzestuöses Verhältnis pflegten. Ihm war dabei auch Anspielungen Georg Borgmanns über das innige Verhältnis der beiden eingefallen, die er damals für Ausgeburten von Georgs schlüpfriger Phantasie gehalten hatte.

»Ludwig!«, rief Georg. »Da schau her! Lange nichts von dir gehört.«

»Seit es unsere Schafkopfrunde beim *Kammererwirt* nicht mehr gibt …«, erwiderte Ludwig. »Na, du weißt ja selbst, wie es ist.«

»Freilich. Was liegt an, Wig?«

Obwohl niemand im Raum war, dämpfte Ludwig die Stimme. »Es muss aber unter uns bleiben, verstanden? Kein Wort zu niemanden. Schon gar nicht zu Karl.«

»Jetzt machst du mich neugierig.«

»Es geht um Karl und Magda. Das Verhältnis zwischen den beiden. Ist dir daran irgendwas … wie soll ich sagen … aufgefallen?«

»Du meinst, ob die beiden was miteinander haben?«, platzte Georg heraus. »Freilich. Und zwar, seit er damals aus Berlin nach München gekommen ist. Von wegen ›das Madl sucht einen Ersatzvater in ihm‹! Alles Schmarrn. Die beiden sind ineinander verschossen, und daran haben kein Blohm und keine Gisela was ändern können.«

Ludwig schwieg. Georgs Aussagen ließen an Klarheit nichts zu wünschen übrig.

»Wieso willst du das wissen?«, fragte Georg. »Ist es wegen Blohm? Haben die beiden was damit zu tun?«

»Nein. Meine Frage ist rein privat. Ich muss jetzt auch weiter.«

Ludwig legte auf. Es war keine große Überraschung, dass Georg als Nachrichtenmann im Nu eins und eins zusammenzählte. Blieb nur zu hoffen, dass er keine große Sache daraus machte. Ich hätte ihn nicht anrufen sollen, dachte Ludwig. Doch er hatte eine zweite Meinung gebraucht, und die hatte er bekommen.

Und jetzt?

Ludwig zündete sich eine Zigarette an und öffnete das Fenster. Er hatte schon oft in das Stück Himmel geschaut, das manchmal grau, manchmal weiß und manchmal, so wie heute, strahlend blau war. Dieser Blick nach oben half ihm stets beim Denken. So viel Nachdenken brauchte es freilich gar nicht, denn alle Teile dieses Mosaiks lagen vor ihm, er musste sie nur noch zusammensetzen. Die Waffe, mit der in Blohms Haus geschossen wurde: eine Luger, wie es in der Familie Wieners eine gab; die Personenbeschreibung des Zeugen in der Tatnacht passte sicher auf viele, aber eben auch auf Karl; das Liebesverhältnis zu Magda, Blohms Frau, fügte alle diese Teile in einen passenden Rahmen. Hatten Karl und Magda das Verbrechen gemeinsam geplant? Danach sah es aus. Die zweite Person, die der Zeuge nach der Tat in der Tizianstraße gesehen hatte, war sicher nicht Magda gewesen, denn zu dem Zeitpunkt hatte sie sich nachweislich in Amerika aufgehalten. Was die Nakam-Bekennerschreiben, wahrscheinlich auch das Tonband anging: Fälschungen und falsche Fährten, um von den wahren Hintergründen abzulenken. Ein paar Steinchen blieben allerdings übrig, die nicht ins Bild passten: die Morde an Blohms Leibwächter und am Treuhänder Rudolf Schongast in der Sendlinger Straße. Weder Karl noch Magda würden aus bloßer Habgier ein Leben nehmen, davon war er weiterhin überzeugt. Aber es gab jemanden in diesem mörderischen Spiel, der diese Skrupel nicht kannte.

Ludwig zog an der Zigarette und behielt den Rauch in den Lungen. Was sollte er nun mit seinem Wissen anfangen? Seinen besten Freund ins Zuchthaus bringen? Für den Tod eines Scheusals, um das es nicht schade war? Er blies den Rauch langsam durch das Fenster ins Freie. Schon dass er sich diese Frage stellte, statt seinem Beamteneid gemäß seines Amtes zu walten, warf ernsthafte Zweifel an seiner Dienstauffassung auf. Und ob ein Mordopfer ein Scheusal oder ein Engel war, sollte bei einer Ermittlung auch keinen Unterschied machen. Wissen zu unterdrücken und eine Ermittlung zu manipulieren, zog, wenn es herauskam, ernsthafte Konsequenzen nach sich, und gerade jetzt, wo die Polizei durch all die Fälle von Begünstigung und Strafvereitelung im Amt ohnehin von allen Seiten mit Argusaugen beobachtet wurde, war es besonders riskant. Also alles auf den Tisch, ohne Rücksicht auf Verluste? Oder im Gegenteil hoffen, dass die Chefs, sollte die Vertuschung auffliegen, Ludwigs Fehlverhalten decken würden, um nicht noch mehr Ungemach auf sie alle herabzubeschwören?

Die Bürotür wurde aufgerissen, Breitsamer stand im Raum. »Der Chef lässt fragen, wo Sie bleiben«, sagte er.

»Soso, lässt er das fragen, der Chef«, sagte Ludwig, ging ohne jede Hast zu seinem Schreibtisch und drückte die Zigarette aus. »Dann wollen wir mal.«

Der Garten sah endlich wieder schön aus. Magda und Karl hatte den gesamten Vormittag damit verbracht, das Gras zu mähen und die Hecken zu stutzen. Peterle hatten sie gleich nach dem Frühstück zu den Nachbarn geschickt, wo er wie so oft in den letzten Tagen mit den dortigen Kindern hinter dem Haus herumtobte. Ihr Geschrei war auch auf dieser Seite der Hecke laut und deutlich zu hören. Die großen Schweißflecke auf Karls Hemd gefielen Magda. Sie ertappte sich immer wieder dabei, wie sie in ihrer Arbeit innehielt und ihn beobachtete. Für einen Mann, der nur Schreibtischarbeit gewöhnt war, hielt er sich wacker.

»Wer erbt das hier eigentlich, wenn Blohm für tot erklärt wird?«, fragte Karl in einer Pause. »Du?«

Es war das erste Mal, dass Karl sich nach dem Erbe erkundigte. »Warum willst du das wissen?«, fragte sie zurück.

Er zuckte bloß mit den Schultern. »Kam mir nur eben in den Sinn.«

Magda wusste, dass ihm Blohms Besitz egal war. Ja, mehr noch. Es hätte seinen männlichen Stolz verletzt, von den Machenschaften des Mannes zu profitieren, den er seit Jahr und Tag verachtete und abgrundtief hasste.

»Ich will nicht das Geringste von Blohm haben«, antwortete sie. »Nur damit das klar ist.«

»Gut zu wissen«, sagte Karl und machte sich wieder an die Arbeit.

Im Haus klingelte das Telefon. Magda ging hinein und hob ab.

»Hallo, ich bin es«, sagte ein Mann. »Kannst du reden?«

Obwohl er seinen Namen nicht genannt hatte, wusste Magda sofort, mit wem sie sprach. Es war Simon. »Du?«, antwortete sie nur.

»Ich wollte mich einfach mal melden und fragen, wie es dir geht.«

Sie schaute in den Garten, wo Karl das gemähte Gras auf einen Haufen rechte. »Die Polizei war hier«, sagte sie mit gedämpfter Stimme. »Ein Polizist, den ich privat kenne. Er hat mich gewarnt. Als Blohms Frau bin ich die erste Verdächtige.«

»Mach dir keine Sorgen. Niemand kann dir was beweisen. Du musst nur durchhalten.«

Magda hatte ihre Zweifel. Sie hätte gern gefragt, was passiert war und wie alles weitergehen sollte. Doch sie schwieg, wiederholte nur in Gedanken ihr Mantra: Je weniger ich weiß, desto besser.

Mittwoch, 9. Juli 1958

AM AMMERSEE

LUDWIG KURBELTE DAS FENSTER herunter und atmete die hereinströmende Luft genießerisch ein. Man roch den See schon, auch wenn man ihn noch nicht sah, denn ein Wald versperrte die Sicht. Breitsamer hatte den größten Teil der Fahrt über geschlafen. Als ihn nun der frische Luftstrom erreichte, schlug er die Augen auf und fragte: »Sind wir schon da?«

»Nicht ganz«, sagte Ludwig.

Wenig später tauchte der Ammersee vor ihnen auf. Wie ein riesiger Spiegel lag er in der Landschaft, die Alpenkette dahinter war scheinbar zum Greifen nahe.

»Schade, dass nicht jede Leiche in so schöner Lage aufgefunden wird«, sagte Breitsamer.

»Noch haben wir keine Leiche«, berichtigte Ludwig.

»Die werden wir schon finden. Ich glaub, da vorn müssen wir rein.«

Breitsamer deutete auf den abzweigenden Weg, kaum breiter als der Dienstwagen. Ludwig hatte ihn bereits gesehen. Er bog ein, der holprige Feldweg war leicht abschüssig. Es dauerte nicht lange, bis die erste Polizeisperre auftauchte. Ludwig hielt den Dienstausweis aus dem Fenster und wurde durchgewinkt. Wenig später erreichten sie die Bootshütte, um die eine Reihe von Schutzpolizisten der Landpolizei und ihre Streifenwagen herumstanden. Ein großer, hagerer Mann löste sich aus einer Gruppe und kam auf Ludwig und Breitsamer zu, die gerade ausstiegen. Trotz der sommerlichen Temperaturen trug der Kollege eine Lederjacke. Er stellte sich als Hauptwachtmeister Konrad Poldinger vor. Nachdem man sich miteinander bekannt gemacht hatte, setzte Poldinger Ludwig und Breitsamer ins Bild, wobei er immer wieder auf einen Block mit den Notizen schaute, die er sich gemacht hatte.

Am Morgen habe der Besitzer der Hütte, ein Bartholomäus Wonnenmacher, mit seinem Boot zum Fischen auf den See rausfahren wollen. Schon da habe er eine ihm fremde Tasche im Bootshaus bemerkt, sich aber erst nicht weiter gekümmert, weil er spät dran war und die Tasche für die Hinterlassenschaft eines Landstreichers gehalten hatte. Zuweilen werde sein Bootshaus von solchen Leuten als Schlafplatz genützt. Nach seiner Rückkehr habe er sich den Inhalt der Tasche genauer angesehen: ein Hemd und eine Hose, beide mit riesigen Blutflecken; eine Pistole. Beim Durchsuchen der Hosentaschen habe er einen Führerschein und einen Schlüsselbund gefunden. »Der Führerschein«, schloss Hauptwachtmeister Poldinger, »lautet auf den Namen Walter Blohm.«

Ludwig nickte. »Wie oft fährt der Fischer raus? Jeden Tag?«

»Der Bartl lebt nicht vom Fischfang. Er hat ein Gasthaus. Zwei-, dreimal die Woche, öfter fischt er nicht.«

»Wann zuletzt?«

»Letzten Samstag.«

»Und wo ist er jetzt?«

»Daheim. Die Adresse hab ich hier.« Er hob den Block.

»Später. Kann ich die Sachen sehen?«

Poldinger führte ihn und Breitsamer zu einem Polizeiauto,

in dem auf der Beifahrerseite eine Schachtel stand. Darin lagen die Kleidungsstücke, der Schlüsselbund, der Führerschein, die Tasche und obenauf die Waffe. Eine Luger. Ludwig starrte die Waffe einen Moment an. Dann griff er nach der Schachtel und sagte: »Das übernehmen wir.« Er trug sie zum Dienstwagen, bemerkte, dass er schneller ging als normalerweise. Ob Breitsamer das auffiel? Ludwig stellte die Schachtel in den Kofferraum. Erst jetzt wagte er es, die Luger noch einmal anzusehen. War es die von Karl? Lange her, dass er sie gesehen hatte. Aber alt genug war die Waffe. Sie hatte Schrammen. Sie ist es, dachte Ludwig erschrocken, und beruhigte sich dann wieder: Nein, sie ist es doch nicht. Aber das war nur innere Abwehr. Wunschdenken. In Wirklichkeit war er so gut wie sicher, dass es Karls Luger war.

Ludwig schlug die Kofferraumklappe zu und kehrte zu den Kollegen zurück.

»Die ganze Gegend muss abgesucht werden«, ordnete er an. »Wir brauchen Taucher für den See. Wenn ich wetten müsste, wo wir die Leiche finden, würde ich auf den See als Fundort tippen.«

Ein Nicken ging reihum, in diesem Punkt war man sich einig.

Während Poldinger seine Männer für die Suche einteilte, nahm Ludwig Breitsamer beiseite und fragte ihn, was er dachte. Der kratzte sich im Nacken und sagte dann: »Die waren in der Nacht hier, haben sich eines der Boote geschnappt, sind raus auf den See und haben die Leiche versenkt.«

»Aber warum haben sie die Tasche mit all den Sachen nicht mit versenkt? Vor allem die Waffe?«

Breitsamer zuckte mit den Schultern. »Vergessen? Sie waren in Eile. So was passiert.«

Da hatte er recht. So was passierte. Verbrecher machten

Fehler, anhand derer man sie überführte. Den perfekten Mord gab es nicht. Den perfekten Mord, hallte es in Ludwigs Kopf nach. Ein Gespräch fiel ihm ein, das er mit Karl geführt hatte, vor zwei Monaten etwa; jedenfalls lange vor dem Verschwinden von Blohm. Da hatte Karl gefragt, wie ein perfektes Verbrechen aussehen müsse. Angeblich hatte er das für einen Roman wissen wollen, an dem er schrieb. Wenn wirklich Karl hinter dem Mord an Blohm stecken sollte – und danach sah es mehr denn je aus –, dann war es ein stümperhafter Fehler gewesen, die eigene Waffe dafür zu verwenden.

»Was machen wir jetzt?«, fragte Breitsamer, der geduldig abgewartet hatte, während Ludwig nachdachte.

»Wir reden mit dem Fischer, diesem Bartl Wonnenmacher. Lassen Sie sich vom Kollegen Poldinger die Adresse geben.«

Breitsamer eilte davon.

Ludwigs Blick ging auf den See hinaus. So friedlich lag er da und barg vielleicht doch ein schauerliches Geheimnis.

NAHE MÜNCHEN

»Achtung«, rief Karl, »Wasserbombe!« Er saß am äußersten Ende eines dicken Astes, der weit in den kleinen See hineinragte. Dann sprang er mit angezogenen Beinen ins Wasser. Peterle plantschte unweit davon im Seichten, mit ein paar älteren Buben, die ihn unter ihre Fittiche genommen hatten. Karl tauchte auf und schwamm zu ihm ans Ufer, wo Peterle auf das Wasser schlug, um auch Wellen zu erzeugen. Magda hatte erzählt, der Bub habe in Amerika schwer gelitten und sich von seiner Umwelt völlig zurückgezogen. Sogar von ihr. Davon merkte man ihm nichts mehr an. Er war den ganzen

Tag schon sehr ausgelassen, und mit den fremden Buben hatte er im Nu Freundschaft geschlossen.

»Eine Runde auf dem Seepferd reiten?«, fragte Karl, als er bei Peterle war.

Der nickte eifrig. Dann hängte er sich an Karls Hals und ließ sich auf dessen Rücken auf den See hinausziehen.

»Nicht zu weit, hört ihr?«, rief Magda vom Ufer aus.

Karl drehte den Kopf zu ihr und winkte ihr. Er schnalzte leise mit der Zunge. Sie sah fabelhaft aus in dem roten Badeanzug, den sie aus Amerika mitgebracht hatte. Und mit dem Apfel, den sie gerade aß, war sie die Wiedergeburt der sündigen Eva. Er wandte sich ab und schwamm mit Peterle weiter, spürte den warmen Atem des Buben im Nacken, und das machte ihn auf eine unerwartete Weise glücklich. Unwillkürlich erinnerte er sich daran, wie er für Gerti und Gundi einst das Seepferd gespielt und die beiden Mädel im Müggelsee durch das tiefe Wasser gezogen hatte. Nach einer Weile kehrte er um und brachte Peterle zu seinen neuen Freunden zurück. Als Karl aus dem Wasser stieg, wechselte er ein paar belanglose Worte mit deren Eltern und ging dann zu Magda auf der anderen Seite des Gebüschs. Die blickte aus dem Buch auf, in dem sie gerade las, lächelte hintergründig und kehrte zu ihrer Lektüre zurück.

Karl ließ sich neben ihr nieder. Während er den nussigen Duft ihres Sonnenöls einatmete, schaute er zu der kleinen Insel im hinteren Bereich des Sees hinüber. Vom Ufer aus waren es etwa fünfhundert Meter bis dorthin, vielleicht auch mehr. Als junger Bursche hatten er und seine Kumpel die fast zwei Stunden dauernde Anfahrt auf dem Fahrrad in Kauf genommen, für den Vorzug, beim Baden unter sich zu bleiben. Bis auf ein paar wenige Stellen war der See unzugänglich, so dass sich nur selten jemand hierher verirrte. Manchmal hatten sie

Mädchen mitgebracht, von Zeit zu Zeit verzog sich ein Pärchen auf die Insel, und kein Auge sah, was hinter dem Gestrüpp auf der Rückseite des kleinen Eilandes geschah.

»Ich denke, du schaffst es nicht bis hinüber zur Insel«, sagte Karl.

Magda schaute aus ihrem Buch auf. Sie sah erst ihn an, dann die Insel, dann wieder ihn und sagte: »Forderst du mich gerade zu einem Wettschwimmen heraus?«

»So ist es.« Er lächelte schief wie ein zweitklassiger Schauspieler in einer Ganovenfilm.

»Das wird dir noch leidtun.«

Magda legte das Buch weg und setzte die Sonnenbrille ab. Sie ging ans Wasser und prüfte die Temperatur, indem sie den großen Zeh kurz hineinstreckte. Nachdem sie die Nachbarn gebeten hatte, ein Auge auf Peterle zu haben, stieg sie vorsichtig ins Wasser. Karl beobachtete vom Ufer aus jede ihrer Bewegungen. Das leichte Wiegen ihrer Hüften, wie sie die Arme hob, um zu prüfen, ob die Nadeln hielten, mit denen sie ihr üppiges schwarzes Haar hochgesteckt hatte. Schließlich drehte sie sich zu ihm um, beschattete die Augen mit der Hand und rief: »Kommst du? Oder hat dich der Mut schon wieder verlassen?«

Karl sprang auf und folgte ihr. Sie fror in dem immer noch kühlen Wasser, das sah er an der Gänsehaut an ihren Armen, doch sie zeigte es nicht. Er grinste. Sie war keine Zimperliese, und das gefiel ihm.

»Auf die Plätze, fertig …«

Ehe er »los!« rufen konnte, machte Magda schon einen großen Satz nach vorn. Karl stürzte sich auch ins Wasser und holte sie nach ein paar kräftigen Schwimmzügen ein. Als er sie erreicht hatte – das Ufer lag bereits weit hinter ihnen –, zog er jedoch nicht vorbei, sondern blieb neben ihr.

»Ergibst du dich?«, fragte sie keck.

»Mit Mann und Maus.«

Sie lächelte.

Gemeinsam näherten sie sich der Insel. An der Vorderseite war der Ausstieg aus dem Wasser kaum zu bewältigen, es war zu steil und felsig. »Wir müssen auf die andere Seite«, sagte Karl. Sie umrundeten die Insel. Karl erkannte die günstige Stelle auch nach Jahren sofort wieder und schwamm darauf zu. Er stieg als Erster aufs Trockene und half danach Magda. Sie zitterte. Wie eine natürliche Treppe führten kleine Gesteinsvorsprünge nach oben. »Hier«, sagte er und deutete auf den moosbewachsenen Felsen.

Karl verschwendete keine Sekunde. Er zog sie an sich und küsste sie. Sie schmeckte nach Seewasser und nach dem Apfel, den sie vorhin gegessen hatte. Er küsste sie auf den Hals, die Schulter und schob erst den einen, dann den anderen Träger ihres Badeanzugs herunter, doch sie hielt ihn über ihren Brüsten fest.

»Wenn uns jemand sieht«, sagte sie.

Er strich ihr eine Haarsträhne aus der Stirn. »Hier ist niemand«, beruhigte er sie. »Das Ufer auf dieser Seite des Sees ist unzugänglich und dicht bewachsen. Zur anderen Seite verdeckt uns das Gestrüpp. Mach dir keine Sorgen.«

Vor seinen Augen zog sie ihren Badeanzug aus. Jedes Mal aufs Neue war er überwältigt von der Schönheit ihres Körpers. Alles daran war vollkommen: die üppigen Brüste, die runden Hüften, das pechschwarze Delta ihrer Scham …

»Was ist mit dir, Onkel Karl?«, sagte sie keck. »Brauchst du Hilfe?«

Ehe er etwas tun konnte, griff sie schon nach seiner Badehose.

Als Karl und Magda von der Insel zurückkamen, ließ sich Peterle von den Nachbarn gerade mit Wurstbroten und Limonade versorgen. Während Karl in trockene Sachen schlüpfte, tadelte Magda Peterle dafür, dass er die nachbarliche Gastfreundschaft so ausgiebig in Anspruch nahm. Doch davon wollten die freundlichen Herrschaften nichts wissen. »Der Peterle ist so ein lieber Bub«, schwärmten sie.

»Nur wenn er muss«, erwiderte Magda scherzhaft. »Na komm, essen wir unsere eigenen Sachen.«

Einen Bärenhunger im Bauch, wollte Karl beginnen, das Picknick auszubreiten, doch er stellte fest, dass der Korb mit der Brotzeit noch im Auto war. Daher musste er zum Parkplatz. »Ich geh mit!«, rief Peterle sofort.

»Du bleibst hier«, bestimmte Magda.

»Lass ihn doch«, widersprach Karl. »Na komm, junger Mann. Auf geht's!«

Wenn sie glaubte, ihm fiele nicht auf, dass sie Peterle von ihm fernhielt, irrte sie. Das ging schon so, seit sie wieder in München war. Hatte sie in Amerika doch einen Liebhaber gehabt, von dem er nichts erfahren sollte? Vielleicht diesen Simon Herzberg, der bereits unsterblich in sie verliebt gewesen war, als er noch in München gewohnt hatte? Karl war zu glücklich über ihre Wiederkehr, um Eifersuchtsgefühlen Raum zu geben. Magda war eine leidenschaftliche Frau in einer schwierigen Situation gewesen, und da war es nur verständlich, wenn sie Zuwendung und Trost suchte. Fragte sich nur, ob es damit wirklich vorbei war. Ein missgünstiger Rivale konnte viel Schaden anrichten, insbesondere, wenn er aus Blohms Stall kam. Das galt sogar über Blohms Tod hinaus.

Karl nahm Peterle auf dem steilen Weg an der Hand. Beim Wagen angekommen, holte er den Brotzeitkorb aus dem Kofferraum. Peterle griff sich sogleich einen Butterkeks. Karl ließ ihn gewähren.

»Sag mal, Peterle«, begann er vorsichtig, »deine Mama hatte in Amerika doch sicher Freunde, oder?«

Der Bub nickte eifrig und sagte mit vollem Mund: »Agota war oft da. Eine Zeitlang hat sie bei uns gewohnt. Aber dann ist sie weggezogen.«

»Und Simon? Du weißt, wen ich meine, oder?«

Peterle nickte. »Der war auch manchmal da. Aber Agota hat uns auch besucht. Und wir haben sie besucht. Warst du schon einmal in Amerika?«

Karl stutzte. »Was meinst du mit besucht? Ich dachte, sie war weg.«

»Ja, aber nur in Manhattan. Da hat sie gewohnt, mit ihrem Freund.«

»Agota hatte in Amerika einen Freund? Und wie lange hat sie bei ihm gewohnt?«

Peterle griff in den Korb und holte noch einen Keks heraus. »Da wohnt sie doch noch immer«, sagte er, als wäre das etwas, das Karl eigentlich wissen musste.

Karl verstummte. Wie konnte Agota in New York wohnen und gleichzeitig erst in Berlin und jetzt in München sein?

Plötzlich hielt Peterle im Kauen inne. »Das darf ich dir eigentlich gar nicht sagen«, fiel ihm ein.

»Was?«

»Mama hat mir verboten, dass ich dir was von Agota erzähle.«

»So? Warum?«

Peterle zuckte mit den Schultern. »Weiß ich nicht.«

»Komm, gehen wir zurück«, sagte Karl nach kurzem Schweigen. »Deine Mama wartet bestimmt schon.«

Es war spät geworden. Die Sonne stand tief und tauchte Äcker und Wiesen in ein mildes Licht. Ruhig ließ Karl den Mercedes über die Landstraße rollen, scherte nur hin und wieder aus, um ein Fuhrwerk oder einen Traktor zu überholen. Von Zeit zu Zeit warf er einen Blick in den Rückspiegel, um zu sehen, ob Peterle schon eingeschlafen war. Der Bub hielt sich wacker, erst nach dem Münchner Ortsschild fielen ihm die Augen zu. Bevor Karl etwas sagen konnte, ergriff Magda das Wort, beinahe so, als habe auch sie nur darauf gewartet, bis Peterle nicht mithörte.

»Du warst auf einmal so still«, sagte sie. »Ist irgendwas?«

»Peterle hat mir etwas erzählt«, erwiderte Karl, »das ich nicht ganz verstehe.«

»So? Was denn?«

»Es geht um Agota. Er sagte, dass sie immer noch und die gesamte Zeit über bei euch in New York war. Wie kann das sein, wenn sie doch hier ist?«

Magda räusperte sich. »Nun ja … er wird da wohl etwas verwechselt haben. Oder er hat sich falsch ausgedrückt.«

»Du weiß, dass das nicht stimmt.«

Magda seufzte. Dann holte sie ihre Zigaretten aus der Handtasche, zündete sich eine an und kurbelte das Seitenfenster ein Stück herunter, damit der Rauch abziehen konnte. Nachdem sie den ersten Zug genommen hatte, sagte sie endlich: »Agota hat eine Schwester. Danuta. Sie sind beide Agentinnen.«

Karl verstand. Und zugleich verstand er kein Wort. So, als sei in dem, was Magda ihm sagte, eine geheime Botschaft versteckt, deren Bedeutung sich ihm entzog.

»Die Frau hier ist doch Agota. Sie hat zwar ihre Frisur verändert. Trotzdem …«

»Nein, es ist Danuta«, beharrte Magda. »Das heißt …« Sie nahm einen Zug von ihrer Zigarette.

»Was?«

»Nichts.«

Karl wurde ungehalten. Zwei Schwestern also. Es war drei Jahre her, dass er die andere – Agota – zuletzt gesehen hatte. Nur deshalb hatte Danuta ihn reinlegen können. So musste es sein. Dass Agentinnen aus dem Osten ihn zum Narren hielten, gefiel ihm zwar nicht, es konnte ihn aber auch nicht wirklich überraschen, denn das war nun mal das, was Agenten taten. Ob Danuta oder Agota – was kümmerte es ihn? Mit Magda war es anders. Wieso hatte sie nichts gesagt?

»Du wusstest das die ganze Zeit schon?«, fragte er.

»Seit ich mit Agota das Flugzeug nach Amerika bestieg. Nein, eigentlich schon kurz davor. Ich konnte es dir nicht sagen, weil ...« Sie suchte nach der treffenden Formulierung und wiederholte dann nur: »Ich durfte es dir nicht sagen.«

»Warum nicht?«, bohrte Karl nach.

»Weil ... weil ich es eben nicht durfte. Ich wurde bedroht. Alle, die ich liebe. Peterle ... du ...«

Karl sah sie an. Was redete sie denn da? Welche Art von Bedrohung meinte sie? Außerdem: Wenn sie es schon vor ihrer Abreise nach Amerika gewusst hatte, wieso hatte sie das alles so lange für sich behalten? Und wieso erzählte sie es jetzt?

»Wer hat dich bedroht?«, fragte er. »Blohm?«

»Nein. Das heißt ... der auch. Aber das ist wieder eine andere Sache.« Sie legte ihm die Hand auf den Oberschenkel. »Frag bitte nicht weiter, Karl. Ich darf dir das alles nicht erzählen. Ich hab schon viel zu viel gesagt.«

Karl wusste nun zwar mehr, verstand jedoch weniger denn je, und das erregte seinen Zorn. »Du erzählst mir jetzt auch den Rest«, verlangte er.

»Mama ...«, kam es vom Rücksitz. Peterle war aufgewacht. »Ich hab Bauchweh.«

Magda drehte sich zu ihm um. »Sollen wir anhalten?«

Peterle horchte in sich hinein, dann zuckte er mit den Schultern.

»Du sagst Bescheid, wenn du spucken musst, ja?«

Er nickte.

»Wir sind gleich zu Hause. Halt durch.« Magda drückte ihre Zigarette im Aschenbecher aus. An Karl gewandt, sagte sie: »Sprich mit Gerti und …«

»Danuta, meinst du«, fiel Karl ihr ins Wort.

»Wie auch immer. Sprich mit ihr. Sie wird dir alles erklären.«

AM AMMERSEE

Ludwig beobachtete die Suchaktion auf dem See vom Bootssteg aus. Sie hatten zwei Taucher aufgetrieben, aber was konnten zwei Taucher bei der Größe des Ammersees schon ausrichten? Suchtrupps aus Polizisten und Freiwilligen durchkämmten die Gegend am Ufer. Derweil nahm sich die Spurensicherung das Bootshaus und dessen Umgebung vor. Reifenspuren waren entdeckt worden. Zigarettenkippen. Jede Menge Abfall. Ludwig versprach sich nicht viel von all dem. Die Befragung des Fischers Bartl Wonnenmacher hatte über das hinaus, was ihnen schon der Kollege Poldinger mitgeteilt hatte, nichts erbracht. Ludwig ging in die Hütte zu Breitsamer und teilte ihm mit, dass er ins Präsidium fahre, um die Waffe und die anderen Sachen beim Erkennungsdienst abzuliefern. »Die sollen eine Sonderschicht einschieben«, sagte er.

»Und was ist mit mir?«, fragte Breitsamer verdutzt.

»Sie bleiben hier. Lassen Sie sich von einem Kollegen heimbringen. Oder zum nächsten Bahnhof.«

Breitsamer verzog den Mund, fügte sich aber.

Ludwig zündete sich eine Zigarette an, stieg in den Dienstwagen und fuhr im Schritttempo davon. Viel mehr war auf der Holperstrecke nicht möglich. Irgendwie passte das alles nicht zusammen. Wieso sollte jemand von Brandstiftung bis Mord alles tun, um Blohms letzte Verfügungen aus der Welt zu schaffen, dann aber die Leiche für immer verschwinden lassen? So konnte es dauern, bis Blohm für tot erklärt und das Erbe frei wurde. Und wenn nicht – Simsalabim – ein neues Testament hervorgezaubert wurde, fiel alles von Gesetzes wegen Blohms noch angetrauter Ehefrau zu: Magda. Wenn aber das vordringliche Ziel war, dass sie und Karl zueinanderkamen, dann tauchten Blohms sterbliche Überreste bestimmt nicht mehr auf. Eine Mordanklage ohne Leiche war immer schwer zu führen. Und da dem Glücklichen ja bekanntlich keine Stunde schlug, konnten die beiden auf den Geldsegen gut und gern warten. Doch er blieb dabei: Ein derart durchtriebenes Komplott passte nicht zu Karl und Magda. Es hatte noch jemand seine Hand im Spiel.

Der Wagen sackte auf einer Seite in ein Schlagloch, die brennende Zigarette rutschte Ludwig aus den Fingern und landete auf seiner Hose. »Sakrament!«, fluchte er und wischte sie mit der Hand weg, aber der Schaden war bereits angerichtet: ein kleines Brandloch, aus dem seine weiße Haut leuchtete. »Sakrament!«, rief er noch einmal und hielt an. Er hob die Zigarette auf, drückte sie im Aschenbecher aus und begutachtete das Loch. Schade um die gute Hose. Traudl würde ihm was erzählen, wenn sie das sah.

Ludwig fuhr wieder an und war froh, als er auf die besser ausgebaute Straße und ein paar Kilometer später endlich auf die Landstraße kam. Er drückte aufs Gaspedal. Es war schon spät, zum Glück hatte er Traudl vorgewarnt, dass sie mit dem Abendbrot nicht auf ihn warten solle. Das erwies sich jetzt als goldrichtig, denn da er nicht geradewegs ins Präsidium fuhr, sondern einen kleinen Umweg zu nehmen gedachte, würde es noch um einiges später werden.

Als Ludwig vor Blohms Anwesen ankam, sah er als Erstes Karls Borgward Isabella neben der Einfahrt stehen. Er läutete. Eine Nachbarin, die gerade auf dem Radl des Weges kam, hielt bei ihm an und teilte ihm ungefragt mit, Frau Blohm sei mit ihrem Buben und ihrem Onkel weggefahren, zum Baden vermutlich. Sie würden wohl bald zurückkehren, denn sie seien schon lange fort. Ludwig bedankte sich. Erst jetzt wollte die Frau wissen, wer er eigentlich sei. Er zeigte ihr seine Dienstmarke. Als sie fort war, holte er einen Lederhandschuh aus dem Auto und öffnete den Kofferraum, in dem die Schachtel mit Blohms Sachen stand. Mit der Handschuhhand nahm er den Schlüsselbund heraus, wählte den Schlüssel, der am ehesten nach Einfahrtstor aussah, und probierte ihn am Schloss aus. Er passte. Ludwig ging zum Haus. Einer der anderen Schlüssel passte zur Tür. Es waren also Blohms Schlüssel. Dann kehrte er zurück zu seinem Auto und legte alles wieder in die Schachtel. Er schaute die Straße hinab. Es war völlig ruhig. Nur ein Hund, der kurz bellte, und Kinderstimmen, die in einem der Gärten einen Abzählreim aufsagten. Ludwig überlegte. Warten? Heimfahren? Er hätte zu gern heute noch mit Karl gesprochen, weil ihm all das, was ihm durch den Kopf ging, keine Ruhe ließ. Auch mit Magda musste er reden, schon um ihr die Neuigkeiten über ihren Gatten zu überbringen. Ludwig griff in sein Jackett und holte seine Zigaretten heraus. Eine würde er noch rauchen, dann fuhr er heim.

Die Zigarette war fast heruntergeraucht, da bog ein weißer Mercedes in die Tizianstraße ein. Blohms Mercedes. Karl saß am Steuer, Magda auf dem Beifahrersitz. Ludwig warf die Kippe fort.

»Habe die Ehre«, grüßte Karl, nachdem er aus dem Auto gesprungen war, um das Tor zu öffnen. Er wirkte nicht erfreut über den unerwarteten Besuch.

Ludwig folgte dem Mercedes die Auffahrt hinauf. Magda stieg als Erste aus, grüßte flüchtig und verschwand mit Peterle im Haus. Karl kam, die Hände in den Hosentaschen, auf Ludwig zu. »Bauchweh«, sagte er. »Der Bub hat immerzu Bauchweh.«

»Ein Löffel Klosterfrau Melissengeist hilft«, riet Ludwig. Dann machte er eine Pause.

»Du hast ein Brandloch in der Hose«, sagte Karl.

»Weiß ich.«

Sie schwiegen sich eine kleine Weile an, dann teilte Ludwig mit: »Wir haben Blohm gefunden. Das heißt«, schob er rasch nach, »nicht wirklich gefunden.«

Karl sah ihn irritiert an, sagte jedoch nichts.

»Einiges deutet darauf hin, dass er ermordet und seine Leiche im Ammersee versenkt wurde«, fuhr Ludwig fort. »Ich komme gerade von dort. Taucher suchen nach ihm. Aber ob wir ihn jemals finden … Der Ammersee ist groß.«

Karls Gesicht war wie eine Maske aus Gips.

»Wie lange geht das zwischen dir und Magda eigentlich schon?«, fragte Ludwig unvermittelt.

Die Gipsmaske bekam feine Risse, doch sie brach nicht auf.

»Was meinst du?«

»Das weißt du ganz genau.«

Karls Blick irrte ein wenig umher, ehe er Ludwig traf. »Hast du das vom Borgmann Schorsch? Der soll sein Schandmaul nicht so weit aufreißen!« Zum ersten Mal drang etwas nach außen. Die Erregung, das war zu spüren, kam tief aus seinem Innern. So wie bei Menschen, die die Angst zornig werden ließ. »Bloß, dass du es weißt: Magda ist nicht mit mir verwandt.«

»Nicht?«

»Nein.«

»Dann gibst du also zu, dass ihr beide …«

»Gar nichts geb ich zu! Gar nichts! Aber wenn es so wäre …«

Ludwig sah keinen Sinn darin, das Offensichtliche zu leugnen. Doch statt weiter zu bohren, sagte er: »Wir haben auch die Waffe gefunden, mit der mutmaßlich im Haus geschossen wurde. Die Luger.«

»So. Und?«

»Ich könnte schwören, dass es deine ist.« Ludwig hatte bis jetzt schon sehr gedämpft gesprochen, nun senkte er die Stimme noch ein wenig mehr. »Sag mir, was los ist, Karl.«

Karl trat dicht an ihn heran, in seinen Augen stand pure Feindseligkeit. »Ich sag dir, was los ist, Ludwig«, presste er hervor. »Du solltest am besten gar nichts beschwören. Sonst kann es sein, dass plötzlich andere etwas über dich beschwören. Und das wird dir nicht gefallen.«

Völlig überrascht von dem offen drohenden Ton erstarrte Ludwig. Er brachte kein Wort heraus, sah Karl nur irritiert an.

»Kennst du zufällig einen Ignaz Brugger?«, fuhr Karl fort. »Er hat mir was über Lublin erzählt. Hat mir Fotos gezeigt. Was käme wohl raus, wenn man an der Stelle ein bisschen tiefer gräbt? Ich lese auch jeden Tag Zeitung, Ludwig, und ich weiß, dass euer ganzer Verein gerade stark unter Beobachtung steht. Also, wenn du nicht willst, dass was durchsickert von dem, wo du mitgemacht hast, dann weißt du hoffentlich, was du zu tun hast.«

Ludwig sah Karl fassungslos an. Schlagartig brach ihm der Schweiß aus. Lublin. Ignaz Brugger. Was meinte Karl damit? Was wusste er? Ludwigs Herz fing an zu rasen, er spürte den Boden unter den Füßen nicht mehr. Glühte. Wortlos wandte er sich ab, stakste die Auffahrt hinab und ließ sich mit letzter Kraft ins Auto fallen. Regungslos blieb er sitzen. Dann spürte er einen Druck an seinem Oberschenkel. Als er hinschaute, sah er, dass es sein eigener Finger war, der sich in das Brandloch gebohrt hatte und nun anscheinend unter die Haut dringen wollte.

Unbeweglich verharrte Karl auf der Stelle und wartete, bis er Ludwigs Wagen starten und davonfahren hörte. Die ganze Zeit spürte er ein Stechen in der Herzgegend, und für einen Moment wünschte er, dass sein Herz Schluss mit ihm machte. Er hatte eben eine Freundschaft zerstört, die ein ganzes Leben bestanden hatte. Vielleicht hatte er sogar den Mann zerstört, der sein Freund gewesen war. So tief erschrocken, wie Ludwig ihn angesehen hatte, war genau das zu befürchten.

»Karl?«, sagte Magda, die hinter ihm stand. »Wieso kommt ihr nicht rein? Wo ist Ludwig?«

»Weg.«

Magda trat zu ihm, legte ihm die Hand auf die Schulter. »Was ist los? Geht es dir nicht gut?« Sie klang besorgt.

Karl schwieg.

»Was hat Ludwig gesagt?«

»Sie haben Blohm gefunden. Nein, noch nicht gefunden, aber sie denken, sie wissen, wo er ist. Tot, im Ammersee versenkt. Und es ist die Waffe aufgetaucht … die Waffe, mit der geschossen wurde … im Haus.«

Karl sagte nicht: *meine* Waffe. Obwohl er es nur zu gern gesagt und ihr alles erzählt hätte. Doch er durfte es nicht. Je weniger sie wusste, desto besser. Zu ihrem Schutz. Aber auch zu seinem.

»Ich muss gehen«, sagte Karl.

»Wo willst du denn hin? Peterle schläft. Ich dachte, wir beide essen noch zusammen.«

Er schüttelte den Kopf und küsste sie flüchtig, dann eilte er zu seinem Auto, stieg ein und fuhr davon.

Ratlos kehrte Magda ins Haus zurück. Die Stille bedrückte sie. Ihre Gedanken wirkten so laut. Blohms Leiche, im Ammersee versenkt. Sollte das das Ende der Geschichte sein? Noch war er nicht gefunden worden. Vielleicht würde das nie passieren. Nicht zu wissen, was los war, wurde immer quälender. Sie ging zur Hausbar im Wohnzimmer, betrachtete die Flaschen darin und entschied sich für Blohms Lieblingswhiskey. Die Flasche war noch halb voll. Sie goss sich großzügig ein und nahm gleich einen kräftigen Schluck. Das Brennen in der Kehle wanderte durch ihren gesamten Körper. Beruhigte und belebte zugleich. Ein wirklich guter Whiskey. Eines musste man Blohm lassen: Was Genüsse anging, war seine Wahl über jeden Zweifel erhaben.

Sie setzte sich aufs Sofa und zündete sich eine Zigarette an, nahm einen tiefen Zug. Sekunden später stand sie wieder auf und wanderte ruhelos im Zimmer herum. Irgendwas musste Ludwig Gruber noch zu Karl gesagt haben, so aufgewühlt, wie er gewesen war. Die Neuigkeiten über Blohm konnten es nicht gewesen sein, denn das waren für Karl gute Nachrichten. Er hatte Blohm gehasst, und das aus gutem Grund. Doch Magda hatte keine Genugtuung oder gar Freude gesehen, sondern … Sie wusste selbst nicht, was genau es gewesen war.

Bestürzung? Schock? Panik? Was könnte eine solche Reaktion auslösen? Und wohin musste er so dringend fahren?

Magda leerte ihr Glas und schenkte sich nach. Ihr Blick fiel auf die Zigarette, die sie im Aschenbecher abgelegt hatte. Inzwischen nur noch ein grauer Aschefinger. Sah die Asche nicht wirklich genau so aus: wie der knochige Finger eines Toten? Entsetzen ergriff sie. Sie wandte den Blick ab.

Besser, sie dachte an etwas Beglückendes. Karl. Der See. Die Insel. Seine Berührungen und Küsse. Ihre Küsse. Seine Bewegungen und die Gefühle, die alles, was er tat, in ihr auslöste. Er war der Mann ihres Lebens, das war ihr klar. Und doch war er nicht ihr Schicksal. Ihr Schicksal musste sie selbst bestimmen. Das durfte sie nicht vergessen, vor allem in den Momenten, in denen sie glücklich war.

Gerti stieg am Wiener Platz aus der Tram und nahm den inzwischen vertrauten Weg zum *Kammererwirt*. Sie hatte den Tag in der Stadt verbracht, mit einem jungen Studenten, den sie am Wochenende beim Tanzen kennengelernt hatte. Der Abend endete in seiner Studentenbude, in seinem Bett. Ein kurzer Rausch, eine Erfüllung für ihn, für sie bedeutungslos. Er war nett, er bemühte sich um sie. Sie lachte über seine Scherze, ließ sich seine Nettigkeiten und Komplimente gefallen und belohnte sie mit kleinen Gesten, die ihn ermunterten. Er hieß Emil, doch er hätte auch anders heißen können. Es war egal. Namen bedeuteten nichts. Menschen bedeuteten nichts. Das traf auch auf sie selbst zu. Agota, Danuta, Gerti. Sie war heute wieder zu Emil gegangen, weil es nichts anderes gab, das sie tun konnte, und er hatte bekommen, was er wollte. In seinem von der Nachmittagssonne beschienenen Bett, das unter ihren Bewegungen knarrte. Dann war sie aufgestanden und gegangen, und jetzt lief sie wieder zu einem Ort, der auch kein Zuhause war. Sie kam sich vor wie eine Schauspielerin, die eine Rolle spielte. So wie sie ihr gesamtes junges Leben lang Rollen gespielt hatte. Um sie herum nur Kulissen, alles daran falsch, selbst die Sonne, der Mond und die Sterne. Eine Marionette war sie, hing an fremden Fäden. Die Fäden hatten sie geführt und gehalten, und nun begannen diese Fäden zu reißen, einer nach dem anderen, und alles fiel in sich zusammen. Die Kulissen und auch sie selbst. Welche Rolle hatte sie jetzt noch zu spielen? Wer war sie jenseits aller Rollen? Das kleine Mädchen, das zusah, wie seine Mutter vergewaltigt und getötet wurde?

Gerti betrat den *Kammererwirt* durch den Hintereingang, stieg die Treppe hinauf. Im Flur stand Karl vor ihr. »Da bist du ja«, sagte er, es klang wie ein Vorwurf. Er nahm sie an der Hand und zog sie in sein Zimmer. Er war aufgeregt. Was war passiert?

Während er sie umkreiste, erzählte er von der Polizei, die Blohms Leiche in einem See suchte, und von Dingen, die gefunden worden waren. »Die Waffe«, sagte er atemlos, »sie haben die Waffe gefunden. Meine Luger. Verstehst du? Und Ludwig hat sie erkannt. Was soll ich tun?«

Und da wurde aus Gerti wieder Danuta, die gelernt hatte, in jeder Situation die Nerven zu behalten, niemals Schwäche zu zeigen. Und plötzlich spürte Gerti wieder Danutas Stärke in sich. Danuta, die immer wusste, was zu tun war.

»Hast du ihm erzählt, was du über ihn weißt?«, sagte sie.

»Hab ich.«

»Wie hat er reagiert?«

»Er war …« Karl zögerte. »Er war erschüttert. Tief erschüttert.«

»Das ist gut. Aber womöglich gefährlich. Manche Leute treten die Flucht nach vorn an.«

»Was meinst du damit?«

»Er könnte dich trotzdem beschuldigen. Oder den Fall abgeben. Du musst dafür sorgen, dass das nicht passiert. Er muss die Ermittlung weiterhin leiten, nur so kann er sie beeinflussen. Geh zu ihm. Sag ihm, dass ihm das nichts bringt. Im Gegenteil. Er hat Familie. Menschen, die er liebt. Die auf ihn angewiesen sind. Auch wenn er sich am liebsten selbst ins Schwert stürzen würde, diese Menschen wird er nicht im Stich lassen wollen.«

Familie. Menschen, die er liebt. Gerti hörte Danuta das sagen, und sie spürte, wie diese Worte plötzlich ihren Sinn veränderten. Sich auch für sie mit Bedeutung füllten, jenseits davon, dass sie ein Druckmittel waren, mit dem man Menschen lenken konnte. Doch Danuta war geübt darin, solche Regungen zu unterdrücken, ehe sie allzu mächtig wurden.

Karl war vor ihr stehen geblieben und sah sie an. »Ich kann das nicht«, sagte er. »Ludwig war immer mein Freund.«

»Nach dem, was du ihm angedroht hast, ist er es nicht mehr. Was du verlieren konntest, hast du bereits verloren. Und vergiss nicht, was er getan hat. Was du ihm vorhältst, ist die Wahrheit über ihn. Du bist völlig im Recht. Und wenn dich das nicht überzeugt, dann denk an Magda. An eure Zukunft. Dafür tust du es. Dafür warst du sogar zu einem Mord bereit.«

Immer noch stand Karl da und sah sie an. Sein Blick wurde bohrend, seine Erregung kühlte zumindest äußerlich ab. Unruhe machte sich in ihr breit.

»Was ist denn?«, sagte sie. »Was starrst du mich so an?«

»Wer bist du?«, fragte er.

Die Frage kam so überraschend, dass selbst Danuta nicht sofort antworten konnte. »Was … wie … meinst du das?«, stotterte sie schließlich.

»Magda hat mir erzählt, dass du nicht Agota, sondern Danuta heißt. Agota ist deine Schwester.«

Nun war es die stets souveräne, mit allen Wassern gewaschene Danuta, die aus dem Tritt geriet, und Gerti hatte nichts, wodurch sie sie stützen konnte. Danuta erschrak, doch Gerti spürte etwas wie Erleichterung.

»Was hat sie dir noch erzählt?«

»Nichts. Bloß, dass ich mit dir reden soll.«

Sie wandte den Blick ab, jedoch nur so lange, bis Danuta und Gerti einen Ausgleich gefunden hatten. Dann schaute sie ihn wieder an und sagte in mildem Ton: »Wir reden später darüber, Karl. Jetzt ist nicht der passende Moment dafür.«

»Und woher weiß ich, dass du mich nicht ins offene Messer laufen lässt? So wie du es vielleicht die ganze Zeit schon tust?«

»Weil das, was ich dir rate, das Beste für dich und Magda ist. Es geht nicht um mich.«

Karl zögerte. Doch das schien er einzusehen.

»Ich ruf Ludwig an«, sagte er.

»Nein, nicht anrufen. Geh zu ihm. Sofort.«

Ein letztes Zögern, dann verschwand Karl und ließ Gerti allein in seinem Zimmer zurück. Und kaum war er fort, sackte sie in sich zusammen. Sie ließ sich in den Sessel fallen, in dem sie immer saß, und binnen Sekunden verwandelte sich Danuta zurück in Gerti, und Gerti vermisste die Stärke, die Danuta erfüllt hatte, auch wenn es nur die geliehene Stärke ihrer Rolle war, sonst nichts.

Magda hatte also geredet. Wahrscheinlich war es gut so. Doch was sollte sie jetzt tun? Gerti wollte sich am liebsten verkriechen und hinter Danuta verstecken. Oder weglaufen. Nur, wohin hätte sie laufen können?

Schon von weitem sah Karl Ludwigs Opel am Straßenrand stehen. Er hielt dahinter an, stellte den Motor ab und stieg aus. Wie ein mahnender Zeigefinger ragte Ludwigs Hochhaus in den sich rasch verdunkelnden Himmel. Die Luft war lau, vereinzelt fuhren junge Burschen in Grüppchen auf ihren Fahrrädern vorbei; von irgendwoher, vielleicht von einem der Balkone oder aus einem offenen Fenster, drang Caterina Valentes helle Stimme, die von ihrer Insel im Sonnenschein sang. Mit einem mulmigen Gefühl schritt Karl über den gepflasterten Weg zum Hauseingang. War er wirklich bereit, seiner Freundschaft mit Ludwig den letzten Todesstoß zu versetzen? Hatte er eine andere Wahl?

Als Karl vor dem Eingang ankam, ging gerade die Haustür auf. Ein Herr mit Hund trat heraus, grüßte und lüpfte den Hut. Karl wollte den Gruß erwidern, doch seine Lippen waren wie zugenäht. Er trat ein und fuhr mit dem Fahrstuhl nach oben. Vor Ludwigs Wohnung blieb er stehen. Sein Herz raste. Ein Stechen in der Brust machte ihm das Atmen schwer. Karl drückte auf den Klingelknopf. Das schrille Schellen war so laut, dass es ihm noch auf dem Flur durch Mark und Bein ging.

Es dauerte ein wenig, bis geöffnet wurde. Nicht Ludwig, sondern Traudl stand vor ihm. Sie war überrascht, doch anscheinend war es keine freudige Überraschung für sie. »Du bist es«, sagte sie nur.

»Ist der Ludwig da?«, fragte Karl.

»Da ist er schon, aber ihm geht's nicht gut. Er will keinen sehen. Und dich schon gar nicht.«

»Was hat er denn gesagt?«

»Genau das, was ich dir gerade gesagt hab.«

»Sonst nichts?«

»Warum? Was meinst du?«

Anscheinend wusste sie wirklich nicht mehr. Es hätte zu Ludwig gepasst. Er hatte aus seinem Herzen schon immer eine Mördergrube gemacht, und das schien selbst gegenüber seiner Frau zu gelten.

»Ich muss mit ihm reden«, beharrte Karl. »Es ist dringend.«

»Tut mir leid, Karl. Komm ein anderes Mal wieder. Der Ludwig braucht seine Ruhe. Und es ist ja auch schon spät.«

Traudl machte die Tür zu, doch Karl stellte seinen Fuß hinein. Auf einen verständnislos-bösen Blick hin zog er ihn jedoch zurück, und die Tür schloss sich endgültig. Er blieb noch eine Weile stehen, dann ging er zum Aufzug. Und was jetzt? Er war zu weit gegangen, und doch war es vielleicht nicht weit genug. Er musste mit Ludwig reden, bevor der morgen in sein Büro fuhr.

Donnerstag, 10. Juli 1958

LUDWIG WÄLZTE SICH auf die andere Seite des Bettes. Es war noch zu dunkel im Zimmer, um die Uhrzeit auf dem Wecker ablesen zu können. Traudls Atem ging gleichmäßig. Wenigstens einer von ihnen beiden konnte gut schlafen. Er knipste die Nachttischlampe an. Kurz nach vier. Er löschte das Licht sofort wieder. Im Dunkeln schlug er die Bettdecke zurück, richtete sich auf, blieb eine Weile sitzen. Dann stand er auf. Sein Kopf, seine Arme, seine Beine – alles war unendlich schwer. Lautlos, in kleinen Schritten, schlich er zur Tür. »Ludwig?«, ertönte Traudls müde Stimme. Er drehte sich nicht um, sagte nur: »Schlaf weiter« und war draußen. Erst auf dem Gang machte er Licht. Er schlurfte in die Küche. Das Flurlicht, das hereinfiel, reichte ihm. Die Schnapsflasche stand noch auf dem Tisch, das Glas in der Spüle. Schwer sackte er auf einen der Stühle. War das Ticken der Küchenuhr schon immer so laut gewesen? Es lag eine Gnadenlosigkeit in der unbestechlichen Art, mit der sie die Sekunden herunterzählte. Da saß er nun, mitten in der Nacht, und wusste nicht, wie ihm geschehen war.

Karl hatte mit seiner Drohung ein schlafendes Ungeheuer geweckt, und das war nun dabei, ihn zu verschlingen, Stück für Stück. Ob Karl an Blohms Entführung irgendwie beteiligt war, ob er ihn selbst erschossen oder dabei mitgeholfen hatte, war Ludwig gleichgültig. Ob Magda seine Komplizin gewesen war, ebenso. Ob sich die beiden mit Blohms Vermögen ein schönes Leben machen wollten – sollten sie. Wer sonst noch in diese Angelegenheit verwickelt war – egal. Nicht seine Sache. So viele Verbrecher liefen unbehelligt herum, mit sehr viel schlechteren Gründen für ihre Taten. Sollten sie sich alle gegenseitig umbringen.

Auf der Anrichte lagen seine Zigaretten. Ludwig raffte sich auf, nahm das fast schon leere Päckchen und die Streichhölzer und ging damit auf den Balkon. Die Nacht war mild, über ihm glänzten die Sterne, während sich im Osten bereits ein feiner Lichtsaum abzeichnete. Er steckte eine Zigarette zwischen die Lippen und riss ein Streichholz an.

Lublin. Das Herz im Herzen der Finsternis. Was hatte er dort getan? Er hatte sich für den Einsatz nicht freiwillig gemeldet. Was waren seine Aufgaben gewesen? Welchen Befehlen war er gefolgt? Er hatte nichts getan, was mit den Taten dieses flüchtigen Arztes Eisele vergleichbar gewesen wäre. Und doch … konnte er sicher sein? Ein unausrottbares Unbehagen blieb. Nicht alle angeblichen Schieber, Schmuggler und Partisanen, die sie aufgegriffen hatten, waren wirklich solche gewesen. Frauen, Kinder, Alte. Zerlumpt, die Augen tief in den Höhlen, die Wangenknochen hervortretend. Elendsgestalten. Was war ihr Verbrechen? Nur, dass sie diejenigen waren, die sie nun einmal waren. Wenn keiner von den fanatischen oder sadistischen Kameraden wie Ignaz Brugger dabei war, hatten sie vieles in den Jacken, Hemden und Hosen übersehen und die Leute laufen lassen. Im anderen Fall … Alte und junge Männer, die feixend an den Bärten gezogen, mit Gewehrkolben in den Dreck gestoßen wurden. Ebenso bis auf die Knochen abgemagerte Frauen, junge Burschen in Lumpen. Manche wurden wegen einem Stück Brot in der Tasche gleich erschossen, andere an die Wand gestellt oder aufgehängt. Manche der Kameraden posierten mit ihren Opfern für Fotografien, als ginge es um erlegtes Wild, das man stolz präsentierte, oder um Schnappschüsse von einer Ferienfahrt, für die Zuhausegebliebenen. Wer noch ein bisschen Anstand im Leib hatte, schämte sich beim Zuschauen und hatte Mitleid mit den Drangsalierten und Getöteten. Aber was tat man dagegen? Nichts. Aus Angst. Aus Feigheit. Und weil man irgendwann auch abstumpfte. Was von all dem zeigten Bruggers Fotografien, die Karl gesehen hatte? Wie war er überhaupt zu Brugger gekommen? Aber das zählte nicht mehr.

Ludwig drückte die Zigarette im Aschenbecher aus, der in einem Blumenkasten mit Geranien stand, und zündete sich gleich die nächste an.

Vor den allerschlimmsten Aktionen, den Erschießungen vor allem, hatte er sich so gut wie möglich gedrückt. Er war weggegangen, tiefer in den Wald, und erst wieder zur Truppe gestoßen, wenn das Schießen aufgehört und das Saufen begonnen hatte. Die Kameraden sahen ihn scheel an, vor allem diejenigen, die sich eigentlich auch lieber verdrückt hätten, aber außer ein paar spitzen, herablassenden Bemerkungen sagte niemand etwas. Selbst die Vorgesetzten wussten oder ahnten zumindest, dass er und noch zwei, drei andere sich in die Büsche schlugen, doch sie sahen darüber hinweg und teilten ihnen irgendwann Aufgaben im Innendienst zu. Verlassen konnte man sich freilich nicht darauf. Und man durfte sich auch nichts vormachen. Dieses Schlupfloch gab es nur, weil die meisten anderen die Mordbefehle ausführten. Männer wie Ignaz Brugger. Ludwig verabscheute ihn und seinesgleichen. Und die anderen, die es auch nicht wollten, aber doch mitmachten? Weil ein Befehl ein Befehl war? Oder aus Angst? Es hatte ihn stets mit Unbehagen erfüllt, wenn jetzt angefangen wurde, diesen Männern einen Strick daraus zu drehen.

Den sie wohl verdienten. Aber er wollte nicht derjenige sein, der sie daran aufknüpfte. Und nun drohte ihm, dass er selbst aufgeknüpft wurde, und vielleicht, nein, ganz bestimmt hatte er es verdient.

Oder war es doch anders gewesen? Täuschte ihn die Erinnerung, weil es anders nicht zu ertragen gewesen wäre? Was wusste Brugger über ihn, das er nicht mehr wusste? Was hatte er Karl erzählt?

Während er so sein Innerstes aufwühlte und eine Zigarette nach der anderen rauchte, kroch der junge Tag in all seiner Unschuld herauf, füllte das Firmament mit seinem Licht und brachte die Sterne zum Erlöschen. Schließlich war die letzte Zigarette geraucht, einzelne Fenster waren schon erleuchtet. Das Leben ging weiter, immer weiter. Doch das war Ludwig kein Trost mehr. Es kam ihm eher vor wie ein Fluch.

Es war gegen sechs Uhr, als Karl sein Zimmer verließ. Er bat Frau Lindemeier, die in der Küche das Frühstück für die Logiergäste vorbereitete, ihm ein paar Wurst- und Käsebrote zu machen. »Geht's auf die Pirsch«, sagte sie. Karl nickte, obwohl er keine Ahnung hatte, was sie damit meinte. Wahrscheinlich wusste sie es selbst nicht. Sie wickelte ihm die Brote in Pergamentpapier und goss etwas von dem frisch aufgebrühten Bohnenkaffee in eine Thermoskanne. So versorgt, wollte Karl aufbrechen. Doch Frau Lindemeier hielt ihn zurück. »Haben Sie es schon gelesen?«, fragte sie und deutete auf die Zeitung, die auf der Anrichte lag. Karl verneinte, nahm die Zeitung und verließ den *Kammererwirt*. Zum Lesen hatte er gleich reichlich Zeit.

Gut zehn Minuten später war er schon am Ziel: an Ludwigs Hochhaus in der Parkstadt in Bogenhausen. Ludwigs Opel stand noch dort, wo er letzte Nacht gestanden hatte. Karl fuhr ein Stück weiter und parkte an einer Stelle, an der er nicht sofort gesehen wurde, seinerseits aber das Auto im Blick behalten konnte. Er goss Kaffee in einen Becher und schlug die Zeitung auf dem Lenkrad auf.

Ist der Baulöwe Walter Blohm tot?, fragte die Schlagzeile. Ein Foto zeigte die Suchmannschaften am Ammersee. Die Bildunterschrift lautete: *Wurde die Leiche Walter Blohms hier versenkt? Taucher suchen im Ammersee bislang vergebens.* Im Artikel wurde ein Polizeibeamter mit den Worten zitiert: *Der Ammersee ist groß.* Karl empfand Genugtuung, aber auch Unbehagen, das noch wuchs, als er von der Waffe las, die in einem Bootshaus neben blutigen Kleidungsstücken und anderen Dingen gefunden worden war, die Walter Blohm gehört hatten. Mehr stand da nicht.

Die Straße vor ihm belebte sich. Männer, die auf Fahrrädern oder in Autos zur Arbeit fuhren. Ein Omnibus. Später Schulkinder, unter ihnen die beiden Buben von Ludwig mit ihren Schulranzen. Wer nicht auftauchte, war Ludwig. Gegen acht sah Karl Traudl das Haus verlassen. Sie schob einen Kinderwagen vor sich her, in dem die kleine Anna lag. Zum Glück kam sie nicht in seine Richtung. Er wartete, bis sie weit genug entfernt war, dann stieg er aus und ging zum Haus. Die Haustür stand offen. Wie gestern fuhr er mit dem Fahrstuhl nach oben und läutete. Nach einer Weile wurde geöffnet. Ludwig, im Morgenmantel, war blass, unrasiert und hatte dunkle Schatten unter den Augen, wie nach einer schlaflosen Nacht.

»Was willst du?«, fragte er.

»Mit dir reden.«

Ludwig zögerte, dann machte er den Weg frei. Karl ging in den Flur und folgte Ludwig in die Küche, wo es nach frischem Kaffee roch. Auf der Anrichte stand eine Flasche Schnaps. Ihr

Anblick erfüllte Karl mit hilfloser Wut auf sich selbst. Was hatte er angerichtet? Was wollte er tun? Wozu war er hier? Mit einer müden Handbewegung wies Ludwig auf einen Stuhl. Karl setzte sich, Ludwig nahm auf der Eckbank Platz.

»Musst du heute nicht ins Präsidium?«, fragte Karl.

»Ich hab mich krankgemeldet«, antwortete Ludwig.

Drückendes Schweigen.

»Es tut mir leid«, sagte Karl.

»Was tut dir leid?«, fragte Ludwig.

Karl erinnerte sich an Gertis Worte. Nach dem, was er Ludwig angetan habe, sei er schon nicht mehr sein Freund. Aber der Mann, der vor ihm saß, war sein Freund.

»Ich werde keinem sagen, was ich weiß«, erklärte Karl. »Über dich.«

Ludwig zuckte nur mit den Schultern. »Das macht nichts davon ungeschehen.«

»Wir haben alle Dinge getan, auf die wir nicht stolz sind. Für die wir uns schämen müssen.« Karl dachte an Ignaz Brugger, der sehr wohl voller Stolz war. Der sich für nichts schämte. Und von denen gab es viel zu viele.

Ludwig stand auf und ging zur Anrichte, holte zwei Tassen aus einem Hängeschrank und goss aus einer Kanne ein. Damit kehrte er zurück, stellte eine Tasse vor Karl hin. »Ist leider nur noch lauwarm«, sagte er.

Keiner von ihnen trank.

»Die Waffe, die ihr gefunden habt«, begann Karl nach einer langen Pause, »die Luger … Das ist meine.«

Ludwig schwieg, so als würde es ihn nicht interessieren. Doch ein schwaches Funkeln in seinen Augen verriet, dass es ihm nicht völlig egal war. Ludwig war nun mal ein Kriminaler, das ließ sich durch nichts ändern.

»Ich wollte Blohm erschießen«, redete Karl weiter in Ludwigs Schweigen hinein, »in der Nacht … Fronleichnam. Wegen Magda. Wir lieben uns schon so lange. Er hat das rausgekriegt und hat sie nach Amerika geschickt. Weg von mir.« Karl nahm nun doch einen Schluck lauwarmen Kaffee. Immerhin, er war stark. »Ich war mit Blohm verabredet. Jemand hatte die Waffe für mich im Haus versteckt, falls ich von seinem Leibwächter durchsucht werden würde. Blohm war äußerst vorsichtig. Es gab viele, die ihm ans Leder wollten. Ich war auf dem Weg zu ihm. Aber ich kam zu spät. Ich hab die Schüsse gehört und das Auto gesehen, das mit ihm wegfuhr. Da bin ich auf und davon. Was genau passiert ist, weiß ich nicht. Aber der Mann, den euer Zeuge gesehen hat, das war ich. Ich war in Panik, als du mir gestern von der Waffe erzählt hast. Georg hat mich auf diesen Brugger gebracht. Schon vor einiger Zeit. Ich hab ihn in Landshut aufgesucht, um mich zu wappnen für den Fall, dass … für *diesen* Fall. Das war ein Fehler von mir. Es tut mir leid.«

Ludwig nickte. Doch er sagte nichts. Fragte nicht einmal, wer der Helfer gewesen war, der die Waffe in Blohms Haus gebracht hatte, und wer die zweite Person, die bei Karl gesehen worden war; von der der Zeuge nicht sicher hatte sagen können, ob es ein Mann oder eine Frau gewesen war. Er fragte nicht, ob Magda von all dem gewusst hatte. Ob es ihr gemeinsamer Plan war. Stattdessen sagte er nach einer langen Bedenkzeit nur: »Ich glaube dir, Karl.«

»Und was wirst du tun?«

»Ich leg mich wieder ins Bett. Ich hab die ganze Nacht kein Auge zugetan.«

An der Wohnungstür waren Geräusche zu hören. Traudl kehrte heim. Sie redete mit der kleinen Annerl, die wenig später hereintappte. Als sie den fremden Mann sah, blieb sie stehen. Gleich hinter ihr erschien Traudl in der Tür, mit einem prallen Einkaufsnetz in der Hand. Obwohl sie nichts sagte, war ihr anzusehen, dass der Besuch sie wenig erfreute. »Grüß dich, Karl«, rang sie sich schließlich doch ab, als sie ihre Einkäufe auf der Anrichte ablegte.

»Lasst uns noch kurz allein«, sagte Ludwig zu ihr, »wir sind gleich fertig.«

Traudl schnappte sich Annerl und zog sogar die Tür hinter sich zu.

Ludwig stand auf, holte ein Päckchen Zigaretten aus dem Einkaufsnetz, Zündhölzer und einen Aschenbecher aus einer Schublade und kehrte an den Tisch zurück. Er riss das Päckchen auf und zündete sich eine Zigarette an. Karl nahm auch eine. Ludwig sah ihn erstaunt an. »Eine wird mich schon nicht umbringen«, sagte Karl. Der erste Zug brannte in der Kehle, doch die Zigarette schmeckte weniger gut, als er erwartet hatte.

»Dieses Versteckspielen vor uns selbst, Karl«, sagte Ludwig nun, »das kann nicht ewig gut gehen. Das vergiftet uns. Wir glauben unsere eigenen Lügen. Wir reden uns ein, dass wir die Opfer sind.« Er schwieg wieder, schaute in den Aschenbecher, in dem die beiden abgebrannten Zündhölzer lagen. »Es gibt da einen jungen Mann bei der *Abendzeitung*. Ein unausstehlicher Kerl. Denkt, er weiß alles besser. Und wahrscheinlich hat er recht. Diese jungen Leute sind unsere Hoffnung, Karl. Dass sie aufräumen mit uns und unseren Lügen und Selbsttäuschungen. Mit unserer ganzen Generation. Wir schaffen es nicht selbst. Wir versinken in Selbstmitleid und Wehleidigkeit, so wie ich gerade. Oder wir weisen alles von uns, berufen uns auf Befehl und Gehorsam. Sind unbelehrbar.«

Karl war tief ergriffen von Ludwigs Worten. Ja, er hatte recht. Und er, Karl, hatte auch so einen Mann kennengelernt: Frank, den Anhalter, der vor seinem Vater und dem Militärdienst in ein freieres Leben geflohen war. Möge es ihm gut ergehen, dachte er. Dann sah er Ludwig an, sah das verhärmte, über Nacht gealterte Gesicht und fragte etwas, das man unter ihresgleichen nicht fragte, und das zu fragen ihm eigentlich auch nicht zustand, weil es nach Anklage klang, und dazu hatte er kein Recht: »Was hast du getan, Ludwig?«

Ludwig nahm einen Zug von der Zigarette und ließ den Rauch langsam aus seiner Lunge entweichen, ehe er antwortete: »Ich habe niemanden abgeschlachtet. Von diesen Sadisten war ich keiner, das kann ich von mir behaupten. Nichts von dem, was ich in Lublin und anderswo getan habe, habe ich mit Genugtuung getan. Im Gegenteil, geschämt habe ich mich. Aber ich war trotzdem dabei. Ich hab wie die meisten zu viel getan und zu wenig unterlassen.«

Von draußen drang Kindergeschrei herein und dazu die mahnende Stimme der Mutter. Zum ersten Mal, seit Karl hier war, bemerkte er den Anflug eines Lächelns auf Ludwigs Miene. Der drückte seine Zigarette aus, stand auf und öffnete das Fenster. »Sonst geht's mir wie der kleinen Annerl, und ich werde auch von der Mama geschimpft«, erklärte er. »Rauchen ist drinnen nämlich strengstens verboten.«

Karl drückte seine Zigarette ebenfalls aus. Das Gespräch war beendet. Er stand auf, Ludwig begleitete ihn zur Tür. Als Karl ihm die Hand hinstreckte, ergriff Ludwig sie.

»Wie geht es jetzt weiter?«, fragte Karl.

»Wir werden sehen.«

Mit gemischten Gefühlen kehrte Karl zum *Kammererwirt* zurück. Er parkte den Wagen vor der Tür und ging durch den hinteren Eingang hinein. Einerseits war er erleichtert, dass er Ludwig alles gestanden hatte und der ihn nicht ans Messer liefern würde. Dass die Polizei deshalb nicht doch eines Tages bei ihm anklopfen würde, war dennoch keineswegs ausgeschlossen. Seine Feindschaft mit Blohm war bekannt, und seine Beziehung zu Magda anscheinend nicht so geheim, wie er dachte. Andererseits belastete ihn das Gespräch mit Ludwig. Als Polizist war Ludwig zwangsläufig mehr zum Komplizen der Nazi-Verbrecher geworden als ein Wehrmachtsoldat an der Front. Doch auch bei ihnen hatte es Aktionen gegeben, die weit jenseits des Kriegsrechts lagen. Wenn er nur an den Umgang mit den russischen Kriegsgefangenen dachte. Säuberungen, Misshandlungen, Hinrichtungen waren auch bei ihnen gang und gäbe gewesen.

Karl stand vor seinem Zimmer und wollte den Schlüssel herausholen, doch dann überlegte er es sich anders und ging weiter zum Ende des Flurs. Wenn Gerti in ihrem Zimmer war, konnte er ihr gleich erzählen, was sich ergeben hatte. Und sie hatten ja auch noch Wichtiges zu bereden. Seltsam, dachte er, erst hat sich etwas in mir gesperrt, sie Gerti zu nennen, und jetzt geschieht es wie von selbst.

Er klopfte. Keine Antwort. Da drückte er die Klinke herunter. Die Tür war offen. Doch das Zimmer war leer. Nicht nur Gerti fehlte, sondern auch all ihre Sachen.

Karl stürzte nach unten in die Wirtsstube, wo Lindemeier hinter dem Schanktisch stand und ein Helles vom Fass zapfte. Am Stammtisch saßen ein paar Rentner beim Weißwurstfrühstück.

»Das Fräulein Gerti«, fragte Karl aufgeregt, »hat sie das Zimmer getauscht? Oder wo sind all ihre Sachen?«

Ohne den Blick von dem goldgelb ins Glas laufenden Bier zu nehmen, sagte Lindemeier: »Das Fräulein Gerti ist ausgezogen. Und hat Ihnen die Rechnung hinterlassen.«

»Und sonst nichts?«

»Nein, sonst nichts.«

Nachdenklich räumte Magda den Frühstückstisch ab. Zum ersten Mal seit langem hatte Peterle heute Morgen gefragt, wann sein Papa von seiner großen Reise zurückkehrte. »Nicht so bald«, hatte sie geantwortet, »es ist eine sehr, sehr weite Reise.« Zum Glück gab Peterle sich damit zufrieden. Magda nahm das übrig gebliebene Stück Marmeladenbrot von seinem Teller und aß es auf. Irgendwann würde sie Peterle sagen müssen, dass Blohm nicht sein Vater war. Auch wenn es noch lange nicht so weit war, bekam Magda schon jetzt ein flaues Gefühl im Magen.

Und das war nicht das Einzige, was ihr an diesem Morgen unangenehme Gefühle bereitet hatte. Die Nachricht, die Ludwig Gruber gestern überbracht hatte, tat ein Übriges. Ob Blohms Leiche wirklich im Ammersee ruhte? Ein Schauer lief ihr über den Rücken. War sie damit frei? Wieso fühlte sie sich dann mehr denn je gefangen?

In diesem Moment läutete es an der Tür. Magda ging, um zu öffnen. Es war Karl. Er wirkte angespannt und gehetzt. »Ist Gerti bei dir?«, fragte er ohne Gruß und Kuss. »Ich meine natürlich Danuta.«

»Nein. Wieso?«

Er ging an ihr vorbei ins Haus Richtung Küche. »Sie ist weg. Ausgezogen. Ohne eine Nachricht. Nichts.«

»Vielleicht kommt ja noch eine Nachricht«, beruhigte Magda ihn.

»Das glaube ich nicht. Eigentlich sollte ich froh sein, dass sie weg ist. Aber ich bin's nicht.«

Sie waren in der Küche angekommen.

»Du musst mir sagen, was du über Gerti weißt«, beschwor Karl sie. »Und nicht mehr bloß Andeutungen. Ich will wissen, was los ist.«

Magda atmete schwer. Es stand ihr nicht zu, Familiengeheimnisse aufzudecken, denn es war eine Sache zwischen Gerti und Karl. Andererseits war Gerti weg, und hatte Karl nicht ein Recht darauf, endlich die Wahrheit zu erfahren?

»Du willst wissen, was los ist?«, wiederholte sie. »Dann denk doch einfach mal nach.«

Karl sah sie ahnungsvoll an, als wisse er längst Bescheid und brauche lediglich noch jemanden, der die Wahrheit aussprach. Wenn es nur das war, wollte sie gern diejenige sein, die den Vorhang vor seinen Augen zerriss.

»Ich kenne nicht viele Fotos von der Mutter deiner Kinder, aber die paar, die ich gesehen habe, sind eindeutig. Herrgott, Karl, das Mädel hat dir nichts vorgemacht. Sie ist wirklich deine Tochter. Sie ist Gerti!«

Karl schluckte trocken. »Aber … Gerti ist … tot …«

»Das hat man dir erzählt. Trotzdem sind viele, die angeblich tot waren, später wieder aufgetaucht.«

Schwer wie ein Kohlensack sank Karl auf einen Stuhl. »Sie hätte doch … Wieso sagte sie denn nichts … und geht dann einfach fort …«

Magda setzte sich zu ihm. »Vielleicht ist es ja nicht für immer. Gerti wollte es dir sagen, da bin ich sicher. Und du … sei ehrlich! Hast du es dir nicht schon selbst gedacht.«

»Zuweilen schon«, gab er zu. »Aber ich konnte es nicht glauben.« Karl hielt inne. »Und die andere«, sagte er, »die in Amerika … Agota …«

»Das ist ihre Schwester. Zwillingsschwester. Deine Gundi.«

Karls Augen wurden feucht.

Tief bewegt schaute Magda auf ihn hinab. »Gerti kommt wieder«, sagte sie. »Und selbst wenn nicht, weißt du, dass sie am Leben ist und dass es ihr gut geht. Genau wie Gundi. Und ist nicht schon das ein größeres Glück, als du je zu hoffen wagtest?«

Freitag, 11. Juli 1958

S. S. CONTE GRANDE

UNZUFRIEDEN BETRACHTETE BLOHM sein Gesicht im Spiegel. Was ein Bart sein sollte, war nicht mehr als ein schütteres Feld von Haaren in der unteren Partie seines Gesichts. Nichts, was als Tarnung taugte. Zu allen Zeiten seines Lebens hatte er mit seinem schwachen Bartwuchs gehadert, er harmonierte auf ungute Weise mit seinen ohnehin viel zu weichen Gesichtszügen. Sich einen falschen Bart anzukleben, wie Simon Herzberg es geraten hatte, kam jedoch nicht in Frage. Er wäre sich wie ein Schmierenkomödiant vorgekommen. Wer sollte ihn hier, auf einem italienischen Dampfschiff, schon erkennen? Aber natürlich hatte Simon recht. Seit seinem Verschwinden war sein Foto sicher in vielen Zeitungen gewesen, und die Welt war voller dummer Zufälle, man konnte nicht vorsichtig genug sein. Aus diesem Grund verließ Blohm seine Kabine nur selten, machte seine Spaziergänge in aller Frühe, wenn noch kaum jemand auf den Sonnendecks unterwegs war, und ließ sich sogar die Mahlzeiten in die Kabine bringen. Allerdings weckten auch solche Geheimniskrämereien Neugierde, insbesondere beim Schiffspersonal, das sich gewiss längst fragte, wer dieser mysteriöse Kaufmann Alfred Schmitz in Wirklichkeit war. Wegen des Zielortes Buenos Aires lag die Vermutung »gesuchter Nazi-Verbrecher« nahe, auch wenn die Flüchtlingsströme nach Südamerika schon längst abgenommen hatten.

Blohm trat aus dem Bad in die Kabine. Das Tablett mit den Resten des Frühstücks stand noch auf dem Tisch. Er warf einen Blick aus dem Bullauge. Wasser, nichts als Wasser. Den wievielten Tag nun schon? Er hatte aufgehört zu zählen. Missmutig setzte er sich an den Schreibtisch und schlug eines der Bücher über Argentinien auf, die dort lagen. Das Sprachlehrbuch. *Buenos días, Juan*, stand als erster Satz auf der ersten Seite. *Guten Tag, Juan. – Buenos días, Juanita. – Guten Tag, Juanita*. Weiter war er noch nicht gekommen. Wie sollte er auch, ohne einen Lehrer. Er musste dringend diese verdammte Sprache lernen. Zwar gab es deutschsprachige Gemeinden in vielen Städten Argentiniens, aber die waren durchsetzt von alten Nazis, und mit diesen Leuten wollte er sich nicht gemein machen. Das hatte er auch nicht getan, als sie in Deutschland an die Macht gekommen und ihnen alle nachgelaufen waren. Er hatte nie an ihren dauerhaften Erfolg geglaubt. Ihre Ideen waren schwach, widersprüchlich und daher wenig überzeugend gewesen und ihr Personal bis hinauf in die obersten Ränge unfähig. Ein unbestechlicher Blick hatte genügt, um das zu erkennen. Ihren frühen Siegen im Krieg hatte er nie getraut, denn es war nun mal eine Tatsache, dass man Kriege nicht am Anfang gewann, sondern am Ende. Die Kommunisten hatten Blohm schon mehr imponiert, und als er sie und ihre Gesinnung in Buchenwald näher kennenlernen konnte, hatte er sie noch mehr zu schätzen gelernt. Die Bewegung war solide, tragfähig und überzeugend, ihre Vertreter waren entschlossen und rücksichtslos. Auf solchen Prinzipien ließ sich eine Herrschaft errichten, die Bestand hatte. Niemand hatte das so überzeugend verkörpert wie Stalin. Ein Jammer, dass er nicht mehr lebte.

Verärgert klappte Blohm das Buch zu. Sobald er sich an den Schreibtisch setzte, schweiften seine Gedanken ab. Er schaute auf die Uhr an seinem Handgelenk. Sie zeigte noch immer die europäische Zeit. In München ging es gerade auf Mittag zu. Dort hätte er die erste Zigarre längst geraucht. Er griff in die Kiste, holte eine der kubanischen heraus, schnitt die Spitze ab und entzündete sie. Der Geschmack des Rauches beruhigte seine Nerven.

In diesem Moment klopfte es an der Tür. »Herein!«, rief er, und da er so gut wie mit niemandem redete, kam es ihm im ersten Moment fremd vor, seine eigene Stimme zu hören.

Die Tür ging auf, Simon Herzberg trat ein. Sein treuer Begleiter.

»Ich wollte nur wissen, ob alles in Ordnung ist«, sagte er, »und ob Sie etwas brauchen.«

»Alles bestens«, erwiderte Blohm. »Bleiben Sie. Setzen Sie sich. Ich brauche jemanden zum Reden, sonst werde ich noch verrückt.«

Simon ließ sich auf einem der Sessel nieder.

»Zu schade, dass wir keine Münchner Zeitungen lesen können«, sagte Blohm, plötzlich durch die Gesellschaft ganz aufgekratzt. »ich wüsste zu gern, ob die Polizei Karl und Magda schon in die Mangel genommen hat. Karls Waffe mit seinen Fingerabdrücken drauf …«

»Wenn wir in Buenos Aires sind, werde ich jemanden in München bitten, mir alle Zeitungen zu schicken«, antwortete Simon ruhig. »Sie werden jede Einzelheit erfahren.«

»Sie haben genug Beweise hinterlassen, dass man Karl und Magda einlocht?«, fragte er.

»Keine Sorge. Es wird alles laufen wie geplant.«

»Wunderbar!«, frohlockte Blohm. »Wissen Sie, was? Darauf genehmigen wir uns einen Cognac. Was schert es uns die Uhrzeit!«

»Für mich nicht«, sagte Simon. »Und wenn nichts weiter ist, gehe ich besser wieder.«

Blohm schnaufte. Aber er hielt Simon nicht auf.

Montag, 14. Juli 1958

MÜNCHEN

ALS LUDWIG NACH MEHRTÄGIGER ABSENZ – halbwegs wieder in alter Form – das Polizeipräsidium betrat und ihm auf der Treppe die ersten Kollegen begegneten, glaubte er, eine merkwürdig bedrückte Stimmung zu spüren. Es zogen zwar wie immer alle den Hut voreinander, jedoch verhaltener als üblich, und auch das »Guten Morgen« klang nicht so zackig. Wahrscheinlich erneut schlechte Nachrichten in Sachen Dr. Eisele. Die Zeitungen waren über das Wochenende und schon davor voll mit den neuesten Entwicklungen gewesen. Ein Staatsanwalt, der bereits vor Jahren einen Hinweis auf Dr. Eisele liegenlassen hatte, war als ehemaliger Parteigenosse enttarnt und seines Amtes enthoben worden, während der ehemalige KZ-Arzt von Ägypten aus allen eine lange Nase drehte. Ludwig spürte nur noch kalte Wut, wenn er an all das dachte.

»Auch wieder da.« Breitsamer schaute kurz von der Schreibmaschine auf. Dann tippte er weiter.

»Guten Morgen.« Ludwig hängte den Hut an den Garderobenständer. »Ist was? Oder warum herrscht hier so eine trübe Stimmung?«

Breitsamer unterbrach das Tippen erneut. »Dann haben Sie es noch gar nicht gehört?«

Ludwig trat an seinen Schreibtisch. »Was denn?«

»Vom Kollegen Zöllner.«

»Jetzt reden Sie schon, Breitsamer. Was ist mit ihm?«

Statt den Mund aufzumachen und zu erklären, was er meinte, setzte sich Breitsamer eine Fingerpistole an die Schläfe und sagte: »Peng. Heute, um eins in der Früh. Die Kollegen sind gerade dort.«

Ludwig verharrte in Schockstarre. Er konnte nicht glauben, was er gehört hatte. Erst nach ein paar Sekunden Stille fragte er: »Und warum?«

»Der gute Herr Zöllner hat sich wohl ein bisserl zu oft auf den öffentlichen Toiletten am Stachus rumgetrieben. Oder in gewissen Etablissements.« Breitsamer schaute auf, und die Häme auf dem Gesicht dieses sonst so zurückhaltenden, braven Beamten verstärkte Ludwigs Schrecken über das, was ihm berichtet wurde. »Ein warmer Bruder war er, der Herr Zöllner. Praktizierend, offenbar, und damit strafrechtlich relevant. Dass er als Beamter untragbar geworden war, versteht sich. Und das wurde ihm am Freitag von oberster Stelle mitgeteilt.«

Ludwig ließ sich auf den Bürostuhl fallen. Das also hatte Vranitzky gemeint, als er triumphierte: »Jetzt hab ich ihn!« Und nur, weil er Zöllner für den Verräter in Sachen Dr. Eisele hielt. Hätte ich bloß mein Maul gehalten, dachte Ludwig. Immer wieder trifft man falsche Entscheidungen. Wann hört das endlich auf!

Die Tür zu Vranitzkys Büro flog auf, Vranitzky stand breitbeinig vor ihnen. »Gruber«, sagte er, »dann hab ich also richtig gehört. Reinkommen.«

Ludwig wunderte sich. Was war das für ein neuer Ton. Die Tragödie um Zöllner hatte bei Vranitzky offenbar keine Selbstzweifel befördert. Eher im Gegenteil. Er gab sich wie ein Feldherr nach einer gewonnen Schlacht.

Zögerlich folgte Ludwig Vranitzky nach nebenan. Vranitzky saß schon hinter seinem Schreibtisch. »Tür zu!« Ludwig schloss hinter sich die Tür. »Setzen.« Er setzte sich. Einen Moment überlegte er, ob er Vranitzky die Wahrheit sagen sollte. Doch was würde das jetzt noch bringen? Zöllner war tot, und bei Vranitzky konnte ein Gewissen, das es nicht gab, auch nicht geweckt werden.

»Die Suche nach Blohms Leiche wurde vorerst eingestellt«, teilte Vranitzky mit. »Wir haben das Wochenende über von früh bis spät gesucht, aber wir können nicht den ganzen See abtauchen. Der vorläufige Bericht vom Erkennungsdienst ist übrigens da. Das Blut auf den Kleidungsstücken stammt von Blohm. Auf der Waffe befanden sich keine Fingerabdrücke. Die war wie abgeschleckt.«

Vranitzky sah Ludwig auffordernd an, so als erwarte er umgehend eine Antwort auf alle offenen Fragen. Ludwig blieb sie ihm schuldig, und je länger er diesen Blick auf sich spürte, desto klarer wurde ihm, dass Vranitzky keineswegs Antworten auf offene Fragen erwartete, sondern etwas ganz anderes.

»Wir brauchen im Fall Blohm eine neue Strategie«, sagte Vranitzky. »Die eigentliche Frage ist doch: Cui bono? Haben Sie sich mal die Vermögensverhältnisse Blohms angeschaut? Baufirmen, Immobilien, Grundstücke, Anteile an Brauereien und Aktienvermögen. Der Mann ist millionenschwer. Und es gibt kein Testament. Keine Verfügung für den Fall seines Ablebens. Dabei heißt es, dass er sich gerade in den letzten Monaten bedroht gefühlt hat. So wie es ausschaut, erben seine Witwe und der gemeinsame Sohn. Was umso bemerkenswerter ist, wenn man weiß, dass die beiden Eheleute nicht gut zueinander standen, gelinde gesagt.«

Vranitzky ergriff seine Pfeife und die Tabakdose.

»Und die Nakam-Spur?«, warf Ludwig ein. »Die Bekennerschreiben, die Liste, die Brandstiftung?«

»Ach, hören Sie mir auf damit«, versetzte Vranitzky schroff. »Nebelkerzen. Nichts weiter. Es gibt keine solche Gruppe. Da gehe ich jede Wette ein. Außerdem …« Er verzog das Gesicht. »Juden und Nazis und womöglich noch Geheimdienste – wenn ich an diese angebliche Verhöraufnahme denke, die mit Sicherheit eine Fälschung ist …«

»Die Spezialisten vom LKA sind der Meinung, dass sie echt ist.«

Vranitzky winkte ab. »Wie auch immer, jedenfalls wird es da gleich wieder politisch, und glauben Sie mir, aufs Politische hat bis rauf in die oberste Etage gerade gar keiner einen Gusto. Nein, das lassen wir schön da, wo es ist, nämlich unter der Decke, und holen uns stattdessen die Gattin. Frau Magda Blohm. Bildhübsch. Die Journaille wird mit der Zunge schnalzen. Die Ehe war in der Krise. Und dieser Anwalt, dessen Kanzlei ausgebrannt ist …«

»Ganslmaier«, half Ludwig.

»Ja, der. Der ist doch mit Blohm verbandelt. Wissen Sie dazu mehr?«

»Ich hab ihn befragt. Er gibt keine Auskunft.«

»Fragen Sie ihn noch mal. Diesmal mit etwas Nachdruck. Wenn Gattin und Sohn im Testament nicht vorkommen, gäbe das doch ein schönes Motiv für den Mord und dafür, das Testament im Feuer aufgehen zu lassen. Kopie gibt es vermutlich keine. Oder vielleicht war eine in Blohms Safe.«

Ludwig tat so, als würde er überlegen, während er mit einem Gefühl innerer Leere zusah, wie Vranitzky seine Pfeife fertig stopfte und sich dabei eine Theorie aus den Fingern sog, die in einigen Punkten Ludwigs eigenen Schlüssen beängstigend nahekam. Schließlich wandte Ludwig ein: »Die Gattin war zur Tatzeit in Amerika. Wird schwer, ihr eine Tatbeteiligung nachzuweisen. Wir haben nichts gegen sie in der Hand.«

»Dann finden Sie was. Einen Liebhaber, zum Beispiel. So was macht sich immer gut. Ich hab übrigens schon eine Überwachung der Dame angeordnet.« Vranitzky steckte die Pfeife in den Mund und zündete sie an.

Eines stand für Ludwig fest: Selbst wenn er hieb- und stichfeste Beweise gehabt hätte, dass Karl und Magda Walter Blohm ermordet oder andere damit beauftragt hatten, würde er die beiden nicht diesem Unmenschen zum Fraß vorwerfen. Deshalb wusste er genau, was er zu tun hatte.

»In diese Richtung gehen wir«, sagte Vranitzky. »Alles verstanden? Wir treffen uns um zehn bei der Besprechung.« Das war der unüberhörbare Wink an Ludwig, das Chefbüro zu verlassen und an die Arbeit zu gehen. Doch Ludwig blieb sitzen.

»Und was ist mit Zöllner?«, fragte er.

»Was soll mit ihm sein?« Vranitzky paffte vor sich hin, seine farblosen Augen blickten Ludwig kalt an.

»Sie haben ihm das angehängt. Aus bekannten Gründen.«

»Angehängt hat dem Zöllner keiner was. Das wär völlig unnötig. Die Beweise sind überwältigend. Er hat sich zu sicher gefühlt. Hochmut kommt vor dem Fall. Und ein Hundertfünfundsiebziger hat in unseren Reihen nichts verloren. Da sind unsereinem die Hände gebunden. Dass er sich gleich eine Kugel in den Kopf schießt, hat niemand von ihm erwartet, das war allein seine Entscheidung.« Schmatzend zog Vranitzky an der Pfeife. Ludwig graute es vor diesem Menschen. Die gleiche Art, über Leichen zu gehen, wie man sie angeblich hinter sich gelassen hatte. Er wollte gerade aufstehen, als Vranitzky hinzufügte: »Und bloß, dass Sie's wissen: Offiziell wird es in Sachen Zöllner heißen, dass sich beim Hantieren mit der

Waffe ein Schuss gelöst hat. Ein tragischer Unfall. Nur, damit Sie nichts anderes sagen, falls jemand Sie fragt. Das sichert Zöllner ein halbwegs ehrenhaftes Begräbnis. Mehr kann man für so jemanden wirklich nicht tun.«

Das tut ihr nicht für Zöllner, sondern nur, um euren Ruf zu schützen, wollte Ludwig sagen, unterließ es dann aber, denn welchen Sinn hätte es gehabt? Jedes Wort, das man an diesen Menschen verlor, war eines zu viel.

Ludwig kehrte an seinen Schreibtisch zurück. Doch da ihm Breitsamers Tippen auf die Nerven ging, stand er gleich wieder auf. Versehentlich wischte er dabei eine Akte vom Tisch, aus der ein paar Fotos herausfielen. Sie zeigten die Ballonmütze, die der Brandstifter in Ganslmaiers Kanzlei verloren hatte. Ludwig hielt inne, hob die Akte und die Fotos auf und betrachtete Letztere eingehend. Plötzlich fiel ihm wieder ein, wo er eine solche Mütze schon mal gesehen hatte: auf dem Kopf des jungen Mannes, den er mit Karls Tochter Gerti beim Jubiläumsumzug beobachtet hatte. Ludwig erinnerte sich auch wieder, dass der Mann Gerti etwas gegeben hatte. Eine Brieftasche oder Börse. War er vielleicht auch die Person gewesen, in deren Begleitung Karl in der Tatnacht gesehen worden war?

Ludwig schlug die Ermittlungsakte zu Blohm auf und blätterte die Aussage des Zeugen in der Tizianstraße durch. Der Mann hatte kurz nach den Schüssen zwei Personen gesehen, doch kein Wort von einer Ballonmütze. Er war sich unsicher, ob die zweite Person ein Mann oder eine Frau gewesen war, vermutete aber eher einen Mann. Ludwig schaute auf und rieb sich nachdenklich das Kinn. Gerti trug das Haar kurz, sie war schlank … Bei schlechten Lichtverhältnissen konnte man sie zweifellos mit einem jungen Burschen verwechseln.

Ludwig klappte die Akte zu. Vermutungen, dachte er,

nichts als Vermutungen. Vranitzky freilich hätte das gereicht. Eine verschärfte Befragung Gertis zu dem Mann mit der Mütze und eine Gegenüberstellung mit dem Zeugen – das wäre der nächste logische Schritt gewesen. Doch dazu würde es nicht kommen. Jetzt stelle ich mich mal blind und dumm, dachte Ludwig bitter. Um Wahrheit geht es hier ohnehin schon lange nicht mehr. Siehe Kollege Zöllner.

»Ich muss weg«, sagte er zu Breitsamer. »Wenn jemand anruft oder der Chef was von mir will: In einer Stunde bin ich wieder da.«

Ludwig verließ das Präsidium und suchte die Telefonzelle auf, von der aus er bei der *Abendzeitung* angerufen und die Dr.-Eisele-Sache ins Rollen gebracht hatte. Zufall oder Fügung – es erschien ihm irgendwie passend. Als Erstes rief er Magda an. »Pass auf«, warnte er sie, »Sie werden von der Polizei überwacht, Sie und Karl. Sie beide müssen in nächster Zeit sehr vorsichtig sein.« Bevor sie viel fragen konnte, hatte er schon eingehängt.

Danach rief er bei Rechtsanwalt Ganslmaier an und erreichte ihn sogar. Zu dem letzten Gespräch mit Ganslmaier gab es noch nichts in den Akten, und dabei sollte es auch bleiben.

»Wenn jemand von der Polizei oder wer auch immer Sie danach fragt«, schärfte Ludwig ihm ein, »sagen Sie, dass Sie nicht wissen, was in Blohms Testament stand. Haben wir uns verstanden?«

»Das wäre aber gelogen«, entgegnete Ganslmaier mit ironischem Unterton. »Wen wollen Sie schützen?«

»Sie, Ganslmaier. Ich schütze Sie.«

»Wie bitte? Soll das ein Witz sein?«

»Wenn Sie nicht tun, was ich sage, wird jeder erfahren, wie Sie unter den Nazis ein Vermögen gemacht haben.«

Es blieb still in der Leitung. »Sie wissen gar nichts«, sagte Ganslmaier vorsichtig.

»Sicher nicht so viel wie Ihre Gattin, das gebe ich zu. Doch sie wirkte zuletzt sehr gesprächig bei diesem Thema. Ich kenne einen jungen Journalisten, der ihr bestimmt gern zuhört.«

»Ist ja gut«, lenkte Ganslmaier ein, »Sie müssen sich nicht so aufblasen. Ich hab eh kein gesteigertes Interesse, in Sachen Blohm mehr zu sagen als unvermeidlich. Mein Name ist also Hase, ich weiß von nichts.«

Ludwig hängte ein. Mehr konnte er nicht tun. Blieb nur zu hoffen, dass es genug war. Er verließ die Telefonzelle und machte sich auf den Rückweg zum Präsidium.

Dienstag, 15. Juli 1958

ICH HABE AUF GANZER LINIE VERSAGT, dachte Gerti bedrückt, während sich ihr Blick im Pünktchenmuster des Tischtuchs verlor. Kant hatte es vorhin am Telefon zwar nicht so deutlich ausgedrückt, stattdessen hatte er gesagt: »Sie sind jung. Sie lernen noch. Fehler passieren. Haben Sie sich eben ein bisschen überschätzt. Das kommt vor.« Doch die Nachsicht bedeutete nicht viel. So gelassen und fürsorglich konnte Kant sich nur geben, weil Blohm allen verfügbaren Informationen nach nicht bei den Amerikanern gelandet, sondern mit großer Wahrscheinlichkeit tot war. Es sah ganz so aus, als habe jemand aus dem kriminellen Untergrund eine Rechnung mit Blohm beglichen. Wie auch immer, das Ergebnis stimmte, und wen interessierte es da noch, wie es zustande gekommen war. Außerdem hatte Kant gesagt: »Bleiben Sie, wo Sie sind, Genossin. Wir treten wieder an Sie heran, wenn Sie uns von Nutzen sein können.« Eine Karriere in Ostberlin war damit vorerst verbaut, sie würde weiterhin eine Zuträgerin und Handlangerin bleiben. Für eine sehr lange Zeit würde ihr niemand mehr die Leitung einer Operation anvertrauen. Sie war enttäuscht und zugleich erleichtert. Sie stand in ihrem Leben an einer Weggabelung und hatte keine Ahnung, in welche Richtung es von hier aus weiterging. Umso dankbarer war sie, dass sie beim Genossen Wolfgang untertauchen konnte, bis der Nebel vor ihren Augen sich geklärt hatte.

»Na, Mädel«, sagte Wolfgang hinter ihr, »wie lange willst du noch Trübsal blasen? Hat doch keinen Zweck, und irgendwie ist ja alles gut gegangen, oder?«

Zumindest sah es im Moment danach aus. Doch so ganz traute Gerti dem Frieden nicht. Es gab in dieser Partie einen unbekannten Mitspieler, und solange sie nicht wusste, wer das war, rechnete sie jederzeit mit unliebsamen Überraschungen.

In diesem Moment läutete es an der Tür. Wolfgang und Gerti zuckten gleichzeitig zusammen und sahen einander an. Nun hämmerte es auch noch gegen die Tür. »Aufmachen! Sofort!« Wolfgang zog die buschigen Brauen zusammen und eilte in den Flur. Gerti folgte ihm, hielt jedoch Abstand. Waren sie enttarnt? Wolfgang riss die Tür auf, packte den forschen Besucher und zog ihn herein. »Lass den Unfug, sonst …« Er holte mit der Hand aus, als wolle er ihn ohrfeigen.

»Ach, Wolfgang, ich wollte dich nur erschrecken. Verstehst du keinen Spaß?«

Es war Johnny. Gerti atmete auf.

Johnny wandte sich nun ihr zu. »So sieht man sich wieder, Genossin.« Er grinste und tippte sich an den Schirm seiner neuen Mütze. »Ich hab jemanden für dich mitgebracht.«

Noch während er das sagte, trat eine junge Frau in den Flur, und im gleichen Moment war alles andere vergessen, Gerti sah nur noch sie: Agota! Gerti stieß einen Freudenschrei aus, lief zu ihr und umarmte sie. So fest, als wolle sie ihre Schwester nie mehr loslassen. Agota hätte keinen besseren Zeitpunkt für einen Besuch wählen können.

»Ich hab dich so vermisst«, sagte Gerti immer wieder. Mochte Agota sich ruhig über diese gefühlsbetonte Begrüßung wundern. Die kühle, berechnende Danuta, die in allen Lebenslagen die Kontrolle behielt, war ohnehin passé.

»Ich hab dich auch vermisst«, sagte Agota.

Nach einer Weile gab Gerti Agota frei. Diese betrachtete sie eingehend, strich ihr durchs Haar. »Steht dir, der Haarschnitt«, sagte sie. Dann wurde sie ernst. »Können wir irgendwo ungestört reden?«

»In meiner guten Stube«, warf Wolfgang ein, der mit Johnny das Wiedersehen schweigend beobachtet hatte. Dann stieß er Johnny an die Schulter. »Und du steh hier nicht dumm rum. Raus mit dir!«

Johnny tippte sich wieder an die Mütze. »Schönen Tag noch, die Damen«, verabschiedete er sich augenzwinkernd, dann war er draußen. Wolfgang zog sich in die Küche zurück. »Ruft mich, wenn ihr was braucht«, sagte er. »Eine Viertelstunde bin ich noch hier, dann muss ich wieder rüber in die Werkstatt.«

In Wolfgangs guter Stube tickte die Kuckucksuhr. Gerti und Agota standen sich schweigend gegenüber. Erst jetzt kam Gerti dazu, sich Agota genauer anzusehen. Sie strahlte nur so vor Selbstbewusstsein. Amerika tat ihr anscheinend gut. So gut, dass man sich Sorgen machen musste?

»Erzähl mir von Amerika«, sagte Gerti, aus Interesse und auch, weil sie noch ein wenig Aufschub für ihre Geschichte brauchte.

»Du zuerst«, drängte Agota. »Wie ist dein Plan mit Blohm gelaufen?«

Gerti hatte Agota bei einem Telefonat davon erzählt, es war daher nicht überraschend, dass sie nun danach fragte, und doch verwunderte es Gerti, dass dieses Thema das erste war, das Agota ansprach. »Nun … nicht ganz so wie gedacht«, antwortete Gerti zögerlich. »Um ehrlich zu sein: Es war ein Fehlschlag.«

»Ich muss dir ein Geständnis machen«, erwiderte Agota. »Daran bin ich schuld.«

Gerti verstand nicht. »Woran bist du schuld?«

»Dass dein Plan nicht so aufging, wie du es dir vorgestellt hast.« Agota räusperte sich, sichtlich verlegen. »Ich hab mir deinen Plan zunutze gemacht und weitergedacht und …«

Gerti packte Agota am Unterarm. »Langsam. Was hast du getan?«

Agota löste sich und erklärte: »Ich kann dir leider nicht alles sagen. Nur so viel: Ich habe ein paar Leuten drüben von deinem Plan erzählt, und die haben darüber nachgedacht und ihn … nun ja, wie soll ich sagen … weiterentwickelt.«

Fassungslos hörte Gerti zu. »Bist du übergelaufen?«

»Was?«, fuhr Agota auf. »Nein! Ich rede nicht von der CIA. Es sind andere Leute, mit anderen Absichten. Guten Absichten.«

»Kommunisten?«

Agota wiegte den Kopf hin und her. »Menschen mit einem ausgeprägten Sinn für Gerechtigkeit.«

Gerti schnaufte. Die Antwort befriedigte sie nicht. Ihr Zorn wuchs. »Du hast mich verraten. Sabotiert. Wie konntest du das tun!«

Agota nickte schuldbewusst, doch, wie es schien, ohne echte Reue. »Es tut mir leid«, sagte sie, »aber es musste sein.«

In Gertis Kopf jagten sich die Gedanken. Langsam fügte sich ein Mosaikstein zum anderen. Während sie gedacht hatte, Johnny arbeite für sie, hatte er in Wahrheit den Leuten auf Agotas Seite zugearbeitet. Er hatte über alles Bescheid gewusst: Wo Karls Waffe in Blohms Haus versteckt und wann der Mordanschlag geplant war. Doch obwohl ein paar Einzelheiten klarer wurden, ergab das Ganze noch kein stimmiges Bild.

»Was habt ihr mit Blohm gemacht?«, fragte sie. »Und wer sind diese Leute, an die du mich verraten hast?«

Agota senkte beschämt den Blick. Von der eigenen Schwester eine Verräterin genannt zu werden, das traf sie. Doch wie anders hätte man das, was sie getan hatte, bezeichnen sollen?

»Das erfährst du noch«, sagte Agota. »Ich hab dir schon mehr erzählt, als ich darf.«

Tick-tack machte die Kuckucksuhr, und je mehr Sekunden vergingen, desto tiefer drangen Agotas Worte in Gertis Seele ein, verbreiteten sich und befeuerten ihren Trotz und ihren Zorn.

»Als du darfst …«, wiederholte sie in spitzem Ton. »An wen hast du dich verkauft? Und mich gleich mit. Aber nein«, schwenkte sie um, »du musst es mir nicht sagen. Es ist völlig egal. Vermutlich sind es irgendwelche amerikanischen Gangster. So tief bist du gesunken.«

»Du musst mir glauben, Danuta …«

»Nenn mich nicht so«, fiel Gerti ihr ins Wort. »Das ist nicht mein Name.«

Agota sah sie mit großen Augen an.

Gertis Herz raste. Sie wusste selbst nicht, warum sie das gesagt hatte. War dies der Moment, an dem sie Agota die lange gehütete Wahrheit offenbaren würde? Eine Wahrheit, die sie vielleicht – nein, ganz bestimmt – in große Verwirrung stürzen würde? So wie Agota sie gerade in Verwirrung stürzte, indem sie ihr, ohne Reue zu zeigen, einen Verrat gestand?

Gerti bezwang ihren Zorn und sagte: »Wir reden später darüber.«

Nun war es Agota, die Gerti am Unterarm packte und festhielt. »Nein«, sagte sie bestimmt, »wir reden jetzt darüber.«

Gerti überlegte. Gut, dachte sie schließlich, dieser Moment ist so gut oder schlecht wie jeder andere. Sie versuchte, ruhig zu werden, indem sie tief durchatmete und alles andere ausblendete. Dann sagte sie: »Hattest du nicht manchmal auch das Gefühl, dass irgendwas in unserem Leben nicht stimmt? Dass es da ein Geheimnis gibt, das hinter allem steht?«

»Hör auf, um den heißen Brei herumzureden«, fuhr Agota auf. »Ich bin kein kleines Kind, dem die Wahrheit nicht zuzumuten ist.«

Gerti zog erstaunt die Brauen hoch. In der Tat, Amerika hatte Agota verändert. Sie war härter und selbstsicherer geworden. Gerti musste zugeben, dass ihr diese Veränderung gefiel. Sie ist ein wenig mehr so, wie ich immer war, dachte sie.

»Na gut«, sagte sie. »Unsere Eltern sind nicht unsere Eltern. Deshalb sind unsere echten Namen auch nicht Danuta und Agota.«

»Sondern?«

»Ich bin Gerlinde. Gerti. Und du bist Gundula. Gundi.«

Agota lachte, doch es war kein heiteres Lachen, sondern eher Fassungslosigkeit.

»Unser Vater ist Karl Wieners. Wir sind die Töchter, die er für tot erklären ließ.«

Ein langes, tiefes Schweigen folgte, in dem das Ticken der Kuckucksuhr unangenehm laut klang. Äußerlich zeigte Agota keine Reaktion, doch Gerti wusste genau, wie es in ihr arbeitete. Noch hatte Agota keine Vorstellung davon, was diese Tatsachen für sie und ihr Leben bedeuteten. Und es würde sicher auch noch eine Weile dauern, bis sie sich darüber im Klaren war.

Nachdem Agota die ganze Zeit vor sich hin gestarrt hatte, sah sie Gerti wieder an und fragte: »Wie lange weißt du das schon?«

Gerti räusperte sich. Ihr Wangen fingen an zu glühen. »Eine Weile«, sagte sie vage.

»Wie lange?«, beharrte Agota.

»Ein paar Jahre. Vier oder fünf.«

»So lange schon! Und warum hast du mir nie etwas erzählt. Wolltest du mich vor der Wahrheit beschützen?«

Gerti zögerte, ehe sie zugab: »Das dachte ich, aber inzwischen ist mir klar, dass ich eigentlich mich selbst beschützen wollte.«

»Und was sollen wir jetzt tun?«

Für den Auftrieb der prominenten Gäste im *Atelier* war es noch ein wenig zu früh. Vor zehn Uhr würde sich keiner von denen sehen lassen, dafür ging es dann bis weit nach Mitternacht. Karl vermisste das Getue nicht. Er saß an einem der hinteren Tische und verfolgte gleichgültig das Treiben an den anderen Tischen und an der Bar. Leider hatte er Magda nicht dazu bewegen können, ihm beim Trinken Gesellschaft zu leisten. Sie nahm Ludwigs Warnung, dass die Polizei sie im Visier habe, sehr ernst. Doch was war verdächtig daran, wenn ein Onkel seine Nichte, die er jahrelang nicht gesehen hatte, an einem Sommerabend ausführte?

Schon seit einer Weile schielte Karl zum Nachbartisch hinüber, wo zwei Damen in tief dekolletierten, luftigen Sommerkleidern saßen und Sekt tranken. Eine Blonde und eine Brünette, die vermutlich hofften, hier einem Regisseur oder Produzenten aufzufallen. Es waren jedoch nicht die Damen, auf die sich Karls Begehrlichkeit richtete, sondern das silberne Zigarettenetui der Brünetten.

»Sind Sie zufällig Produzent?«, fragte die Brünette zu ihm herüber. »Oder Regisseur?«

»Leider nur Autor«, antwortete Karl und bemerkte, wie seine Aktien sogleich in den Sturzflug übergingen. »Dürfte ich eine der Damen um eine Zigarette bitten?«

Die tauschten unschlüssig Blicke, ob die Frage nach der Zigarette nur ein Vorwand für eine nähere Bekanntschaft sei, entschieden sich dann, der Bitte nachzukommen.

»Ich rauche eigentlich nicht mehr«, erklärte Karl, während er eine Zigarette aus dem Etui nahm, »aber eine wird mich schon nicht umbringen, oder?«

Die Brünette gab ihm Feuer, und obwohl die beiden weitere Annäherungsversuche vermutlich zurückgewiesen hätten, setzten sie eine pikierte Miene auf, als keine erfolgten und Karl sich artig wieder in seine Ecke zurückzog.

»Ist hier noch ein Platz frei?«, fragte plötzlich eine Frau.

Karl wandte den Kopf – und konnte einen Freudenschrei nur schwer unterdrücken. Gerti stand vor ihm. Sie war also doch nicht für immer verschwunden. Und wie bezaubernd sie aussah in Bluse und Rock. Aber am besten gefiel ihm der Glanz in ihren Augen und das feine Lächeln auf ihrem Gesicht. Er sprang auf, wollte sie umarmen, ließ es dann aber lieber doch bleiben, um sie nicht zu bedrängen. Stattdessen wies er mit der Hand auf einen Stuhl und bat sie, sich zu setzen, was sie auch tat.

»Du rauchst wieder«, tadelte Gerti ihn mit Blick auf die Zigarette zwischen seinen Fingern.

»Es ist nur diese eine.« Er drückte sie im Aschenbecher aus. »Wo warst du denn die ganze Zeit? Ich hab mir Sorgen gemacht.«

»Ich brauchte ein wenig Zeit für mich.«

Karl sah sie an. Sie war so schön. Ganz wie ihre Mutter, seine geliebte Heidi. Sie ist es wirklich, dachte er, sie ist meine Gerti. Er wischte sich rasch mit dem Handrücken über die Augen.

»Was ist denn?«, fragte Gerti.

»Der Rauch der Zigarette«, sagte er.

»Aber du hast die Zigarette ausgedrückt.«

Sie verfielen in Schweigen. Karl spürte, dass Gerti ihm etwas sagen wollten, und er ahnte auch, was es war. Doch da sie nicht den richtigen Anfang fand, half er ihr. »Du musst mir nichts erzählen, Gerti. Magda hat es mir schon gesagt. Sei ihr nicht böse deshalb. Ich hab ihr keine andere Wahl gelassen, und wir wussten ja nicht, ob ich dich je wiedersehe.«

»Ist schon gut«, sagte Gerti.

Karl breitete die Arme aus.

Gerti zögerte kurz, doch dann ließ sie sich umarmen.

Als sie sich nach einer kleinen Weile voneinander lösten, sah Karl in Gertis Augen einen feuchten Glanz. Auch ihr, die sich stets unangreifbar gegeben hatte, ging all das nahe.

»Da ist noch etwas«, sagte sie. »Oder besser gesagt: jemand.«

Erst jetzt bemerkte Karl, dass eine junge Frau an den Tisch getreten war. Er schaute auf.

»Agota«, flüsterte er.

Er saß da und sah sie wortlos an. Erst nach einer Weile erhob er sich, blieb jedoch unschlüssig stehen. Durfte er sie umarmen? Sie gar küssen? Sie wirkte ebenso unentschlossen und unsicher.

»Gundi«, sagte er.

»Das war ich vielleicht«, antwortete sie. »Dann wurde ich Agota. Und das bleibe ich auch.«

Karl verstand. »Aber meine Tochter … die bist du trotzdem … hoffe ich … «

»Ja, die bin ich … Papa … «

Donnerstag, 17. Juli 1958

LUDWIG BALLTE DIE FAUST in der Tasche. Vranitzkys Heuchelei an Zöllners Grab war kaum zu überbieten. Dass er sich nicht schämte! Die paar Kollegen, die gekommen waren, hatten ihre schwärzesten Anzüge aus dem Schrank geholt und standen da wie dürre Bäume im Herbst. Doch kaum würden sie den Friedhof verlassen haben, würden sie sich gleich wieder das Maul über Zöllner zerreißen. Der Gipfel aber war die verlogene Lobhudelei in Vranitzkys Grabrede: voller Sprüche von Goethe und Schiller, damit die leeren Phrasen nicht so auffielen, und dazu passend die verlogenen Kondolenzgrüße der oberen Chefs, von denen sich natürlich keiner auf dem Nordfriedhof blicken ließ. Ohne rot zu werden, den trauernden Eltern am Grab derart ins Gesicht zu lügen – das war schon ein starkes Stück. Ludwig war froh, als die Schmierenkomödie vorbei war und es zurück ins Präsidium ging.

Breitsamer saß bei ihm mit im Auto, und nachdem sie losgefahren waren, herrschte noch lange betretenes Schweigen. Erst als sie an mehreren Tram- und Omnibushaltestellen vorübergekommen waren, an denen Schulkinder herumtobten, sagte Breitsamer: »Die haben es gut. Die haben schon Sommerferien.«

»Vorher müssen sie daheim noch ihre Zeugnisse herzeigen«, gab Ludwig zu bedenken. »Das ist bei manchen das Schwerste im ganzen Schuljahr.«

Breitsamer nickte. »Mein Ältester wird heuer fertig mit der Schule.«

Ludwig wusste, dass Breitsamer wie er selbst zwei Söhne hatte, älter als Ludwigs Buben, und dabei waren er und Breitsamer altersmäßig um fast zehn Jahre auseinander. Breitsamer hatte eben früh angefangen, was ja auch seine Vorteile hatte. Dann war man früher fertig.

»Und?«, fragte Ludwig. »Wird er auch ein Beamter wie sein Vater? Gar ein Kriminaler?«

»A wo. Dafür fehlt's am Hirnschmalz. Er hat mit Ach und Krach die Volksschule geschafft. Maurerlehrling wird er. Zu mehr reicht's nicht.«

»Ist doch ein ehrbarer Beruf mit Zukunft.«

Breitsamer zuckte mit den Schultern. »Von einem Watsch'nverhältnis ins nächste. So kommt's halt, wenn einer kein Sitzfleisch hat.« Nach einem kurzen, nachdenklichen Innehalten fügte er hinzu: »Solange er mir nicht auf so abartige Wege gerät wie der Zöllner, soll's mir recht sein. Weil, wenn er so was treibt, dann schlag ich ihn tot. Da hört der Spaß bei mir auf.«

»Na, na«, beschwichtigte Ludwig. »Totschlagen muss man deswegen keinen. Dafür haben wir schließlich den einschlägigen Paragraphen im Strafgesetzbuch.«

»Paragraphen – wenn ich das schon hör. Nein, der würde bei mir keinen Fuß mehr auf den Boden bekommen, das kannst du mir glauben.«

Wegen der vielen schwarzen Anzüge wirkte die Runde der Kriminaler, die sich wegen Zöllners Beerdigung heute später als üblich zur Besprechung der aktuellen Fälle zusammenfand, wie eine Fortsetzung der Trauerfeier. Ein Trauermahl ohne Essen, dachte Ludwig bitter, und ohne Trauer. Sehr viel mehr als Zöllners Tod regte die Kollegen immer noch auf, dass der Stadtrat vor ein paar Tagen beschlossen hatte, Unregelmäßigkeiten und strafverdächtiges Verhalten innerhalb der Polizei solle künftig vom LKA untersucht werden, angefangen mit dem Fall Eisele, aber nicht nur, denn dabei handelte es sich ja keineswegs um einen Einzelfall polizeilichen Fehlverhaltens. In den letzten Jahren hatten sich Rügen, Vorwürfe von Strafvereitlung im Amt und Disziplinarverfahren angehäuft. So wurde allgemein sehr freizügig mit Akten und Dienstgeheimnissen umgegangen, manche geheime Auskunft war sogar gegen Geld erteilt worden. Oder man ließ sich fürs Wegschauen bezahlen. Ludwig sah sich in der Runde der Kollegen um. Irgendwie pass ich schon rein, dachte er, jeder macht sich hier seine eigenen Gesetze.

»Dann fangen wir mal an«, sagte Vranitzky müde, »damit wir fertig werden.« Er blickte zu Ludwig. »Zu Blohm – wie schaut's da aus?«

Ludwig raschelte ein wenig mit den Papieren, räusperte sich. »Wie gehabt«, sagte er. »Ich hab mit Ganslmaier, dem abgebrannten Anwalt von Walter Blohm, gesprochen. Er weiß nicht, was in den Papieren stand, die Blohm bei ihm hinterlegt hat. Die Überwachung von Frau Blohm hat bis jetzt auch nichts gebracht. Das Protokoll dazu liegt vor.«

»Wir bleiben dran«, sagte Vranitzky entschlossen.

»Freilich. Aber mit der nötigen Zurückhaltung«, mahnte Ludwig. »Wir dürfen uns keinen Fehler mehr erlauben.«

Vranitzkys Augen blitzten aus der Wolke von Pfeifenrauch heraus. »*Sie* dürfen sich keinen Fehler erlauben«, sagte er spitz. »Lassen Sie es mich nicht bereuen, dass ich mich für Ihre Wiedereinstellung verwendet habe.«

Ludwig ließ die Bemerkung an sich abperlen. Er drückte den Rücken durch und sagte: »Dann lasst uns mal Ergebnisse liefern, Männer!«

Samstag, 19. Juli 1958

BUENOS AIRES

»BUENOS DÍAS, SEÑOR«, sagte Blohm zu seinem Spiegelbild und zwirbelte die spärlichen Barthaare über der Oberlippe. »Esperame aquí.«

Er hatte nach seiner Ankunft in Buenos Aires vor knapp einer Woche keine Zeit verschwendet. Da Simon ausreichend Spanisch sprach, um sich verständlich machen zu können, und zudem auf Verbindungen nach Südamerika zurückgreifen konnte, die er im Norden aufgebaut hatte, war eine Unterkunft rasch gefunden. Dass es sich beim *Odelisco Hotel* um eine billige Absteige handelte, war kein Versehen, sondern Absicht. Hauptsache unauffällig. Immerhin lag das Hotel im Zentrum der Stadt. Simon hatte auch bereits einen Sprachlehrer für ihn gefunden, einen ehemaligen Professor aus Leipzig, der in einer Zeitung inseriert hatte, und da Blohm in diesen ersten Tagen sowieso ohne Beschäftigung war, hatte er sich von dem Mann die Sehenswürdigkeiten der Stadt zeigen lassen und dabei erste Sprachlektionen erhalten. »Casa Rosada«, sagte Blohm nun und beobachtete, wie seine weichen Lippen die fremden, aber klangvollen Wörter aussprachen, »Plaza Mayo.«

Blohm wandte sich von seinem Spiegelbild ab, nahm den Mantel von dem lieblos in die Wand geschlagenen Haken und schlüpfte hinein. Hier auf der südlichen Halbkugel herrschte Winter, auch wenn die Temperaturen eher einem deutschen Spätherbst entsprachen und, wie der Professor aus Leipzig versichert hatte, auch nicht sehr viel tiefer sanken. Blohm steckte den Zettel ein, auf dem er die Adresse, zu der er gleich fahren würde, aufgeschrieben hatte, setzte den Hut auf und zog die Lederhandschuhe über. Dann nahm er die beiden Taschen mit dem Werkzeug und verließ das Zimmer. Simons Zimmer lag am Ende des Flurs. Doch für diese Unternehmung wollte er auf seinen bisher so nützlichen Helfer verzichten. Er vertraute ihm, aber es gab Dinge, die waren jenseits allen Vertrauens. Bei denen verließ man sich einzig und allein auf sich selbst.

Blohm stieg die abgewetzten Stufen der schmalen Stiege hinab. Am Empfang saß derselbe alte Mann, der immer hier saß. »Buenos noches, señor«, sprach Blohm ihn an. »Taxi, por favor.« Blohm hatte damit sagen wollen, der Mann solle ihm ein Taxi rufen, doch der wedelte ihn nur wie eine lästige Fliege fort, und alles, was Blohm aus seinem Gerede entnahm, war das Wort *Taxi*. Offenbar meinte er, Blohm solle sich auf der Straße selbst um ein Taxi kümmern. Also trat Blohm auf die nächtliche Avenida Corrientes hinaus, und er hatte Glück, genau in diesem Moment kam tatsächlich ein Taxi des Weges und hielt auf sein Winken hin an.

Blohm stieg ein und reichte dem Fahrer den Zettel mit der Anschrift, die er in Druckbuchstaben draufgeschrieben hatte, um sicherzugehen, dass er an den richtigen Ort gebracht werden würde. Als der Fahrer nickte und den Zettel zurückreichte, knüllte Blohm ihn zusammen und steckte ihn ein. Er schaute auf die Uhr. Es war halb elf. Die Straße führte nach wenigen Fahrminuten auf die Plaza de la República mit dem großen Obelisken in der Mitte, auf den sich das Hotel mit seinem Namen berief. Danach ging es weiter auf der Avenida 9 de Julio, die geradewegs zum Hafen führte. Vor einer Spedition hielt der Fahrer an. Blohm zahlte und gab ein großzügiges Trinkgeld. Er hatte sich von dem Professor aus Leipzig einen spanischen Satz aufschreiben lassen, den er sich seither wieder und wieder vorgesagt hatte, nur für diesen Moment, der nun gekommen war.

»Esperame aquí«, sagte er nun und war erleichtert, dass der Fahrer verstand und nickte. *Warten Sie hier*.

Blohm stieg aus und ging auf das Gelände der Spedition zu. Ein Drahtzaun versperrte ihm den Zutritt, aber dafür hatte er eine Drahtschere dabei. Ohne größere Verzögerung gelangte er auf die andere Seite des Zauns. Das Schloss an der Lagerhalle war auch ein Kinderspiel. Drinnen nur pechschwarze Dunkelheit. Blohm knipste die Taschenlampe an. Der Strahl leckte über Kartons, Fässer und gestapelte Säcke und blieb schließlich an einer mittelgroßen Kiste hängen. Da war sie ja. Sein Herz pochte wild. Er ermahnte sich, ruhig zu bleiben. Kein Grund zur Eile. Er trat näher heran, nahm sie im grellen Licht der Taschenlampe näher in Augenschein. Es war wirklich seine Kiste.

Blohm holte ein Brecheisen aus seiner Tasche und brach die Kiste auf. Nachdem er die Holzwolle zur Seite geräumt hatte, lagen sie vor ihm: fünf identisch aussehende Madonnen aus Gips. Blohm holte einen Hammer aus der Tasche und zerschlug die Erste. Ein zufriedenes Grinsen trat auf sein Gesicht. Die beiden in Filz gewickelten Goldbarren waren genau da, wo sie sein sollten. Er nahm sie, wickelte sie aus und legte sie auf den Boden. Eine Madonna nach der anderen schlug er nun auf, und jede von ihnen gebar statt eines kindlichen Erlösers zwei Goldbarren, die gleichwohl für Blohm eine Erlösung bedeuteten. Als auch die letzte Madonna ihr Innerstes preisgegeben hatte, nagelte Blohm die Kiste wieder zu. Wie lange würde es wohl dauern, bis jemandem auffiel, dass niemand kam, um sie abzuholen? Vermutlich so lange, bis die im Voraus bezahlte Lagergebühr aufgebraucht war. Dann würde herauskommen, dass weder der angegebene Empfänger noch der Absender existierten. Würde sich jemand die Mühe machen, all das nachzuverfolgen?

»Hier ist es also«, erklang da eine Stimme eines Mannes, und das kalte Licht einer zweiten Taschenlampe leuchtete auf.

Blohm erschrak bis ins Mark.

»Langsam umdrehen«, gebot der Mann. »Mit erhobenen Händen.«

Blohm befolgte den Befehl. Das Licht blendete ihn, so dass er nur eine schwarze Silhouette vor einem noch schwärzeren Hintergrund wahrnahm, aber die Stimme hatte er längst erkannt. Und auch die Waffe, deren Mündung auf ihn zeigte, war ihm nicht entgangen.

»Simon«, sagte er, »wo kommst du denn her?«

»Ich bin Ihnen vom Hotel aus gefolgt.«

»Warum? Was willst du?«

»Wir wussten, dass Sie Startkapital ins Land schmuggeln würden. Ihr Schwarzgeld.« Der Lichtstrahl traf die auf dem Boden aufgereihten Goldbarren. »Wir wussten nur nicht, wie und wo.«

»Wir? Wen meinen Sie mit *wir*?«

»Das muss Sie nicht mehr interessieren.«

»Tut es aber.«

»Sie sollten jetzt wirklich an andere Dinge denken.« Simon ließ den Lichtstrahl noch einmal über die Goldbarren gleiten. Ihr Glanz hatte etwas Magisches. »Ihnen ist die Ironie hoffentlich bewusst, die darin liegt, dass Sie auch hier in Südamerika Ihre Karriere auf gestohlenem Gold aufbauen wollen.«

»Was heißt hier gestohlen«, empörte sich Blohm. »Alles,

was hier liegt, habe ich erarbeitet. Na gut, nicht versteuert, aber …«

»Glauben Sie das wirklich? Sie haben Ihre Geschäfte nach dem Krieg mit Hilfe des Zahngoldes von grausam ermordeten Menschen begründet. An allem, was daraus wurde, klebt dieses Blut.«

»Hören Sie auf, hier den Moralapostel zu spielen. Ihnen geht es doch nur darum, sich selbst all das unter den Nagel zu reißen. Nun gut, ich gebe Ihnen einen Anteil. Wie viel wollen Sie?«

»Wieso sollte ich mit Ihnen teilen, wenn ich alles haben kann? Nehmen Sie die Hände über den Kopf und verschränken Sie die Finger.«

Blohm hatte genug Erfahrung in diesem Metier, um zu wissen, dass er verloren hatte und dass er diesen Raum nicht lebend verlassen würde. Außer es tat sich vielleicht noch diese eine Möglichkeit auf, die er dann sofort und rücksichtslos nutzen musste. Vielleicht kam er ja an die kleine Pistole in seiner Manteltasche heran. Zunächst jedoch blieb ihm nichts anderes übrig, als zu tun, was Simon ihm befohlen hatte.

Der tastete Blohm nach Waffen ab und entdeckte die Pistole. Blohm unterdrückte einen Seufzer. Sonst fand Simon nichts, weil auch nichts zu finden war. Ich habe meine Instinkte verloren, dachte Blohm. Früher war er nie ohne eine zweite Waffe aus dem Haus gegangen. Mit den Jahren war er bequem geworden. Er hatte sich zu sicher gefühlt. Und das würde ihn nun sein Leben kosten.

»Knien Sie sich hin«, befahl Simon.

Blohm kniete sich hin.

»Hier, halten Sie sich das vor die Brust.«

Simon reichte ihm ein Stück Pappe, auf dem etwas geschrieben stand: Nakam.

»Was bedeutet das?«, fragte Blohm.

»Keine Fragen mehr. Tun Sie einfach, was ich sage.«

Blohm hielt sich die Pappe vor die Brust. Was machte Simon jetzt? War das ein Fotoapparat? Schon flammte das Blitzlicht auf. Und gleich noch einmal.

»Man soll immer zwei Bilder machen, falls eines nichts wird«, sagte Simon.

»Auch noch witzig, was?«

»Keine Sorge. Es ist gleich vorbei. Geben Sie mir das Schild.«

Blohm reichte es ihm, Simon nahm es. Der Rest war nur eine einzige schnelle Bewegung. Sie kam völlig aus dem Nichts. Blohm spürte einen Stich am Hals und griff reflexartig danach, aber was genau passiert war, begriff er erst, als sein Blut ihm warm über die Hand floss. Stoßartig quoll es zwischen den Fingern hindurch, war nicht mehr aufzuhalten. Ein Messer, dachte Blohm. Er hat es mit einem Messer getan. Das war klug. Geräuschlos. Dann wurde es Blohm schwarz vor Augen, er sank zur Seite und nahm noch wahr, wie er mit dem Kopf aufschlug. Dann spürte er nichts mehr.

Sonntag, 20. Juli 1958

MÜNCHEN

MAGDA SASS AUF DER TERRASSE und hatte die Kamera in der Hand. Durch die offene Tür drang eine mit reichlich Pathos vorgetragene Würdigung des Stauffenberg-Attentats auf Hitler, das sich am heutigen Tag zum vierzehnten Mal jährte. Magda hörte nur mit einem Ohr hin, denn sie beobachtete Peterle beim Spielen im Garten und lauerte dabei auf die Möglichkeit zu einem Schnappschuss. Der Redner verstieg sich zu der Behauptung, diese und andere Aktionen des aktiven Widerstands Deutscher gegen Hitler habe von allen anderen Deutschen die Schuld genommen. Das würde dir so passen, dachte Magda, während sie durch den Sucher blickte.

»Schau mal zu mir!«, rief sie Peterle zu.

Der wandte den Kopf, doch als er bemerkte, dass Magda ihn fotografieren wollte, zog er eine Grimasse.

»Lausbub.« Sie ließ die Kamera sinken.

In diesem Moment läutete es an der Tür. Magda ging, um zu öffnen. Zu ihrer Überraschung stand Karl vor ihr, und zu ihrer noch größeren Überraschung strahlte er über das ganze Gesicht. Seit Ludwig sie gewarnt hatte, dass sie unter polizeilicher Beobachtung stand, hatten sie sich nicht mehr gesehen. Freute er sich deshalb so sehr? Oder lag es daran, dass er in Begleitung von Gerti war?

»Da ist noch jemand«, sagte er.

Nun trat jemand ins Blickfeld, mit der Magda überhaupt nicht gerechnet hatte: Agota. »Menschenskind«, rief sie aus, »ist das die Möglichkeit! Du hier?«

»Es gab ein paar Dinge zu klären«, sagte Agota in scherzhaftem Ton.

Magda umarmte sie. Wenn Agota hier war, konnte das eigentlich nur eines bedeuteten: Karl wusste Bescheid. Deshalb strahlte er so.

Nach der herzlichen Begrüßung führte Magda ihre Gäste ins Haus. Sie nahm Gerti auf dem Weg ins Wohnzimmer beiseite und vergewisserte sich, dass ihre Annahme stimmte. Nach deren Bestätigung fiel ihr endgültig ein Stein vom Herzen. Ehe Magda Peterle rufen konnte, um Agota zu begrüßen, war diese schon auf die Terrasse hinausgetreten und hatte sich bemerkbar gemacht. Peterle rannte zu ihr und verpflichtete sie natürlich sofort dazu, mit ihm zu spielen. Als er Gerti und die trotz der unterschiedlichen Frisur und Aufmachung unübersehbare spiegelbildliche Ähnlichkeit bemerkte, war er zunächst unschlüssig, was er davon halten sollte. Nachdem Agota es ihm erklärt hatte, kümmerte es ihn nicht mehr, er dachte nur noch ans Spielen, und dabei musste Gerti nun auch mitmachen.

Magda verschwand mit Karl in der Küche, um Getränke zu holen, aber mehr noch, um mit ihm allein und in Ruhe sprechen zu können. »Nun hast du sie beide wieder«, sagte sie. »Wie ist das für dich?«

Karl zuckte mit den Schultern. »Es ist gut zu wissen, dass meine Kinder am Leben sind. Das allein macht mich glücklich.« Er schwieg für einen Moment, ehe er fortfuhr: »Sie sind nicht mehr die kleinen Mädchen, die ich in Erinnerung hatte. Sie sind junge Frauen mit einem Hintergrund der … nun ja … Du weißt, was sie tun und wofür sie eingespannt werden. Gerti kenne ich inzwischen ein wenig, es wächst etwas zwischen uns. Das ist gut.«

»Das wird, Karl«, sagte Magda. »Es braucht nur Zeit. Und du musst sie nehmen, wie sie sind. Mit allem, was dir vielleicht missfällt.«

»Ich weiß.«

»Ich hab da etwas, das wunderbar zu diesem Anlass passt.« Magda ging zum Kühlschrank und holte eine Flasche heraus. »Französischer Champagner, direkt aus Blohms Weinkeller. Hier, aufmachen!«

Sie reichte Karl die Flasche, doch der stellte sie auf die Anrichte und zog Magda an sich. »Ich vermisse dich«, sagte er. Dann küsste er sie. Es tat gut, ihn zu spüren. Zu gut. Sie musste aufpassen. Eine kleine Weile gab sie sich seinen Zärtlichkeiten hin, dann löste sie sich von ihm und sagte: »Ich möchte eines klarstellen, Karl. Wenn das alles vorbei ist« – und wenn ich danach nicht im Zuchthaus sitze, fügte sie in Gedanken hinzu –, »dann werde ich nicht für dich alle meine Pläne aufgeben. Verstehst du? Ich will mehr, als nur die Frau eines Mannes zu sein. Selbst wenn ich diesen Mann liebe. Oder gerade dann nicht.«

Karl strich ihr über die Schläfe. »Was immer du willst, will ich auch.«

Sie lächelte und küsste ihn. Es ist ein guter Anfang, dachte sie. Das bedeutete nicht, dass es keine Kämpfe geben würde. Karl war ein Mann, und er hatte keine Ahnung, worauf er sich gerade eingelassen hatte. Doch diese Kämpfe würden sie kämpfen, wenn es so weit war, und wenn sie gemeinsam stark genug waren, würde es keine Verlierer geben, sondern nur Gewinner.

»Wenn es so ist«, sagte sie, »willst du jetzt Champagner. Denn genau das ist es, was ich will.«

Während Magda die Champagnergläser aus dem Wohnzimmer holte, öffnete Karl die Flasche. Auf einem Tablett trug Magda wenig später die vollen Gläser zu den anderen auf die Terrasse, Karl brachte die Flasche zum Nachfüllen mit. Magda befreite Peterles Spielkameradinnen durch ein mütterliches Machtwort von seinem Kommando und verteilte den Champagner.

»Auf Gerti und Agota«, sagte Magda, »oder besser gesagt: Gerti und Gundi.«

»Agota ist schon richtig«, widersprach Agota. »Ich bleibe Agota.«

»Ich finde den Namen schön«, pflichtete Karl bei.

Sie stießen miteinander an, dann setzten sie sich.

»Was habt ihr beiden denn nun vor?«, fragte Magda.

»Ich bleibe in München«, antwortete Gerti. »Vielleicht studiere ich. Jura würde mich interessieren.«

»Ich gehe zurück nach Amerika«, sagte Agota. »Ich mag die Menschen dort. Ihren Pioniergeist. Das wirkt sehr inspirierend. Dieser Geist gepaart mit unseren Idealen – das wäre die perfekte Mischung.«

Mehr als damals in Amerika spürte Magda, dass Agota wirklich von diesem jugendlichen Geist angesteckt war, der zu ihrem Alter passte. Ein Geist des ständigen Aufbruchs, den auch Magda in dem Land gespürt hatte, das so voller Widersprüche war wie keines in Europa, vielleicht sogar auf der ganzen Welt.

In diesem Moment läutete es an der Tür. Magda verließ die Runde und öffnete. Ihre gute Stimmung erhielt einen heftigen Dämpfer, als sie sah, wer ihr einen Besuch abstattete: Veit. Ganz ohne das Gelackte, das sonst sein Auftreten prägte. Schon bei ihrem letzten Treffen war ihr die Veränderung aufgefallen. Ob es daran lag, dass er Vater geworden war? Das stimmte sie jedoch kein bisschen versöhnlicher. Genauso wenig wie die zerknirschte Miene, die er zur Schau stellte.

»Was erlaubst du dir, hier reinzuplatzen!«, fuhr sie ihn an. »Verschwinde!«

Sie wollte die Tür schon zuschlagen, doch er stemmte seine Hand dagegen. »Warte! Nur auf ein Wort!«

Magda zögerte. Eigentlich wollte sie nichts von ihm hören, auch keine Entschuldigungen. Aber vielleicht ließ er sie künftig in Ruhe, wenn sie ihm wenigstens ein Mal zuhörte. »Na gut. Also, was ist?« Sie verschränkte die Arme vor der Brust.

»Ich wollte dir nur sagen, wie sehr ich bereue, dass ich … dass ich diesen Moment der Schwäche hatte … Du weißt schon …«

Magda schüttelte den Kopf. Wie erbärmlich. »Du kannst ja nicht einmal sagen, was du getan hast. Ein Moment der Schwäche trifft es wohl nicht ganz.«

Seine Miene wurde noch ein wenig zerknirschter. Verzweifelt geradezu. »Du warst seit jeher was Besonderes für mich, Magda. Begehrenswert. Nicht nur, weil du schön bist, sondern auch, weil du stark bist. Das warst du schon immer. Im Gegensatz zu mir. Und dann hast vor mir gelegen, betäubt und schwach … Da überkam es mich und … Es ist gar nicht viel gewesen … Ich meine, ich war so aufgeregt, dass es gleich schon beim …«

»Hör auf!«, schrie Magda ihn an. »Glaubst du, das macht es weniger schlimm? Glaubst du, ich will das wissen?«

Veit zuckte eingeschüchtert zusammen. Kleinlaut fuhr er fort: »Ich erwarte nicht, dass du mir verzeihst. Aber irgendwie müssen wir miteinander leben. Wir sind eine Familie.«

»Sind wir nicht und waren wir nie«, versetzte Magda.

»Sind wir doch«, widersprach er. »Peterle macht uns dazu.

Dich und mich. Das kannst du nicht auslöschen. Du kannst es nicht einmal leugnen.«

»Was mich angeht«, sagte Magda, »hat Peterle keinen Vater. Und jetzt geh.«

Sie schloss die Tür, blieb jedoch für eine Weile stehen. So wie er auf der anderen Seite der Tür auch. Es dauerte ein paar Minuten, bis sie hörte, wie seine Schritte sich entfernten. Immerhin bereute er, was er getan hatte. Sie würde ihm die Vergewaltigung niemals verzeihen, das stand fest. Doch es lag, das musste sie zugestehen, ein Gegengewicht zu seinem Vergehen auf der anderen Seite der Waage, und das war Peterle, den es ohne dieses Vergehen nicht gäbe. Eines Tages würde sie Veit vielleicht entgegenkommen, doch dieser Zeitpunkt war noch nicht da.

Magda kehrte zurück zu ihren Gästen.

»Wer war an der Tür?«, wollte Karl wissen.

»Niemand«, sagte Magda.

Dienstag, 29. Juli 1958

LUDWIG TELEFONIERTE GERADE MIT TRAUDL, es ging um Jodtinktur, die er aus der Apotheke mitbringen sollte – Hermann war mit dem Radl gestürzt, hatte sich das Knie aufgeschlagen, und die Vorräte gingen zur Neige –, als Vranitzky den Kopf durch die Tür streckte und Ludwig mit ernster Miene ansah. »Die Gattin?«, fragte er, und auf Ludwigs Nicken hin: »Grüße!« Ludwig bestellte die Grüße, und Traudl erwiderte sie. »Grüße zurück«, sagte Ludwig, nachdem er aufgelegt hatte. Man kannte die Ehefrauen der Kollegen von Weihnachtsfeiern und Sommerfesten. Vranitzky winkte Ludwig in sein Büro und machte die Tür hinter ihm zu. Dann eilte er um seinen Schreibtisch herum, und da er sich nicht setzte, blieb auch Ludwig stehen.

»Du glaubst nicht, was mir gerade auf den Tisch geflattert ist«, sagte Vranitzky und griff nach einem großen Umschlag mit vielen Stempeln und fremd aussehenden Briefmarken. »Aus Argentinien. Buenos Aires.«

»So?« Ludwig trat bis an die Kante des Schreibtisches. Dass Vranitzky ihn mal wieder duzte, ließ vermuten, dass es eher gute Nachrichten waren, die er zu verkünden hatte.

Er zog einige Fotografien aus dem Umschlag und legte sie nebeneinander hin. Auf allen Bildern war derselbe Mann zu sehen: einmal lebend, die anderen Male offenbar tot. Die große dunkle Pfütze war vermutlich eine Blutlache.

»Erkennst du ihn?«, fragte Vranitzky.

Trotz des schütteren Bartes handelte es sich bei dem Mann unübersehbar um Walter Blohm. Doch mindestens ebenso überraschend war das, was auf dem Pappschild stand, das er auf dem einzigen Foto, das ihn lebend zeigte, in der Hand hielt: *Nakam*. Das Pappschild lag auch auf der Leiche und wurde ergänzt von einem zweiten, auf dem zu lesen war: *Die Gerechtigkeit wird euch finden!*

Erst jetzt setzte sich Vranitzky, und auch Ludwig ließ sich auf den Stuhl vor dem Schreibtisch fallen. Einige Sekunden tiefen Schweigens vergingen, in denen die Gedanken in Ludwigs Kopf einander jagten. Er nahm den Umschlag und betrachtete ihn. Argentinische Briefmarken. Die hätten seinem Ältesten sicher gefallen, der fing gerade an, sich fürs Sammeln zu interessieren.

»Dass der Brief aus Südamerika kommt«, sagte Ludwig, »heißt nicht, dass Blohm dort war. Die Bilder können auch in Deutschland aufgenommen worden sein. In dem Bootshaus, zum Beispiel. Trotzdem sollten wir eine Anfrage an die dortige Polizeibehörde schicken.«

Vranitzky nickte.

»Mal angenommen, Blohm war in Südamerika«, fuhr Ludwig fort, »dann wäre es abwegig, dass jemand ihn dorthin verschleppt hat. Dann können wir davon ausgehen, dass er dorthin geflohen ist, um unterzutauchen. Aber die Nakam-Leute haben ihn aufgespürt und liquidiert.«

»So könnte es gewesen sein.« Vranitzky nahm seine Pfeife und begann, den abgebrannten Tabak aus dem Kopf in einen Aschenbecher zu kratzen. »Diese ganze Nakam-Geschichte … Ich werde daraus einfach nicht schlau.«

»Ich auch nicht. Und wie geht's jetzt weiter?«

»Wenn die Kollegen in Buenos Aires die Identität des Toten

zweifelsfrei festgestellt haben, ist der Fall für uns so weit erledigt. Sollen die sich weiter darum kümmern, der Ball liegt in ihrer Spielhälfte. Wir helfen natürlich, wo wir können.« Vranitzky schaute auf und grinste.

»Und was ist mit Magda Blohm?«

Vranitzky wandte sich wieder seiner Pfeife zu. »Daran hab ich nie wirklich geglaubt.«

»War's das?«

Vranitzky nickte. »Für den Moment.«

Ludwig kehrte an seinen Schreibtisch zurück. Breitsamer wartete begierig auf die Neuigkeiten, und Ludwig teilte ihm in knappen Worten mit, was es gegeben hatte. Dann setzte er sich an seinen Schreibtisch und zündete sich eine Zigarette an.

Vranitzky hatte recht. Die einzelnen Teile dieses Mosaiks fügten sich nicht so nahtlos zusammen, wie man es gern hätte. Oder vielleicht doch, wenn man die Sache von einem anderen Blickwinkel aus betrachtete? Aber von welchem? Ludwig wusste es im Grunde genau, er mochte nur die Konsequenzen nicht, die sich daraus ergaben.

Wenn es einen Blickwinkel gab, von dem aus sich die Teile ineinanderfügten, dann war es eben doch der Blickwinkel von Magda. Alles, was getan worden war, führte dazu, dass sie am Ende erbte. Deshalb musste jeder Verdacht, sie könne an der Tat beteiligt sein, ausgeräumt werden, denn das Erbrecht schloss es aus, dass Verbrecher von ihrer Tat profitierten. Erbunwürdigkeit hieß das juristische Fachwort dazu.

Ludwig drückte seine Zigarette aus und verließ das Büro. Er ging zu der ihm längst vertrauten Telefonzelle und wählte Magdas Nummer. Sie nahm ab. Als er ihr im Vertrauen mitgeteilt hatte, dass Blohm aller Wahrscheinlichkeit nach tot war, sagte er, nachdem sie beide geschwiegen hatten: »Das macht Sie zur Alleinerbin. Sie werden eine sehr reiche Frau sein, Magda. Haben Sie schon eine Idee, was Sie mit all dem Reichtum anstellen?«

Die Antwort kam rasch und entschlossen: »Nichts für mich. Ich gebe alles Geld denjenigen, denen Blohm es gestohlen hat.«

Nachdenklich kehrte Ludwig ins Präsidium zurück. Man würde abwarten müssen, ob Magda diese Absicht wirklich einlöste, doch er glaubte ihr. Wenn sie also nicht profitierte, hieß das dann, dass sie auch nichts mit Blohms Tod zu tun hatte? Er blieb mitten auf der Treppe stehen. Ich gebe alles Geld denjenigen, denen Blohm es gestohlen hat, hatte Magda gesagt. Sie meinte das Gold aus den Zähnen der Juden, mit dem er seine Geschäfte begonnen hatte. Den Juden würde sie das Geld zurückgeben. *Nakam – die Gerechtigkeit wird euch finden*. Das galt für Täter und Opfer. Wenn das von Anfang an der Plan und Magda ein aktiver Teil von allem war?

»Gruber, was stehen Sie denn hier herum?«

Ludwig blickte auf. Vranitzky hatte sich vor ihm aufgebaut. Außerhalb des Büros wurde wieder gesiezt.

»Sie sehen aus, als hätten Sie gerade einen genialen Einfall gehabt«, sagte er, nur halb im Scherz.

Ludwig schüttelte den Kopf. »Schön wär's«, erwiderte er, »aber damit kann ich nicht dienen. Leider.«

Dafür fiel ihm etwas anderes ein: Er musste noch Jodtinktur aus der Apotheke besorgen. Das durfte er auf keinen Fall vergessen.

Dienstag, 2. September 1958

DER SCHULHOF WIMMELTE NUR SO von Kindern und ihren Eltern. Der erste Schultag nach den großen Ferien war für einige ein Freuden-, für andere ein Trauertag. Vorbei die Vergnügungen eines unbeschwerten Sommers. Peterle klammerte sich an Magdas Hand, als sie ihn zu seinem Klassenzimmer brachte, wo das Fräulein Lehrerin ihn in Empfang nahm. »Keine Sorge«, sagte sie, »das ist eine ganz liebe Klasse. Er wird sich schnell einleben.«

Trotz der aufmunternden Worte ließ Magda Peterle mit schwerem Herzen zurück. Die Tränen, die in seinen Augen glitzerten, machten es nicht leichter. Erinnerungen an ihre eigene Schulzeit stiegen in ihr auf. Sie hatte die Schule gehasst. Die Hänseleien der Buben, die Gehässigkeiten der Mädel, die lustvollen Züchtigungen der meisten Lehrer, zu denen die Eltern sie ermutigt hatten. Angeblich war heute alles besser. Peterle wird sich schon durchbeißen, tröstete sie sich. Auch das musste er endlich lernen.

Am Schulhoftor wurde Magda von einem Mann angesprochen. »Hallo, schöne Frau«, sagte er gut gelaunt. Magda schaute auf und erkannte Simon. Was für eine freudige Überraschung! Sie umarmten einander. »Woher weißt du, dass ich hier bin?«, fragte sie.

»Von Karl. Ich war erst bei eurer Wohnung. Nachdem ich vorher beim *Kammererwirt* vorbeigeschaut hab.«

»Wir sind erst seit gut zwei Wochen in der Wohnung.«

»Dann seid ihr also ein Paar?«

Magda nickte. »Sieht so aus. Kommst du mit zu uns? Auf einen Kaffee?«

»Leider keine Zeit. Ich muss zum Flughafen. Aber ich wollte dich wenigstens kurz sehen, bevor ich verschwinde. Ich wünsche dir und Peterle Glück. Von jetzt an gehört dein Leben wieder dir.«

»Noch nicht ganz«, wandte Magda ein. »Erst wenn du mir mein Geständnis zurückgibst.«

»Wenn es nach mir ginge, hättest du es längst. Wir brauchten es ja vor allem für Blohm, damit er denkt, du und Karl würdet ins Gefängnis wandern. Aber Andrew besteht darauf, dass wir es behalten, bis Blohms Vermögen da ist, wo es hingehört. Er geht immer auf Nummer sicher.«

»Was habt ihr denn mit dem Geld genau vor?«, fragte Magda. »Und wie soll die Übergabe laufen?«

»Das erfährst du, wenn es so weit ist. Hauptsächlich geht das Geld an Opferverbände weltweit. Und nach Israel. Wir wollen aber auch die Verfolgung der Täter unterstützen. Es gibt so viele Massenmörder, die unbehelligt ihr Leben genießen, während ihre Opfer weiter darben. Die Jagd hat gerade erst begonnen.« Simon hielt inne und sah Magda an. »Ich muss gehen. Mein Taxi wartet.«

Erst jetzt bemerkte Magda das Taxi, das mit laufendem Motor an der Straße stand. Sie glaubte, am Steuer den jungen Fahrer wiederzuerkennen, der sie vom Flughafen abgeholt und ihr seine Karte gegeben hatte. Johnny. Er grüßte mit einem Nicken herüber und tippte sich an den Schirm seiner Mütze.

Simon drückte Magda zum Abschied fest an sich.

»Du weißt ja, wie du mich in New York erreichst«, sagte er. »Und ich weiß, wo ich dich finde.«

Dann stieg er in das Taxi, und wenig später war er fort. Magda machte sich auf den Heimweg. Nach einer Viertelstunde Fußweg kam sie in der neuen Wohnung an. Noch war nicht alles so eingerichtet, wie sie es wollte. In der Küche saß Karl beim Frühstück und las Zeitung. Sie stellte sich hinter ihn und schob ihm die Hände auf die Brust. Ihr fiel wieder ein, was Simon gesagt hatte: *Es gibt so viele Massenmörder, die unbehelligt ihr Leben genießen. Die Jagd hat gerade erst begonnen*.

Magda setzte sich zu Karl an den Tisch. »Was hältst du davon, wenn wir beide mal wieder gemeinsam an einer Geschichte arbeiten«, sagte sie.

Karl lehnte sich zurück. »Woran denkst du?«

»An Massenmörder, die unbehelligt ihr Leben genießen.«

»Glaubst du denn, das will jemand wissen?«

»Nein. Und genau deshalb müssen wir diese Geschichten erzählen. So lange, bis keiner mehr daran vorbeikommt.«

Karl legte seine Hand auf die ihre. »Ich bin dabei. Und ich weiß auch schon eine Geschichte, mit der wir anfangen können.«

»Ach ja? Ich bin gespannt.«

»Ludwig hat mir von einem Dr. Eisele erzählt, der sich nach Ägypten abgesetzt hat. Wir könnten versuchen, ihn dort aufzuspüren.«

Magda lächelte. »Ich war noch nie in Ägypten.«

Andreas Götz

Die im Dunkeln sieht man nicht

Kriminalroman

München 1950. Karl Wieners, ehemals Schriftsteller, kehrt heim in eine Stadt, in der Schmuggler gute Geschäfte machen und Gestrandete die letzte Hoffnung verlieren. Karls letzte Hoffnung ist eine Karriere als Journalist. Wenn er herausfände, was aus dem Kunstschatz wurde, der bei Kriegsende aus dem Führerbau verschwunden ist, wäre das die Sensation. Gemeinsam mit seiner Nichte Magda begibt er sich auf die Spur der Bilder. Dabei geraten die beiden nicht nur ins Visier dubioser Schwarzmarktschieber. Sie stören auch die Kreise von Kommissär Ludwig Gruber, der auf der Suche nach einem Mörder fast verzweifelt. Doch womit sie es zu tun haben, erkennen sie erst, als es fast zu spät ist.

448 Seiten, broschiert

Andreas Götz
Die Nachtigall singt nicht mehr
Kriminalroman

München 1955. Der Journalist Karl Wieners arbeitet an einer Reportage über Emigranten in München. Seine Nichte Magda ist als Fotografin dabei und freundet sich mit einer jungen Litauerin an, die Karl merkwürdig vorkommt. Und sie ist nicht die Einzige, die ihnen Rätsel aufgibt.
Zur gleichen Zeit versucht der Privatdetektiv Ludwig Gruber den angeblichen Selbstmord eines Jugendlichen aufzuklären. Doch womit er es wirklich zu tun hat, ahnt er erst, als sich Verbindungen zu Karls und Magdas Recherche ergeben. Noch bevor sie alle die genauen Zusammenhänge begreifen, geht in einem Schwabinger Postamt eine Paketbombe hoch und tötet zwei Menschen ...

448 Seiten, Klappenbroschur

Weitere Informationen finden Sie auf
www.fischerverlage.de

AZ 651-00075/1